DEERBOOK

鹿 书

爱像划了一根火柴

陈飞白 著

武汉大学出版社

1 1999

李思笃跟他父亲搬进这栋房子，是1999年端午那天早上。母亲说这都是“你山叔”准备的，我心想那怎么反倒后搬来呢。我喜欢过端午，包粽子，挂葫芦，戴五彩绳、香草荷包，大清早去江边折枝条。于是那天虽不是个自在的端午，倒成了相对没那么生硬的新家开伙日。

讲开场白时，我母亲和他父亲脸上一同闪过他们那个年龄已不常有的难为情。新组家庭，对他们来说也是头一次。称其为“开场白”虽草率，却反映了我当时的心态。因为我看破裂过的瓦片，总不可能跟另一组瓦片形成浑然一体的组合。婚姻的破裂很沉痛，这沉痛才是真实的。我认为母亲永远也走不出这沉痛，也不愿相信这世上有其他人能取代我父亲。所以我说，再婚自带一种将就的卑俗气质，是让人高兴不起来的。

厨房飞出粽子叶的香味，三名工人和这对父子从大卡车上卸下很多大小物件搬进房子里。他父亲和我母亲里里外外地走，研究客厅和餐厅的家具摆放，把需购置的家具家电装饰品包括盆栽列了张单子。母亲说明年开春在院子东边种上郁金香和红枫、西边种点蔬菜、院墙再植一整面藤本月季。他父亲说“随你”，强调院子中间得打上水泥地面，留两处停车位……他们讨论起这些来一副公事公办的样儿，可我还是看出来了，看出来我母亲和他父亲，他们对视的眼神里有像水草一类的东西暗中摇荡。于是我的血流就凉了。

李思笃冲我母亲斜拉了拉嘴角，还没能称之为笑就垂下了眼帘，让前一刻的努力全都白费，反加重了防范式的抵触效果。他父亲很不高兴，对他冷起脸，这使他怀怨在心，对所有人抱有敌意，我母亲的关心和沙曦的热情均未能消减其分毫。

“好像谁愿意似的！”

男孩眼里的阴鸷触爆了我的神经。对新情况的憎厌、背离原生家庭的痛苦纠结到一起燃爆了。我冲上楼去，把楼梯踩得哐哐作响，母亲前一晚的叮嘱早被置诸脑后。

生活开始了。是以何种心情回望、讲述那段岁月的呢？其实我的生命也是从那个阶段才开始清晰的。

若从认识李思笃算起，我愿把时间往前延伸到八个月前——高一开学之后。情愿这样关联，哪怕更能深重一分。

去年秋天，家家拉储菜卸车，路两边随处是散落的白菜帮子。寒冬在即，每家得腌一两缸臭烘烘的酸菜。若你不曾经历东北的秋和冬，是不知道这有多土、多令人无奈的。夏天也好不到哪儿去，家家下一缸臭乎乎的大酱，就着大酱吃饭听郭富城，对于追求港台流行的高中生来说，会绝望。

课间操，我帮小睿抱半摞作业本送去后楼。那会儿刚调到高中部的代数老师办公室还在初中部，送作业得绕过楼后的大操场。

“欸。”她朝健身器材那边一扬下巴。

一群咋咋呼呼的男生围着两个猛翻单杠的男生，不一会儿工夫，其中一个体力不支落地。在他们后面不远，我看见那架旧云梯上，正有个瘦猴儿似的男生孤零零悬着。

“长得咋样？”

猜到她瞄的就是那个，因为长得好看。

我俩挨着旧云梯，把作业本撂在花坛边儿上。男生掉了下来，见有人来，就站一边儿去了。我从另一头蹿上云梯，两手轮攀，一路到底，末了轻松落地，大气儿没喘。

那男生在一旁静静看着。

“身子往前晃时，一只手往前伸，这时注意两只手得一前一后，是侧身，接着松后手，身体再往前摆，后手跟住前抓，再侧身，就悠起来了。悠，懂不？得找着悠的感觉。”我给小睿讲，也对着那男生，算是给他们俩讲。

男孩见我跟小睿都没有上去的意思，就重新蹿上云梯，刻意注意动作要领，在四分之三处掉了下来。接着小睿依葫芦画瓢，攀到三分之一便笑着掉到地上。

“你是初中的？”她问男孩。

“初三。”语声就跟人一样柔静。

“不像，看上去像个初一生。那你得叫我们学姐了。”

那男孩眼中隐隐透着腼腆的、自尊式的防范，让人联想起被追击的食草动物。

“你叫什么名字？”

“李思笃。”

“李思——”小睿不是没听清，是没反应过来，不是个常用字。

男孩一抿嘴角，没再重复。很多人对自己的名字都难为情。

“话真少啊。”

“你问什么人家答什么喽。”我在一旁看她撩得挺没趣的。

“你在初三几班哪？”

“初三七班。”

“代数老师姓刘吗？”

“是。”

“真巧，他现在也教我们班代数，我是课代表。”

男孩没什么话好接了，一抿嘴角蹿上云梯。

“那，再见喽。”小睿明知自讨没趣，还挺开心的。

男孩费劲巴拉攀到一半，往下看看我们，似是想说再见倒不出手来，又掉了下来。把我俩都逗笑了。他抬抬手，腼腆得只完成半个再见的意思。

八个月后，也就是一九九九年六月，我母亲跟他父亲再婚，那几年我跟他住在同一屋檐下了，小睿说这是天意。

回头说这个新家。

我和沙曦的两间卧室都在二楼，母亲和继父、李思笃的卧室都在一楼。我的房间很宽敞，墙面漆成鹅黄色，书桌对着窗。听说床、衣柜、桌椅，都是继父家具厂里最新的款式。从前一直跟沙曦住一个房间，所以我从小就憧憬有这么个独立房间。窗前的槐树长得苍劲有力，我猜等它的枝干能伸进窗口，我就已经住进大学宿舍了，甚至到处飞到处比赛——那是理想状态。因此我是抱着暂住者的心态，并没有虚假地同意只要在一个“家”，就承认彼此是亲人。不过说实在的，这房子比我家从前的两室一厅可要阔多了。若是个嫌贫爱富的人，确实应该开心，而事实上我既爱富也仇富，继父的富有和慷慨总让我感到些许难堪。母亲想我能真心接受，并受之坦然，她说：“既然走到一起，帮着养育对方子女是应当应分，对我女儿不好我为啥跟他结婚？”她更不希望沙曦受到我的情绪感染，说家庭变故对更小的孩子影响更深远。顾虑到沙曦才十二岁，我确实也不想她跟我同样不开心，就给了她两件她觊觎已久的头饰、一盒流行歌曲磁带，说更喜欢她房间的颜色。很快我发现这是多此一举了——她从小喜欢“哥哥”，相比被姐姐关照，她更向往被哥哥关照。李思笃这位“哥哥”带来的新鲜感让她热脸贴足了冷屁股、头也不回地迈进了新生活。为此，我心里更不舒服。

没人知道那个端午节是我生命某种意义的真正开端。那会儿我自然也不知道，不然也不会同意张曼丽她男友找人勒索李思笃的钱——她听说他父亲很有钱，顺便利用了我的愤恨。

我继父是个有点可怕的人，膀大腰粗，阴沉得像湖底不见天光的大石头，见他第一面时我就看出来了。搬进来后，起初那几天早上，他跟我和沙曦没话找话说，脸上硬挤着笑意。他一笑，颧角那两道弧形疤就像要把肉勒开似的，配上疲顿的小眼睛，滑稽而可怖，我是不忍直视的。有天他没管他儿子在没在桌上，一声喟叹："我从前就很羡慕谁家有女儿。"沙曦从话中得到某种启示，突破了畏怯，对他越来越亲善，也对李思笃越来越好，她觉得冷淡的父子双方都有点可怜。我家这个充满爱、渴望爱的小姑娘特别想获得别人的认可。一个多月后，继父的脸便慢慢沉下来了，恢复了他本来的面貌，不再客气了，坏脾气也初现端倪。由于他做的决定总是最对，就惯于发号施令，区区一些家里事就忙得我母亲整日不得闲。他是船长，其他人都是船员，这个男人掌握着这个家的大事大权。

他晚上常出去应酬喝酒，酒后如雷的鼾声顺着暖气管道直传到楼上，沙曦好几次睡不着往我房里跑。有天晚上，我从睡梦中惊醒，听见那每一声呼啸后似是有一场灾难即将到来，鞋都没趿，我像龙卷风一样卷下楼，推门而入。烘热的屋子里的鼾响像电钻一样令人抓狂！母亲拧开台灯，错愕地看我冲到继父床头。继父猛地惊醒，想必是警觉到一股恶气，抹了把脸，倏地坐起来。

"睡得倒好。"我对着他那张惊怒的、毛孔粗大的方脸，不能说一点儿也不怕，但愤怒顶在了脑门儿，"我都有一个多礼拜没睡好觉了，沙曦三天两头儿往我屋里跑，天天跟拉警报似的，我还不如住大马路消停！明天就搬出去！"

"沙染你给我回来！"母亲的喊叫被我摔在门里。

令我意外的是，第二天早饭时就像前一天晚上什么也没发生过。看他们的样子，根本是商量好了。我在他们两个之间与母亲和我父亲之间发现了共同之处。在一个家里，夫妻才是最隐蔽的紧密联盟，他们先在那个房间里达成一致，走出房间各做各的父母。其实我下楼前也做好了挨批的准备了——那有什么？我都想好住处了。两人想必一个发火、一个好劝，我猜是我妈发雷霆、继父装好人。可气氛很平和，母亲让我替她摆好碗筷，继父也没在看他的报纸，盛了几碗粥依次递给我端上桌。饭后母亲跟我说，继父生意上应酬多，喝多了就难免打呼噜，可应酬还是得应酬，他也说了，以后没必要的应酬就推掉，应酬时也尽量少喝几口。

母亲大而化之地安抚我，她断定我一定听得进去、能妥协，她这个样子就好像饭店的服务员出来应对顾客，说这菜我们为什么放了八角没放胡椒。事情平息了，我突然又感到难过。刚刚从她的措辞、语气里，极力搜寻着一丝偏袒。一直以来，母亲都在平衡我跟其他人的关系，从前我跟沙曦比，现在供我比较的人更多了。心里泛起空冷，我也懒得说话，抓起书包奔学校去了。

一个看透了别人的人，大抵会保持沉默。一旦通晓父母的心，父母便走出了我的前一半青春，在我眼里成为同样存在鲜活过往的普通人。由于他们的心被看透了，便不再具备天赋的父母之尊。他们的惶惑比我还甚，私心和杂念愧对父母之名，而我窥测不到的是他们是否真因此怀有了单纯的、无保留的爱——自我们降生的那刻起。

从他们身上，我发现一些本以为天经地义的事其实是情不由衷的。父亲追母亲不是穷追不舍，是因为合适；母亲嫁父亲不是非你不可，是与另一个男人几番比较的取舍。她选中他时，相信他的爱远比自己的深厚可靠，因而才值得托付。在她的观念里，爱得先拼个输赢，比的是谁更不爱谁。她从来不会输，因为首先要面子，没有面子也不必谈爱，面子比幸福更重要，只有赢了面子才能有幸福。

而父亲一向甘于输，这是他们多年婚姻的前提，他知道赢的一方太阿在握，自会安然，付出什么也就都心甘情愿。所以在我心里，父亲通情达理，有大智慧。

父亲也是个内向的人，虽在小学教体育课，却没把供职的学校看成终极职场，想象有一天能抓住个契机，成为一名企业家。久而久之，在我妈的讥嘲下，他就将他的抱负深深藏起来了，因为我妈说他所走的路跟这一丁点儿关系没有，他这个人跟成功也压根儿没一丁点儿关系。父亲拿着多年积蓄杀入股市想赚第一桶金，出来时只剩三成本金。“我战胜不了市场，克服不了人性的贪婪和愚蠢。”他借由妻子的嘴承认自己无能，将其视为对自己生命之火的无情歼灭，开始了对她的憎恶。他的妻子一面像头兽一样攻击他，一面像头牛一样照顾家里家外。恨她时心疼她，疼她时又怕她。归根结底，他可怜她，心高气盛，偏嫁了他这么个男人。

两人在我面前扮的是慈父严母，父亲温和厚道，母亲说一不二。记得小时候两人闹过离婚，那时还没有沙曦。父亲早起给我编辫子，头发梳着梳着一把把我搂在了怀里，喉头一哽咽，眼泪就掉下来了。一个男人的压抑与痛苦深深撅住了我，在我心里埋下对母亲的不满，只要他们对立，我就站在父亲这边。也许有这一层原因，我才不如沙曦跟母亲亲近。沙曦对人亲，会撒娇，嘴也甜，而我一直是等着别人走近。

去年年初父母刚分开，母亲似乎一下子疏通了近二十年的心底淤滞，最初的日子过得舒心极了。有天回到家，开门便被呛得喘不上气来，我看见青烟缭绕中有一个人，倚着桌子手掐烟头，桌上横倒两只红酒瓶。支撑她这些天的坚强随着母女三人的日子展开而坍塌了。她摁灭了烟，无力地抽动着尴尬的笑肌，看上去古怪而疲惫。

这时，有丝希望在我眼前闪了闪。“你们复婚吧。”话一出口，我鼻子便酸了。

小时候父亲陪着我跳跳棋，下围棋，踢毽子，玩扑克，吹口琴，上舞蹈班。得知自己要添个孩子，他没像他的妻子一样喜不自胜，而是良久凝视我，企图捕捉到我一丝一毫的欢欣或失落。他传递给我一个信念，就是在我们两个的世界里，我不必害怕被抢走什么。

“傻姑娘呀，”母亲嗤笑一声，“妈不瞒你了，你爸结婚了。”

我的心忽悠一下子，往下直坠。

她又续上烟，继那次后，吸烟便不避讳我们两个。

“婚丧嫁娶各凭本事，正常。看见了吧？谁离开谁都过得挺好，他离得开我，同样我也离得开他。这是你亲爹教给你的，可得记住喽。可惜他从前对你是好，以后得去管别人孩子了，听说是个男孩儿，他最想要儿子了……”

她像条蛇一样滋着毒液，发动我的恨，好像全世界的人都该跟她一起恨，恨这已然合理合法的背叛。

真正接受现状，是通过沙曦的一场反复的高烧。母亲熬了整整两个通宵，第三天我送午饭到医院，远远见她在走廊窗前站着，下颚松弛，一脸土色，眼里没了光亮。

我不会安慰人，也明白没什么烟幕弹盖得住我们的难。

“妈以后得离开这儿，你大了，小曦也懂事了……等你上了大学吧，现在还得跟着我的。现在你们谁都能没有，不能没有我。等你上了大学吧，上了大学，小曦想跟我走就跟我走，或者跟着他。”

“嗯。”我让自己听起来并无所谓。

她的话让我觉得她是一个独立于我们的个体，她和她两个女儿不是天经地义的一个整体。

“什么时候我都是你们的妈！还有比妈更亲的？！”她突然像发了失心疯，好像我辜负了她。其实我最怕她这样歇斯底里，让人担心脚下的路随时会塌、日子过不好了、好不了了，由此窥见了生活繁重艰难的真貌。

这场病后沙曦也懂事了，早起不用人叫，知道学习了，再不提跟父亲相关的话题。渐入寒冬，她没缠母亲要过一件新衣服。母亲还是买了一套粉衣粉裤的棉服给她，一件淡蓝色的高领绒衫给我。告诉我们她辞掉了财务公司的工作，专职转兼职，几家老客户同意把账给她做，还给介绍了几家新客户。这样每月报税前忙一阵，收入不见少，时间可以灵活支配，平时好有空顾家。再加上父亲每个月的抚养费，三个人生活不成问题。她就这样慢慢缓了过来，虽说日子透着女人们的凄怜单薄，倒别有一种温暖。

我说我不知道他们是否真为我们而怀有了单纯、无保留的父母之爱，因为他们做事并不以我们为先。也许这本就是子女的苛求。攒了多年的积怨，喊了上百次的离婚，偏挑在那个时候离了，她说多一分钟也过不下去了。

正因为这样，得努力的念头格外清晰。我对一件事情失望，往往就放大对另一件事的希望。那段日子我很疯狂，每天加练两个小时。

“我发现我是悲情式人格，”我告诉小睿，“非得绝地而起才行。”

“说得好像没动过真格儿的似的，”小睿撇撇嘴，“像你这样的散漫家伙，对游泳算很上心了。”

“你这种优等生不怕被散漫人拖后腿儿吗？”

“优等生？”

“你还不算优等生？！”

小睿嗤笑：“我烦他们那种急功近利的穷酸样儿。我可不会费劲巴力的。”

小睿反感我和张曼丽一起玩，勒索李思笃的事自然也不会让她知道。她什么都好，人近乎完美，就是自以为是，大道理太多。其实在我看来，她根本就属于好学生的阵营，只是不想被贴上好学生的标签，或者说她是想要更多的标签吧。

2

胡同里破破烂烂，几排废弃的拆迁房，窗框上留着碎玻璃和镜子残片。

“我真没有。”是李思笃，声音都变了。

我躲在其中一间屋里听那帮人嘲弄他，隔着墙都能想象到一脸窝囊相。

“衣兜。”有人指挥，“书包翻细点儿。”

我听见许多只鞋底蹂蹭地面的动静，凑到窗口，看地上灰飞起了老高，想必有一番激烈撕扯，传来一声暴喝——“别动！”紧接着书本、铅笔盒里的文具全被甩落在地。

“再这眼神儿看我？！”

有个黄毛儿正恶狠狠地逼上前，手臂青筋暴突，李思笃被人拖住后领口往后猛拽，脚下倒腾不过来，跌了个仰八叉。

“行了赶紧的，跟他耍啥狠。”那个冷静的人身材瘦高。

“欸？还真没有。”有个人说。

“咋能没有？”

“都翻啦！小子，你钱哪？”

“我真没有。”

“鞋！”

两只鞋被拽下来。

“这是啥？”有人从地上捡起个火柴盒大的金属物件。

我看见李思笃往前冲了一下又停住，没冲出去，看着就像抖了一下，把头转向别处，装作若无其事。

“看着挺高级，挺沉，不是打火机。”

领头的瘦高个儿盯了李思笃几秒，笑笑：“行了。明天带五十块钱来再把这东西给你。”

“十块吧，十块行吗？”李思笃装得无所谓，可人看一个特别物件儿的眼神是伪装不了的，起码我心里明白。

“这是什么东西？”瘦高个儿按了几下，对着阳光观察，“啊？”

“机器模型上的零部件。”

“没这个肯定不行吧？”

“零部件而已。”

瘦高个儿眯缝着眼睛瞄着他，心里琢磨：这东西能不能值上五十块钱？不值的话他就不来赎了，不过十块钱肯定是值的，搞不好这小子故意说不值钱呢，长得还算老实，应该没那些心眼儿，浑身上下也没啥值钱东西，今天算白忙活了。一闹心索性就不想了。

“我说五十就五十，再磨叽就一百！不来换也行，天天上校门口接你。”瘦高个儿带人扬长而去。那黄毛儿走在最后，捏着李思笃后脖颈笑嘻嘻地狠劲往下压。

结果是：他们没能翻出一块钱，却抢走了他的MP3。我听沙曦说她听过，那么小的玩意儿能放出歌来，很先进，外国货。

李思笃站起来，后身全是灰，东一只西一只把鞋捡回来蹬上。

“你不说他有钱吗？”张曼丽靠过来。

“我哪知道他有钱不带啊。”

她似笑非笑：“你妈不是嫁了个骗子吧？”

“你知道个屁呀！”

“书包背了起码有两三年了吧，看那文具盒都旧成啥样儿了，衬衫也就那么两件，他有钱他不换？你有钱你换不换？！”

“你错了，文具可判断不了。钱可着劲儿花，文具盒锈得掰不开，这样的人也不在少数啊，一群土包子。”我盘算着要不要告诉她那物件是什么东西，可那东西挺贵，我有点儿不踏实，但更不想让她小看了。

“谁土包子？看你那样儿……什么意思？别卖关子了。”

我索性不多想了，痛痛快快地炫耀了一把（如果算的话）。

“你没见他包里有耳机线吗？被拿走那东西是听歌用的，比随身听先进多了。他叔叔从国外给他带的，国内都没有。”

“值多少钱？”

“千八百的总值吧。就怕没人认得。”

她眼神活泛起来：“那就不给他了呗！”

“小声点。真的，我还真就怕你这么说，万一让人知道的话我引火烧身哪。”

“放心吧，谁也不让谁知道。”

“他要是告诉学校呢？”

“校外的人学校管不着。”

“被他爸知道我得让我妈打死！”

“都说了谁也不让谁知道，飞飞他们又不认识你。卖了咱俩一人买条真维斯，浅蓝偏白那种，超带感。”

“飞飞是那个瘦高个儿？”我算妥协了。

“看上了？给你介绍介绍。”

“滚蛋吧，长得跟马似的。”

我悄悄走到外面，在道中间跺了两下脚，嘴里洋溢着幸灾乐祸，“欸？怎么了？被人欺负了？”

他顿了下，像没听见，匆匆捡起最后两支笔丢进包里，快步离开，并没有让我看到他的脸。

我想这张脸跟上周六下午在家时必是迥然两样。

“你弟肯定哭了。”

我警告过她好几次别我弟我弟的叫，那会显得我很没人性。

“你看清了？”

“头都不回，百分百就是哭了呗，怕丢脸哪！”

“人家还没怎么他呢，嘿，真窝囊废。”

上周六，父亲要来家里看看我跟沙曦。从接到他电话后到他进门前，母亲就像个焦躁症患者，一忽儿问我他还有脸来，一忽儿装点妆容、整理客厅物品，全不管洗好的床单还没甩干就拽出来忘在洗衣机上滴水。她这些举动很丢女人的脸。门铃响起的时候，她恨恨告诉我跟沙曦：“不是你俩的话，他这辈子也休想踏进我家大门。”

“不是我俩他也不会来呀。”

我让她冷静下来，认清对方动机，可很明显无济于事。她什么也没听到，一脸的孤高，高跟鞋踩得“哒哒”作响，到了院子又折回来让我去开门。

父亲进来后像以往那样平和，对母亲话里话外的嘲讽置之一笑，询问我跟沙曦学校和生活上的情况，又被母亲屡次打断，扯到从前家里的话题上。她提起他们认识的人都怎么样了、跟我两个姑姑之间的矛盾、她对这个家的贡献，说婚姻比纸薄、命运天注定。

“借着看她们两个，来看看我过的什么样的日子？！”她眯缝起眼来，一脸看穿他的讽刺。

“你过得好我还能不放心吗？”父亲望着我跟沙曦回答她，已然不耐烦了。

“过得好不好，还轮得着你放不放心吗？再说过得当然好了。”母亲尖声接口道，“吃的穿的用的都是进口名牌货。人家给你女儿的零花钱比你拿的抚养费都多！不过你还得给，法院判的。我说，挺辛苦的吧？负担一个女人三个孩子，凭你这点儿能耐？”

“又扯远了。”父亲尴尬地笑了。

“妈你说点儿有用的好吧？”我听不下去了。

“跟他还有啥好说的？”她一摊手，“跟你还有啥好说的？”打量起父亲的衬衫，神情就像被破袜子上的新补丁寒酸到了，“还穿哪，这件？”

父亲低头看看，捋捋袖口，“啊，穿哪，又没破，不挺好的嘛。”

母亲旋风似的进了卧室。

沙曦静悄悄地站到父亲身前，冲他憨笑，他搡她，她装作小木偶似的踉跄后退，再皮皮地上前，他再搡她……这个莫名其妙的游戏他陪她从小玩到大。

高跟鞋一路“哒哒”响过来，母亲两手勾着好几件风衣和西装站到父亲对面，“看看，看看，都是国际名牌，高级定制西装，贵着呢，一柜子都是。看看！”

我坐不住了，心烦地到处走。

她不住地抖落着继父的衣服，被衣挂勾得指节发白，好像自己已经脱胎换骨，要让他刮目相看、悔不当初，可连十八岁的我都看得出这个男人心已经合上了，今天一见她，心里原有的那点儿余憾大概也荡然无存了。

转过门口时我发现门框倚着个人，由于扁扁地侧靠着，门外阳光又很晃眼，就没人注意到。

是李思笃。他面无表情，可我就是看得出来，翕起的鼻翼和微抿的嘴角，藏着让人寒心的冷蔑。

我感觉我的脸蓦地烧着了，又羞又愤，不知该说什么好。他在鄙夷我的母亲还是鄙夷我的父亲？还是同时鄙夷他们两个，鄙夷清贫和对清贫炫耀富有的丑态？

“爸，”我把外套递给父亲，“带我俩去吃冰淇淋吧。”

两天后，我跟张曼丽一人穿一条浅蓝色真维斯牛仔裤肩并肩走起模特步。

上学期开学，张曼丽刚转到我们学校，梗着天鹅颈似的长脖子主动找上我，说了这么句话：“高个子女生一个人走路有点儿傻，两个人走就很拉风。”我早就从她的气质里辨出同类的气味，从此跟她打得火热。

都是体育生，体型高挑健美，我们俩走一起，一加一大于二，窈窕多姿大长腿，辣得很。她四肢细长，像树精，爱美斗狠，高兴起来疯疯癫癫，可这样的女生十有八九讲义气。学校里所有人都知道她初二时就从女孩变成女人了，对她的男朋友矢志不渝，在一起三年，总闹着分开，到头又重归于好。

“换你是我你怎么办？”她每次都这么说，好像任谁也走不出僵局。

起初我深入角色替她想，分析他们之间的问题、各自不对的地方，后来我也懒得理了。她根本就不珍惜别人的答案，只问问题，不要答案。我觉得就算有绝对正确的办法能解决他们之间的问题，她也不理会，因为这个人做事全凭感觉和冲动，可不是我分析得不高明。我跟她的友情走到一个地方就停滞不前了，但谁也没想要离开。正如当初她来找我的理由——两个人在一起很惹火。我跟她同气相求，像一条钢索上相互借力的两个马戏演员。

事后李思笃没声张，就这样丢了他的MP3，上学路上照旧塞着耳机不理人。

继父又让母亲给我们姐妹购置了一大批穿的用的，说女儿要富养，好东西用久了，女孩儿心性就高了。母亲总念叨继父的好，我也无话可说，吃人的嘴短。我猜李思笃从前也过着“穷养儿”的日子，只不过身边没人做比。跟我俩这么一比，他更沉默了，甚至刻意躲避沙曦那孩子的好意。我故意当着他的面跟家里要钱，吃的用的也挑三拣四。我妈可怜他，对他可以说颇为用心。他样子装得恭恭敬敬，称衣物自己洗，房间卫生自己搞，偷偷告诉我妈他不吃甜、辣、芹菜，不喝牛奶，不吃大米白面以外的五谷杂粮，点心除外。此后我妈每天在饭菜上大费周章。就是这样，他还从我妈手上一堆衣服里冷冷拽出了他穿脏的外裤，“别进我房间。”这话只是没说出声来而已。

我逮住他眼里的冷蔑，他看我在瞪他，转身便回了房间。我冲进他房里时，他正窝在椅子上去够一本杂志，我上前抓过杂志一把甩到墙上，柜子上什么东西掉了一地。

“再让我看见就把你眼珠子抠出来。”

他像个无赖似的仰在椅子上，挑衅式地睨起眼，“看见什么？”

我恨恨挫了挫牙，扯着脖领把他拎起来，“看见你是个不识好歹的东西！”

他眼里又现出自尊式的防范，随后我不由怔了神，这是我第一次这么近距离直视他，这双眼睛过于凝邃，有一种泥沼似的危险吸力。有那么一瞬，我感觉并不认识这个人，然而那也只是个闪念。泥沼似的危险旋即被一抹冷嘲遮掉，我像丢开条毒蛇似的把他搡回椅子上，看他连人带椅侧翻倒地，心里那丝惊惧才像错觉似的被气势汹汹掩埋掉。

不久，继父发现不对头，就特意强调要吃辣椒、吃五谷、喝牛奶、吃芹菜，整治这小子娇气的肠胃。

李思笃除了吃饭睡觉以外的时间几乎不在家。头天早上跟他前后脚出门，下次照面常常是第二天早上。他父亲同样早出晚归，所以这个家大多时候是我们母女三人的，三个人的时候，就跟从前的日子一样。跟他最要好的活物也就是上学路上那只常被忘在院子外的灰猫。他在学校落落难合，似乎有什么东西遮住了他遥遥领先的成绩，让所有人不予理会。好几个月下来，我只当他是上各种培训班、被他父亲寄予厚望的庸才。他参加数学竞赛班、英语口语班，练跆拳道，每周三节围棋课，每月读完一部名人传记，假期参加军事训练营，冬至前后得完成两次冬泳，还有，每年要交一位朋友。

有天晚上听见一连串暴喝，若是没听过我继父的声气儿，会以为谁家炮仗爆了。我摸下楼看热闹，这热闹时常有。他怎么又把他爸惹毛了？我挺好奇的。不惹是生非，学习也好，让完成的都能完成，也自立，他爸为啥不拿他当宝？我去厨房找吃的，碰上他从书房那边臊眉耷眼地出来。我就笑了，当然不是好笑，“又挨骂喽——”他看也没看我一眼，径直回了房间。我觉得他有点儿可怜，也觉得自己还算挺幸福。

母亲说前世的仇人今世的父子，家家如此。其实我觉得他们父子之间跟舅舅和表弟那种互相否定还不一样，具体的我还说不清楚。母亲还说“从小没娘，长大命不强”，像是早从他的身世和个性里看到了不幸的兆象。

“因为他的钱吗？”有一次我问母亲。

她沉下脸来，“什么？”

“收拾、做饭、做饭、收拾，同样做这些事，为啥要离婚？我爸对你难道不比他对你好吗？他也不喝酒，也不打呼噜，什么都听你的。你有第二个丈夫，可我跟沙曦没有第二个爸爸……是吗？因为钱吗？不就因为钱吗？”

“现在说这些有啥意思？是你爸能回心转意还是你们俩跟着我继续过那种日子？”她气得够呛，“现在你不懂钱的重要性，那是从小到大没让你缺过。日子过得好，做这些我应当应分，我不做谁做？谁家也不缺摆设。你爸倒是会做家务，可他挣不来钱，嘴上心疼人，摆着心疼人的样儿，可我这些年少干了吗？操多少心谁知道？里里外外干，哪享着一天福，到头啥也没攒下。你记住了，他那样的男人最没用，以后千万别找他那样儿的，跟你山叔能比吗？你山叔那是得被敬重的人，人家命运掌握在自己手里，要厂子有厂子，要关系有关系，手下百来号儿人端着他的饭碗呢，在外头独当一面，不让老婆孩子遭一点儿罪，你爸能比吗？以后别总跟我提你爸，再有，也别没事儿找事儿找别扭，这家里没谁欠你的！”

我妈嘴很利索，真掰扯谁也掰扯不过她，眉间川字纹一现，说出的话能把人堵得哑口无言。跟她一比我笨嘴拙腮，只剩下愤愤不服的份。俗话说得好：吃人嘴软，拿人手短。人在屋檐下，不得不低头。有时我觉得自己很没趣，也不现实，可要是也像小曦似的顺应下来，岂不就全都背叛了父亲？他在一个地方等着，我舍不得流落他乡。如果不斗争，那些一家人在一起的珍贵岁月就要像飞沙似的散去了。

3

徐佳伊看似心虚，其实已有准备。我跟张曼丽把她堵进女厕时，她班那几个女生也跟了进来。张曼丽二话不说，扑上前扯住她辫子，从头到尾就没松过手。劲儿很大，把徐佳伊从这儿抡到那儿，从那儿抡到这儿，趁重心不稳便起脚踹。那架势就像拴绳踢口袋，一踢一个准儿。狂风肆虐，徐佳伊及腰的高马尾，给薅成一捧乱草，前胸后背腿上全是鞋印儿，小脸儿吓得扭曲变形，呜嗷尖叫哭不成声，没半点儿班花的风采了。得承认，张曼丽打起架来很生猛。其余那几个女生起初傻了眼，后来见同伴被虐得太惨，也不得不上了。有的拉架，有的趁机对张曼丽下黑手，眨眼间扯掉她一绺头发。我揪住扯张曼丽头发那人后脖领一猛劲儿往后拽翻在地，手上扇了谁一嘴巴，又一拳捣在谁胸口上，想抬腿没抬起来，被人一脚踢在膝窝上险些跪倒，接着脖子上一道火辣的刺痛。我火往上蹿，揪住那钢墩儿似的女生领口往后猛一搡，一脚把她踹翻在地，她劲儿大得很，嗷嗷叫着扑过来。我膝窝很痛，一个重心不稳被她扑翻在地，被骑在身上狠狠扇了两巴掌。我蜷起膝盖猛顶她后背，使尽吃奶的劲儿才把她掀下身去，此刻我也疯了，扑上去扭住她撕作一团。那边张曼丽双拳难敌四手，被她们逼到墙角，手上仍攥着徐佳伊的辫子……我冲过去，被一股巨力扯回来又抡了出去，砸开一扇门，整个人抢在蹲便池上，满胳膊湿漉漉，小腿硌在台阶上，疼得我眼冒金星儿……

男生冲进来拉架。有人挡在我身前，终于从我被揪出半米长的大襟上掰开了那只铁箍般的手。

“你没事吧？”邢展回身问我。

我恨得几近啜泣，硬憋了回去。

“都给我滚出来！”教导主任尖厉的嗓音响起。

所有人被拎进教务处，先是教导主任喷了一番，全校通报批评，接着由各班班主任带回去处置。我班主任是个喜怒无常的中年男人，平日里不管我，我文化课超出安全线一大截，也不用他管。他把我扔在走廊上一直站到放学后，学校人都走净了，我索性回班级取了书包，骂骂咧咧走出校门口，张曼丽正等着。

“这回解气了？”

“解气。”她突然兴奋得跟什么似的，两只手爪子在空中乱挠：“我扯掉她一后背头发。”

我无精打采。

她兴奋了一会儿，上前揽住我：“知道，要不是你绊住那家伙，我也捞不着好果子吃。”

“我吃亏她也占不着便宜。”我悻悻地说。

“徐佳伊这贱人真够贼的，刚转学过来就被她笼络了，我没想到她敢伸手，不过你已经挺猛的了。”

她既然这么说，就说明我不够猛，连她都看出来了。原以为我俩对付那几个女生就跟老鹰拎鸡崽儿似的，可结果被人拎了，基本上是挨打的份，打不过人的感觉真不好受啊。怼也怼不动，踢也踢不动，那人就像包实心儿棉花，力气还大得出奇。

“你说那女的刚转学过来？”

“啊。”

我恨得牙痒痒：“是体育生吧？”

“校队练铁饼的呀。”

“……”

“我一看她在就知道徐佳伊有准备，心里有点儿没底。那怎么办？去他妈的，不管了，赶到那儿了！再说咱俩力量能比她差？咱俩是吃素的？我疯起来可连我自己都控制不住啊！”

我朝着晚霞长吐了口气：“靠……”肩膀和腿疼起来了，“咱俩是耐力，人家是爆发力，是劲！”

不知怎么的，我俩笑起来就停不住了。

一路回顾起这场殴斗，直到要分开还没说够，索性一起去吃了碗面，就近在公园逛了几圈。

“看她以后还敢跟赵岩眉来眼去。”她总结今天的主题，“贱货，让她再把我话当耳边风！”

在我看来，单纯说徐佳伊勾引赵岩未免一厢情愿，可张曼丽一贯听不进去忠言，我就再跟她说一遍：“一个人能眉来眼去吗？今天你受伤，你家赵岩跑哪儿去了？她那么好看，他不对她有意思才怪呢。”

“你瞎吧？那就叫好看了？他都不搭理她！”

这么一来，同心勠力的兴奋劲儿也就散得差不多了。有那么一刻，我想着，她要是趁现在能把赵岩从心里一脚踢开，那我才真高兴呢。为了一个花心的男人大打出手，怎么都带着点儿傻。

“明天有的他好看。”她只是为赵岩不见人影儿感到失落。

“要不咱俩往徐佳伊家走走？”

她蓦地转过脸来，懂我的意思，眼里突然明亮，接着又浑了，一副揶揄我的兴奋样儿，“你当我是你呀？哈哈哈！”

我也就没什么好说的，七点多了，就各回各家了。

那晚我辗转反侧，一会儿想起被那练铁饼的揪出茅坑，一会儿想起邢展看见我的狼狈相，想找条地缝钻进去。好不容易快睡着了，迷迷糊糊又想起来，难堪得唉声叹气。后来又想起邢展挡在我身前拉架时的情景，有一种受庇护的幸福感。就这样一会儿丢脸，一会儿甜蜜，一宿觉都没睡好。

高中的男生们像层起翻涌的竹林，甚至听得到他们筋骨拔节的脆响，可能一夜之间蜕变成了那种迅猛的雄性生物。我和大多数女生一样，常被俊朗不羁型、运动型、才情志趣型男生吸引。那些光彩夺目、意气风发的男孩子所蕴藏的力与美简直太迷人了。然而在看待异性这一点上，我眼光更为独到，所欣赏的目标一定比多数人所注意到的更为不凡。通常，他们也同样会注意到我。我高挑健美、活泼率性，有一双细长的妙目，鼻梁高挺，唇红齿白，虽不是时下标准型美女，却别有韵味、别有冲击力。张曼丽说，我的眼睛就如同她的脖子，一样地有“气质”。女生如果没有男生这个“目标”，学校里的时间便枯燥得要死。一旦发现目标，日子便跟上了油彩似的。尽管这点儿断断续续的小色彩尚不足以涂抹整幅青春画卷，可每一笔都行笔有情，发乎真心，学业生涯就是这么过来的。

邢展这个人，整日里优哉游哉，其实是个不耽于小情小调的现实家伙。我喜欢他优哉游哉，也觉得他的现实别有股与众不同的成熟。这个时期有正事儿的男生都是冲着上大学，不能说没有过梦想，而是对于再远一点的事尚无规划，便无从谈起，梦想就显得渺茫。邢展常把“祖国航天事业未来的栋梁”挂在嘴上，与未来的距离使他必须耐着性子积攒能量，他常为此感到苦恼，一副低眉抬眼逼视远方的样子透着不善的动机。我偏爱他这副动机，看起来还带着点儿滑稽。他那双眼里除了精明、好奇、野心、快乐、戏谑等纷繁神色，最深处有一层近乎悲惜的东西，我不曾在别人眼中见过。他总是侃侃而谈，博人钦佩，又看似并不在意。热爱篮球但打得一般，说不计较输赢，背底里偷着猛练，被邻家同学传扬出去后，他又亮出被抓包似的奸笑，坦承自己没有打球天赋。他擅于带队，是头脑冷静的旁观者，也颇有几分英雄气概。在老实人里很活泛，在一堆热闹人里是沉实的核心。我喜欢他游戏人间的俏皮劲儿，张弛间的稳健个性。

总而言之，他帅呆了，他不一样。

4

我已能忘却昨天的难堪，便出现在了奥数班门口。听说邢展对那个女生有意思，可我不相信这个传闻，在学校并没发现他跟她过于亲近。张曼丽说他是碍于我，我觉着是她把每个男的都当成赵岩了。

从后门的玻璃窗往里看，邢展的确跟那个女生坐同桌，我心里一酸，转念一想，流言或许就是这么传出来的，就因为他跟那个女生坐了同桌。他们都在听讲，桌子下面没什么小动作。

那个女生有张雏菊似的小脸儿，是一副不自美的清淡模样，我认为虽不好看，倒颇有几分毒性。她是具备迷惑某一类人的特质的，并且他们同属高智商的好生行列。一想到邢展也许真对她有意思，我就打不起精神来了。

“你怎么在这儿？”下课后他背着书包走出来，女生在身后。

我瞥见李思笃从后面走出来，想说在等别人，可李思笃俨然没有同我打招呼的意思，我也省得自讨没趣，便索性坦白了：“我等你呢。”

从女生的表情，看得出她是在意的，在意还要装作不在意，属于隐忍型。我把人对待情感的方式分成两类，出击型和隐忍型，隐忍型的女生通常很好对付。清高、不吭不响、想也不说，总会错失良机。

“你好。”我扬起微笑。

"你好。"

"你们是同学吗？"我佯装不知。

"不是的……"女孩笑得很好看，她是有意要笑得比我好看。

"一起去玩儿吧。"

"玩儿？"

"可以打羽毛球呀，我再找个人，刚才叫住他好了。或者攀岩也行，攀岩、爬山？都行啊，刚上完课不用急着回家学习嘛，周末欸。"

"你还没问人名字。"邢展不满地提醒我。

"没问你不会介绍吗？"

"我叫王玥惜。"

我当然知道她的名字，人们对新转学来的都感兴趣。

"我妹妹名字里也有个'曦'字，不过她是日字旁加那个很难写的'羲'。我叫沙染。"

"名字很好听。"

"出生时正赶上日出，云彩全被染红了。"

"叫'沙红'多好。"邢展总爱这么调侃，好像我如果叫了"沙红"，魅力就所剩无几了。

"那你怎么不叫'斩首之刑'呢？"我这个调侃也没多大意思，只是带着要表演给旁人看的默契，"怎么样？攀岩还是羽毛球？"

"你就不能文艺点儿吗？"邢展说，"看美术展吧，或者话剧。"

"装。"

"谁装了？我本来就文艺，懂得多。"

我不理这茬儿，"刚听完奥数，运动才更有益身心吧。走啊，放松放松。"

邢展似笑非笑的，猜得到我的用意，悄声在我耳边："就算你运动在行，也不代表赢了她就能说明什么，再说你也未必能赢。"

"说明什么？说明你喜欢我？"我故意说得大声。

邢展一时语塞，拿我没办法，提议去看球赛，说他一个人照顾不来两个女生，想再叫个朋友，王玥惜却说她不去了。邢展那神经一紧的样子真是看着让人烦，他感觉到王玥惜生气了。她是生气了，不过表现出来会很丢脸，就笑呵呵地说："下次吧。"

"你不能不去呀，咱们才刚认识，走吧，球赛也挺有意思的。"我轻飘飘地挽留。

王玥惜坚持不去，神情渐渐生硬起来。

"你想干什么啊？"邢展不耐烦了。

"我只是想认识认识你。"我对王玥惜说，"结识出色的朋友呗。"

"还是下次吧。"她拒绝了我最后一次，抬手说了声"再见"。

"你有意思吗？"王玥惜一走，邢展气急败坏。

我心里真有点儿难过，"你到底什么意思？"

"我对你没那个意思，你可饶了我吧。"一副拒我于千里的无奈。

往往这种时候我都感觉这不是他的真情实感，要是真饶了他，他准保会后悔的。现在不是我不想让他后悔，是我还饶不了他，饶不了我自己呢。

"咱们不是同一类人，这么下去有什么意思？"

"欸？你说过的——"

"我向你道歉，也不知道怎么就一时着迷了。那并不理智，并不是我。真的，你不是我喜欢的类型，我现在很清醒，清醒就不能自欺欺人。"

我心里甜滋滋的，“一时着迷就是喜欢啊。”

“不，不是着迷，是错觉，我的措辞不够严谨。”

“亏我还以为你挺聪明的呢，把事儿全给弄反了。怎么能先分类再考虑喜不喜欢呢？得先喜欢哪，喜欢上了还在乎什么类型呀？爱情最大嘛。我说你可真傻啊。”

他笑了：“这话听着挺感动，但从你嘴里说出来可让人不踏实。思想也好，言行也好，你这种人还是太莽撞了。甜言蜜语拿起来就说，一点儿也不经过考虑，这是对自己不负责任。她就不会像你这样。”

“什么意思啊？你真喜欢她了？！”

他看看我，又四圈儿瞅瞅：“别一惊一乍的行吗？”

我扯住他胳膊，“问你呢！你真喜欢她了？”

“凭啥告诉你？”他似笑非笑地敷衍。

“真喜欢她了？”

“喜欢谁也跟你没关系。”

我心里边儿难过，看着他摇头晃脑地走远，又跑上去跟着。

“我没喜欢过你，真的，说了那是错觉。”

“刚才还说一时着迷呢，现在又说是错觉，其实就是想逃避。你以为我傻、我没感觉吗？”

他回过头来，若有所思地盯着我看，好像我真傻似的。

“你总在自己的精神世界里，认不清现实。别来搅和我了，行不？”

“你可以不喜欢我，你也不能喜欢别人。得洁身自好，懂吧？我护送你，帮你挡桃花，同时我也会努力奋斗，除了你我谁也不喜欢，咱俩不是说好了吗？”

我看到他眼里有什么东西动了一下。

其实他是不得已才总拒绝我，也许怕我会耽误他学习，也许不想承认是心里没底，喜欢上我这样的人会令他这样的人困扰。他自己也很混乱，我曾扰乱他的心绪，常常对他施以外力，他对我总想归零，我偏要去拨动指针。这种书生与狐狸精的角色设定让我乐此不疲，每次看他内心起了波澜，都有极大的成就感。总之，他对我的感觉我看得比他清楚。

“对吧？”我摆出一副真挚的伤感模样。

他叹了口气。

“你得答应我，不要再跟她坐同桌。”

“同桌而已。”

“不行。这班上有一大半男生呢，男生得跟男生坐同桌才正直，跟女生坐同桌影响不好。”

“男女同桌不很正常嘛……”

“你答应我就是了。”

他微微点了下头。有种清甜的氛围弥散开来。

书生又被狐狸精迷了魂。

回过头去，我主动找了王玥惜。

她跟所有优等生一样，骨子里流淌着不流于俗的气质，在为世俗里的名牌大学而拼搏，方向是法律专业，是个严于律己的人，个性还算落落大方。她不提邢展，说女生的话题不该总围着男生转，自己首先得做个丰富的人。言外之意，我三句话不离邢展，内涵匮乏。

我告诉她是为了邢展才接近她的。她说你倒坦率，但这不妨碍我们成为朋友，友情比爱情坚定，如果让我选的话，一定选友情而不选没把握的爱情。我心里暗笑：你就装吧。邢展不是说过王玥惜不会像我那么说话吗，他听她这么说又做何感想呢？她顾左右而言他，一副全不在乎的样子，让我以为是邢展主动接近她的。可我还是告诉了她我跟邢展的那个约定，让她知难而退。

“那很好啊。”她笑了笑，“你认识那个天才？”

“哪个天才？”

“如果我也有那样的脑力就好了，自愧不如呀。人与人的实力差太多了，生生的无力感。我观察过，他真是在睡觉，可又全都解得开，连老师都不愿管他，不可思议。”

“李思笃？”我猜，他确实爱睡觉。

“嗯，你那天是在等他吧？”

“他和我住在一起。”

“什么？”她吃了一惊。

“我‘弟弟’。”

“真的吗……”

“邢展没告诉过你？”

“他平时在家里学习吗？”

“我哪知道？”

“哦……”她忙收回视线，似是觉得我有所觉察，脸微微一红，纳闷道，“他不像只有十六岁呢。”

我心里松弛了些，一边说一边观察她：“受他父亲的影响，要成熟些。虽说比咱小两岁，心思可重着呢。自闭，话少，问一句说一句，不问就不说。不过好像确实懂得不少。”

“太专注的原因吧。像这样的人都有这个特点，够专注才出得来这样的成绩呀，只是解决不好人际矛盾，或者说不屑于吧……”她欲言又止，透着点可惜。

“你好像挺了解他的。”

“他跟我一个朋友从前关系很好。”

“在补习班睡觉倒不如不去。”

“不是补习班。”

“哦，算我说错。”

“要小聪明的人很多，背地里偷着使劲儿，表面装出一副不努力的样子。可在这儿就不必这样，大家程度相当，都得认真才行，难题之上有难题。”

“看样子你跟他还不认识，我给你介绍介绍呀。”我玩味着她的表情。

她俨然认为我低俗，扭开脸看别处。

后来我言归正传：“咱俩也接触好几次了，算是朋友了。‘选择友情不选择没把握的爱情’是你说的。不管你俩是怎么回事，离他远点儿吧。他得杀下心来考工大，不能因为早恋耽误事儿。”

“没想到你能说出这样的话。”

“不是就你们懂得奋斗是怎么回事。好吧？说定了。”

“我不会答应你什么。”

“你不说对他没意思吗？”

“有没有意思是一回事，答不答应你是另一回事。你没权利让我向你承诺什么。”

“说来说去，你不主动，是指望人家来主动。想着万无一失，还能高抬自己。像你这种人我可见多了。”我笑起来，“他们两个都对你有意思的话，你会选谁？”

“李思笃只是我好朋友的朋友。”她强调。

“这不还是对邢展有意思嘛，还跟我绕。”我撂下脸来，“警告你了，离他远点儿。再往上贴，明着装清高暗中勾搭人，就让你步徐佳伊后尘。”

她一脸错愕，没料到我翻脸如翻书。我很清楚这种人，心高气傲，装得像朵白莲花似的，谁也想象不到她被践侮的样子，让她丢脸比要她命还难受。此刻她眼里有感同身受的畏惧，被我吓唬住了。我不管我伤害过谁，我只站在自己立场，对看不惯、碍我事的人予以打击报复，用我的暴风雨冲刷腻秽。

她悻悻地，离开前假借朋友般真挚的语气宣泄怨愤：“像你们这种女生，谁也不会真心喜欢的！”

我没警告她不许跟邢展坐同桌，但我猜她应该不敢继续跟他坐同桌了，这些都是其次，重点还是邢展到底听不听话，把没把我放心上。“真心喜欢”跟哪种女生没有关系，“喜欢”是他在我身上萌生的奇迹般的情感，如同我把他的形象捂在心口一个特殊的位置。而相互喜欢，就是两个人之间的独立王国了，其他人谁也进不去，我相信那一天就快来了。

这是我的青春时期纯粹的爱情观。

5

有天早上，李思笃穿一身运动服在院子里拉筋，看见我出来了，下意识地把脸转开，抿起嘴巴，好像想跟我说什么，但不好意思开口。我瞟了他一眼，径直往院门口去了。

“早。”他声音很轻。

我鼻子里哼了声动静算是回应。

他在后面跟着，我装没听见，脚下没停，他跟着跑了好长一段路，脚步声越来越远，直到消失。

第二天早上，他又在院子里。我一颠一颠跑过他身前。

“早。”他说。

他在后面跟着。我脚下没停，他又跟着跑了好一段路，脚步声越来越远，直到消失。

第三天，我一出门就脚底抹油全速跑开了。他被落飞了。我跑完六公里到家，上楼洗澡，下楼稳稳当当吃早餐，他这才冲进院子，像只掉下水的鸡崽子，前胸后背全湿了，两腿灌了铅似的，朝着我这边上气不接下气，冲进卫生间干呕了一阵。

“人这不都累吐了。”母亲让继父进去看看。

我都快笑死了，“死命跑，谁不吐啊？”

“你带带他呗。”见继父没动弹，母亲去拉开洗手间的门，里面传出自来水的哗哗声。

“我训练呢，又不是陪练。”

“你只管跑你的，落后的才该往前赶！”继父舀了一小勺大马哈鱼子进嘴，声音重了几分，“女孩儿都跑不过那就别跑。”

搞什么？晨跑是我训练的一部分，跑了多少年了？想随便跑一下就超过我？

我冷笑一声，抓过个鸡蛋“啪”地立在桌子上：“基本体质是先天决定的，再练也有个极限，鸡蛋就是鸡蛋，它不能是鹅蛋。再说了，没经过循序渐进的训练，凭一口气就想超过去，体能跟不上，关键是心脏受不了，可能会跑死的，我可不是说着玩儿。”

“那可不能再这么跑了。”母亲尖起嗓子。

继父哼了一声，钢铁般的意志虽被“跑死”的说法挫了锐气，但他想表达的是钢铁般的意志不会输，同时认为我低估了钢铁般的意志所能创造的奇迹。

“真的，以他的身体素质一辈子也撵不上我。”我半戏谑半认真，咬了一大口包子。

“我只想增强体质。”李思笃喘着气走出来，满头满脸的水，转眼间就被他的热力蒸干了。

“倒不如花精力干点儿有用的。”继父耷拉着眼皮，鼻腔里哼哧着不满，擦了把嘴，起身上班去了。

李思笃眼中隐现那种自尊式的防范。

第四天清早，院子里空无一人，我冷笑了一声，跑到江边凉亭时远远看见前边有套墨绿色运动服。看来今天他是自己先跑了。我加快速度，距他五十米左右的时候他感觉到了，回头瞅了一眼，脚下也加速，然而并不显著，他已经很累了，我不到一分钟就轻松超过。

“停一下。”我回转身去。“你想要我指导指导吗？”

他眼里露出笑意，点点头。

“没基础别撒开来跑，你手臂摆幅太大，肩膀胸部往后扩，放松，腿脚带点弹性，再放松。”

他调整了动作，有些机械，喘息着问我，“你怎么跑这么快？”

“这可不是我最快的速度。”

“我是说你的速度挺惊人的。”

我当然有一丝得意，“手臂别跟着甩，肩膀再张一张啦。你没跑过运动会吗？”

“没跑过。”

“这回可以。往回跑吧，一天三公里够用了。其实你爸没必要这么逞强，一孱弱书生，连运动会都没跑过就敢瞎较劲。知不知道我肺活量多少？”

“男的比女的速度快。田径场上速度最慢的男选手也比最快的女选手要快上一截。我想了，虽说你的速度快接近于女运动员的水平了，可我要是坚持好好跑，个子长高步幅增大，两年后等我像你这么大的时候应该就能赶上你，也许还用不上两年，这三个月我就长高了两厘米。”他挺直腰杆，目测着跟我比个儿，额角汗津津的，对自己的推断还挺满意。

我知道这个年龄的男生身体变化很大，斜眼打量他精瘦的小腿，“不是个儿高就行，肌肉强度不够怎么也白搭。再说你跟我比这个也没用，我又不是练长跑的。”

接下来每天清早，我都会在整条路线的中段超过他。

“你怎么不跟我一起出发？”

“不想拖你后腿。”他会从这开始随我一起跑到家。

“拖哪门子后腿？我又不会等你。”我好笑着超到他前面去了。

江畔有一段是近一公里长的小路，南侧环矮山，北侧坡下是松花江一条小支流，路两旁老树遮天蔽日，颇有年月，阴森森的。跑热了刚进这里很舒服，跑出这段路之前必会觉得冷，每次我都用最快的速度通过。现在路过这段路不必心慌慌的，就算看不见人，我也听得见身后的脚步和气喘。

有天他在路边捡到一只松鸦（他说叫这个名字），判断是外伤致死，用毛巾包起来揣兜带走了。我问他怎么知道这叫松鸦，鸟长得明明都差不多，他说林子里的鸟他认识的有八成。后来那只松鸦被他做了标本，摆在写字台上，毛羽外形跟活的似的。他还有只青蛙标本是从前做的，告诉我怎么把皮剥下来、固定住两腿、清理肚子里的内脏。我没告诉他我怕青蛙，其实我最怕青蛙和蛇，听得浑身难受，只是装作没什么兴趣，可他还是在讲，话突然很多，许是看见我腮边的鸡皮疙瘩了，我害怕，他就故意要讲。对我而言，死去的动物身上都裹着一团邪氛，是不属于这个世界的气息。而他对待死的东西，有种超乎寻常的接受感，就像看待被踩烂的树叶那么安然，透着股老年人对事物的关照。这跟慈悲心不是一回事儿，总觉得这安然下面，有某种残暴的东西会从他的皮囊里伸出爪牙。这让我想起冲进他房间那次，揪着他领口看进了那双眼睛，好像闯进一个陌生世界。又想起他一贯给人的感觉，游思飞绪缠做一团，使我看清了心中那丝戒惧，然而我一直用我的暴风雨破坏着这种感觉。

“你只有这一身儿吗？”有天我问他。

“……啊。”他莫名其妙。

“体育心理学讲：穿新衣服或者穿喜欢的衣服，人的运动状态会更好的。”

“嗯，挺喜欢的。”他表示运动状态还不错。

“裤子不短吗？”

“短了？”他低头看自己的腿。

我瞥了他一眼：“没发现你自己又长高了吗？连我泳衣也小了，

今天得去买，哎，真是烦死了，浪费。还有你这鞋，也不是专门的跑鞋呀。”

“好像是有点儿。”他没再说什么，颠到前面去了，每一脚都弹起老高。

诱他揣钱是张曼丽的主意。至于如何诱，我这点子不赖吧？

晨跑正来劲，行头是要置备的，真用得着的必需品，他爸二话不说会给他买。按理说一个月跑下来，关系比从前好，我不该这么对他。可前不久跟张曼丽逛街看上了一款皮靴，就又对他动起了心思。我要黑的，她要白的，连搭配什么样式的衣裤都想好了。算上我俩手上的钱一共还缺四百多块。我观察他身上这款耐克运动服起码五百多块，再买新的应该也是这个档次。自从上次从他身上榨出甜头，张曼丽怂恿过我好几次：“又不是你家钱。”我怕的是事情万一捅出去就没法收场了，我妈首先会打死我。后来内心的不安被一双皮靴给合理化了。眼下事态已脱离我的掌控，从飞飞他们几个拿走李思笃的MP3开始，就不是我说了算了。

晨跑回家后，他回过房间换衣服，早餐时当着母亲的面我很有再提醒他的冲动，她会二话不说给他买的，但不确定是给他钱还是帮他买，况且在他目光如炬的父亲面前，我还是什么也不说更保险。

李思笃又被飞飞那伙儿人堵在了胡同里。

“拿出来吧。”

“什么？”

“钱。”

“我没有。”

“主动掏能少挨点儿揍。”

“真没有……”

“再拧巴？”黄毛儿搡了他个趔趄。

李思笃被谁绊了一脚，往一旁栽去，情急之下抢了一大步，身形未稳时又被人狠狠撞翻倒地，掀起一阵灰烟。

我看了看张曼丽。

“你不是同意了嘛。”她不跟我对视。

“最后一次。”我说。

“镇静！”飞飞突然不耐烦，像是讨厌黄毛儿的粗鄙态度，“跟你说多少遍了，做事只为达到目的，暴力解决不了问题。咱们是流氓吗？”转而对李思笃道：“李同学，上次那东西弄丢了很抱歉。我想赔你一个可是不知道哪里有的卖。”

其他人嘻嘻哈哈地观摩飞飞的处事手段。

“跟他废话有鸟儿用？这种蔫吧狗不把他修理服了回头就给你一口！”黄毛儿在旁不住怂恿，“得让他服！”

“我欣赏你。”飞飞充耳不闻，和气地打量着李思笃，“欣赏你什么呢？有艮劲儿，有傲骨，跟我很像！可不是谁都有的，你说对不对？要不咱们做个朋友？做朋友就没人敢欺负你。”

其他人都笑开了。

李思笃嘴唇紧闭，视线往这边闪了一下。

我心里一哆嗦，难不成发现我了？

“怎么做朋友呢？”飞飞一派轻松，“朋友就是朋友。一起混一起玩儿，有事儿吱声，随传随到，互相帮忙。”

“真的？”李思笃此话一出，边儿上人又是一阵哄笑。

“真的。”

“那好啊。”李思笃当真了。

旁人安静下来，猜到飞飞葫芦里卖的什么药了。

“我想请大家吃点儿什么，可惜今天没准备，身上没揣钱。”李思笃一脸实在。

飞飞眯缝起眼睛：“朋友嘛，甭客气。”

“飞飞这种朋友够组一个连了。”张曼丽悄声告诉我，“缠上他了。”

“那我现在得回去了，家里等吃饭，先走了……”我听得出李思笃心里是有几分没底的。

“我们送你。”

“啊……那多不好意思，不用了。”

“不用客气，互相增进一下了解吧。走。”

“真不用了，你们玩儿吧。”

“你只要跟我们走这一路，明天在学校地位就不一样了。”

“我一个人不好意思让你们送……”

“朋友之间这么客气。”

张曼丽撇嘴笑笑：“保护费。”

“这样有用吗？”

“他说过，如果对方感觉被关照，还有面子，拿钱出来就没有强迫感。有的人的钱你要不来，用人情反而套得出来。重点是这样安全。”

“我可真佩服死他。”

“小声点儿。他办法多着呢。”

“他不是听说什么了吧？”

“听说什么？”

“听说他爸有钱，想变着法子多捞点儿。”

张曼丽也猛地反应过来，飞飞并没按照预想的来。这么一来，就把我俩给甩开了。

“是你说你继父有钱啊，要不然他们哪知道。”

“我只跟你说过！你知不知道，再这么下去，我使唤他就没那么心安理得了。”

“磨磨叽叽。”

“我最恨人这么说我。”

“你就是磨磨叽叽。”

“——好吧，我承认在这件事上是有点儿磨叽，可我也跟你说过很多次，让家里知道我吃不了兜着走！真的越想越难堪！”

“那你也不能让飞飞白陪他玩儿啊！再说第一次你要是不同意他也就躲过去了，那你不也没拦着嘛，还说他爸有钱。哦，现在怕事大就全推别人身上了。你也不想想身边人谁用过MP3？飞飞他们不盯他盯谁呀！刚才那情形你看见了，不按套路出牌，我也控制不了啊！”

“他们根本就不知道那是什么东西。”

“不知道怎么会抢走呢？”

从她闪烁的眼神，我确定那帮人确实不知道那玩意儿是什么，是她告诉他们MP3的价钱。她原本就知道这事完不了，刚才我说“最后一次”，她也没吭声。一些念头纷纷往外蹦，我心底发凉，火往上蹿，直盯得她不自在。

“不管他们怎么拿到的钱，都答应分你一份儿吧？”

“靠！你把我当什么人了？我都说了这次跟第一次不一样，飞飞他已经改变计划了，就是不买咱账的意思，以后弄到的钱全算他们自己的！看明白了吗？咱管不了了，管不了了。”她又急又气的样子打消了我几分怀疑，我想这也不是目前的重点。

“你要干什么？”她急忙拽住我。

“去跟飞飞谈谈。”

“怎么谈？”

“谈呗，总之不能这么下去就是了，迟早败露。”

“等到败露的时候也早就跟你无关了。”

她这句话让我心存一丝侥幸，的确，败露的可能性不大，这么一想我就松了口气。

“这会儿走出去，你弟就全猜到了。从现在起，咱俩就当什么也不知道吧。回家。”

一路平静下来，事已至此，我也没懊恼太久。为了以防万一，我俩定死了一个终极对策——拒不承认。

到家吃完晚饭，在客厅看电视到八点多李思笃才回来。我说又有点儿饿了，母亲就多热了些饭菜。

“碗放在水池里泡着吧，明早我洗。”她打了个无声的哈欠，趿着拖鞋“嚓嚓”地回了卧室，其实李思笃每次自己吃完都会洗碗，而她总会这么叮嘱一句。

李思笃看到她的哈欠，动作就更轻了。

“你干什么去了？”

“上围棋课。”他狼吞虎咽。

“围棋课早下课了，你在外边闲逛来着吧？”

他没答话，一口口把红烧牛肉土豆往嘴里塞，瘦的关系，嚼起东西来额角一挣一挣。跟他交流常这样不经意就凉下来，总得像打碎个罩子似的冲破沉闷。

“刚才放学看见你跟那伙人在一起，他们是不是盯上你了？”我不动声色地夹了块牛肉进嘴。

他的目光陡地朝我射过来。

“跟你要钱了？”迎着他的视线我很不自在，就盯着盘子里，拨弄几块牛肉到他那边的盘子边儿，啧啧了两声。

“你要碰过所有的牛肉吗？”他露出一丝厌恶，“我要吃自己夹。”

“明天我就去告诉学校。不吭不响的话，他们会继续缠你的。”

“不用了。”

“为什么？”

“我们是朋友。”

我“噗嗤”笑出声儿来。看了看门外，压低嗓子：“你傻吧？那种人会拿你当朋友？只是说说而已，让你碍于情面好掏钱给他们。就算说‘借’，也不会还的。”

他嚼着饭菜，垂下眼皮盯着碗沿，眼底掠过一抹怪戾神色，自己跟自己笑了下，低头继续扒饭。

“这回你明白了吧？”

“他们之间不也是朋友吗？”

“那可不一样。”

“他要主动跟我交朋友，我求之不得。”

他爸说过他，就算不善人际交往，起码也得做到想结交谁有结交的能力。这次他是作弊。

“你不吃我就都吃了。”他看出我并不饿。

“可你知道他是什么人吗？”

“什么人无所谓。我爸在这方面向来开通，他那类朋友多得是，旁门左道也得认识认识，以后到社会上总得遇到各种人。这回我能给他次意外。”

我倒的确意外，“你以后会被培养成什么样的人才啊……”

“反话。”他憨厚地笑笑，“你才没那么想呢。”

“那他们跟你要钱你会给吗？”

“我没有钱给他们。”

“那不就结了，你没钱给，他们会逼着你要。”我想说明天去告诉学校，又一想万一那伙人被逮着给供出来就弄巧成拙了，退一步讲，飞飞跟李思笃熟悉之后他会不会讲出别人呢？总之现在进也不是退也不是，我只能像今天这样时不常探探底。

“……谢谢。”他说这种话有些腼腆，“先等等吧，等逼着我要时再说。”说着扒拉起第二碗米饭。

“沙染把开水灌上——”倦闷的嗓音从卧室里传出来。

紧接着热水壶的电源“啪”地跳断。母亲对家里东西的掌握就是这般精确。我起身灌开水。开水灌进暖壶、筷子碰触碗壁、他的咀嚼吞咽，这些声响反而显得一切很安静。

“你认得邢展吧？”

“奥数班的同学。”

“熟吗？”

“不熟，就说过三次话。一次不等式，一次指数函数，一次他练习册掉地上了。”

“你请教过他问题？他提起过我吗？”

“没请教过。提起过，第一次跟我说话时就提了。”

“他说什么了？”

“问我是不是你……弟弟。”他低头扒饭，这个词说得很别扭，跟我听起来一样别扭。

“然后呢？”

“然后是那道不等式。”

“后来呢？”

“后来是一道指数函数，有点麻烦。”

“我是说他问没问过你关于我的什么的？”

“没问过。”

“不会吧，那他怎么会问你跟我的关系呢？”

他摇摇头。

“那你认识王玥惜吗？”

“知道，之前跟他同桌那个女生。”

“他们后来坐过同桌吗？”

他稍做回想：“没有。”

“你确定？”

“我记得是没有。女生窜前边来了，在我左前面，隔着条过道。”

“哦。”我暗自得意，“他们怎么样？”

“男生好一些，女生数形结合不好。”

我当然不是问这个，他面带嘲弄，故意等着我不耐烦。

“她跟你说过话吗？”

“这种事别再问我，我不想做奸细。”他扒拉起第三碗米饭，不愿意聊下去了。

从立秋到入冬。李思笃渐渐能随我跑更远的距离了。

老树枝叶落尽，黄灿灿铺到路两边，小河结冰，万物瑟缩，距冬天只差一场雪了。

我问他：“你爸跟我妈是怎么好上的？”

“他不跟我讲这些。”

“那你爸妈是怎么认识的？”

“我妈是上海知青，上山下乡插队到小兴安岭，我爸那会儿在林场伐木，他们本来不算认识，碰巧有一次同乘一趟火车出差，他替她拿了行李。就是这样。”

“你妈挺好看的吧。”

“嗯。”

“我倒觉得你爸妈在一起比你爸跟我妈更般配呢。”

“你们女生总愿意想这些问题，那什么样的人在一起才般配？”

“你想想，两个人个子都高，都浓眉大眼大鼻子的，性格还都强势，跟铜墙铁壁似的，岂不让人喘不过气来？”

“那不正好般配？”

“我说你到底懂不懂啊，阴阳之道，得一刚一柔，互补才好吧。比如你爸说这事儿不能做，我妈说这事儿可以试试，劝劝你爸，缓和缓和，或者安抚安抚咱们，总不能两个人太一致了呀。以前都是我妈说不能这不能那的，我爸在中间调和，或者干脆来个瞒天过海。”

“互补也不一定好吧。”

“那样的日子很舒坦。以前我也不懂，他们分开后，再听姥姥那些陈词滥调就一下子明白了，家里得有一个脾气好的，那样气氛才好。我爸脾气就好，算五好男人，什么都顺着她，也顺着我跟小曦。”

他没说什么，一边走一边用鞋底磨蹭路边薄冰，我知道他在想什么。

“先不说最后分不分开，起码不争吵的时候，一家人过得真挺开心的。现在家里的气氛——让人觉得怪怪的，心没底。有话不说出来，全靠领会，小心翼翼的。你懂我意思吗？”

他偏着头体味着，嘴巴闭得紧紧的，有些落寞。

我跟他上学放学一起走大道，起初是避免被飞飞那伙人见缝插针。后来习惯了，就会随便聊。由于他话少，大都是我在讲话，所以我露的空门比较多。换句话说，他对我了解得更多些，其中有我想表现出来的部分。我爱表现，自认为是洒脱的类型，我想我在别人眼里也一定是洒脱的，所以更刻意说洒脱的话，做洒脱的举止，不大顾及旁人。

走在路上，当我不想说话的时候整个世界就安静了，两人一句话不说走到家或学校，各想各的心事，倒也自在。习惯了他的安静，他这种安静不是不说话，是一种静止——我找不到合适的词汇，只能这么说了，几近溶于空气的静止。我从前并不知道男生可以这么安静。

“我懂你的意思。我爸是太沉闷了。”他说，“你爸跟我妈一样，都是牺牲自己的一方。”

“我妈倒觉得牺牲最大的是她自己。谁说得清呢？这么看来，与其抱怨一辈子，分开也是不错的选择。”

他转过头来，好像这是个不可原谅的想法，“她从没想过要分开。”

我没明白他想强调什么。

“我爸也从没想过让婚姻破裂。”他的眼神莫名刺了我一下，使我产生一串想法：破裂的婚姻怎么了？应该被质疑吗？可耻吗？形式上同样残缺的家庭有什么非得强调的差异？

“那又怎么样？”于是我站住了。

“如果她没死，他是不会再婚的。”

看来他也跟我一样抓着自己原生家庭的影子不放，与此同时，我察觉到他看待我父母婚姻的异样眼光，这令我惊诧，也令我愤怒。

“结果不还是一样嘛！”我恶意地影射他母亲的死。

“这不一样！他们没有背叛。”他语气强烈，眼睛炯炯发亮，全身上下都是对他父母婚姻的坚决维护。

我从中听到的却是对我父母婚姻的鄙夷。曾经我也认为对于父母而言没人能代替他们彼此，想到这儿我心里凉飕飕地难过起来，冷笑了一声：“你怎么知道他们就没考虑过离婚呢？心里的事儿会告诉你吗？天真得可以！”我狠狠刺破他的天真，“我妈说婚不是谁都能离的，不是谁都有勇气离的，我还听说你妈不离婚说是因为你，你有什么可自豪的？凭什么你父母的感情更贵重？”

“因为她没放弃，她活着不只为了幸福这档子事！”

我一时没听懂。人活着不为幸福为什么？谁都知道为幸福而活是对的。我隐隐觉察到他是另一类人，跟他父亲一样泥泞而深沉，是刻着咒印、负重前行的那类人。

他没继续跟我争执，书包一甩搭在肩上走了。那之后，我跟他上学放学各走各的，一个多月没说话。

6

十月起，我帮忙筹备本校庆澳门回归文艺汇演工作。身为特招生，学习成绩还过得去，训练之余，也就没人比我更适合理这类闲事了。

在多个班级众多文艺形式中，我迷上了交响乐。多个个体组成的有机整体里，环环相扣、每种乐器有自己的角色。全校所有学过器乐的学生（不论水平）倾巢出动，集体演奏这首气势恢宏的民族经典交响乐——《红色娘子军》，那个时代的激越情怀从上代人的文艺作品里感染到我们身上。不得不说，这真是一部好乐曲。结构宏大、乐队庞大齐全，民族性不但体现在丰富的地方旋律上，各种民乐器都在关键时刻奏出了神来之笔，令人振奋。其中三弦、海笛、柳琴的部分没人会演奏，用了其他乐器补缺，这个不标准的简易乐团代表着高中业余组最高的音乐水平。我也参与其中，与另一位同无音乐特长的女同学负责打击乐器中最不起眼的——碰钟。任务就是掐准节奏、干净利索地磕一下子。因为太不重要了，我俩唯有用力地磕才能让自己被听见，在激昂的旋律里有所作为是十足的享受。大家伙儿每次排练都盼着能从头到尾完整地合一曲，却总被指挥老师叫停、揪毛病，急赤白脸地批评。

一天放学路上，邢展一改平日悠哉的模样，一本正经地找我谈。

“最近张曼丽没找你吧？”他很抵触我跟她来往。

“她也不是你想的那样，起码比大多数女生讲义气。”

张曼丽前几天还让赵岩找过飞飞放李思笃一马。

“女生之间也有义气？”

“怎么，你觉得女生之间没有义气？”

“我所认识的女生，要么傻要么自私。自私的不会傻到讲义气，傻的也并不真懂得怎么讲义气，莽撞而已。”

“你也太小看女同学了，帮人打架可不仅仅是莽撞，你没帮人打过架吧？”

“我又没说你傻。”

“那是说我自私？”

“我也没说。”

“不傻也不自私，那我在你心里很特别？”

他被堵得没话说，似笑非笑，这神情特有魅力。

“最主要是，讲义气要付出代价的，女人胆子小，不敢承担，代价大的话，就更不敢讲什么义气了。我是客观分析男女有别哦。再说女生要义气也没用啊，有男生在呢。”他借调侃的口吻暗示另一层意思。

“你是说你会为了我讲义气？我看咱们之间可不是义气。”我心里飘飘漾漾的。

几秒钟视线胶着，我的世界百花盛开。甜蜜盈满心田，笑意不自觉地挂上眼角眉梢，热烫烫地灼着他。若说他没怦然心动，那纯属撒谎。在被我戳破之前，他先耐不住了，干咳一声进入正题。

“如果你把全副精力放在学业上，加把劲儿提升提升，正常考一本也不是没有希望。虽说不是及格生里游泳最棒的，但你是体育生里文化课最好的。”

“嗯，然后呢？”我的心绪尚缱绻在前一刻的对视里。

“上考场都有个窍门，先答会的题。人得从自己客观情况出发，努力才有收获。你不能到现在还不取舍，重心还是应该放在可能性最大的地方。”

“那我该把重心放在哪儿？”

“我建议你把重心，不是，是把全部精力放在学习上。你没时间好浪费了。”

“真的，那条路我走不了，想想都累。”

“现在不吃硬，就铺垫不出更有利的路！”

“我不吃硬？我天天——”

他伸出双手打断我：“你之所以还在游，无非驾轻就熟，知道游泳简单，学习难。但——有什么结果呢？没结果还往下继续，只能困死。除非你的理想很简单，无非想以特长生的身份捞个上大学的机会，混几年毕业。但我希望你更上进些，主动选择你的专业跟前途。现在没时间好耽误了，得下决心，找对方向，哪条路更接近成功走哪条。”

我沉默了。

“分了文理科，就朝着社会分工的方向去了，等上了大学，你不懂我专业，我对你的也一无所知，跨出校门就是社会分工。社会分工一直在削减人类的综合能力，却终归能让突出的更突出。反过来说，‘全面发展，全面平庸’这话有道理。我打个比方跟你提个醒儿，指条明路，理想跟现实终归有差距，高考还剩下一年半，谁精力都有限，你不该再游了，得奋力一搏了。我是希望你好，你自己好好想想。”

“你不了解我。”我叹了一声：“我没想过要全面发展，没那种野心，只是全面平庸而已。不是理想简单，是没啥理想。”

他笑笑：“不高兴了？”

我正色问他：“你认为我得过且过，是出于驾轻就熟，为了逃避困难，才天天在凉水里泡着吗？”

“你没明白，我是让你把努力用对方向。知道你想游，但总得面对现实啊。是时候考虑考虑结果了，继续游，还是把全部心思放在功课上搏一把。其实你蛮聪明的，我可以帮你。”

他指出了现阶段我纠结的最大问题，直刺我焦虑的根源。感谢他为我思量，也恨他从头到尾对我的理想都没抱半分希望，用现实在抢夺我内心深处的执念。落选了国家队，他认为我再怎么努力实力也不够。他的话也折射了我身边人的想法，包括母亲。其实我只是佯装不知，背过身去继续游。没人会真正相信七个月前——上次锦标赛前我的实力已与国内一流选手相差无几了。所有人看的只是结果，是啊，除了结果又有什么足以证明继续游下去是对的呢？

“你好像过于关心我的前途了。”我冷冷道。

“是朋友才跟你说这些。”

“不是什么了不得、值得让你付出学习时间的朋友吧。”

“哈！”

“因为我没走所谓正确的路，前途没着落、渺茫，才使你对我犹豫不决的，是吗？你的理想对象应该比我优秀得多才是。”

我的确有这种感觉，想试探他的反应，今天才说出来。他面露愠色，眼睛像被什么蜇了一下，若有所思地盯着我，好像对我很无语。我想我伤到他了，不由怦然心动。

“如果我让你这么想了，那抱歉，想自己的理想对象优秀点儿没什么错吧？你对我青睐有加不也正因为我优秀吗？”

“不是的……”我边否认边追问自己，竟觉得委屈，“不是的，你真是大言不惭。”

前一刻的紧张气氛顷刻间弥漫着微妙的清甜。

走着走着，他蓦地转过身来，“抱歉也要说，我得提醒你拎清现状，重要关口选对方向，以后的事等以后再说。”

“我知道了！”我大叫一声扑上去，从身后紧紧抱住他的脖子，“你只是对我没有信心，对将来没信心，还有怕耽误你学习，其实你根本不知道我也很努力！别说那些了吧。邢展，告诉你，我耐性也是有限的，也很骄傲的，你要是再不清不楚的，我就真不爱你了！”

他转身把我往外推，我情不自禁地吻了他的嘴唇。他“嗞”了一声，错开脸时眼中的震荡一清二楚。

我愤愤转身，已然被四唇相碰的亲近感搅得心慌意乱了，但还是开心得跳着脚离开，这才叫洒脱。

从前并没有人跟我讲过这些话。其实很多次离开教室，看别人在用功，是有被同龄人遗弃的感觉的。也许如果没游泳，也不会想着要是读书就好了。可我不想改变，我喜欢一决胜负，实力之差，差之毫厘失之千里，残酷令我振奋。回头想想，从决定游泳那刻起我就不是要做一名特长生。我想象不到自己该怎么投入到其他事情当中，也不想改道，即便徒劳一场，就这么着吧。这种奋进是我想要的奋进，我得甘于接受结果。邢展的话让我再度确认了失败的结果，如果梦想达不成，日后就做教练，总之我愿意把自己跟游泳联系在一起。

“高考无所谓——我只冲八个月后的锦标赛——”走出老远后，我遥声告诉他，想他能理解我的坚定。锦标赛距高考不到一年，输了的话也没时间换条路走。一年前父母离婚那段日子，我整个人一直焦虑、陷入消沉，最终落选了国家队。现在我已经振作起来，像个赌徒似的押上所有，不留后路。只知道：我得出线。后路和犹疑都是对意志的削减，它会让我什么也干不成。

7

澳门回归那天，曲终落下帷幕，我们个个如梦方醒、心情激慨、眼眶潮红。事后我们的《红色娘子军》荣获全市中学会演第一名，报道在广播里、那晚的省新闻联播里、次日的《生活报》上。会演散场后，大雪纷飞，我们把小国旗攥在手上，插在帽檐上，或者用耳包夹住，成帮结队赶到中央大街凑热闹。

汹涌的人潮顶风冒雪。年轻人只穿短小的棉服御寒，走起路来嗞嗞哈哈风风火火，成年人、老人和小孩捂得严实，小心迈步生怕滑倒。

我们开始怀想：这其中有多少人的祖辈从关内赶来兴建了这座城市。上个世纪，荒凉低洼的草甸子里开出一条土道，道两旁渐渐兴起欧式建筑与外国商店。本世纪，俄国工程师设计监工，给这条街道铺上花岗岩，条形石像钉钉子一样纵向铺排，密密实实。砖面圆润，油光锃亮，形如面包，百年间承载日以万计的人来来往往。一块方石抵一个穷人一个月口粮，可谓金子铺路。在这条远东地区曾经最时髦的街道上，俄国毛皮、英格兰呢绒、法兰西香水、德意志药品、日本棉布、美利坚食品罐头、瑞士钟表……应有尽有。起源于十五、十六世纪的文艺复兴式，十七世纪初的巴洛克式，以及十九世纪末二十世纪初的新艺术运动建筑，无不体现西方建筑艺术的精华，它们鳞次栉比地坐落在中央大街上，汇聚了经久的历史和建筑艺术的精髓。就在去年，市人民政府把中央大街改造成全国第一条商业步行街。可谓铁打的街道，流水的时潮。

今天这个日子将被载入史册，所到之处，各家商铺里此起彼伏地放着《七子之歌》。

你可知Macau不是我真姓
我离开你太久了母亲
但是他们掳去的是我的肉体
你依然保管我内心的灵魂
那三百年来梦寐不忘的生母啊！
请叫儿的乳名
叫我一声“澳门”！
……

我们从小被告知祖国上半世纪的屈辱，又眼见发达世界的精彩，是个性觉醒而缺失自信的一代，在我以为，自豪感较为虚空。《七子之歌》的热烈，让我感到爱国这种情感充斥着辛酸。

有人从后面猛扯住我，是李思笃。

“跟我走！”他嘴唇发干，呼哧带喘的。

我甩开他：“你干吗？上哪儿？”

“你爸要走了，下午的火车。”他一边拽我一边解释，“昨天他打电话到家里，你跟小曦都没在。”

“昨天打电话了？我不知道啊！”我反应过来，“我妈不让说的？我爸要去哪儿啊？”

“我也不知道，快走吧，只能到车站找找看了。”

“小曦呢？”

“带她出来了，在麦当劳里。”

他在我前面挤出条路来，远远看见沙曦焦急地站在店门口。路太滑刹不住脚，鞋面眼瞅着被店员扫上泥雪，他扯着我趁势向前大步猛跨，重心不稳滑了一跤。我们仨在街口拦了辆出租车，赶往火车站。

我心急如焚，不知什么时候沙曦开始抽泣起来，让她别哭，擦干眼泪找人。可就连他要去哪我们都不知道，人山人海的，只有漫无目的地搜寻。半个多小时后，终于在最边上一片黑压压的候车队伍末尾找见了他的身影。

“在那儿！”沙曦尖叫。

“爸——”

我们在他身前不远处一齐刹住了脚，因为他身后有个纤细的女人和一个八九岁的胖男孩儿。

他一点儿没迟疑，匆匆上前搂住了我俩：“你俩来了。”

“爸你去哪儿？走多久？什么时候回来？”我急急发问。

“明年暑假就回来看你们，爸在沈阳一所中学，还是教体育。”

“爸教中学体育了？”沙曦扑闪着大眼睛，大概中学课程比小学课程难，她认为中学体育也比小学体育高级。

“嗯。小染，爸还得嘱咐嘱咐你，一次失利说明不了真正的实力，不过你心理素质必须得加强，知道吧？还记得教练跟你说的话吧？

其实你这次是受了家里影响，爸对不起你。从另一个角度看，恰恰也暴露了你的薄弱环节，心理障碍必须得克服掉，克服掉才能做一名优秀的运动员，人都有缺点，强者谁不是百炼成钢？大姑娘，明年必胜！”抬手跟我击掌。

“必胜！爸……我知道。”我说不清心头滋味。

他嘱咐完我嘱咐小曦，“我宝贝儿再过几年也是大姑娘了，别一天净想着玩儿，也别净想着美……”他得赶在检票前把话说尽了，一时又想不起那么许多，就紧紧捏着我俩的肩膀，说过的话又说了一遍，人群嘈杂，他说得直冒汗。这一年跟他见面虽称不上频繁，起码在一个城市，一旦人要走了，才像真的要分开了。

“你女儿好漂亮。”纤细女人领着胖男孩儿上前几步，眼尾挤出一堆皱纹，却感觉不出在笑。

气氛骤然起了变化。视线交汇的刹那，我脑中闪过“后妈”两个字，猛地明白后妈是怎么回事了。冰冷的玻璃碴藏在她温和的目光里，跟任何人看我们的眼神都不一样。像要透过我们窥测到我们有位怎样的母亲。我猜她的心情应该跟我一样糟糕，只是她藏得好。父亲回头看看她，再回过头来已是面带焦急。

“这是宁姨。”父亲习惯式地用指节刮了下鼻子。

我跟沙曦看看她，都没说话。沙曦有时跟我一样执拗。胖男孩儿站在父亲身后不远，侧着脸时不时打量我俩。

“小希，这是两个姐姐。”父亲回头叫胖男孩儿的时候，有个尖锐的东西在我心里狠狠划了一道。

“你怎么也叫小曦？”沙曦的嗓音因惊讶而发尖。

胖男孩儿点点头，抬头看他妈妈。

“勇国，咱得检票了。”女人面露尴尬，在父亲身后说了一声，冲我们一抿嘴，转身甩了下头发，领着胖男孩儿往检票口去了，胖男孩儿频频回头看我俩。

尽管李思笃等在隔壁的过道上，离这边有段距离，父亲还是察觉到了。他脸上隐有一丝担忧，严肃地叮嘱我们：“女孩子得有女孩子的样子，自尊自爱，懂得保护自己，不管在外面还是在家里，一定记住了！答应爸爸！”

我一直紧紧盯着他，想从他眼里找到独属于我跟他的那个世界，他匆匆笑了，达不到慰藉的温度，只是类似敷衍。他抱了下沙曦，拍拍我肩头，猛地转身站起来，背对我们低头扬了扬手，迈开大步随那女人去了。

“爸——”沙曦抽泣起来，死死攥着我的手。

我瞪着眼睛，直到看清他们过了检票口，看见那胖男孩儿歪着头看我的父亲，父亲拎起他的书包回头匆匆一瞥，才任泪水模糊了视线。

“爸——爸——我才是小曦呀——”

沙曦号啕起来。人已经不见了。

“不要哭了！”我的心像被狠狠攥住。

李思笃跑过来跟我一起拉着沙曦离开。

不知过了多久，车行入市区。

我告诉沙曦：“别跟妈说咱们来了。”

“妈会生气吧？”她眼睛红肿。

“嗯，总之别说。”

“姐，我现在就想爸了。”

“他也会想我们的。”其实我那时就知道，留下的人思念才更深。刚才见他和那对母子在一起，我心底有一股恨意。随着他的身影消失在人海，离去的离去，回家的回家，这股恨又被风吹散了。

“姐，我觉得他们不好。”

“可那又怎么样呢……”我不知该说什么。

事实上我的悲伤仅停留在那一夜，这之后又经历了与父亲的多次离别，从前的感觉随着岁月流逝日渐淡去。别时总是牵肠，别后的伤感一次比一次干瘪。

8

隆冬已至，松花江面千里冰封。李思笃临时抱佛脚，想我帮他纠正泳姿，说既然得扎下去，就顺便漂漂亮亮地游，从前他只会狗刨和不标准的蛙泳。

由于他不常游泳，身体记忆不牢固，动作容易改。看了一遍他的蛙泳动作，蹬水使不对劲儿、胳膊腿儿节奏不在点儿上。手臂力量倒是够，可过于依仗手臂力量造成上身高下身低，身体不水平滑行也不远，核心力量发挥不好，游起来一蹿一蹿累得很。我只教他两点：足弓内侧蹬水，紧接着臂部动作之后蹬。让他练上一段时间巩固身体记忆。那几天他像只精瘦的蚂蚱在我隔壁泳道来来回回，有时停下来观察会儿我的动作细节再接着练。

“有伤口就不能下水了吧？”他问我。

“出血就不要下了，熟口没关系，你有伤口？”

“没有，就是问问。”他侧过身去，一动弹肋骨根根嶙起。

“肩宽臀窄、手长脚长，相比游泳，还是长跑更适合你。”

他一蜷胳膊比出肱二头肌给我看，我也比比我的，他就收回去了。

“为什么？”

“长跑靠耐力，体重轻才不费劲，过于强壮反而是负担了。‘百步无轻担’呗。”

“那游泳运动员呢？”

“得像我这样。”

他眼里有一丝诙谑，缓缓点头，也学着我掂起水来，没等掂起来就快漏光了，这可不是一年半载的功夫。

那天火车站送完父亲，我跟他和好了，此后也没再提起父母婚姻的话题。他看见我们送别的场面，我就不好在他面前装腔作势了。从前我洒脱老练，可他看见了，看见我在父亲面前懂事又不舍。换言之，他旁观了我们家的真实、我的一部分真心，这令我有点儿难堪。他会想，我也只是个小孩儿，跟所有小孩儿一样眷恋自己父亲，由此我就变回了一个女儿，不同于母亲的“女儿”，而是一个真正的、属于我父亲的“女儿”。这就如同他企望他父亲的爱，所以在我眼里他是他父亲的儿子。其实我知道他想做他母亲的“儿子”甚于做他父亲的“儿子”，而我想做父亲的“女儿”甚于做母亲的“女儿”，这种失落是我跟他相同的境遇。因此他来找我，知道我怎么也要去送别父亲。

我咂摸母亲对李思笃，玻璃碴似的东西，从前大概是有的，现在看不出来了。现在她对他不客套了，平常像对我似的对他，该关心关心、该责怪责怪，他们俩的关系有微妙的变化。用粗粗拉拉表现真心实意，是她擅用的方式。我看出我的母亲不是想好好当个后妈，她有想把李思笃变成自己真正的孩子的野心。我告诉她：“人家怎么也不会像对亲妈那么对你的。”她说：“咱该做的都没少做，为啥不让他跟咱更亲点儿？”她怕我会嫉妒，如此这么一说，我真就不嫉妒了。

我发现了我后妈跟他后妈的差别之根源。他母亲已离开人世，我母亲就没了假想的威胁。她现在的丈夫不是另一个女人的前夫，是个光杆男人；李思笃也不是她现在的丈夫跟另一个女人的孩子，说白了，他是个没妈的孩子。她的用心与使力取决于对面那个女人的抢夺、她的付出是否有效。而在我父亲身边那个女人眼里，身边的丈夫是另一个女人的前夫，两个女孩儿是身边的丈夫跟前妻爱情的结晶。他跟前妻分道扬镳，转而跟她同行，这不是个无可取代的情形。不论我、小曦，还是我们的母亲，都是她丈夫分出去的生命，有个口子一直不会闭合，他的不完整碎成她眼中的玻璃碴。

李思笃怕冷，每次下水都撑着岸身子一点点地往下落。我怀疑他有没有一跃入水的勇气，毕竟在松花江冰层下，临近冰点的水，人是探不下去的。

“跟冬泳比，这算温水浴了，知道明天零下多少度吗？”我幸灾乐祸，“零下三十三！话说你最低多少度下过水？”

他有些沉重：“明天的温度。”

“水温都差不多，只是下水上岸脱衣服会冷点儿。往年冬泳你怎么下的？像现在这样可够呛。”

他抱着膀子回想，“就一咬牙，啥也不想，一头扎进去。”

“什么感觉？”我跟着想象。

“全醒了！”他猛一甩头，故意把水珠溅了我一脸，我顺势一脚把他掀进池里。

“小心脑子进水喽。”王玥惜走过来站在我身后，旁边跟着个白蛋清似的女孩。是学校里的面孔，瘦得连泳衣都撑不起来。女孩突然像发现了什么，警戒地盯着池里的人影，全身一僵。与此同时，刚露出水面的李思笃也愣住了。那女孩的脸直红到脖子根儿，扯着泳裙下摆匆匆转身，躲到柱子后面去了。

看这架势还以为李思笃得迫不及待蹿上岸，可他就那么愣着愣着凉了，然后翻身游走了。

“都是你！”那女孩埋怨王玥惜一句，气咻咻地跑了，好像地上烫脚似的。王玥惜也追着走了。

等他游回来，我告诉他人都跑了。他没说话，又游走了，大概不想我问这问那。我也不问，歇了会儿继续下水训练。

有点儿意思。

三九，十年来最冷的寒冬。

江堤上立着块“冬泳”牌子，江面白茫茫空无一物。继父待在江堤暖棚里，我捂得严严实实，陪李思笃站在冰上，望着破开的冰层下汩汩的寒流。

他呼哧呼哧，鼻口间吞吐浓浓白汽。

“行了，到底敢不敢下？”我回头瞟了眼暖棚，继父正站在窗口，“他看着你呢。”

他开始脱衣服，羽绒服、毛衣、衬衫、棉裤，脱得只剩秋裤时牙齿已“磕磕”响起来。

“我就不明白了，跳下去又不会死，无非遭下罪，这就能强化意志力了？难道说意志力差的跳下去就得冻死？什么逻辑！”我把他大衣在冰上摊开，其他衣物包裹在里边，两只袖筒扎了个结，兴奋地说着风凉话，手露出这么会儿工夫就被吹得生疼。

他的脊背慢慢躬下来，好像就着火的塑料一点点发生形变，颤抖着喘气，指关节也僵白了。

“赶紧啊！听我说，一下去就好了，水里比这儿暖和多了，游几下就完事儿了。快点，赶紧下，要不然你就下不去了。”

他皮肤白得几近透明，胸口肉皮紧裹着肋骨，让我想起餐桌上蒙着桌布，轻轻划一道骨头便要支出来。这层薄皮下面，心肝脾肺在翻腾，血流在蹿涌，筋骨一挣一缩，热力喷薄……生命体征在这样的环境下急遽有力，被寒冷一穿而过，多一秒都是地狱。

“怎么了你？”

只见他脸色青白，嘴唇也没了血色，身体像抽搐一样打战。我忙把羽绒服解开先给他披上了。

继父走出暖棚，矗在坝上。

寒风更加刺骨，正午阳光的热力在此完全可以忽略不计。我被冻得频抽鼻涕，整张脸刺辣辣的，“行不行啊？”摸到他身体颤得剧烈。

他咬挣了腮帮子也扳不住牙关“磕磕”作响，脸上现出一道浓重的阴影，紧闭了闭眼睛：“算了……”终是没有跳。一件件迅速地套上衣服，从疯狂的机动式动作看，整个人已濒临冻僵。根本就没敢朝坝上看，在他爸走下堤坝往这边来时，他已经朝着另一个方向跑了。

路过桥头那间咖啡馆，看见他在里面。我不会安慰人，也打心底对这临阵退缩的家伙感到没趣。

方才他父亲来水边迎风站了会儿。尽管气温很低，我心里还是有一丝蔑夷，白教他泳姿了。继父眼里也有同样的东西。我问他以前冬泳过吗，他说从前伊春的温度比这儿低多了。他问我敢不敢下。我说跳下去又不能怎么着，只不过遭下罪，会水谁都能冬泳。他说能下跟敢下是两码事，需要被体贴的以后都成不了器。我说这也代表不了什么能力吧，意志力是长期的，几分钟的勇敢证明不了。他没什么心情跟我聊，哼了一声就走了。

李思笃透过窗口看见我了，馁却的目光伪饰出逞强，在他躲开我的视线时我也抽回了视线，独自往家走。我也不知是怎么回事，方才还帮他掠阵来着，这会儿就跟他对立了。

那天晚饭，李思笃没吃多少。继父阴着脸一言不发，疲顿的视线扫了圈饭桌，酣畅淋漓地嚼着牛肉，喉咙里哼哧哼哧地顺气，吃完“啪”的一声撂下筷子，点上根烟，打着响嗝进书房了。

夜里李思笃发了高烧。

次日早上母亲端姜汤进去，我见他正裹在被子里半醒半睡，虚弱得像个纸人。沙曦在床边儿抠着手看他。那边继父在餐桌前翻着报纸，戳起枚煎蛋往嘴里送。

晚上放学回来，见他好多了，靠在床头喝粥，出了一身虚汗，头发贴在头皮上。母亲说出汗就快好了，锅里还有姜水，夜里再发身汗就好利索了。

她出去后，我坐在椅子上，百无聊赖地打量他房间。深绿色的床单和墙纸，藏蓝色的椅子和窗帘，跟他睡衣裤颜色差不多。书柜的书按大小个儿码齐，柜子上摆着几个变形金刚，书桌上有个地球仪，窗口有盆母亲栽的文竹，墙上有幅风景画，画里有条山道，在道两边苍天巨松的掩映下显得曲长幽暗，路上有个米粒大的人影，小得像林间一颗种子。有股奇特的压抑感，不过还蛮吸引人的。房里没海报、没篮球，连一件随手搭在哪儿的衣服也没有，有点不随便。

“东西真少。笔筒都收起来了。”我想给他解解闷，转悠到书柜前，“《新知客》？”随手抽出两本，“以后借你的看，行吧？画的什么？”随手掀开画架上的画布，是幅铅笔构图。“这个院子？”

我转过身，抱着胳膊打量他。

“你爸未免强人所难了。你不如他他就看不上，我看只是想证明他自己强。他怎么自己不下水呢？天那么冷，捂得多严实都冻透了，好像全没看见似的。你多吃点儿饭，长点儿肉才抗寒啊。”

他躺着半睡半醒，其实醒着不搭腔。

次日早上，还没起床就听见一连串暴雷，接着是沙曦扑通扑通往楼下跑。我起身下楼，看沙曦站在书房外，示意我轻声点。

声音时断时续，李思笃在低声说话，我俩谁也听不清。这次他显然没给到他父亲想要的结果。

“很好。”继父像是笑了一下。“跟你妈一样。”

我后心生出股凉意来，沙曦也跟着脊背一直。后来半晌没有动静了。

母亲叫我俩吃早饭，她轻快地擦干小奶锅，回头一直看着我俩坐到桌边，并没在意书房里的谈话，轻快得有些反常。

“真成一家人了。”她为了不至于煽情，撇嘴一笑，神色古怪地盯着我俩，半晌开口道，“你俩要有弟弟或妹妹了。”

“啥……”

“弟弟妹妹？！”沙曦短短的兴奋过后安静下来，她转头看看我，见我愣着，就又乖顺地抿起嘴角，不忍拂了母亲，“真的吗妈妈？”

我没高兴出来，而母亲似乎也没往心里去，她会大而化之，用她的愉悦感染我俩。不管我俩高不高兴，她都为有这个孩子而高兴。

“没反应过来？妈知道。等小孩一降生你准保就喜欢得不得了。”她抚着肚子，“现在你俩什么感情，将来跟这个就什么感情。他是你们的亲人，亲弟弟亲妹妹。”她递来一人一枚水煮蛋，看向我，想我说点儿什么。

“真好。妈。”我说。

沙曦转头看我，也许她也想起了那个也叫小希的男孩儿。

“我肯定最疼小曦呀，她是先来的。”我调侃着，“咱俩都认识十一年了吧？”

沙曦咯咯笑了两声：“姐，你认识我时我还不认识你呢。”

“那等新小孩儿出生了，你认识他他也不认识你。”

沙曦见我快意，索性就无所顾忌了，扑过去抱住了母亲：“妈妈，我喜欢，我喜欢。”

这时李思笃从书房出来，回房间拿了书包。

“不吃饭吗？”母亲问他。

他远远对着母亲点了下头，黯然走出家门。

母亲收起欣喜，摆出急慌慌的忙碌样：“早饭等会儿你给他带学校去。”

我一直纳闷。一个男孩，不惹是生非，也不乱花钱，学习好，也听话，没啥缺点，却从没得到他父亲的认可。如果他是我妈的儿子，会被她夸上天的。校长老师们倒都对他不错，那是种与他不引人注目的身份并不匹配的重视，说白了是仗着他父亲的关系。这两年全市掀起绿化风潮，区区一所学校的绿化工程对他父亲而言无非是赞助个把原材料。老师的态度激起同学的反感，所以我说我继父贿赂学校没什么意义，成绩遥遥领先，哪用得着老师照顾？至于我，自食其力，同样不用照顾。其实他一是炫耀能力，二是想让他儿子吃得开。为学校做公益的家长不止他一个，人家的孩子呼朋唤友，李思笃却木讷得很，既不懂得怎么利用这份优越，也不懂得怎么利用人贪慕虚荣的心理。我曾看见他跟那个白蛋清似的女生走到对面不相觑，错开后又默默懊丧。这样的人有什么意思呢？一个人走路一个人玩儿，一个人走在林间小道上，像片不起眼的叶子落到地上那么平凡。

那天晚上我刚睡着没多大会儿，母亲的嗓音就在耳边响起。

“妈你吓我一跳……”

“今天你看见他了吗？”她又重复一遍。

我一下子就醒了。

9

李思笃离家出走了。

没请假，没口信，谁也不知道他去了哪儿。消失第三天，继父才过问这件事。让我母亲去学校打听，让助手四处找，一天下来没线索，才去派出所报了失踪。

“钱花完了，外头待不下去也就回来了。”母亲说，“这孩子认生，没把这儿当家，我对他怎么好也不是亲妈，走不到人家心里去。再加上你还处处看不顺眼，没个好脸色，高烧烧一天一宿也不问问，病刚好就骂他，人家还有啥留恋的？”

继父的目光陡地射向母亲。

对李思笃的出走，她怨气大过担忧，这让我有些意外。

“妈，只是离家出走，我们学校又不只他一例，叛逆期很多人都想过呢。”

母亲清了清嗓子，脸色不大自然。“班主任说了：这孩子心思敏感，低落抑郁。从开学到现在没见他跟同学结过伴，总一个人，被人欺负也不说，什么事都不感兴趣，这么下去心理会不健康的。你说他也不想想，小小年纪，现在有学业，将来有事业。你那么大摊子事儿等着他呢，都现成的，谁家孩子有这好命？”

我听见继父喉咙里咯咯作响，脸色沉得瘆人。李思笃这会儿千万别回来，会被他一拳砸死。

“姐你再好好想想，那天他有什么反常，说过奇怪的话没有？”刚进房间，沙曦又跟进来了。

“那天早上咱在书房外面不听见了吗，受了打击，一气之下走了，被他爸逼的。”我一头扎上床，翻了个身。继父一向认为自己最正确，凡事尽在掌握，现在儿子脱离掌控离家出走，打他个措手不及，我不由暗叫痛快，但总觉着他的反应哪儿不对劲似的，按捺之下似是有一层隐忧，把自己封闭得死死的。

这几天所有人都过来问我，再由我的只言片语做一番猜测，而后一脸担忧地忙别的去。其实那天早上李思笃出门以后我就没再见到他，早餐是给邢展垫了肚了。

“你也不关心，”沙曦埋怨起我，“亏哥哥跟你比跟我好呢。”

“你倒关心，顶个屁用。”我放了首流行音乐，坐在椅子上转圈儿，“别烦人，回你房里去。”

我在琢磨母亲说李思笃被欺负是什么事，是不是被勒索的事败露了。他班主任是怎么知道的，了解到什么程度，一旦查出跟张曼丽有关，我也可能被揪出来。我再次坚定：死不承认。也感到后悔，当初为什么非要那么做呢，要是没那回事现在就不用提心吊胆的了。如果他们还不信，我就说我有个叫邢展的同学看在我的面上还帮了他呢，我又怎么会跟这事有关系呢？

飞飞这伙儿人越来越大胆，三天两头堵在校门口。有天趁中午收发室和保安还没上班，他们进了学校。没料到大门一关，呼啦啦从楼里窜出来三十几号男生，抄起铁锹棍棒扫帚。飞飞和黄毛一看不好，亮出了匕首，这边一时没人敢动手。忽而铃声大作，有人摧心裂胆地喊了一嗓子：“警察！”两人把凶器丢进雪堆，没跑出多远就被人扯倒压趴在地上。众人齐上阵，打了场冒烟儿仗，七八个小混混叫天不应叫地不灵，像几条咸鱼被卷入狂涛。这声“警察”便是邢展喊的，响铃也是他让人拉的。男生们一雪前耻，活跃了好一阵子。

放学路上，邢展常在那栋二层楼的胡同转角等我，他说他妈妈出差了，这些天他住二姨家，一走一过也爱逗那只不好惹的灰猫，“我不喜欢精致的自我标榜的东西，像小灰这样丑丑的很有趣。”

李思笃一看到他在那，就自己回家了。

我跟他有时在这里接吻，会被关门声吓一跳。那块封了塑料布的门玻璃后面总有张脸。那个老头——灰猫的主人，凶巴巴地瞪我们，有时还故意出门扫雪，那我们就不得不换个地方了。

“你弟会告诉家里人不？”

“不会，看见了他也当没看见。”

“我不是怕这个，是不想让人觉得——俗。”

“俗？”我又气又笑，“可我觉得你挺‘俗’的呀。”

“你眼光还挺准。”他打了个哈哈，伸手去捏柳枝上的雪团，轻轻一碰碎成粉末，故意不看我，“我也很苦恼。这不是现在该做的事，我却陷于其中。”

“想做的事就是该做的事啊。”

他颇为意外地看了我一眼，“嗞”了一声苦笑道：“如果想做的就是该做的，那人跟动物就没分别了。打个比方，就好比我认为‘该’去修理那些人，而不是‘想’跟他们打架。很多人都‘想’揍他们，又想着不‘该’冒险。被他们欺负过的人其实都‘该’出手，有些人出手了，就连没被勒索过的也出手了，因为他们‘想’，而有的人却不‘想’，躲得比女生还远。”

我被绕得迷糊，但知道他最后指的是谁，从方才问我李思笃会不会告诉家里人，我就知道他对李思笃看不入眼。

“你这么说，倒让我想明白点事儿。他完得成他爸爸的各种要求，可他爸还是不高兴。成绩好，也没人佩服。是不就因为他不像个男人？说起来，这种人确实挺没劲的。还说顺水推舟跟飞飞交个朋友，其实是不敢反抗还怕人看出软弱。”

“交朋友？”邢展不可思议地笑了，“难怪打了一阵子太极呢。

朋友没那么交的吧。我看那伙人跟他要五十，他没吭声就给了，随后在他们眼皮子底下往校门口那乞丐碗里放了一百。人家丢了面子能拿钱扳回来，家里有钱可真是好呢。”言语间尽是奚落。

“哈，这我倒不意外。除了他爸，他其实并不在意其他人的看法。这么做可能只是用他的方式回应，不敢反抗，又不甘心，有钱就拿钱砸个痛快呗。”

随着“咿嗷”一声叫，小灰顺着木栅蹿上房顶。诡秘而混沌的蓝灰眼珠，让我联想到李思笃沉郁的外表下似乎也有一种近乎危险的东西，可还说不清楚，只是种直觉。

“不敢反抗也正常，飞飞那伙人早把他们吓唬住了。”

“可他们吓唬不住你。我越来越佩服自己的眼光，你是个英雄。”

“我说你们前阵子也够狡猾的，出校门就上公交车，连我都抓不住。不过你能离那些人远点儿，我挺安心的。”

“原来你一直在盯着我呀——”我面对面凑近他，接着是一通缠吻，这是每天分别前例行的，借此暂解一晚相思。随着他的回应，我用情愈深。

“一想到回家就没意思。”

“不想回了？”他嘴角勾起坏笑。

“就说你挺‘俗’嘛，男生总想那些。”

“我想什么了？”他颠着头笑，“你说回家没意思，我关心关心。”

“你不知道，我继父一那样，家里都待不下人了，就感觉空气不够用。”

“那还不憋死？”

“说真的呢。”

他“嗞”了一声：“我突然想起来。你去问过那个女孩儿没有？”

“哪个女孩儿？”

“你说跟你弟关系不一般那个。”

“干瘪那个？”

“对。”

“问她什么？”

“那天课间我看见他俩说什么。你去问问，也许有线索呢。”

“他俩说话了？”

“啊……”经我这么一问，他有点迟疑，仔细回想了一下才肯定，“说话了。平时不说话吗？那就更得问问了，可能真知道什么呢。就在操场南头小道上。”

第二天小睿陪我去找良良——那个干瘪女孩。

“周一第一节下课，操场南头小道上，李思笃跟你说过什么？”

“我不记得了。”她有一对狡黠的黑眼珠。

“那就回忆回忆，人都失踪好几天了。”

“我知道。”

“他跟你说过什么？或者说，你想到什么？线索之类的。”

她陷入慎重的思虑，而后下了定论似的开口了：“我本以为跟他不会再说话了，可他主动开口了，请我原谅他。”

“这是在解开心结。”小睿点点头，“你们是分手了吗？”

良良眼里有根弦颤了一下，现出一股羞恼：“你们怎么会这么想？我跟他才不是那样的关系。”

我跟小睿对视一眼，“就说嘛，谁都不告诉也得跟心上人讲一声的。别急，我来不是说这个的。现在谁也找不着他了，你能不能想到什么线索？”

“我再说一遍，根本不是你们想的那种关系。至于他去哪儿了我真不知道，说了几句就走了。”

“提没提到过什么地方，或什么人。”

“没有，他看起来像是有些……轻快。”良良坦诚地望着我，用词很慎重，又凝神回想了一下，“对，是的。”

“因为跟你道歉了？”

“不，他来找我时我就感觉到了，毕竟他也不知道我会不会跟他和解呀。”

“原谅”“轻快”“和解”，我咂摸这些字眼，跟原本想的不一样。也许他决定出走了，要反叛一把，人因而轻快起来，我是很了解那种感觉的。

“那你们和解了吗？”

“……算是吧，但也都知道回不到从前了。”

“和平分手。”小睿嗤声道。

“不是那种关系！只是朋友而已。”良良脾气很急躁，“你们是不是去他从前家里、同学那儿问问，或者游艺厅、网吧……他总是忘不掉从前的事。”

“这些地方他应该不会去的——”

我打断小睿，问良良：“你怎么知道他‘从前家里’？”

良良对我有些抵触，但还是就事论事，“我跟他从初二到初三坐了两年同桌。”

我摇了摇头：“他叔叔一个在大庆一个在黑河。电话都打过。”

“他只跟我提起过他妈妈。我本来一直以为他是单亲家庭，后来才听同学说他爸爸为学校赞助了一批植树节树苗。”

“没错，他是单亲，跟着他爸爸。他妈在他小学时就去世了。”

我见良良吃了一惊，她回想起什么，脸上的红晕顷刻间褪去，“在他没上初中时？”

“是啊，想起什么了？”

“他跟我提起他妈妈。”良良的黑眼珠直瞪着，似乎被她即将出口的话预先震惊到了，“全都不是回忆的口吻……”

我的直觉隐隐感觉到了什么。

“他说讨厌五谷那些东西，她煮饭却总放玉米、绿豆，他吃不顺口……”她眼神震荡，千头万绪在脑中回闪，“我夸他衬衫天天平平整整的，他说他妈妈昨天熨衣服时熨坏了桌布，说她新剪的发型并不适合，可如果实话实说，她准心疼白剪掉那么长的头发……”

沉默。

我们都在回想，努力想起一些异常的蛛丝马迹。

“他不正常？”小睿下了个这样的定义。大致准确。

“其实我也一直觉得哪里不对似的，就是说不出来，一直是种直觉，抓也抓不住……”我努力定义那种感觉的属性。第一次进他房间那回他的眼睛、沉郁的个性、防范式的反应，我莫名其妙的戒惧，以及他父亲沉默中的隐忧……

“一定是他母亲的死打击太大，很长时间都没走出来。那现在呢，他跟你讲过这类话吗？”

“那倒没有。他比刚来时开朗些，还想着通过体育运动锻炼身体。现在想想，他父亲那种强制态度可能跟这个有关系。”

“是精神分裂还是抑郁、自闭？”

“是不是精神分裂的一种啊？”

“还是先别下这种定论吧，也别让别人知道，除了咱们三个，谁都不要说。”

“或许是因为这个……”良良喃喃道：“他才把自己隔绝开……”后来她不再说什么了，落寞地站在一边，听我跟小睿你来我往继续推证。上课铃响后我俩就回去了。失踪者的去向依旧没线索。

10

周日下午下起潇潇细雪。

我训练完顺着堤坝往家走，走到半道远远看见有个人在江上脱衣服。脱成白条后像高频弹簧似的原地快跳，拉了几下筋，突然怪叫一声纵入江中，不一会儿蹿出头来，被冰水激得嗷嗷叫，接着又扎进江中……

李思笃。

认出他那一刻，我在心里骂了句脏话，拔腿奔去。看来他没离开哈尔滨。可惜他爸不在，他爸应该看看他跳下去了，不知我说的作不作数。路上尽是实雪，腿迈不开，不慎便跌跤，我只能夹着大腿边滑边跑。

很快就察觉事情不对——人半天没露出头了。

我大喊他名字，冲下堤坝跑到水边，这衣服不是他的又是谁的？

“李思笃！你是不是看见我了？出来！”

“别闹了！给我出来——”

近半分钟过去，江面空无一人，水上连个泡都没有，四周一片死寂。“坏了。”我来不及想，急火火脱了棉衣棉鞋，深吸口气大叫一嗓子，扎进江里。

刺骨的寒冷直锥脑门，逼得我几近窒息，刹那间几乎失去意识。

呛了一口，蹿上水面深吸口气再往下潜冲。江水混沌，越往下越黑，可视范围不超过四米，唯有四下潜寻。我心提到嗓子眼儿，比酷寒更令人战栗的是江里的幽暗和死寂。潜了七八米还不到底，几番游到冰层底下折回来。这个幽闭世界不动声色，缄藏了致死的残酷，无视任何生命。现在一米以外都看不见了，得上去换口气，猛一蹬没多远，只感到身体不自觉在晃，被一股暗流卷住了。此刻我惊得连腿都伸不开了，想到再也上不去，眼下要死在这绝境了……绝望向我猛然撕开面纱。如果就这样悄无声息地溺死，简直比什么都可怕。我惊得几乎无法闭气了，只能狠咬牙关用整个身体没命地鞭水，绝望之际终于一点点脱开了暗流。冲出江面时这个念头清醒无比：不能再找了，我会死在这的。他也许已经溺死了。没人能帮帮我……

我听见喉咙里近乎呜咽的喘息，继而呜咽起来，全身发麻，使不出一丝力气。

“不行……”我憋住抽泣，无论如何得让自己冷静！

那股久违的愧栗几年间未像这会儿这样强烈。

我真是没用！

“救命——救命——人哪——来人——”

没用。

我强制自己冷静下来，牙关“磕磕”作响，眼前闪现李思笃苍白的脸。一口气吸到底，再次扎进江里，什么也不想了。

多年水性，就不要再想到死，没那么容易死。此时眼睛渐渐适应了水下的昏暗。接下来反复几个来回，小心绕开那暗流，发现一个方位隐隐有团白。什么水鬼呀尸体呀完全来不及想，越来越近、越扎越深，越发现像个人。一看像个人，心就提到嗓子眼儿。如果是具浮肿的尸体，恐怕我真会吓得憋不住气。恐惧像千万根针猛刺过来，有八成直觉告诉我，是他。这口气眼看用完了，我忍住耳鼓的剧痛，索性一蹬腿又潜下去一米，瞪圆了眼睛，认出了那婴儿般蜷缩的身体。电光火石般闪过一个念头。扯住他胳膊的一刹那，他猛地睁开眼睛，开始呛水，反手死死拽住我，人眼看快不行了。我清楚地看到一个人濒死的惊恐，身体被拽住，自己也陷在了绝境。此处距水面有十一二米，啥办法也没有，只能尽快上冲！情急之下我反箍住他，紧紧按住他口鼻，用双腿打水。他回来一丝理智，松开手，挣扎着划动，通过我压水的方向找到了方向，两腿也跟着拼命打水。我俩都竭尽最后一丝气力往上冲。未至水面已到极限，我实在闭不住了，慌乱间不知是他扯着我还是我扯着他，在濒临憋死的关头冲出了江面。接下来的一口气，几乎能把整个世界给吸进肺里去。

上岸后，他吐了几口水，被我狠狠抽了一巴掌。

暖棚里炉火已萎，只剩下点微弱热力，不算暖和，可对于我来说已是美好人间。很长一段时间，谁也没说话，极力平息着死里逃生的恐惧。

暖棚的影子不断移转、拉长。夕阳透进薄窗，在墙壁上镂下昏暖的光亮。围着炉子，我蜷蹲在一把椅子上，他坐在靠墙的长凳上，也抱着膝头，沉默得像个死人。棚里只听见瑟瑟发抖的呼吸。

“我清楚人溺水的本能反应，所以知道你刚才想干什么。”

他抬头看着我，又好像什么也没看。眼里一潭乌漆漆的死水。一贯温谨的脸上裂开道口子，里面空空荡荡，好像换了个人。我被眼前他这副模样蜇了一下，又看见心中那丝戒惧，而由于我已经懂了，它就变味儿了。这次我不必急着把它破坏掉，也没有气力了。看着他的样子，我心里难过。

“你真可怜。”我说。

他身体轻震了一下。眼中的死沼急剧陷落，现出病态式的疲惫，脸白得吓人。

我摸过窗台上的火柴盒，抽出火柴划了一根。“嚓啦”，随着一抹白烟，二氧化硫的气味窜进鼻孔，火苗挣扎着稳下来。我需要一点火，需要点有暖意的东西，尽管一根火柴解决不了什么，火苗只是显得很安宁，朝另一侧缓缓烧过去，燃过的火柴头焦干翘起。他斜睨火苗，眼里有两个光点，身上的冰这会儿已经暖开了，头发一撮一撮的，水顺着脸颊往下滴，整个人显得冷极了。

指间传来一股刺烫，我把火柴丢到炉壁上。

“十三岁那年我掉进河里，不会水，差点儿淹死。那次离死最近，比刚才近。眼看着水面却硬是冒不出头来，什么也抓不住，哪怕有根树枝也好啊！可是真的，什么也没有，人也没有，水很浑，什么也看不见，拼命呼救也只是在咕噜咕噜呛水、吐气，又呛又吐，全身都在冒泡，吸进来、呛进来的全是水，我知道自己快死了……有个人跳下来，我拼命抓他，他绕开了，从背后托着我往后漂。那时我半昏迷，知道获救了，可不一会儿又发觉不对，那人扑腾起来，就在我身后，我猜一定发生了什么可怕的事，不然人怎么会像上钩的鱼那么扑腾！他脚被渔线缠住了，挣乱了，他呼救、挣扎，像我那么挣扎。”

我起身来到窗前，看冰河延至天边。落日下，白色大地泛着紫粼粼的光。

“你信不？我情急之下突然就知道怎么踩水了，通了。你说我有没有天资……他边扑腾边喊救命，扎下去想解渔线，但无济于事。折腾几次就没体力了，呛了几口水。我就把他往上拽，可他重啊，我心想放开他自己还能撑会儿，手一松开自己倒挺得住，他却沉下去了。我就一边拽着他一边喊救命，心想，都活不了了……”

当初那一幕与方才的情景重叠起来。

“后来我跟他被人救起，从那时起我就知道我离不开水了，但一定不会去游野水。今天是破例了。”我挨着他坐下。“如果没经历过那件事，我可能不会像今天这么找你。所以说，那个人救了我也间接救了你，救了两条命。命在别人眼里珍贵，在自己手里倒能轻易舍去吗？”我越说越激动，“为什么你呛醒之后抓住我不放、没命地往上游？如果今天我没路过，你想活也没机会了。你爸找东找西找不到，等明年春天浮上来，他都不认得你。”

他眼里有一层澄澈的水光，低下头，两手按在头上抓扯：“我知道自己怎么回事……你走吧。”

“怎么回事？”

“走吧，别管我。”

“我看你可怜，什么都有，却好像一无所有。就连我妈都说你现在有学业，将来不愁事业，你爸把什么都给你准备好了，一般人哪有这好命？不费力就能学习好，会的又多，要智商有智商，要家境有家境，跟你比都得死。你却想死。呵，多让人平衡啊。”

“不必讲大道理了，我现在好得很。”他一副不想多说的虚弱。

“你爸那种方式是在分散你的注意力，把精力和心思都用到……什么别的地方都好，你要是受不了就反抗啊，跟他对着干也行，我看儿子都是那么干的。不喜欢这个家的话就住校去，或者干脆搬出去住，眼不见心不烦。”

他抬眼看看我，自知自明式地笑了。

“我不是要赶你走。”我说。

“无所谓。你不走，我要回去了。”他站起身，声音在打战。

“回家吗？”我在讥讽，一旦死不成，人就想舒服点儿。“家里会再添一个孩子。”沾沾自喜地盯着他，想刻意反衬他的失落。

他仅是瞳孔收缩了一下。看起来已经知道了。大概在母亲告诉我们的同时，他父亲也告诉了他。我想他的出走和今天的行为是众多因素相互作用的结果，可还是从他身上看见了一部分自己。

我在灰烬里翻到一块橙红的炭块，就从炉壁边拾了两根木柴搭在上面，丢进去一张报纸，纸色变黑，烧漏后蔓出金边儿，一股烧纸的刺鼻味儿，接着又填进去两张报纸，炉壁里燃起火光。

“我妈有小曦的时候，我六岁。她很高兴地告诉我，好像我会跳起来似的。现在的心情就跟当时那么糟，也许不如那会儿糟，应该早就习惯了。我都十八了，这像话吗？他们想什么呢？真的，这是背叛。生沙曦、离婚、再婚、再生小孩，每次都背叛我，每次都被别人分走。以后这个小孩才是这家里最有优势的人，只有他才是他们俩共同的孩子，他才是核心，你、我、沙曦都不是，都得遛边儿。

哈，好在我还剩半年就上大学了。刚搬来时，总是一觉睡醒忘了这是什么地方，这不是我家，就盼着时间快点儿过，好离开。训练学习已经很累了，回来还得装，你都不知道从前我有多快乐……我妈她从不回头看，她无情，不回忆，这倒很有用，比起以前，她每天过得都很来劲……”

李思笃打开炉壁，报纸刚烧完。他从案上又抽过去几张报纸折了两折，搭着即将熄灭的纸烬点火，没点着，再凑到余炭上，点着了。捏着一角，把燎着的另一角低下来，火苗往手的方向燎，他把纸递进炉壁后迅速抽手，拿起炉钩把底下那两根熏黑的柴扒拉到烧着的报纸上。不一会儿，柴的一端红了，接着又填了几根柴进去，炉火稳住了。

他情绪已恢复正常，“离中心越来越远。”

“可如果有人也跟你一样，总会好受点儿吧？”

热力源源不断从炉壁中透出来。小屋里有了暖意，脸上身上被烤得舒服起来。

“今天我想起从前了。”他轻声说，“我妈被他扯着头发，胳膊上全是血，让我躲出去，嗓子也喊破了。后来头皮感染起脓，溃烂很长一段时间。明明是医生，却总也治不好。”他的视线透过炉壁缝隙，追随蹿动的火，“他说他对不起的只有我妈。后来成了新家、讨好新老婆，过得舒心自在。我妈说她对得起他，也对得起我，谁都对得起，唯独对不起她自己。我想我不能忘，如果忘了，她就像没活过。可连我也快把她给忘了……”

他轻轻地诉说，言语中掩抑着温柔。他用温柔诉说残酷，好像任何被舔舐千遍的悲剧，都只剩一道不起眼的伤疤。而他的痛恰似眼前翻滚蹿腾的炉火，无声地焚烧，在狠狠地遏抑下，几近挣裂他整个胸膛。

霞光愈发凄暖，在他眼窝、鼻侧勾出清隽的轮廓，照在忠厚木讷的嘴唇上。其实我一直暗自觉得，这样一个少年，是该拥有世间很多美好的。我感到难受，心灵震荡，胸口发紧，怪自己连安慰人的话都不会讲，下意识握住了他的手臂。

“……她一直忍让吗？”

“是。以前我当那是坚贞。甚至为他们的‘打不散’感到幸福。”他眼角现出泪光，“后来我三叔离婚了，我又看到你父母的选择，你说我爸妈是没勇气分开。这些都让我发现，事情不是我想的那样，也不应该是那样……为什么我现在想得通的事她当初却想不通呢？”

“也许你妈很爱你爸。”

“换不来他的珍惜。”

“你是她的唯一。只有你好好的，才有人想着她呀。”

“或许吧。”

“她真是生病去世的吗？”

“……是抑郁症。跳楼。”

我吃了一惊。

“你说跳楼跟跳江有遗传关系吗？”他故作轻松地看向我。

“你……”

他似乎点了下头，“你并不惊讶。”

我把前两天跟良良的谈话告诉他，坦白说已经不只我有这方面的推测了。

“我不会跟任何人说起的。那是种什么感觉？”

他扁扁嘴，眯了眯眼，看向窗外，我的询问让他有些难为情。

“消沉。”

“哦。”

“真的，我也不想不开心，也想振奋，比如像你跟小曦这样。可一面用意志力克服，一面又有心理暗示，自己跟自己打架。虽说这不经常发生。”

“我能帮你什么？”我诚心问道，“帮你想开点儿，洒脱点儿，扳一扳什么的，或者你要是有什么苗头我好预先发现。”

“你说的让我想起羊角风患者。”

“我说真的。”

“已经帮到我不少了。”他看看我，唇角有一抹嘲弄，似是为了掩饰话中的感谢之意，“或者说，我已经从你那汲取不少了。”

我该让他感到温暖，“你不知道，这几天你爸都不说话，他显然后悔了，反思呢。我妈也去了好几次学校打听你的事。还有，你不知道小曦她多喜欢你，真的，她陪谁看过篮球呢？什么好吃的都想着给你第一口，早把你当亲哥哥了。这么想想，一年前咱俩还是陌生人呢，人跟人是不是很神奇？”

“姐。”他第一次两个人时这么叫我，短暂的四目相接，“我不想被小心翼翼对待。”好像我冒犯了他的什么。

“那正合我意呢。”

这是我第一次走进他内心，也是我第一次走进一个人的内心深处。我发现原来除了跟父亲之间的那个世界，人与人还会有这样的联系，心里涌出涓涓细流。那时想，人一旦要离去，便舍得了关心和牵挂，一旦有了关心和牵挂，人是不会轻易离去的。因为救了他，我想他好、想他充满生命力。日后回想，同生共死过的人，不论谁救谁、谁被救，都会生出不寻常的情谊。

出了暖棚，浸透江水的棉裤很快结上了冰，冷得我俩语不成声。紧裹羽绒服，举步维艰，想的尽是家里滚热的饭菜、温软的床。其实我并不知道多久以后那些阴影会再次违逆他的意志，他是不是又将积满煎熬、身不由己地坠落。“我想喝姜汤。”他望着初升的淡白色月亮，眼神清亮，重新焕发了活力，眼前只是个冻得哆哆嗦嗦、想快点回家的男孩。

11

张曼丽跟赵岩又闹分手，初三到高一几度分分合合，爱情早就败了，想想都让人乏力。而我跟邢展的爱情尚是枚花苞，等到在最适合的季节里开放。我关注他的一举一动，会畅想将来，毕业后，上了大学……想得多了便不安心，患得患失的，这滋味久久萦绕不去，一见到他就消失无踪，私下里又聚拢而来。

狮子座流星雨那天我去张曼丽家住，喝酒聊天，各说各的心事。她疯病犯了，在阳台上大喊大叫、手舞足蹈，那样子让人起鸡皮疙瘩。

“你就闹心成这样？”

她不理会，继续疯了会儿，扑上前抱住我，故意用眼泪打湿我肩头。

“他不伤心，我也不伤心。我还得让他知道我不在乎，你说怎么能让他觉得我不在乎？”

“你说我怎么能让他更在乎我呢？”

“我跟赵岩也是他先在乎我多，后来就我在乎他多，再想扳就扳不过来了。女追男，悲剧。”

“你只知其一。我是追他了，可我觉得是他让我追的，对我想死心又死不了心，那我还不追吗？……只是最近好不踏实，感觉他疏远我了，不相信他，可一见面就又相信了，然后怪自己胡思乱想，再然后又不相信他……”

“男人都狼心狗肺，以他的脑子，要了你你都不知道。你得让他知道你比他更无情，他就后悔了，得让他后悔。”

“天哪，你有多像我妈啊。”

“帮我想想，他怎么能最后悔，我要让他尝尝覆水难收的滋味！”

“从前多好呢，两个人眉来眼去互相猜……”

我俩干了半杯红酒，对坐在床上倚窗看夜色。卧室狭长，这头是床，那头是桌和柜，杂七杂八小物件很多，镜前挂着一堆衣物，四处丢满毛绒玩具。

“那个阶段不会长。要么就淡了，要么就浓了，浓着浓着又淡了。我现在算看透了，可看透了也不甘心。”

“别总拿你的事儿说我俩成吗？”

“你俩上床没？”

“没有。”

“他想了吧？”

“好像没有。”

她笑得全身发颤，突然跪起身，酒洒出半杯：“我叫他，你俩就在我家。”

“别发疯了！”我扯住她，剩下半杯酒也洒了，她指着床上这摊浅红浪笑。

“我跟赵岩两个月就上床了。早就不稀奇。”她看透似的指着我：“你是想要更多，想要更好的人。”

“我可没这么想。不过除了赵岩，你就没想过会遇上更好的人吗？”

“以前我看谁也不如他……算了。沙染，说起专情长情，你可不如我。”她百无聊赖地抽过一本言情小说，后面几页是篇关于“男生爱上女生”的几道测试，读给我听：

“一、你真正爱的人，总能惹你生气，你却发觉不了他到底做错了什么。”

“是这么回事儿，好像越来越容易介意，从前他跟王玥惜不清不楚时我也没这样，现在见了王玥惜心里像有根倒刺，也不知是怎么了。”

“二、真正爱你的男人，很少当面赞美你，可心里肯定你是最好的。”

“常常赞美，也不都是虚情假意吧。明明不好还认为最好，也太那个了。”

“说得也是。西方人呢？‘你今天美极了’‘你的眸子令我沉醉’，全是当面赞美，可人家也有真爱啊。”

“这是中国人编的吧，说的是中国人。”

“那你回答你的就好啦。”

“回答不上来呀。邢展这人赞美谁都不像发自内心，真认可也不会表露出来。他心里没认为我最好，我有自知之明。”

“那画什么？”

“先空着。”

其实我在心里打了个叉——邢展是自恋的，只肯定自己，极少肯定别人，连自嘲都带着自信的影子，我想那是有高人一等的底气。

“下道题。真正爱你的人，只可能在你一个人的面前流眼泪，当你触摸到他时，也触摸到了那颗只为你跳动的心……”

“算了吧，不做了。”

“怎么了？”

“上道题就有毛病。这又流泪什么的，没有，我们俩跟这些不一样，还没到那程度，没法做。”

她画着“×”出神：“染，你千万别相信流泪能代表什么，那是诡计。你相信眼泪，他就有了下次骗你的机会。而邢展那类人呢，跟赵岩相反，可能比那些内向的、看似深沉的人更深沉、更封闭。”

“很酷吧？”

“你呢？我从没见你哭过。”

“没事儿哭个鬼。”

“你见过我哭吧。”

“见过。”

“那怎么我没见过你哭呢？你这样让我感觉很不好。”

“我只是从不会在别人面前哭。”

“在邢展面前呢？”

“也没有。”

不将那一类情绪露于人前，因为我打心里觉得情绪失控令人难堪。

“很丢脸。”我说。

“有什么大不了的不能哭呢？刚才我还哭了，你这样会让我觉得丢脸。”

“哎，其实也不是没有想哭的时候，难为情就憋回去了。”

“胡扯吧，你就是没真心，硬心肠，其实我早就发现了。我训练是应付了事，你是有野心。”

“你混吃等死，倒成了我不对了？”

“该死的是你总摆出混吃等死的架势，害我以为自己跟你是一队的。”

“哈！你跟我什么时候不是一队的了？拍拍良心，我替你打过几回架了？”

“我气的是你虽跟我一样疯，却留后手，比如说训练成绩、处子之身。”她斜睨着眼，好像刚重新认识我，“其实很多‘纯情少女’都比你成熟。人家装纯情，你装老练，装成我这样。可也只是装装，你没让你自己真像我这样。你就是个半吊子。就这么回事儿。”

我有点不痛快，一时无以反驳，似乎事实如此，我不够忠实，私心自保。可这又不是一块偷着揣进兜的蛋糕！她知道我是怎么训练的，也清楚我跟邢展之间的情由，现在倒把我说得跟个奸人似的。

“你不满意的是我没给你当垫背的。总嘲笑我放不开，失恋了又说我留后手，早就跟你说赵岩花心，你当耳边风，路都是你自己走的。怎么着，现在要比比谁更垃圾吗？”

她看出我窝火，神情也不那么笃定了。两人都感到挺没趣。她下床满了两杯酒，上床递我一杯，“那继续了？三——”她好笑地瞄了我一眼，我俩便重归于好了，“三，不会轻易做出承诺，因为他想让自己成为你心中说话最算话的男子汉，只想给你最可靠最安全的幸福……”她轻嗤一声，像红尘里蹚出来的过来人，“就算最深沉的男人，谈情说爱也会承诺。承诺是什么？不是说了就算了，说了就要去做，承诺是句感叹词而已呀，比狗屎都没用。这两年我真是什么心情都经历了，说的天长地久，比他妈高潮还短。”

我狂笑，“干杯吧。”

“干杯。”

“打对号。我妈也说承不承诺都没用，全看实际行动。”

“下一题。当和你发生争执时，总是控制不了地先认错。”

“没有。”我心情一黯，“总是我找他，他才有恃无恐的。”

“那你就不能有点儿脸？”

“以后尽量吧。”

她盯着题出了会儿神，突然抓起电话打给一个人。听语气，对方不是赵岩，当然也不是邢展。

“我知道谁是真爱我了。”她一口气喝光杯中酒，软软倒在床上，风骚里透着股狠劲。

“谁呀？”

“你不认识。”

“那我回家了。”我闻到荷尔蒙的气息。

“不准走，你看看嘛，我想让你看看！再说太晚了，别走，住我房间，我在我爸妈房间。”

她索性把音乐放得很大声，下地扭动身姿，不时抛媚眼。我俩喝酒、哼歌、赏月色，把流星雨的事儿忘在脑后。大雪将天地映得通明，我突然很想邢展，把那本言情小说翻到后面几页，寻找着答案……

张曼丽换了套水红色的睡裙，曲线毕露，浅浅涂了层唇膏，头发尽数挽到颈侧，长脖子的弧线更美了。不想让她以为我也想修整仪表，但我还是梳了梳头发。

来人满身是雪，挟着股凉气进了屋。长得高头大马，进门叼着烟，一见还有别人，便把烟掐了，问了她一句什么，鼻尖几近触到她发间。他叫冯帅，长相完全是第二个赵岩。

“搞体育的女生都很高挑。”冯帅半生不熟地开起玩笑。

“不许跟她风趣。”张曼丽警告他。

他问看见流星没有，说他也没回家，本打算跟哥们儿打一宿扑克，顺便看流星雨，张曼丽一个电话，他扔下那帮人就来了。

张曼丽兴致大好：“咱们仨斗地主。”

“别介，四个人多好，想玩儿啥玩儿啥。刚才我朋友就想过来了。”

“人家有男朋友。”张曼丽白了他一眼。

“哦。”冯帅笑了。他开始一根接一根抽烟，张曼丽也时而抽上一根。

从十点多玩到十二点多，眼皮已发沉。张曼丽带冯帅进了她父母卧室，她像突然想通才把冯帅找来，但我看得出他们不是第一次在一起。

那晚我在她卧室，躺下来反倒精神了不少。隔壁传来了呻吟。感官的刺激使我真实体会到她的放浪。

出于某种潜在原因，我没能以端正的姿态面对人生的积极面，她这位朋友带我一瞻另一片风景，这里粗野放浪，使我们活色生香。

雪住了，天地一片静谧，身处陌生的房间里，很新奇……

“沙染，去开门——”

不知过了多久，张曼丽的喊声把我从迷糊中叫醒。

从猫眼看出去，我登时傻了。她竟真把邢展找来了。

也许是张曼丽的呻吟，也许是四目相接的电流、厚厚的雪、沉谧的街道……这些压抑了人的理智，释放着欲望讯号。我跟邢展就近住进了一家旅馆。

推开房门，扑面是一股淡淡的柠檬清新剂的味道。他迈了两步，鞋底在地毯上发出“嚓嚓”声，摸索着裤兜，房卡掉在地上，不知怎么，从容的欲望像是也跟着掉落在地，剩下一抹陷落在了房中的黑暗里。在他捡起房卡插入取电器的同时，我掩饰好尴尬，从后面关好了门。

他回头看看我，转身走进房里。这似乎显得接下来要发生的事不全由自然而然的狂热而起，而是为了做而去做。我站在门廊灯下，他回身向我走来，刻意在放松，一点也没比我不尴尬。

空气里缺少迫切的东西。因我今晚没像平日里那么主动，他似乎难撑大局。他看着我，眉头一蹙一蹙的，眼里有丝难以捉摸的促狭，像个乐在其中的怕羞男子。我像装了弹簧似的弹冲到他身上，他被点燃了，嘴唇热烈地覆上我的嘴唇。一番令人窒息的激吻，相拥着倒在了床上。

他胳膊拄在枕边，上身压着我，两颗心脏此起彼伏地咚咚跳。他脱掉羽绒服，也帮我脱掉。布料摩擦的“沙沙”声消失了，吻跟着轻柔下来，缱绻绵长，伴着呼吸的浊重，撩开了情欲的面纱。他体内有什么在打战，像来自遥远之地的震荡。由此，他被欲望裹挟住了。我很想看他被欲望裹挟的样子。

抬起脸的时候，他意识到我在观察他。

“笑什么……”

“你好像只小狗。”我窃窃笑道。

他胳膊一松，伏在我身上，随后翻了个身，仰躺在床上呵呵笑。

“怎么了你？”

他喘息着陷入平静。

我翻身打量他。

“你就这么喜欢我？”他第一次问这样的问题。

“喜欢。”话一出口，我自己也不禁动容了。

他的瞳孔动了一下。同时，什么东西正从他身上慢慢褪去。

他说：“‘以色侍人者，色衰而爱弛’。”

身处语境当中，我听懂了。可为什么要这么说呢？

我认真道：“你知道我是认真的。你说你也喜欢我。”

“我知道。”他连连点头，因思考而显得迟疑，“我的意思是反过来说，今天为了色在一起，会让咱们的关系……呃，怎么说呢，这个转变还不够自然，你也有感觉吧？并不对劲。”

看来他还是个坐怀不乱的君子，有理智有原则，我心中欢喜，可难免陷于落寞，他对我的喜欢并没达到不可遏抑的程度。我认为相互喜欢就会想做那件事。这份落寞使我对他自不自然、对不对劲的判断不以为意。

见我没出声，他料我亦有同感，“会使事情变质，对咱们俩都不负责任。沙染，在我不确定对你的心思之前，咱们不应该发生那种关系。”

我心里跟着一黯，“怎么,你跟一个连自己对她是什么心思都不确定的人接吻吗？”

“不是,那并不一样，接吻是出于喜欢……所以我说不能再为了色有进一步的企图。爱情是神圣美好的，对爱情我有追求，应该让它顺其自然，而不是就这样……咱们都不该被人云亦云的低级趣味蒙蔽，更不该受人误导。”

低级趣味？误导？我翻身下了床。

“什么意思啊？主动追你就不高级了，王玥惜那种才高级。就你对爱情有追求，我没有。可我的心路历程你又知道多少呢？谁说躺在这儿心里就一点儿也不忐忑？因为你对我没有我对你那么喜欢，你就以为我随便，误导你上床？我在你眼里算个什么人！”由于触犯到一个女人的尊严，他的话已令我抵触。我尽量让自己没那么气急败坏，起码不要因为男人不想跟你上床而显得气急败坏。

他拽住我：“拜托别连我的意思都没听明白就发火。不是说你，是张曼丽误导咱们。早让你别接触她……刚才在她家我听到了什么？”

“你不来就听不到了。”

我知道现在最该做的是跟他好好聊一聊，告诉他我也同样感到尴尬，也不是个随便的女孩，说说我心里的爱情。如果能趁机这样聊一聊，我们的感情就能进一步升华，他还从未像前一刻这样温柔。我看着他，无非是想看到这些道理以外的什么东西，我感到的与他说的不一致的东西。

“堕落。”他若有所思地看着我，因更确切地想起什么而恼了，“我可以接受叛逆，但绝不会接受堕落。很好奇，你在那样的环境下是怎么睡觉的？是！不去就听不到了，我也不知道今天怎么就去了，大概男人都这样吧。我不去都不知道今天会发生什么，以前发生过什么我也没处知道。值得庆幸的是——”他如火般炽盛的眼神陡地冷下来，“——我还算清醒。”

我拿起大衣一阵风似的卷出了房间。

他在胡同口追上来，悻悻地一脸无奈，“不管你怎么想的，夜里不送女生回家都得被骂‘混蛋’。”

“滚。用不着你！”我本以为今晚会是生命里最有纪念意义的一夜，却被这番奚落。满腔羞愤化为委屈伤心，强忍着眼泪在眼圈儿打转。

脸被刮得火辣辣地疼，我把鼻子深埋进衣领，一路只有吱吱嘎嘎的踩雪声。

他跟在后面，同样失去了交谈的欲望。

大门反锁了。我想起继父前一天飞到浙江出差了，他不在家时，母亲都把大门反锁。迟疑着该不该按门铃，已经一点多了，她问我怎么没在小睿家住，我怎么说？等于自找麻烦。我想到李思笃，眼下也只有试试了。

“没带钥匙？”邢展问。

“你得意了？”我没好气。

“我得意什么，你回不去家我也不能回。”

我递给他一颗小石子：“你从这翻上墙，这边角上的房间，窗口有个花架子的，拿这个砸玻璃，别太用力。”李思笃的房间跟母亲房间呈对角，这边动静小，那边应该听不到。

他照我说的做，就近找了七八块砖头垫着才翻上去，不能说不吃力，估计换我翻也差不多就这水平。

接着是石子砸在玻璃上的脆响。

静静等了会儿。

“灯亮了吗？”

“没亮。”

我又递给他一颗小石子。

“你们平时就这么里应外合的？”

“爱信不信，我这是第一次！”

又是“啪”的一声。

我灵机一动学起猫叫，“咿嗷——”以前当着李思笃曾模仿过小灰的叫声，他听见的话就该猜到是我。

“亮了！”

“小声点儿，你小心跳下来。”

“一点多了——”看到邢展站在边上时，李思笃这才完全醒了，恍然一愣，没好声气儿地把我让进门里，“不知道的还以为我在替你们把风呢。”

“欸，”邢展叫了我一声，“流星雨。”

一抬头，正有两道亮线划破长空。我回头看了他一眼，他瑟缩着脖子，两手插兜悠哉地站在夜色里，瞪着闪亮的眼睛冲着我笑。

我从暖烘烘的烙饼味中醒来，轻悄悄下了楼。母亲在刷锅，李思笃闷头喝粥。

“欸？你什么时候回来的？”母亲问我。

“哦，刚才就回来了，你们还没起来呢，我就上去收拾收拾。”

母亲露出疑惑，可能我身上脸上还没有收拾好的痕迹，“小睿家没做早饭？”

“昨晚看见流星雨了。”我抓颗鸡蛋“啪”地立桌上，按着咕噜一圈儿，享受蛋皮碎裂的声音。

李思笃不动声色地横了我一眼。

“人家不做早饭？”母亲嗓门高了几度。

“不做！”我心虚地急了。

“你到底什么时候回来的？”她变了脸色，转过身来质问我。

我说过没有？她灵光的时候比猴子还灵光。我脑子得转得比猴子还快。凭经验，真实成分越多，谎话越逼真，要快，不能犹豫，只要把跟邢展的事略掉老老实实讲就行了。

“昨晚。”

“到底啥时候回来的？！”

“昨晚回来有点晚，怕你说我。”

“干啥那么晚？”

“不看流星雨来着嘛。”

“到家几点？”

“十二点多。”

“十二点多？”

“哎呀！流星雨晚——”

“那么晚你还回来干啥？怎么不在她家住？不对——”她抱起肩膀走过来，“你给我说实话。”

“妈你别像审犯人似的行吗？她家屋子冷，流星雨又没来，我就不想搁那儿待了。回来时还有点发烧呢，不信你摸。”

“你刚不说看见流星雨了吗？”

“那都到家以后了。”

“你自己回来的？”

“打的车。”

她渐渐熄了火，猛然想起什么来：“怎么进的门？我怎么一点儿也不知道？”

“他听见了帮我开的。”

“那你刚才撒什么谎？”

“就是怕你骂我回得晚，以后再不让我出去。大冷天儿回家还被锁外面了。要是真干什么去了，我还回来干吗？干脆在外面住一宿得了，省得你疑神疑鬼。”

她瞪着我，在想象我的假设，紧跟着声色俱厉：“以后不许去同学家住，谁家也不行！”

我真想抽自己嘴巴。

“你给她开的？”她问李思笃。

李思笃点点头。

这时沙曦过来坐下，把鸡蛋“啪”地立桌上，按着咕噜一圈儿，享受蛋皮碎裂的声音。挨个人看看脸色，轻声问我：“姐看见流星雨了吗？”

“看见了。”

“好看吗？”

“好看，星星跟活了似的。”

沙曦后面说什么我没注意，因为我听见母亲问李思笃：“她跟谁回来的？”我心跟着一紧，她可真够贼的！

我知道我说的时候，李思笃肯定不会跳出来说我撒谎，可轮到他被盘问，能替我圆谎吗？

我装作听沙曦说话，躲过了母亲扫过来的视线。听见李思笃小声说："她自己。"

"差远了。"我告诉沙曦，"亲眼所见的电视上能比吗？天像被划开了似的，一道一道，眼睛都不够用，都看得淌眼泪了，凌晨两点多才睡。要是你见了，管保高兴得一宿睡不着觉。"然后我留意到母亲转身去灶台擦了擦手，一脸倦意地回卧室了。

沙曦扬着白净的小圆脸乐呵呵地问："像钻石那么好看吧？"

我没理她，拿起一个鸡蛋"啪"地放在李思笃面前。

"吃饱了。"他不买账，额角一挣一挣嚼着，嘴唇挂着层牛奶。

"不是不喝牛奶吗？"

他一副受不了我的样子，"我都快喝了三个月了。"

"哎哟哟好厉害喝了三个月牛奶了——哈哈，逗你玩儿呢，我又不是没看见。怎么的？强身健体啊？"

他不吭声。

我凑过去小声说了句谢谢。

他一边瞟母亲卧室那边，一边瞟了眼沙曦，脸涨得通红，气呼呼地压低了嗓子："我从没对长辈撒过谎。"

"那你还撒？"

"……"

"会习惯的。"

"……"

"好了好了。"看他那样儿我都快笑噎了。

这时小睿来了。她喜欢我们家的早饭，常空着肚子来。拿起片烤面包左手捣右手、右手捣左手，让我给她也倒杯热奶。我很怕母亲这时候出来问这问那，就催她快点儿吃。

“沙曦，你学校远，该走了，快！”

这孩子喜欢人多凑热闹，不过也不得不出发了，听我一催，脸蛋急得红扑扑的，背上母亲给她新买的Hello Kitty书包跑出门了。

“不过凌晨两点才睡的话，我看新闻就好了。”

“那你就不容易看到了，很晚才有呢。”

李思笃两腮撑得鼓胀，也想说话。

“原来你吃得这么多。”小睿又逗他。

“我家一半的饭都他吃的。”

“跟我表弟一样。这两年怎么填也不饱，个子蹿起来了，一上桌就跟狼似的。”

李思笃告诉我：“不管白天晚上，流星雨都会发生，只不过在夜间肉眼才看得见。”

“该走了。”我催促小睿。

小睿又抓过只白煮蛋，两人聊起彗星，我这才知道是由冰和尘埃组成的，不可思议，冰和尘埃团成的球可以划亮夜空？我静静听着，不懂装懂，地理书上没写过吧，他们怎么都知道？

“天文类的书你也看？”我记得小睿只看些文学作品。

“会看一些，我喜欢天文。”小睿很干脆。

李思笃回卧室拿了两本书出来递给她。他俩常换书看。

“你为什么不看文学名著？”小睿问李思笃。

“想到大学期间，或者毕业后再看。”

“为什么？”

“二婶说年纪太轻读不透，而看过一遍的书，可能就没耐心再看第二遍，那就可惜了，过几年再看不晚。”

小睿吃了一惊，她向来以博览名著为傲，照他这么一说，岂不白读了？逢考被选为范文的文笔、高人一等的思想感情还不都源于文学作品吗？她梗了梗脖子，目光湛湛，“书籍还怕接触得早吗？先人一步就有高一等的基础，再说我现在就觉得受益匪浅了，只恨没看过的还太多呢。”她急于维护书中的获益，好像经李思笃那么一说，她的所获变单薄了，她更想维护快人一步的学习方法。

“只是有些类型的书——”

我打断李思笃，隐隐听见母亲在喊我名字，就跑进了卧室。她蜷在床上，脸白得像纸，五官拧在一起，额头布满细密的汗珠。

“妈你怎么了……”我吓坏了。

“得去趟医院……”

“你病了！走！”

我扶她到床边，她捂着肚子，疼得坐都坐不住了，我给她披上大衣，去门口给她拿鞋。

“快叫出租车！”

李思笃冲出家门。

小睿帮我给母亲穿完鞋，李思笃就跑回来了，“前面修路，道挖开了，车进不来。”

“那咋办？”

“背吧。”

“行！”

我背着母亲还没转过一个街角就跑不动了，李思笃接过去，穿街转巷，一口气把她背到大道边，拦了辆出租车。在路上，我把胳膊垫在她颈后，看着她痛苦忍耐，跟着心急火燎。我似乎明白床上那一小摊血意味着什么，在一部碟片里，男主角开着飞车逃亡，副驾驶上女主角捂着肚子痛苦不堪，说她不行了，不行了，座椅下有血滴下来……

12

母亲流产，卧床休养半个月，舅妈来照顾我们一日三餐。母亲早就说，只要不动钱，人家什么活儿都乐意帮忙。她这话使我对舅舅一家人从小就揣着股轻蔑。在舅舅家里，舅妈只晓得干活儿，任劳任怨，这是她唯一的自主领域。一旦让她办点重要的事、做什么大决定，她是拿不定主意的。母亲说让女人最终沦为保姆的不是丈夫，不是命，是性格。被男人骑在头上的，是废物，被儿子骑在头上的，那是白活。在舅妈眼里，儿子熊浩什么都好，她看不出他任何不良习惯。一听熊浩要过来住，我跟沙曦当着她面直翻白眼，她权当我俩是小孩子调皮。

熊浩是个怪人。他心情对了，就待人亲切，态度恭谦。心情不对，对谁都态度恶劣，不抬杠不开口。我小时候常修理他，把他塞进沙发空里，烦，也有一丝怕，他眼里藏着股不可预期的凶狠。谁也不知道左右他心情的到底是什么。心情不好，就连女孩子也不能讨他欢心，这一点我还算佩服，起码坚定到底，说生气就不妥协。说女孩子不能讨他欢心，仅限于他心情不好，而多数时候他见女孩子就很欢欣。多欢欣呢？不论美丑胖瘦，视线都黏在人家身上。人家没发现他就盯着人家看，被发现他就似笑非笑，一眼眼地瞟。对同龄女孩有一种发乎天性、出于本心、无法抑制、难以遮掩的嗜爱。

熊浩站在院子里打量这栋房子时，我心里洋洋得意，房子足有他家五六个大，还不算院子。他什么也没说，只说我家离学校太远了，每天要多倒一路公交，一个人来来回回的，跟同学都疏远了，再说他也睡不惯陌生床，等姑姑身体一好他就得回家。彬彬有礼而满不在乎，就好像不知道这几个人对他再熟悉不过似的。

第二天晚上我到他房里，他在写练习册。滚圆的脑袋凑到台灯底下，堆褶的肉脖子白花花透亮。舅妈说熊浩脑袋开窍了，谁也没往心里去。

“姐，没事就从外头把门带上。”他演绎着新学的幽默。

“抄这么认真？”

“看扁我了，姐，我可没抄。期末考好了我妈给买乔13。”

“哎哟。怎么算考好？”

“班级前二十。”

我憋不住乐，“标准还真松啊。你行吗？”

“差不多。”

“不会就抄呗。”

“姐，作弊也要成本的，谁白给我抄？抄完不得给人买几包薯条可乐？再说还剩一年半了，我也不能考不上大学呀，我爸说要是考不上就去他店里卖货。能想象吗？”

我见过他看店的样子，初中那会儿他就能自己看店，对自家商品如数家珍，讨价还价干脆利落，话不多说，像个小老板。

“其实你蛮是块料。”

他没听我说什么，而是撇撇嘴，鼻孔瞪出股压倒一切的决心，“我只会做大生意。”从眼底扫视这间客房，“这都不算什么。将来别人在做的生意我都不会做，我有的是好点子，只是需要钱，迟早会有的。如果我爸这么有钱，我能比那小子强一百倍。我姨夫家也有大工厂，儿子刚满十八就开辆Cooper。”他兴奋起来，“2.0T、四驱、电动天窗、黄的、超炫，兜里零花钱没少于过一万！跟他去KTV，六个人喝了十瓶Martell，还请了歌厅小姐。头一回啊，哈哈，我都不敢多说话，光低头吃果盘了……对了，你家公子哥儿开什么车？”

“他没车，不开车。”

“不会吧？”他笑出声来，“那他爸开车送他上学？”

“我跟他一起走路去。他爸对他特抠门儿，加上他自己节省，铅笔盒都巴不得磨漏再换。”

他冲到床上翻了个跟头哈哈笑，“那恐怕一辈子都换不成铅笔盒了。真的假的？我不信，他不是有变形金刚吗？”

“那都是他叔叔给买的，他爸不会给他那些‘玩物丧志’的玩意儿。”

“怪不得连乔13都没有。我问他缓震怎么样，他说没穿过。姐，穷养儿这事儿靠谱吗？可千万别让我爸学会。”

“他爸说什么‘钱’不同于‘财富’，我观察，是变着法儿地让他不在乎钱，这里边有什么教育意义吧，总之他爸并不简单。”

他没理会我说的，拄着脑袋倒在床上很享受。

我掏出个盒子丢在床上。“生日快乐。”

“好姐姐！”他笑逐颜开。

“你不来我家我也不记得，算你捡着了。”

他粗鲁地撕开包装盒，把电子表拿出来戴在腕子上，“谢谢姐！”起身从窗玻璃里笑嘻嘻地打量自己，对于明天已经迫不及待了。

晚饭时他跟我妈说，希望明天生日可以请同学来，那样他们就不会觉得他疏远他们了。母亲毫不含糊，让我去订个大蛋糕，让舅妈多买点鱼肉排骨、糖果肉脯，再买两箱可乐，搬不动让李思笃跟着去，说熊浩爱喝可乐。

熊浩开始喋喋不休地讲起他学校那些风云人物，跟人聊这些从不介绍人物背景，直入正题，就像谁都知道似的。我猜他蓄意邀请的人里少不了有他嘴里的人，好不容易在我家过一次生日，巴不得让全校的人知道他住着大房子。

第二天我跟李思笃回到家时，熊浩跟他朋友已经提前到了。吵闹声险些要把房盖掀开，就连我俩进院都没人发现。电视开得很大声，算上熊浩一共八个人聚在客厅，沙发和椅子全占了。一个胖子脚穿灰了底的白袜子踩在沙发上，勒住熊浩脖子，手里还攥着个橘子，熊浩被勒得笑嘻嘻脸通红。两个人在茶几一端扭弄变形金刚，两个人边吃东西边争论，话说得又急又快，像点火的炮仗，还有一个捏起块芒果丢进嘴，在靠垫上随手一抹，赶紧倒出手来帮那胖子收拾熊浩。地上是被踢飞的拖鞋、橘子皮和沙发靠垫。而几米之外，我母亲房门紧闭。

见有人回来，吃芒果那人捡起沙发靠垫，响亮地叫了声“姐”。其他人屁股也纷纷离开沙发，跟着叫“姐”。熊浩终于挣脱那人胳膊，笑哈哈地朝我走过来，与此同时李思笃放下两箱可乐，转身回了房间。

有人问熊浩这是弟弟吧，有人悄声开玩笑说食杂店送货的，熊浩悻悻打了个哈哈，让大家继续。

“你们小声点儿。”我把两大包零食递给熊浩，示意母亲在里面休息。回身抠出罐可乐上楼，一口气喝下半罐，聊解一路干渴。炮仗似的说话声让人抓狂。我在楼梯口往下观察他们，发现这里没一个是他朋友，不过在心照不宣地戏弄他的讨好，以证明像这类角色不配做他们的朋友。

直到开饭前，我才听见那炮仗说看见李思笃从房间里出去后还没回来。

母亲让我出去找，其他人开饭。我说不用找了，睡觉时自然就回来。

“你知道他去哪了？”

“我也不确定。”

“去找他回来！”她气急败坏。“人全上桌了就等他？不成体统。”

“没人等啊，他们已经动筷了。”我用余光看见舅妈张了张嘴，面色难堪，母亲脸色更难堪。“不知道的以为后妈把他挤对出去了！你快去找！”她嗓音发尖，不吝厌恶，只有怪李思笃不懂事，才能让舅妈面子上过得去。外面传来一阵哄笑，有人吵嚷着干杯。母亲脸色和缓一些，看来熊浩的宴请并没被这点意外扫了兴。

“让他爸知道这成什么事儿了！饭也没吃就走了。”舅妈把重点放在李思笃离家上，好像这便能模糊掉矛盾。母亲皱了皱眉头，因为舅妈把她的忧虑说了出来，哭丧着语气搅得人心烦。可母亲向来顾及自己跟娘家人面子，纵使知道有原因她也不问。

“每天也没走啊。”我故意嘀咕道。

“我想想，应该因为玩具吧，别的咱也没碰啊。”舅妈一脸无辜，“我想着家里来了那么多孩子，就给他们玩儿吧，也玩儿不坏……”

“舅妈您看到他房里有玩具？”

“啊，一走一过看见的。”

“撒谎。”我心想，放玩具的柜子从门口是看不见的。拿玩具根本就是熊浩的主意，我又不是不知道他有多眼馋。

“就说我让拿的！”见舅妈为难，母亲一脸愠色，“几个玩具有什么大不了的？玩坏再给他买就是了。平时什么事我不先顾虑他？想走就走，这都不是一次了！他这一走他爸怎么想？人一走就对他儿子不好。给我上眼药。也不是不知道熊浩过生日，当着那么多人一点道理都不懂。你就在附近找，不管找不找得到六点半前就回来，咱也算找了。拿着我手机。”

我琢磨着要不要把这话跟李思笃转述。看这意思，是想让他明白他真把她惹火了，又不好对他直接动怒。她对待李思笃表面粗略，实则如她所说，顾虑再顾虑，这还是头一回在背后冷言冷语。

舅妈说要跟着，我让她在家伺候客人。一个说走就走小题大做，一个擅动他人东西、只顾自己舒服，一个战战兢兢、替儿子撒谎。十足让人上火。

夜幕笼罩。我肚里除了那罐可乐也不剩什么了，连跑带颠的直胀气。想也没想就往江畔去了，就是觉得他在那。冬泳岸上的取暖棚，或者坝下的咖啡馆。走到半路心里开始打鼓，他离开时是什么状态？这事本也不值得离开，莫不是又抑郁了……

大雪潇潇，掩映万物，使小棚子那一丝光亮看上去十足难得，在这样的夜里又静又暖。

拉开门看见他，就像看见一只遭长途追捕身心疲惫的鹿，随意枕着手臂，伸展在长凳上烤火。见我来了，他厌烦地动了一下。眼神纵使再淡漠，对我也有一分不得已的例外。炉火烧着，给他半边脸映上昏暖的光影。

我走进去，感到自己再次进到他的场域里。厌世里透着厌烦，无非在躲清净。不管怎么，我喘着气，没好气儿地摔上门，踢了脚长凳，下意识用来自世俗世界的一连串举动打搅他。“拜托你下次去网吧、游艺厅，或者约几个朋友去录像厅，总之别再让我在这种地方找到你。”母亲那些话我一个字也不想提了。

他没说话，瞟了我一眼权当招呼，仰对着窗口，正是个看雪的好角度。

“连我都烦，何况你了。那帮人里没一个是他朋友。拿他打趣儿，闹着玩儿没轻没重的，说以后会带着他。你知道，说那种话的都不是朋友。可人家照样仰慕。其实这倒也不关人家的事，是他非在人前显摆。能住大房子，吃山珍海味，玩人家眼馋的玩具，让别人高看一眼就高兴了。想想看，我们家好像没人例外，都虚荣。我爸来那回，我妈把你爸那些衣服拿出来显摆，这次熊浩问都没问就拿了你的变形金刚，脸真是给丢光了。我也一样，嘴上不说，换季等着买新衣服新鞋，每个月盼着你爸给零用钱。熊浩来那天我就等着让他羡慕，什么都比他家的好。哈，这家人真丢脸哪。鄙视吧，一切都烦死人了，脸早给丢光了，好在眼皮一合，就当你们看不见。”我挤着他坐在长凳上，“所以我不会说‘平时也不见你玩儿，人家又玩儿不坏’这种没脸的话的。乱动人东西就是没规矩，讨人厌。丢人就是丢人，涂脂抹粉也没用。”我虽对自己的庸俗感到无奈，却知道自己不会有什么改变。当接受了这个事实，对于他的鄙夷，就不再难以容忍了。

他略过鄙夷，开口道："私人空间是我的底线了。"

"底线？"

"我需要私人空间，一个人。可是每天都有人在房间门口转悠，时不时要进来，我得说'请进''好的''这就来'，好像一点也没被打扰——"

"家不就是这样……你说小曦？"

"是。"

"还有我妈？"

"对。"

"包括我？"

"是。"他眼里蹿动着两个光点。

我发呆的空当，他已起身走出门去了。

"不理你就好了吗？！"我追出去，还不知道自己这么不招人待见。他往江心去了，势要把我甩开，把这个世界落到江堤那头。"良心给狗吃了——"六点半了，雪越下越厚，白茫茫的江面上回荡着我的呼喊。

走着走着他忽然转过身："饶了我吧！没处躲、没处退，快喘不过气了，让我一个人待会儿行吗……"

"你再这么说话就一个管你的都没有了。孤僻，简直不可理喻！还以为经过这么久相处——"我一把揪住他的袖子。

"啊——"他挣脱我，边喊边疯狂地跑。可跑远也并不容易，脚着地雪直没到膝盖。

我想笑，一个人被逼成这副德行，算抑郁症症状吗？

肚子饿得直拧劲儿，鞋里进雪又湿又凉，心里直冒火，想着丢下他算了，但更心痒得想抓住他。索性加快步子，每脚力度都被积雪吃进大半，就两腿紧捣，连跳带跑，身后扬起一路雪烟，像台铲雪机似的向他推去。他也快了起来，不过没我快。距离两米的时候，我纵身蹿起来扑倒了他，无奈雪实在太厚，没蹿出多远，落地时只抓住他小腿。他吓一跳，不知道我想干什么。我就地又是一蹿，扑到他身上去了，把他狠狠骑在身下乱打了一气。我生起气来力气更大，他一个劲儿喊叫，像条鱼似的直扑腾，紧攥我腕子，几回都被我挣开。最后他终于受不了了，弓腿一个猛劲儿，我被顶起来了，身不由己往前扑，上半身扎扎实实插进雪里，抢了个狗啃泥，嘴里、鼻子里、耳朵、领口、袖筒，灌了一身雪。

“哈哈哈哈——”

我不知自己有多狼狈，能让他刚挨完揍就笑成这副德行。虽然还是很气，可已经没力气了，索性翻身躺进雪里。要说雪厚到什么程度，他就在离我两米远的地方站着，而我躺出近半米深的雪坑，抬眼却看不见他。雪还在下，飘飘洒洒，天被映红了，不一会儿脸就蒙了层薄雪。

“跑啊。”我坐了起来，“要是继续跑，我可没力气抓你了。”

他抚着颧角瞪我。

“你这是第三次打我了，别以为我不敢还手。”

我笑得猖狂：“你这人，不打不行！”

他冲过来揪住我领子，像我揪住他那样，眼珠子恶狠狠地瞪着。当我以为他真要给我一拳时，他疾眨了两下眼睛，眨掉被寒风刮出的水光，什么东西像坠在叶尖的晨露正微微颤动，“啪嗒”一声，在这双凝邃的眸子里急剧散开了。我胸口骤地一紧，在他恍神的一刻，反手揪住他猛一推，将他送进了雪里。

他跌进去便不见了，起来时也跟我一样整个人都白了。蹲身展臂把雪一推，埋了我个措手不及。我朝他吐了一大口雪，脚已经冻麻了，爬起来狠狠扬他，他也捧雪狠狠扬我，就这么追来打去疯了一会儿。

后来我告诉他脚扭了，太饿了。他骂了句活该就走开了。

“你想把我冻死在这儿吗！”

他怀疑我使诈，但还是回来了。

“真扭了。”

“哪只？”他蹲下来。

“右脚。”

他戒备着捏我脚腕，我暗自蓄力要推他，正要出手他便弹开了，回身对着我呼哧呼哧笑。

“这次不骗你了，真扭了。我坐到地上好了吧，但你也不许扬我。真扭了，快点儿，咱俩得回家了。”

他蹲过来，我吓了他一下，他躲了一下，对着哧哧笑，笑完了不闹了，他稍用力捏了捏我脚腕，“那就不能训练了。”

“嗯。”

“没碰到啊。”他纳闷道，“就怕碰伤你，都没怎么反抗啊。”

手机响了，家里打来的。我把电话紧紧压在耳朵上不让声音外泄。

“找着了？”母亲冷冷的。

“嗯。”

“上哪去了？都等着你们吃饭呢！”

我心想早就菜过五味了。

“芝姨……”李思笃用口型问。

我一眨眼。

得知她为他着急，他不经意抿起唇角，有些不好意思。

“……熊浩是你弟弟，不是外人，过生日都高兴，你倒吊上脸子了……这个家哪亏待你了？我亏待你了吗？事事都想着你高不高兴，还动不动就走！再有一次就再也别回来了，国有国法家有家规，不扳扳你这臭毛病……”她指桑骂槐，越骂越大声，唯恐他听不见似的。给人点儿厉害瞧瞧，她向来如此，也许现在正是时机，何况当她娘家人的面，亮剑了。

好在北风呜咽，应能把渗出来的声音刮进风里。我尽量控制表情，装得很无所谓。李思笃紧紧盯着我观察，笑意渐渐僵在他脸上，唇角爬上寂寥。我心里蛮不是滋味，耳朵也有点疼。

“……好……行了！我不小心把脚扭了，他背我回去呢。”我是想，知道他大老远把我背回去，她消消火气就不会怪他了，矛盾也就转移了。

“扭坏了没有？”

“不知道呀，到家再说，先挂了。”我冲李思笃轻松一笑，抬起两手，他转过去蹲下，我趴到他背上。

“对了，你怎么会找到这儿来的？”

“除了这儿你能去哪儿？今天又没特长班。经过上次的事，这儿算得上能找到些抚慰的地方吧。怎么样，多少还算了解你吧？”

他自嘲似的笑笑："你不出来找我，我也自然会回去，不回去又能去哪儿？虽然这样不礼貌，我倒懒得想那么多了。"

"你叛逆起来也挺洒脱的。"我想起张曼丽挂在嘴边的哲理，"你听过一句话吗？'每一个不曾起舞的日子，都是对生命的辜负'。可惜有时候就是高兴不起来，而且是大多数时候。偶尔一高兴，又想起这阵子都没这么高兴过，为什么不能天天这么高兴哪，好可惜，就想记住这份心情，以后天天高兴，可总是第二天就高兴不起来了。"

"谁会总那么高兴。"

"你的病会好吗？"

他半晌没说话。我憋在心里早就想问了。

雪小了，风大了，掀起雪沫铺天盖地，冒烟似的东翻西卷，打上脸刺刺地疼。我想我俩真不该跑到江上，天已经黑了，万一掉下去就太危险了。

"饿死了。"我打破沉默。

"可以说，似有若无。"他顿了顿，似是等着我说点儿什么，"你知道吗，人只要这么想下去，就真会生病。我曾在那种假想状态里徘徊过很长一个阶段。"

我不是很理解他讲的。"似有若无"，也有，也没有。

"我受我妈的性格影响，也倾向于以她的方式发泄情绪，这算有意无意的靠近，甚至呃……模仿、实践吧。懂事后我就这样，就知道这能狠狠打击我爸。"他呛了口风，顶风眯缝着眼，强调着某种快意。

"为了打击你爸，装抑郁？"

"先是偶然的，偶然发现有效，时间久了就成了习惯，几乎忘了是有意的，说到底这也算一种发泄方式。真的，人只要这么想下去，就真能变得——变成另一种人。”他侧着头，眉毛和眼睫毛上尽是冰，把“抑郁”说成别的，以换取一种轻松感。像是很得意把这个了不起的发现告诉给另一个人。我呼出的热气跟他的汇在一起，胸腹间传来他背上的暖意。

“好，不说这个了。你是个快乐的人。”

“我还在想……”我怔怔出神，努力理解他说的：人只要这么想下去，就真能变成另一种人。

——我自己是不是也印证了这句话，那原本我应该是什么样子？他的话很神奇，没有抚慰，有疼痛的真实，使我的快乐没那么纯粹了。邢展也会讲这类话，关于意志、奋斗和未来，他的话里没有消沉，要么打击，要么鼓劲。小睿同样也会讲这类话，且妙语连珠，她会把名著里的道理当成自己的。我不大会讲这类话，却不经意会被近乎悲观的东西吸引。

“芝姨认为是无事生非，其实你也会觉得没什么大不了的。可对我来讲，这条界限太重要了，我不想跟不熟的人逢场作戏，也不能忍受别人随意走进我的空间，这些事确实令人——郁闷。”他把“抑郁”说成“郁闷”，再次换取一种轻松感。“像我这样的处境，如果再没有私人空间，就真受不了了，就好比——敌人侵占了你的净土，就好比——那个没来到人世的孩子对你所构成的……”他气喘吁吁，把我放下，说走不动了得歇歇。

“我懂了。”

“你懂了？”他眯起眼睛，里面那两个闪闪的光点犹疑着，认为他所表不能尽其意，或是不会被我这种人所理解，但我却懂了。

他像叹息似的呼出一大口热气，草草一点头，侧头看向那铺天盖地的烟雪，像个洞悉天气的猎人。

我懂，是因为“那个没来到人世的孩子”，在所谓的“家”里，疼爱和关注被一点点分割，如此，人越多便越孤独。

“那天早上在车上，我心里很害怕，怕着怕着，在内心深处……”我看向他，期待借外力坦白，而他好像什么都知道却不伸手，“在内心深处就期待起来……我在医生身后，虽然隔得远，他也很小声，我却听得一清二楚，他跟她说‘胎儿没了’，当时我松了口气。知道吗？我心里其实特别高兴，这念头一直持续到她回家卧床休养。我还没为有一些坏想法而感到心里不舒服呢，毕竟那挺酷的对吧？也从没觉得自己歹毒，可这几天我一直都不愿意看见她，一看见她，或者想起自己那些念头……”

他眼神如电光般扫过我。我胸口一紧，丧失了说下去的勇气。他清隽的脸显得有些冷峻，戏谑从嘴角渐渐绽开，绽成一个极大的荒诞微笑，显得不近人情。毫不在乎此刻的我迫切需要一个评判，怎样的批评都好，只要使我不再继续飘摆不安。

“这不正常吗？”他开口道。

我很窘迫，对这迟来的敷衍，毕竟从没对谁讲过如此隐秘的心理活动。

“很正常。”他重复道，“谁都不想自己的优势被削弱。你之前也跟我讲过，可以理解。”

“可她之前那么期待，事后那么难过。而我之前那么失落，事后那么高兴。看着她痛苦，我心里却高兴。”

他笑了出来，“也许是这个原因大于她的痛苦吧。你不是早就挣脱仁义道德的束缚了，还要往回钻吗？”

“这跟洒脱是两回事。”

他莫名地有点开心，神情跟要说的话似乎并不在一个频率上。

“说别人未必是好话，可你不一向实事求是吗？我爸总把这词儿挂嘴上，是真理。高兴大过内疚，你就是这么想的，这有什么办法呢？你没说你没那么想，还把它说出来了，要责怪你什么呢？在这一点上，我佩服你的坦诚。”他脸上当真有一丝赞许，“他们不管生几个孩子，你和这些孩子都是她的，而你不能是很多人的孩子，唯独是她的孩子。那我们有点我们的私心，并为这点儿私心跟自己过不去，也还不算坏。”

听他这么一说，我还真有点得意了。我承认我这人很容易洋洋自得，即便心里还有些郁闷。

“让你难过的可能除了这个以外，是突然发现自己并不了解自己——”

“对！”我激动得大叫：“说到我心里去了。”被人一语道破如此痛快。

“——这一点我也一样，有时也不了解自己。”他也有点得意，轻松一吐口就说出了我理不清的思绪。“想着自己英勇过人吧——”说着便笑了，“到头来跟人家一比，就是缺那种血气方刚，可也不愿意承认。时间久了以为血气方刚能长出来，就又觉得自己英勇过人，实际上根本没变。”

“原来你想英勇过人啊！”我憋不住笑。

“你都比我血气方刚呢。”

“这可不算表扬啊。”

“上来吧。”他瞥一眼我的脚，看出并没扭到，但为了接受我的好意回家圆场，况且已经背出这么远了，便也懒得点破，转身蹲下去。

“咱俩别再说话了，不然走不了多远又走不动了。”

“行，开路吧。”

13 2000

春节最开心的是我终于拥有了人生第一部专属电话——手机。继父年前送了我跟李思笃一人一部。有了这部手机，我才心甘情愿随他去老家过年。

继父和他两个弟弟各带家人赶回伊春，正月初七是他母亲的十周年忌日。他二弟李社稷三年前去黑河口岸做起了边贸生意，妻子廖红钰在当地一所高中任教，下巴上有一大颗能言善辩的黑痣。她夸赞侄女李敬怡出落得像朵娇艳的芙蓉花，说李思笃不像小姑娘了，长成半大小伙子了。小姑家的外甥韩煦，小时候比李思笃还内向，现如今能说会道，开朗又认亲，叹少年人性情变化之大。说到这儿她不无感慨，说大嫂去世后她本打算把李思笃接过去照顾，好过跟着大哥一日三餐都吃不应时。可当爹的不撒手，儿子也不跟。回忆起那两年她每回见到李思笃都瘦得让人心疼，绕来绕去绕到正题：“现在好了，大嫂，他们父子俩有你管着，我们全家都放心了。”

说话间，她观察我和沙曦，每当沙曦露出甜羞羞的笑，她都喜欢得不得了。我发现她纵使把别人家孩子夸出花儿来，也比不上望向女儿李斐时那满眼的洋洋自得。李斐不似李敬怡那般活泼娇艳，长得斯斯文文，眉目寡淡，说话走路都梗着脖子。

继父的三弟李国腰四年前去大庆办了分公司，常年两地奔忙，妻子是出了名的美人，捉住他出轨后闹得翻天覆地，逼得他净身出户。李国腰平时连见女儿一面都难，这个春节李敬怡被特赦回来，也是看在她在奶奶身边长大，是老人家亲手带大的唯一一个孙子辈。父女重聚的心酸，我和沙曦深知其中滋味。

继父有个家住大连的远房表妹雅淑，幼时体弱多病，老人们让她另认了继父的母亲做“妈”，十岁前一直住在这边才躲过“坎”，跟三个哥哥一起长大，情同亲手足，这次带儿子韩煦回来祭拜姥姥，顺便探望新大嫂。

自从李家三兄弟出去闯荡后，李家老宅就从没像今年这般热闹，少小离家老大还，怀想父母，追忆过往，几个中年人感慨万千。

继父把房间统一做了安排。两间正房里，他们夫妻一间，李敬怡李斐陪雅淑姑妈住一间。四间厢房三叔独自一间，二叔夫妇一间，李思笃韩煦一间，我跟沙曦一间。他们每晚麻将打通宵，睡到次日中午，再花一下午做一顿丰盛的晚饭。小辈们白天出去遛弯儿、滑冰爬犁，晚上玩扑克牌、下象棋、看碟片，在正堂里间的通铺火炕上或睡或玩，直到天亮。

这么大家子人天天一起闹闹哄哄，搞得我完全适应不了。我这人的自我意识并不清醒，但仍然很自我。跟不熟的人没法装熟，何况上来就是同吃同住。母亲忙着跟李家人熟络，我跟沙曦拿了不少压岁钱，他们喜欢她，她就很快乐，虽然外表娇柔，适应力却很强，很快就跟他们打成一片了，跟我正相反。我既不快乐也不娇柔，适应力不强，也不愿融入。两天下来，充分认识到距离感并没能令我痛快一点点，即便我不自在，他们照样乐呵他们的，搞得我更不自在，像个傻子似的。跟李敬怡、李斐她们俩一比，母亲就怪我“不会来事儿、不会说话、不合群”，一句话：“不会表现。”于是李敬怡越是巧笑倩兮、李斐越是能言善辩，我就越窝火。除夕那晚年夜饭，李敬怡和李斐轮番唱歌、致新年祝词，二婶神采奕奕，母亲脸色尴尬。唯一带给我一点安慰的，也就李思笃嘴角那丝淡淡的嘲讽。最终我们家这三个孩子里，由沙曦载歌载舞唱了首贺岁歌。

李思笃，说起他，我有必要特意交代一下。自从熊浩那件事后，他对我渐渐亲起来。其实仔细想想，自从从江底把他拽上来，他对我的态度就在起变化，虽不大表露，我还是能感觉得到的。按理说我算有恩于他，关系好些，凡事想着我点儿也没什么不正常的，可感觉就是有些怪。他过于温顺，过于为我着想了。放学到我班级门口等，一路替我拎书包，话也多了，还会说笑（单单对我），讲话时会看着我（从前不）。总而言之——过分融洽了。一个人对你的好意超过你对他的好意，你就无法无动于衷，要么开心，要么生厌。我暗自生厌，心想倒还不如像以前似的自然。这么大的男孩子，看有人对他好点就想入非非？小男生简直不可理喻，不知道什么该想什么不该想，如同他在卫生间里自慰一样，脑子里的想法简直没处猜去。提起卫生间事件，我在此穿插一下。

临期末前两天，楼上水管坏了。

早上我透过一楼洗手间的磨砂玻璃知道李思笃正往外走，想是已经提好了裤子，便匆匆急敲两下：“好了吧？我东西落——”在外面扭了一下，锁片应声落地，“欸——”他低吼了一声，而我已把门拉开，这才知道他是急着过来要把门锁紧。

眼前一幕让我目瞪口呆，随即狠狠拉上了门。

趁面红耳赤前我抓起书包，招呼小睿匆匆出了家门，一路心神不宁，直辣眼睛。直到第一节课下课前，尚且无法定义早上的事。明明就要上学了，明明也不是在洗澡，他为什么赤身裸体的？厌恶和羞耻在心里交杂。跟他面对面那一刻，我没能管好自己的眼睛，下意识瞥见了那个部位。我不是小白兔似的女生，私下里也跟张曼丽看过些黄片。可这回亲眼看见，跟他又抬头不见低头见的，简直困扰极了。

我憋了一节课，下课便往他班跑，从后窗见他趴在桌上，便进了他班级。有人问我找谁，我说找李思笃，他被七手八脚弄醒，看见我就知道我找他干吗来了。

在走廊尽头，我开门见山问他："你早上在干什么？"

"是你冲进来的。"他竟也跟我气呼呼的。

"我以为你上完厕所正往外走！"

"可我还没出来呢，你就把门拉坏了。"那神情就好像我是男生、她是女生。

我也懒得跟他废话："你到底在里面干什么？"

他咽了口唾沫："上厕所。"

"我看可不是那么回事儿，谁规定上厕要脱光衣服？"此言一出我耳根发烫。

他也红了脸："没规定上厕所不能脱——"

"李思笃，别以为我不知道你干什么呢，把那些肮脏龌龊的思想给我收敛收敛，少跟那些不三不四的去录像厅，书和杂志也别往家带，精力都放在正经事儿上，别脑子里乌七八糟的！真不知道你……早上如果让沙曦撞见一定得吓到！看吧，这就是家里有男有女的结果……”末了我看着他苍白的下巴颏儿，口气软了下来：“我相信你不是不三不四的孩子，咳，也尊重人的生长发育。我这人讨厌别别扭扭的，想了一节课，还得来找你说清楚。今天的事过去就拉倒，但你以后必须得给我注意。听见没有？”我让自己疾言厉色得像个家长。

他抿着嘴点点头。

“李思笃，你在笑吗？”

“没。”他猛抬起头，避开我的视线。

就是这么回事。

每想起来我就不舒服，想疏远他。可当看他在身后静静地走，边走边想什么，一到家便房门紧闭，我又觉得自己是想多了。他没有杂念，若只是单纯地相信我，愿意接近我，我又会为此过意不去，怪自己脑袋里只装着些乱七八糟的。

附近邻居送来几十只麻雀，李思笃负责收拾。

“看着。”他一手抓住麻雀身子，另一只手攒劲儿往头上“嘣”地一弹。

“这就死了？”

“死了。你试试。”

我犹豫着把手伸进去，几只麻雀钻空子飞了出来。

“你怕什么！”

“会叨人的！”

“哎，叨不到！”他不耐烦，越不耐烦我越紧迫。

我龇牙咧嘴地攥住一只，鸟儿的小身体软乎乎的，在手里一动一动想挣脱。

我问他："这么小一只吃它干吗？"

他把手上那只被弹死的冲着我，用指甲揪住上眼皮，扯了一下，那麻雀半张头皮从脑壳上抻起来，他又扯了一下，利落一撕，把整张皮扯了下来，只剩一团血肉模糊的红肉。

我毛孔炸开了，胃里往上翻腾，手里麻雀也飞了。

"死的东西不要怕。"他一脸天真无邪的熟练样。

我说，我是不会去杀死一只麻雀的！

小卖部家那只名叫"子弹"的土狗，谁叫它它都兴奋，隔老远就往人身上奔。四肢粗短，躯干精壮，跑起来耳朵紧贴在脑后，像只兔子。每次朝我冲过来，我就弓着腰，准准接住它两只前爪，仍会被冲个趔趄。它热情得发疯，紧着往上蹿，嘴里哈啦哈啦想舔人脸，舔不到，就在人两腿间穿来扭去。沙曦又爱又怕，来来去去只敢溜着墙边儿走。而子弹见了她这样的孩子，愈发想吓唬吓唬。有回老远奔过来把她冲倒在地，沙曦哇哇大哭，小卖部奶奶随手抄起个什么便朝子弹身上砸，它从此不敢靠近沙曦，但仍心有不甘想跟着我们，每次都隔段距离跟出好远，回身喝止，它就歪头一愣停下，直看着人走出好远，觉着没趣了才离开。

初二晚上，大家看了一部外星人入侵地球的科幻片，聊起1999年两次末日预言。同龄人之间聊起这种事都很兴奋，好像谁都死不了，都能有劫后余生的命运。

"没准儿只是灭绝一部分，跟大地震似的，一部分毁灭，剩下的生还。地球人多，资源紧张，人少一半岂不轻松多了，公交车、商场、公园里也都宽敞了。最重要的是报考艺校压力也小了。"李敬怡颧角上那两只泪涡很动人，但怎么看都属于那类被美貌和幻想拉低情商的姑娘。其实我跟她的观点也没什么差别。

“要是你也没剩下呢？”李斐问。

“我一定不会死的。”李敬怡总是听不出李斐话中的揶揄，她盯着那盏昏黄的壁灯眨眨眼，“不过如果世上只剩下真诚、善良、美好，我也宁愿跟潘多拉的盒子一起消亡。”

韩煦躺在李思笃身后，抬眼摆弄着灯光下才看得清染色的刘海：“心想着要是这觉醒不过来，就再也不用烦了，也挺好。那天晚上天都紫了，跟平时不一样，预言家说的还是有点准的，只不过并没达到毁灭的程度。我看也就是类似日全食月全食一类的天体现象吧。”

李斐嗤声道：“真一睡不醒，哭都来不及。恐慌论而已，这次是从中世纪一位犹太预言家的书里被翻出来，说是有一种名为‘恐怖大王’的东西降世，人类才大难临头，而这个人曾成功预言过法国大革命、二战和波斯湾战争。”

“恐怖大王？跟金角大王银角大王是亲戚吧？”韩煦左右看看，炫耀他的幽默。

李斐没理会，“19世纪北美洲一位农夫声称在《圣经》里发现了末日时间，可能不常有这种恐慌吧，当时许多人相信，甚至捐出了财产。”

“岂不都成穷光蛋了？接受财产一方是不是知道预言是假的？要不然就算接受了捐赠也没命花呀，白折腾。”

李斐扁扁薄嘴唇：“捐给国家了吧。后来有位天文学家通过光谱分析，发现彗星‘尾巴’里含有致命气体‘氰’，预想到1910年哈雷彗星掠过地球时人类有危险。1980年有一位传道者在电视节目里说1982年底上帝会审判世界，可咱们不还是出生了？拭目以待吧，美国还有位作家预言今年5月南极冰层会有三英里厚，人类将被冻死。”

“冰层三英里厚人就会被冻死吗？”韩煦不解。

“南极冰层平均厚度不足两千米,最厚在四千米以上，三英里厚冻死全人类不足为信。”李思笃翻了个身，仰躺在炕上说。

“还有呢，”李斐说，“玛雅预言2012年12月21日人类文明结束，天体物理学家也算出2012年地日磁极将发生颠倒，地球生命会遭逢自然毁灭，”她坐起身来对李思笃说：“2012年可能性比较大。”

“知道得挺多嘛。”韩煦打趣。

“随便看看又不会忘。”她淡淡的很得意。

“2012年，28岁，嘿，你能想象我28岁是什么样儿吗？”李敬怡不屑地笑笑，好像她永远到不了28岁。

“如果你5月被冻死，我还真想象不到你28岁是什么样儿。”李斐说罢，跟李敬怡互相搔痒闹成一团。

“李斐！”二婶廖红钰风也似的卷进来：“大过年的说什么呢！快呸呸呸！”

“呸呸呸……”

她问我们吃点什么消夜，走后，李思笃问李斐：“姐，二婶不是党员、唯物论者吗？”

“她是主观唯物主义。”

“哈哈……”

李思笃又翻了个身，把一边脸贴在炕上，饶有兴味地问我：“你害怕世界末日吗？”

“已经过去啦。”

同样是姐姐，他对我和李斐、李敬怡的态度是不同的，他们相互之间有种熟到厌烦的意味，相比之下，他对我则多了分照顾。这么大家子闹闹哄哄，除了他，也的确没人顾得过我来。

由于这个问题问在末日论的情境里，就多了层意思：希不希望一切结束，进一步说，对于死亡的看法。其实在初中时期，身边人都有谈论死亡的冲动，好像是成长的新发现，看法各比各来得悲观深刻，谈来谈去也只是怅惘。

我有两次面对死亡的经历，第一次是小时落水那回，第二次是李思笃那次。

“真正的末日可不会打招呼。”他似乎真想谈谈。

那天以后他看起来没什么不同，但在我眼里，可能多了点儿少年人的神采。他有同龄人少有的深沉心思，之所以孤独，我猜大概是没人能准确地看待和对待他。这会儿，一个悲观的影子像传染病毒似的蔓到了我身上，让我开始思考人的一生。其实不想谈论这类问题，每次掀起那一角虚空，就不愿再想下去了。我挨着这个跋涉过来的人，汲取到一点安然。想着活到现在就蹚过两次鬼门关了，伏在火炕上更感到全身舒泰、分外安全。

外面烟火冲天锐响，电视机里放的是一部经典迪士尼电影。我把鼻头触在炕上，深深闻了一口热炕的土味。

“其实我总能梦见溺水。”

“小时候那次？”

“记忆太深刻了。”

“你挺勇敢的，有心理阴影还能坚持游。”

“不是的。如果一合眼就梦见溺水，你怎么办？心理医生给的建议，只有不怕水才能在潜意识里消除恐惧，把梦魇根除。但我偶尔还是梦得到。”

“那你在梦里会水吗？”

“何止啊，我在梦里都不忘告诉自己是名泳将。可惜总梦见在深海里动弹不了，或者眼瞅着憋死了，距离水面却还有几十米……嗨，其实人怎么可能不怕水，人又不是鱼。”

他瞳孔急遽收缩了一下，是想起了濒死的感觉。因有同感，看进对方眼里就更确切地触碰到了那种濒死恐惧，忙移开视线到实物上寻求慰藉，互相分担了一部分溺死感。

“我不怕世界末日。”我告诉他，“大家一起哏儿屁就没那么可怕了。”

“像梦魇一样。”他笑笑，“醒来八成就到另一个世界了。”

“谁不怕死啊，死了就什么都完了。”那边韩煦他们三个还在议论。

“No,no,”李敬怡打断他，“还有21克灵魂,科学家做过实验的。”

“傻瓜，那是猜想。”李斐说。

“总之我信灵魂转世。”

“那是迷信。”

“可你证明不了是假的呀。”

“也没人能证明是真的呀。”

“人证明不了，不代表鬼证明不了。”

“鬼证明完了会跑来告诉你。”

“不会有灵魂的。对于深不可测的宇宙来讲，人类就像真菌那么渺小。灵魂都是惜命鬼的想象！”

“对，一死就玩儿完。”

韩煦和李斐一唱一和，坚持残酷才是最接近客观的真相。

“太要命了。”我枕着手臂，紧绷绷地望着天棚，“没有灵魂，那人死了去哪儿？岂不就像飘到太空去了？或者沉到大海里去了？什么感觉也没了，不可能吧……”这种铺天盖地的窒息感我是头一回有，我从没认真想过死这回事，也没想过灵魂的事，我是一直以为人死后还有另一种活法的，永远也不会完。何况我还这么年轻，离死太远了，远得像永远也不会死。不，细想想，我可以接受死亡，不接受也得接受，但接受不了死后没有灵魂，连灵魂也没有的话，那我怎么办？在哪？还怎么说话、怎么思考？谁来陪我？每天做什么？……无法想象，我接受不了意识的消亡。这么一来，身底下像裂开一个没底的大窟窿，烘热的火炕也开始一阵阵发凉。

他们还在争论。

“至今还没有一本官方书籍说明人死后的情况。”

“这本书永远也不会有。”

“那就假设，假设没有灵魂，那死亡——”

“还有完没完了！”二婶怒气冲天地卷进来，“大过年的不会说点儿好的！饿的出来吃面，打了荷包蛋！”

他们马上把这档子事儿忘到脑后，呼啦啦下地吃面去了。

我扯住李思笃：“那不是被困在漆黑的笼子里，永远也出不来了？”

他稍加思索，“要是理解不了灭亡，也可以比作意识的终身监禁，只是两者一个存在一个不存在。”

“不堪设想……”

“你难道真没想过这个问题？”

“难道说你们都想过吗？”

“他们想没想过我不知道，这种反应的你倒是头一个。”

“你干吗非得问我这个问题呢！”

他幸灾乐祸。似乎一旦有人窥见死亡的裙裾，就无论怎么努力都摆脱不了残酷的终点。事实泼下来，其他人都淋了一身，自己就没那么冷了？

沙曦甜美的睡颜反而增添了我的悲伤。直到他们吃饱喝足回来上炕，我仍无法自拔。这件事的冲击太大了，致使我不得不通盘考虑，腐朽的底盘使上面的建筑物跟着颤巍巍的……

“欸……”我叫李思笃。

他鼻子里梦呓般哼了一声，即便睡着，也知道我在不安，伸手轻拍了我两下。呼吸均匀，乖得像只大猫。

我转过去，知道自己今晚噩梦难免，就挺着，翻身趴着继续看片子。外头麻将声无休无止，今晚听起来倒令人踏实。迷迷糊糊的不知过了多久，电视机里剩下一屏雪花，后来进来个人，咔嚓一声关了电源，世界安静了。我翻了个身，搂着沙曦继续睡了。

第二天下午，李思笃随我到商场买了十几斤肉脯和坚果。回程打算抄个近路，在河岸捡了块废纸壳，用钥匙在边上戳几个小洞，从衣兜掏出一小团细麻绳拴上，做了个简易爬犁，我俩拉着年货步上寒风凛冽的冰河直穿向对岸。雪很耀，很厚。他前脚踩破积久略硬的雪壳，每抬起靴子，雪沫都像沙一样翻出来，我后脚瞄准他刚踏出来的雪窝，踩进去几近没上膝头，再抬另一只脚瞄准跟上……

远远望见沙曦樱粉色的小棉服，像木偶似的在对面河坝上，看见我们近了她就癫癫儿地迎过来。

“姐……”声音小得几乎听不见。

“你怎么也来了？”

“姐……”她带着哭腔，满脸泪水，“姐，子弹死了——”

“子弹……”

刚才我俩还说应该把绳子套在子弹身上，来个狗拉爬犁。

“被勒死了？”李思笃话一出口，我打了个激灵。

“它家人要吃它——”沙曦睫毛满是冰晶，脸也冻僵了，看来在这儿哭了有一会儿了。

“为啥呀？”我心里很难受。

“喝酒吃肉。”李思笃见多不怪，“子弹它爸妈也是被勒死的，他们总互相撺掇吃掉谁家的狗。先回家吧。”

我们没回家，远远看见很多人聚在小卖部门口的灯笼杆下。

“来猫去狗，越过越有……”

人群哄笑。

李思笃蒙住了沙曦的眼睛，挡到我身前：“别看。”我朝上看了一眼，没法再看了，而这一眼也没法再忘了。

那是被扒了皮的怪物，血肉模糊，箭头一样被钩在空中，头上的两个凶残可怖的血窟窿绝不属于那只热情的子弹，四爪被掐断，血滴答滴答往下流，身下的大铁皮盆里是热气腾腾的半盆殷红……

人们讨论着各种吃法，二婶捂着鼻子一脸嫌恶；韩煦恶狠狠地逼着自己看。人散后，那家主人把一只沉甸甸的黑塑胶袋搭在自行车后座，车轮轧过，一路洒下由密而疏的梅花点，几阵风刮过，便被细雪覆住了。

14

沙曦成了李敬怡的小跟班，李敬怡教她化妆、编时髦的发辫、搭配裙装。小女孩身上蠢蠢欲动的东西一夕之间明了，对美的追求、对异性的思慕，两件事情不知是哪个先令她长大了。

大年初六，我们赶去一家生意红火的冷面店。面馆虽不大，六七位服务员忙得脚不沾地。食客点完付款，吃完即走。这种面是朝鲜冷面的变法，原料是普通荞麦面，汤底分两种：骨汤和狗肉汤。基本味道以外，每张餐桌上摆有一排玻璃罐调味料：腐乳汁、麻酱汁、蒜汁、芥末汁、干辣椒粉、辣椒酱、米醋、陈醋，可加可不加，可多加可少加，依个人喜好。大碗三元，小碗两元，相当实惠。上面、卖面速度极快，烫好的面随时捞进碗里端上餐桌，鲜浓的骨汤上露出面条的小山尖。我学着别人的吃法，又不知道加什么好吃加什么不好吃，就先每种加上一勺尖。这时李思笃和韩煦已吃下大半碗。

“我天天吃这个也愿意。”沙曦吃得嘴鼓鼓的，子弹的伤痛被些小事冲淡，但一想起来她还是会掉眼泪。

“志向不够远大呀。”韩煦逗她。

“可惜没肉。”李思笃挑起一大筷头面，转两下腕子缠成一团送进嘴。他和韩煦每人又要了一碗加两枚茶叶蛋。这个年龄的男生食量惊人，近两个月，我曾见过李思笃一顿吃过四碗米饭或十几张馅饼。他们的筋骨正以开碑碎石的力度慢慢裂变，演变成沉声寡语的雄性动物。

这天李家的孩子跟我格外亲，放着平时玩的雪场不去，坐了一百多公里长途汽车随我来了梅花山雪场。

显然是八卦。

邢展的确能满足我的虚荣心。他有点胖是不假，实话说，并不属于帅哥那一类，可他浓眉大眼，总是神采飞扬，言谈举止比同龄人风趣广博。调过来说，由于个性闪亮，使整个人看起来发光，这才是真的出色。

旅馆那晚后，我跟他没有单独见过面。我没找他，他也不会来主动找我，就这样僵持着，胡同里接吻的日子一去不返了。我问自己：就这么完了吗？连一句像样的分手话也没有。

该怎么定义那天的不欢而散？

一、我不满于他打退堂鼓，认为他不够爱我，恼羞成怒？

二、他认识到我的堕落？

三、他对我堕落的推测使我恼怒？

那天的事在我脑中轮播了百遍，演化为两个问题：是他生气还是我生气。

我是生气了，可也仅限于当天。我也有尊严，不会上赶着向他解释他对我的侮蔑，他该跟我道歉才是。我在等他找我，可他没来找过我，就像前面说的，不找他他不会来主动找我的。由此，我恨上了他的无情，把整件事归于他的无情。为了刺激他，我故意找他班男生说笑打闹，帮他坐实他的论调好了。他在我面前该说说该笑笑。我很痛。想伤害他，反落得个自讨没趣。

我岂不知他不爱我？只是一直认为他不懂。坚信那个面向我的开关一旦被按下，他会知道他险些让最重要的人心灰意冷。到时候我会淡淡告诉他：我的心累了，你得把欠我的统统还回来。可惜我根本不懂他。那天晚上他若有所思地看着我，是一种对不知己者的敷衍，或者说，更像对不入心者的将就，那一刻我其实感到遥不可及，有火发不出，事后回想，尽是无力。

张曼丽说，一个男人跟你讲起仁义道德来，你得能反应过来你不是他的理想对象。

小睿说，一个男人由于珍惜才会克制欲望。

搁以前，我必然倒向小睿，毕竟我擅长一厢情愿。可分开的日子使我心灰意冷，怎么会对珍惜的人不了了之呢？答案是他根本不在意我。

意识到自己得正视这个问题时，我就失恋了。

学期末在校门口食杂店遇见他，我装作没看见。店里满登登的人，他有意挤到我旁边来，没说话，转身又挤出去了。上午考完期末数学，在下楼梯的缓台撞见他。他问我考得怎么样，我说还能怎么样。他问我假期有什么计划，那语气就好像什么也没发生似的。我说没什么计划，其实是不想跟他说话。他问我在不在哈尔滨，我说不在。他说他也去外地过年，过完年就回来。我就走了。

我感觉到，跟关系不寻常的人，才会问这些。已经做好心理准备跟他掰了，他又找上来，若无其事的劲儿同样让人窝火——故意让人捡起他随手丢掉的一片希望，而后又把人的心给搅乱了。

心一乱，就不坚定了，恨也松动了，就怀疑自己冤枉他了，他总让我搞错。这次他主动找我，是受不了我不理他，真想跟我在一起。我想起小睿的话，真爱朝我露出了笑颜，回想起旅馆里他的话，他正是由于珍惜才会克制，全都是他字面的意思。然后，伤心失意全被抛到九霄云外去了。

我是昏了头了，昏了头了，这是爱上一个有情操、有追求、沉得住气的人的甜蜜苦果。可心热起来一阵又凉了，毕竟我是如此想他，可半个多月过去了他才联系我，家里没人接，才经由小睿得知了我的手机号。于是今天我是憋着火来赴约的。“才想起我来呀？”我很想说这种怨妇似的话，可当他的脸出现在我眼前，我什么埋怨的话也没说，心里不知怎么就欢喜了——原来我什么也改变不了。

与他同来的还有一对情侣，男的叫小穆。

“你假期干吗去了？”我尽量让他听起来只是随便问问。

“想我了？”他突然打情骂俏，我没接住，这段时间的心路历程使我生疏了不少。

“想你干什么？有那么多事要想，我可想不起来你。”

他反倒笑了，满意似的点了点头，视线扫过我的嘴唇，卡在我身后的白桦树上，接着向上延展，望向天空，瞭望那边雪场，感叹似的摇头赞叹：“我还真是个不一般的人哪。”

我冷嗤了一声，“怎么就不一般了？”

“你得先说想我了没有。”他一步上前。

“没有。”我知道越否认他越要靠上来逼供。

“真的假的？”他有些当真了。

“真的。”我鼓起劲儿直视他的眼睛。

四目相对，谁也藏不住眼里的笑意，错开看向别处，紧接着又不自觉地寻回来。

“我很想你。”他难为情似的轻轻一叹，逼向前来，低头吻住了我的嘴唇。吻很炽热，诉说着积压已久的思念，不同于以往任何一次。我想，他是真的想我了，心中跟着得意、满足。

“沙染，唯有拉开过一段距离，才能重新开始。现在我感觉得出你跟以前有点儿不一样，却一时不知该高兴还是难过。”

我暗自更加得意。

“我奶奶告诉我，人只有控制得了情感，尤其是爱情，才掌握得了命运。这些天我想了很多，真的，想咱俩的事儿。我承认对你的喜欢总是心存忧虑。对不起，我承认我忧虑，却舍不得跟你只是那样不了了之。接下来的话，你得听我一口气说完。”

他敛起笑意，神情凝重起来，这种样子并不常见。

“好。”我很干脆。不管他想说什么，我很满意他舍不得跟我不了了之。

“你可能不信，我的忧虑其实源于骄傲。从小到大的想法里，都认为爱情应该是唯一的，这种感觉不会对任何其他人怀有，那才是爱情。我想把问题讲出来，只要彼此信任，就能理解，对吗？可我知道你从前也像喜欢我一样喜欢过别人，那么，我的骄傲就蹦出来了，它跟我拉锯，拉锯过好一阵子。我不愿让你像对别人一样对我，受不了我跟其他人是一样的。想着如果放弃掉，这种比较就不存在了，况且你其实并不是我理想的类型，所以我放弃过。后来，后来总是会被你扰乱，脑子里全是咱俩嬉笑斗嘴，一个人时都会笑出来，发现自己不得不正视这个问题了。我想对待爱情的根本态度应该是严肃郑重的，不应该只是一段时间的痴迷。恰恰你给我的感觉——像为了喜欢上一个人才找上我。狂追，想引人注意，想证明你的不寻常、敢爱敢恨，或者眼光什么的，哈，说到这儿我好像又不谦虚了。

你先别急，听我把话说完。就像心血来潮的狂热、为了玩儿而玩儿的情感游戏——可那不是我想要的爱情。等一下，先别急，我只是想坦白，把我怎么想的说出来，你应该了解。我也不是时刻都清醒、一直都纯洁，也总会沉迷于情情爱爱。这脑子里总是有各种念头，有好有坏，私心杂念的，有时候都无地自容。那晚问你‘你就这么喜欢我吗’，说真的，你的回答并没使我有继续下去的冲动，而是阻断了，我好像从睡梦里摔下了床。那几天脑子里全是你回答‘喜欢’时的脸，我想你是真喜欢我，它让我那些骄傲和犹疑都不重要了，理想的对象和爱情也全是虚妄，不存在了。我相信你，而如果相信，就不应该质疑。既然觉得你的方式不够端正，或者说，想建立更深刻纯粹的爱情，那我想用我的方式主导咱们的关系，重新开始。”

他低眉抬眼，像送出礼物看着人拆开，不动声色地等待我的反应。我咬紧了嘴唇，一番话听得心里浮浮沉沉，被他的坦白震动了。他很认真，出离了一贯优哉游哉的样子，像个我不认识的人，以至于我几乎不敢看这双眼睛。被追着跑的人停下了，终于掏出了他的心，我却一时没敢承受它的分量。他言语间豁出去的热切，让人预感到一种郑重的情感模式，甚至联想到结婚生子那些遥远的琐事。我是有点害怕，像个小孩子似的暗自馁却。为什么他对爱情的态度会像决心去做一件严肃的事呢？是不是想要轻松自在、随心所欲的恋爱，就说明我如他所言——是个心血来潮的狂热者？这个念头一闪而过，被迅速藏了起来，我当然不是的。

然而这些都不重要——他毕竟同意了。

“好。”我给了他一个肯定的微笑，“你要爱上我了？”

“不。”他说，“是想好要与你共谱爱曲。”

“你一这么说，怎么反倒像演完了似的呢。”

“你到底听没听懂我的意思？怎么不兴奋啊。”他不满似的退后打量我。

“你思考的时间也太长了，我都快心灰意冷了。”

“狡猾，知道在我最欲罢不能的时候伤我的心。”

“那你想怎样？在榕树下写跟别人的肮脏事，又跑到我跟前说这些——”

他苦笑：“就让你多看点儿书，那是写作，虚构的，随便玩玩儿，你看过《黄金时代》的话自然就懂了。文盲。”

“我不愿想太多，只想随心去爱。”我把这句话藏在了心里。

李家的孩子在林区长大，个个滑得一手好雪。所有人里，只有我和小穆女友不会滑，连沙曦从前也跟父亲学过。之所以不会这项运动，一是怕受伤耽误训练，二是不感兴趣。这么看来，滑雪算是项适合谈情说爱的运动，会的教不会的，拉拉扯扯搂搂抱抱。一个多小时后，当小穆女友尖叫着七扭八拐滑下缓道，由男友稳稳接住的时候，我则能从她边上呼啸而过了。我强大的运动神经给邢展带来了某种自豪，他情绪高昂，跟小穆商量着比一把，然后他们喊韩煦，韩煦找李思笃去了中级雪道。

当邢展、小穆、韩煦、李思笃四人在坡上站成一排蓄势待发，女生在坡底早就抑制不住兴奋了。看邢展无所谓的神情，我猜他必是对其他人的水平已了然于胸。了解小穆的程度，也观察了韩煦，而李思笃场都不上，在跟沙曦滑雪圈。势在必得，我为他加油。李斐嘴角藏着丝讽笑。

事后李敬怡她们把父辈的一段九死一生的经历讲给我听，实在有必要在这里先打个穿插。

15

我继父李江山二十岁左右那几年，常跟他二弟随当地猎队进山。一行四五人，有时十多人，带上猎犬，那会儿野生动物资源何其丰富，猎手很少有空手而归的时候。

小兴安岭原始深山，松针草甸，悬崖沟壑交错。在荫翳的原始森林里搜寻野物的踪迹，数野鸡、飞龙为最多，其次是獾子、狍子，偶尔运气好扛头野猪回来，够吹上三年五载的。最令人振奋的当然也是打野猪，这里的野猪常年在红松上蹭痒，干了蹭，蹭了干，干了又蹭，皮毛上附着厚厚的松树油，成了纯天然防弹盔甲。几枪撂不倒，被枪伤激怒的野猪便疯狂回攻，猎狗们若招架不住，也有咬死人的时候。即便如此，却也唯有当搜寻到大野猪的足迹，猎手身体里那根狩猎的原始神经才足以拨响激颤的弦动之音。

李江山也曾与那歇斯底里的野兽四目相对，硕大的毛脸上两只血红小眼里露出原始牲性。他想到跑，脚底却像生了根，几秒钟的漫长里，心翻了好几个个儿，完成了由绝望到搏命的站立。后来他说，那是他真正成为猎人的一刻。在人犬与野猪你死我活的交战里，他伺机一枪射中那颗硕大头颅，野猪"噗通"倒地，腥黏的鲜血汩汩地流，浸在一撮撮钢锥似的硬毛上，像滴油拉丝的沥青。野猪扑腾着欲站起，猎犬纷纷扑上去咬住，庞然大物直到濒死之际仍被绝望地掣制着，直到喉咙深处放出一声呜咽般的叹息。身负重伤的头犬此后再也无法疾奔。

李江山的人生从此改变。二十年里，他第一次辨识出自己的胆色，这给了他改变命运的勇气。那两年他前后捕了九头野猪。俗话说“打仗亲兄弟，上阵父子兵”。四个铁骨铮铮的大小伙子，人群里一站威风得紧，他们偷伐原始红松倒卖到外地，后来结识了更多木材黑客，就雇工人组了三支伐木队昼夜不停三班倒，非法积累了第一桶金。兄弟几个还在山根儿底下盖了所砖房用来吃住看管，通过打点林警、地痞流氓，打通了当地黑白两道。

那一年，李江山二十六岁，四弟李栋梁年满十八。春节前两天大雪封山，林中积雪直没膝盖，李江山带二弟四弟进山打猎。回去路上他提拉着两只野鸡，李社稷拖着只狍子，沿着山道往山下颠。五只猎犬撒欢儿跳蹿，东闻西看。四弟李栋梁捡了几根树枝，拿小刀修得笔直绑到鞋底下。人都说老幺有颗巧心，雕萝卜刻花、给侄子削木手枪、小汽车，稍加琢磨还能像大姑娘那样剪窗花，上初中那会儿起，逢年过节家里窗花都归他剪。全家人把上大学的厚望寄托在了李栋梁身上，期望李家能出个知识分子。

李栋梁“沙”的一声轻飘飘掠过二人，头犬“勇士”跟着他跑。他一刹脚，“勇士”半刹半玩儿一头冲进雪壳子。

“老四！把野鸡带上。”李江山从兜里摸出团线绳，两端各绑一只爪腕，两只野鸡便被倒提拉起来，李栋梁接过去一甩，搭在肩头。

“大哥——”李社稷语声阴沉。

李江山眼神陡地狞厉起来，也警觉到情形不对——五只猎犬正焦虑不安地兜转，哭一样呜呜叫——不敢狂吠。

“走！”李江山压着嗓子，“快走，别跑。”五只猎犬也跟着他的指令。

没等绕过当前这条山道，头犬“勇士”便朝东坡林子里吠了一声，随即掀起了一波惊心动魄的狂吠，势要把来物震慑在林深处。

兄弟三人横刀立马，警戒环顾，并没有看见什么。李江山的经验告诉他：不是野猪。他闭上眼睛，由这身经百战的猎犬的恐慌和周遭异样的气息，嗅到了不寻常的危险，心里暗叫不好。但只能走——趁对方动机不明、尚在判断，不动声色地逃！

“别慌！加快速度，千万别跑，千万！”

还没走出多远，李社稷就叫了一句：“妈呀——”他辨出了轮廓，越看越是：“熊！！！出来啦——”

“哨子呢？”

“没带出来……”

“我看就一只。”

“快走，别跑。”

“它往下下了……”

“不会扑上来吧？你看它一直就盯着，兴许不追咱们，不饿呢！”

“它饿不饿也没告诉你，今年大雪封山食儿更少，等它扑咱就晚了，跑吧！”

“这畜生！”

“往这边来了！我去他妈的——”

“跑！！！”

“不能跑！”李江山再喊已来不及，两个弟弟一逃，那熊便有了判断，他也只得跑。

五只猎犬在人后拉开阵仗，它们深知主人的惧意，遂竭力亮出凶狠，对实力悬殊的敌人予以威慑，而这摧心裂胆的狗吠响彻深林，恰又成了压垮人意志的最后一根稻草。

“追上咋办？！个头儿可不小哇！”

“赶紧跑！”

李江山回头望一眼，那熊已从树林下到山道。

哥几个拼了命地跑，苦于积雪太厚扎不住脚，深一脚浅一脚的人跑不过熊。老四鞋绑雪橇则快多了，回过身来干着急，叫天不应叫地不灵，眼看着被赶上了。

这位强大的猎手在短短的心慌意乱后一把扭住了身体里的恐惧之弦。狩猎场上身经百战，危险当前他知道最紧要的是得镇定，也知道怎么让自己镇定、让别人镇定。他喊道：“怕他娘作甚！追上来就拼命！！跟它干！咱仨人、有枪、有狗，怕啥？！”这便是李江山，“先跑！跑不了就干！”

两个兄弟看见大哥眼里的杀机，明白过来：此时此地，也唯有杀机才是生机！

那狗熊在后面不动声色地追，越来越近。

“卸它熊掌！老子还没尝过！干不过就装死，舔掉张脸皮，啥大不了的？！跑不了就干！”李社稷杀气腾腾地把猎枪扛上肩头。

“勇士”斜刺里“嗖”一声箭也似的冲出来，同伴摆开阵型，像织网般将这庞然大物围在当中。不是进攻，而是先牵制。它们不愧为训练有素的猎犬，严阵以待、伺机而动，瞄准空当冲过去叨上一口，等利掌拍过来已疾身闪开。

狗熊挨了几口后愤怒地狂拍，欲冲出包围去追赶人，猎犬们故技重施，以更快的速度组织新一轮围攻。那熊情急之下痛下杀手，一掌扇在猎犬“红英”的侧腹部。一声哀号，“红英”被甩出两米多远滚进雪里，身下血迹斑斑，翻滚着起身，接着往上冲。五只猎犬竭力为主人争取时间，可前路漫漫。

李江山见身后形势，一咬牙，当机立断做了个决定，一指几十米外摇摇欲坠的破木屋：“老二咱俩往那跑！老四你快冲下去叫人！快！！”

“哥——”

“别尿叽！快跑！不叫人咱都活不了！多叫些人开越野车上来！多带几杆枪！”

“现借来不及！”

“带锹！斧子！长把儿的！快！！！”

“大哥——”李社稷上气不接下气，边逃边绝望，进了木屋虽说转逃为守，两人却置于困局，眨眼间，掀动起的杀机消失于无形，只剩下恐惧。

猎犬的声声哀号刺痛他们的心脏，逃进木屋后打了个响哨，猎犬闻声四散开来。屋内屋外一片死寂。

“开枪打死它？”

“不成！一枪打不死它会发狂。”

“这房子应该经不起他一撞。”

“多少算道屏障，咱让它猜。拖时间等人，能拖延就拖延！”

“好！！”

在这片深山老林的空旷雪场上，狐疑的狗熊以木屋为圆心踱着半径观察，五只猎犬在它外围几米远形成威慑，伺机而动。

“大哥你说要是硬拼，咱能不能弄死它？！”

“我估计七成。但也不保准。”

“它往前了……”

根据吠咬声的提醒，二人断定狗熊的观察半径较方才又缩短了几米，飞快打开窗子远远丢出了两根火腿肠，那熊吃掉后一时没上前。

“哈哈哈哈！”李江山见状豪迈大笑，“咱哥儿几个算什么都遇见了，等会儿人上来就干了它！”

“哥，熊掌咱还没尝过呢。”李社稷扯了扯被汗浸透的毛线帽。

“是吃是卖？”

“你说了算！”

李江山心动了，身体里那根狩猎的原始神经被拨响，不同以往的激颤，而是疯狂的快感，陷入了猎熊的危险所带来的巨大诱惑里。他想，此次逃开，日后定然后悔，有的猎手一辈子都没见过熊——心中已在默默盘算。

“老大，又近了。”

“肠。”

“没了！”

“不四根吗？”

“刚才我跟老四吃了。”

“瞄准！戒备状态！”

接下来那熊的一个聪明举动令人胆寒：它绕到门对面的实墙方向，猎犬也随之调整了方向。由于没窗没门，二人无法观测其动向，但从摧心裂胆的狗吠声里，猜到那熊是越来越近了，近了，近了，八成只剩一墙之隔。

李社稷靠窗眼见最边上的猎犬如离弦之箭往屋后冲，心险些跳出嗓子眼儿。

“轰——”

一声剧震，木屋摇晃。

“轰——”

“轰——”

墙板裂了，屋顶坍下一角，将受不住下一次的撞击了。

“快跑！！！”

兄弟俩夺门而出，木屋应声倒塌。两米之遥，跟狗熊再次照面。凶险万分之际，李社稷率先开了一枪，打中狗熊肩膀，那熊被激怒，嘶吼着朝人冲过来。接着又是几声枪响，狗熊被打中了头部、后腿，狂性大发。猎犬相互配合着往上冲，一边引开注意，另一边抽冷子上去便是一口。狗熊身上多处负伤，吼声震得地动山摇，眼见讨不了便宜，冲出重围狂奔而逃。

“都跑了大哥！”

“往哪儿跑！！！”李江山又一枪打在熊背上。

“算了大哥！”

猎犬见主人全没作罢之意，更胆壮气粗，朝狗熊疾速围去。狗熊看逃不了了，瞄准时机狠狠一掌把“勇士”拍趴在地，“勇士”喷了口血便再站不起来了。“×你妈的！！！”狗熊在猎犬的夹击下又中李江山一枪，呜吼一声栽倒，好似掀翻了巨大的砂壶，呜嗷着挣扎不起。

“咱快走吧！”李社稷吓得胆战心惊，只想着尽快脱离危险。

而李江山已是杀红了眼。岂由你想来就来想走就走？狞笑一声，扎稳步子瞄准那熊前心，“砰”的一枪，差出一点。那熊盛怒之下一猛劲儿甩飞群犬，不顾死活地扑来！李社稷就地打滚避过，枪已脱手。李江山早等在那，迎面一枪击中那熊脖颈。枪膛里还剩下两颗子弹了。

“打中动脉了！！”

黏黑的鲜血汩汩蹿出，将那胸口的黑毛浸成一簇一簇，庞然大物在慑人的嘶吼声里扑倒在地，雪地上留下一片触目惊心的殷红血迹。雪一浇了血，便凝成了艳丽的冰。狗熊在两杆枪、五只猎犬的攻击下已是凄惨万状，呼哧呼哧倒气。

李江山看得透那两只血红小眼里的原始牲性，这熊还不会断气，正在缓劲儿，暗自酝酿着新一轮的猛攻。

“离它远点儿！”两人跟熊僵持着。

此时此刻，李江山恍若经历了战场的凶险，望着遍地狼烟，豪迈地想起了那句智语：“库图佐夫将军说过，能耗死，又何必增加伤亡？！”——《战争与和平》是他唯一读过的名著，冲着名字。

十几分钟后，车开上来了。在兄弟俩几乎可以放下警戒迎接胜利的时候，也有两团黑影冲下了丛林——两双血红小眼里的复仇与杀戮刺得所有人心都颤了。

然后，八个人带几只或伤或残的猎犬与三只熊（一只濒死疯狂）展开了殊死搏命。子弹打光了，后来的两只熊仍没倒下，唯有抡锹肉搏。熊疯了，人也疯了。遍地血迹，像凋落的红梅，人的、狗的、熊的，雪场上刮起白毛风……

那场惨绝人寰的恶战持续了近一个小时，先前那只熊死了，后来的两只身负多处弹伤砍伤逃掉。“勇士”被撕碎、“红英”被咬死、“快手”被开肠破肚。人身上也都是伤，有人耳朵被抓掉了，有人被拍烂了脸，其中一名工人大腿上的伤口久不愈合，日后发炎腐烂截了肢，而李家遭逢了无以弥补的巨大创痛——失去了最小的儿子李栋梁。卧病在床的爷爷连日看不见最小的孙子，隐约猜到不测，不眠不休地呼唤，三天后憾然辞世了。

这场人熊大战被传得沸沸扬扬，引来记者采访，还被描写得精彩淋漓，登上了地方报纸，劫后余生的都被传成了英雄。

多年来，李社稷对此讳莫如深，其实那场遭遇不是没可能有另一个结果。是大哥狂心一起把熊又激回来了。若那熊往山上逃，他们往山下跑，很可能就相安无事了。如果让父母知道，哪怕说出来，都是往伤口上狠狠撒盐。

每年老幺忌日，李社稷总想起他踩着随手绑的雪橇、玩儿命往前奔，索性甩掉笨重的军大衣，身上套着母亲给织的毛线红背心，急红了眼，让他俩坚持住，说马上就回来。还有红了眼的老幺被那熊一掌拍中头顶时，那一口淤血和发愣的脸，以及那熊呜呼倒地时人一般的悲叹。

就这件事，大哥从未与他人坦诚相见，他看透他，是经由他对晚辈的警告："不能抱侥幸贪心。"老幺的死使他性情大变，迷陷于一片浓重的阴霾里。两道深深的爪痕留在了脸上，由此将永远记得。老幺死后，李江山新弄了几杆猎枪，组织一行猎手三天两头穿林掠地去猎熊。别人为了刺激，他为了复仇。几年间一无所获，李江山气得发疯，无奈仇敌已然离开，或已在那场恶战后重伤而死，总之再没出现在这片原始森林里。

那会儿李思笃刚上小学，便被他带着，随一行猎手纵进林海雪原。李江山深知老天给了他一个什么样的儿子，须得磨炼他女孩儿一样的敏感心性，得让他像个爷们儿似的血性、勇猛。直到十一岁的孩子绑着雪橇疾行如飞，有天不动声色地用一支散弹枪远远击落了一只蹿飞的山鸡，李江山当场流下了眼泪。那一刻，他觉得这个儿子兴许不是个郁郁寡欢的软蛋，兴许他有着一颗出色猎手所怀有的，沉敏的心。那一刻他也觉得，不管自己怎么折腾，老四也不可能借着任何人活过来。过错就是过错，没法挽回。

16

放眼望去，莽莽苍苍的原始红松林，一条宽阔的S形雪带像银龙一样蜿蜒于两山夹坳，绵延近两公里。

邢展、小穆、李思笃、韩煦，滑雪服主体颜色依次是红、花、湛蓝、天蓝，四人蓄势待发。引得不少滑雪者驻足观战。

一阵白毛风掠过大地，李敬怡猛地挥下手中红旗，四个小点冲离起点。第一个斜坡前他们是势均力敌的，差距在第一个转弯时出现了，小穆被落下。剩下三人忽而飘左，忽而飘右，矫捷如箭，眨眼已到半程。红色一直领先，在下一个转弯激起一片雪雾，与此同时两个蓝点也拉开了距离，湛蓝在前，天蓝在后。

沙曦猛劲儿挥动着毛围脖，给李思笃加油。

前面两人速度太快，不容一个疏忽。

“他赢不了他。”李斐在一边说。

“谁赢不了谁？”我问。

李斐李敬怡对视了一眼，抿起嘴笑。

我紧盯着雪道，在最后一个斜坡，邢展的转弯漂亮极了，一马当先，箭一般冲向坡底。就在此刻，后来者凌空越坡而下，在空中划出了一道不可思议的弧线。随着坡底众人惊呼轻松落地，超越左右飘忽的红色，一个俯冲滑翔而下，像轻飘的纸飞机，“唰”地掠过众人身前，直刺终点——爆发力极强的大胆动作十足令人意外。

李敬怡、李斐奔向李思笃，看起来不亲不近的堂亲关系顷刻间心意相通。沙曦也跑过去，被她们挡在了身后。我倒不介意谁输谁赢，也上前跟他击掌：“干得漂亮！”被众人赞叹，李思笃颇有些难为情。邢展无奈地摇头，大摇大摆上前：“这动作从前我也练过，可重心总也掌握不好。”

“关键还在技巧吧。”李斐笑道。

邢展频频点头：“也是！技巧。”他站在一旁若有所思，有些不自在。白毛风席卷整个山坳，铺天盖地的雪沫像细小的尖刺，打在脸上沙沙地疼。他不出声，望向东北方向的最高山麓，山顶往下有条若隐若现的蜿蜒雪线。

“好了，谁也不会觉得业余玩家一场输赢就有多了不得了。”我猜到他起了什么念头，过去挡住了他的视线。

他草草一笑。

野雪道遍布杂草、石头、残树、雪坑这些潜藏危险，即使技巧纯熟的老手去冒险，也难免摔伤、发生意外。

“真没必要，只是出来玩儿。”

我的话可能令他更不自在了，目光陡地沉下来，悠哉地笑了，脸显得很怪。“玩玩而已，说得这么严重就没劲了。”似乎把我也置于对立了。

“真要去？我看算了吧。”小穆跟着担心。

“那儿很危险！”我警告他。

“回来再教你。”他不容分说，一副乐陶陶的样子，朝李思笃大摇大摆走去。

我心里不痛快，索性带沙曦回休息大厅，要了杯咖啡坐在窗前发闷，远远见邢展和李思笃扛着雪橇往山上去了。

抱着信心，反被比不上自己的人胜了一把，算重大事故了？不过是场随意的玩闹，结束了各玩各的，他却抓住不放，借着挑战高难度夺回面子。那纵使装得再无所谓，也藏不住一个长处于优势的人偶于劣势的骄吝了。

“姐，”沙曦憋不住开口了，“你们闹别扭了？”

“嗯。”

“你刚才怎么不迎接他呢？”

“什么？”

“刚才他滑下来，你没迎接。”

我这才注意到，她不知什么时候把头发梳成了李敬怡同款歪辫，双眼皮涂着层蓝灰色眼影，抿着尖尖的下巴颏儿，脸蛋上那两团红晕分不清是冻红还是腮红。

“这妆是李敬怡教你化的吗？”

见我心不在焉的，她没弄清动机，犹豫着点了下头。等我撂下脸来，她看出中诈为时已晚。

“女孩子不要成熟得太早。妈总跟你说，长得好看点儿就当是额外资本。你现在才多大？要学的东西多着呢，得学习好、掌握真本领，心思得放功课上！你说你画成这样子想摆给谁看？跟鬼似的。回家赶紧洗掉，再臭美就给你剪短发！”

别看她一副甜美美贼兮兮的机灵样，其实最怕我，见我疾言厉色，就乖顺地不吭声了，一小口一小口喝橙汁。

虽说我觉得跟迎不迎接没关系，但经她这么一说，我心里有点儿过意不去。喝完热饮，又跟她出去滑了一阵回来。韩煦、李斐、李敬怡、王玥惜、小穆跟他女朋友，一行人连跑带滑地也回来了。此时夕阳临近西山，雪场上人也少了。

就是在大家休息的间歇，李敬怡和李斐讲起了李家上代人的猎熊险遇，以及李思笃滑雪、打猎的本领。直讲到天光放尽，落日余晖所剩无几，西山只剩下一缘亮边，东边现出一牙上弦月。

韩煦和小穆神色不宁地挂断电话。

“这地方信号本就弱，甭提山那边了。”

夜幕覆上山坳，游客走得稀稀拉拉。这么长时间，两次也回来了。就猜他们是不是受了伤、出了什么意外，越想越没底，去找了工作人员。滑雪场派出两只巡逻队，开始地面搜寻。

大约二十分钟过后，远处山脚下隐约出现一个人影。

我远远冲上去。

邢展疲累之极，手脚发僵，上前一步瘫在我身上。

“怎么就你自己？李思笃哪？”

见我一脸焦急，他怔了怔，“他没回来？”

“怎么回事？怎么这么慢！”其他人赶上来。

“路况太差！中途还遇见两阵大风，可他一直在我前面哪。”

“那他呢？怎么就你回来了？”

“那会儿我跟他只隔一个弯。风很猛！我重心不稳摔到一个雪坑里，雪橇摔丢了。”他回想着，变了脸色：“他……”

“他也摔雪坑里了？”

“怎么了？你快说啊！”

“他可能就在后面，一会儿就回来了……可能跟我似的摔到哪儿了。我不确定……”邢展看了我一眼，说出了不确定的判断，“有一段雪道一侧是雪坑，另一侧坡下有一段山崖……”

大家登时慌了。

“我上去找他！”韩煦急了。

“两队分头找！”

“什么位置刮的风？你在什么位置摔的？”

“女生留在这！天黑太危险！再说起风了——”

巡逻队的队长气急败坏地打断我们：“急也得回去等！车上不能拉人。”对讲机命令巡逻车队全部出动搜救，“抓紧速度，看天气一会儿得封山了，目标身穿蓝色滑雪服！抓紧！”回头问邢展，“你在什么位置摔的？”

“大概第五六个大弯，路过一片白桦林，里坡有不少横倒的老树！”

“雷击木。”看巡逻队长的神情似是早已料到，我们更是心往下坠。

“你跟我上车，咱们先去那儿！这么久没下来备不住是伤着了，搁那儿冻也冻坏了！”

邢展上了车。剩下的人束手无策，只能矗在雪里等，对着黑沉沉的山林，迎着白毛风，耳边是山鬼似的呼啸……

“万一有个三长两短可怎么办……”李敬怡冻得直打战。

“先别瞎寻思！”

“不来就不会发生这样的事啦。”

“现在说这些有什么用？”

“本来他都不想上山的！”李敬怡埋怨道。

“咱们不也没拦着吗？论责任谁也跑不了。”李斐冷冷道。

“可是——”

“得给家里打个电话！”韩煦蓦地想起来，“这边没信号，糟了，这边没信号，估计家里急翻天了。”

“所以说嘛……真该死……”李敬怡开始掉眼泪。

李斐气急败坏：“哭有什么用啊？”

“是我的错。”我说，“我该拦着他们！”

李敬怡终于发作：“他根本就无心跟他比！这倒好，他回来了，小笃呢？搞不好被小肚鸡肠的人下了绊儿——”

“别这么说话。”韩煦打断她。

李敬怡抱着肩膀走到我面前：“可能我想简单了呢。”

“什么意思？”我问她。

“有人巴不得他消失才好。”

话里有话地针对我。有人？谁？我？我妈？

我气得揪住她领口，“你凭什么这么说？!”

“都什么时候了还吵！有用吗？人还没回来呢。”

“凭什么？不很明显吗？”李敬怡杏目圆睁，“看看他穿的用的，再看你们家人穿的用的，我大伯钱全花你们身上了！李思笃这傻子还总向着你们，真把你们当家人了，殊不知他爸早就不把他当儿子了！”

我狠狠把她搡倒在地，韩煦和李斐上前拦住。

“你最好记住，血浓于水，别真把继父当亲爹！”

沙曦抽泣起来，那么喜欢的敬怡姐心里原来藏着这些话。

我知道以李敬怡的个性不可能会在意那些，甚至说出这番话，除非听到了叔婶议论，想到这儿我怒火中烧。

“你们要是这么想，那怎么不快点把他救出火坑呢？别让他像捡来的似的跟着后妈受气呀，要是只会嘴上打抱不平，那就是人后议论人前眼红的孬种！”

“你俩别吵了，现在说这些没任何意义！”李斐大声打断了争吵。

“好像回来了——”韩煦猛一指山脚那头。

众人立马安静了。

一道黄光耀向这边，旋即消失，不一会儿，光亮又出现、渐强，可车上只有两个人。邢展出事地点附近并没有找到李思笃的踪迹。

这下子众人更慌了。天气更加恶劣，巡逻队长说搜救车也是冒着危险搜救，这种鬼天气上山是铤而走险……

后来几辆雪地摩托出现在山脚下，也是空手而归，大家渐渐陷入绝望。各种念头在脑海里翻腾，直到看到似是而非的光，还以为是看久了错觉呢。

“姐！”沙曦尖叫一声。

众人精神一振。最后一辆摩托速度缓慢，隐约可见驾驶员的腰部被人抱住！摩托越驶越近，半边灰白的脸孔渐渐显现在众人眼前。李思笃眼睛半睁半闭，看见我们，已是力不从心，神志一松从摩托车后座栽下来。

“右腿骨折！”驾驶员告诉我们：“赶紧的！低温症了。”

我冲过去，被李斐挡在了身后，突然失去了上前的勇气。脸被风刮得生疼，开始发烫。就站在那，望着李思笃僵白的脸，心像被什么牵了一下。

邢展见人没事，登时松了口气："谁能想到会出这种意外。"优哉游哉地笑着补充，"天气意外。"

"我感觉自己好像不认识你。"我淡淡道。

"不过那条雪道真的很糟糕。"他打了个哈哈，"人都回来了，别这么冷淡了好吧？"

"我们把所有不好的结果都想遍了。人要是现在回不来呢？今天要是找不到呢？就冻死了。如果你也跟他一样呢？知不知道，今天你险些害了别人，就因为你那该死的胜负心！"

他瞳孔一缩一缩，像个猫头鹰似的瞪着我，"有没有搞错？我也遇上危险了，还跟他们去找人，现在全身都冻木了，你问也不问一句倒也罢了，还这么冷漠？"

"对,不关心反而怨你,人回来了,却站得远远的听你怨天气——还真是一个比一个冷漠!"

他叫了起来："我半点儿也感觉不到在跟恋人对话！"然后丢下我独自回了大厅。

李思笃看见我了，我没像其他人一样冲上前去关心他，我冰冷又木讷。他虚弱地闭上了眼睛。我突然很难过。

17

那天李思笃在一处弯道遭遇了劲风，重心不稳滑向道边，小腿重重撞在石头上，胫骨裂了一道六厘米长的缝，打了两个多月石膏。

继父早晚上下班开车接送我俩，母亲中午来学校送饭，我借李思笃的光，顺便蹭饭。沙曦中午只好到她同学家去蹭吃，趁机多要了不少零花钱。母亲听说黄瓜籽炒熟磨碎对骨折骨裂有特效，辗转几个亲戚弄来一包，每顿给他吃上一勺黑糊的粉末。牛骨汤、猪骨汤、鸡汤、猪脚汤顿顿轮换。

“我问过大夫，过度补钙裂口会过度钙化，对愈合不利，不过像你这半大小伙子钙也都长个儿上了，你就每顿喝上两满碗汤，剩下的再给她。”母亲叮嘱他。

“那我才轮得着几口？依你说，半大姑娘就不长个儿了？”有我在，李思笃通常喝不上两碗。

“你得给我控制食量。女孩儿家个儿高可以，‘个儿高门前站，不穿衣服也好看’，又高又壮的可就不好看。”

“妈你错了。本来能长一米八的个子，怕胖，不敢多吃，只长到一米七，亏不亏？所以我起码得吃饱喝足，你得把营养给我给足了，等长满了再说，也不辜负你给我的基因哪。”半个多月下来，我脸的确圆了不少。

李思笃扒着饭听我俩斗嘴，冷不防也能插上一句。他从前很紧张我们母女斗嘴，怕吵起来。然而我和母亲有时是逗着玩儿，有时是真吵，有时带着气逗着玩儿。他不了解这种真假难辨、吵吵闹闹的家庭关系。我俩吵得欢，其实半带表演性质，他一惊一诧，我俩反倒来劲。

一注意到他的石膏腿，母亲准数落我。滑雪那晚回去，说好替我打掩护，他们却七嘴八舌学漏了嘴。母亲听说是我男朋友找李思笃去野道滑雪，登时炸了庙。惹是生非不省心，还有男朋友啦？！

把李思笃的伤顺手挂我名下。她又气又丢脸，当着那一大家子面骂得我狗血喷头。我成了丢人现眼的，成了李家老少背地里的笑柄，在众人面前这等难堪，简直想找个地缝钻进去。

一个月后，李思笃的骨缝基本愈合，X光片上胫骨有一道淡淡的细痕。医生建议运动，但强调石膏得一个月后再拆。适逢继父去浙江出差，便由我带他拄着单拐上学放学。为了抄近道，小灰家附近那片迷宫似的胡同我俩算走遍了。

越过严冬，天不再冷得逼人。有几天放学回家我俩从小公园里穿行，边走边看热闹。这里的树木茂茂森森，园中心有棵大得快成精的老梨树，树形魁伟，冠径十几米，远望犹如巨伞。灌木丛、白桦林、石桥、假山、石甬道绕树而建，石面被光阴打磨滑润，工艺精良而效用不减。园里有一群上了年纪的舞者，天天跳交谊舞打发时间。其中有个看上去五十几岁的男人，长了张怪异的鸡型脸，个子不高，梳油头，白棉服，白裤，白皮鞋，八十年代的时髦打扮，人称“小香港”。舞伴踩着高跟鞋跟他一般高，微胖，束发，浓妆，冷脸，身姿挺拔得像是每脚都踩在针尖上。这对舞伴的舞姿与配合是极好的，舞韵灵动，你中有我我中有你。只要二人登场必是全场焦点，看舞的被冻得咝咝哈哈也不愿走。

每天下午训练完直接去他班级接他，同学扶他下了台阶，再交到我手。逢路滑或车多的道口我就搀着他，也背过他，别看他瘦，人又沉又硌得慌，伏在我背上脚不离地。

“你这一年长了多少？”我被他小臂勒得锁骨生疼,忙矮下身，他伏上来一截这才好。

“钙补得好。”他手臂稳稳环在我肩前。

“她人又没在，你可省省吧。教你攀云梯那会儿记得你好像比小睿高不了多少。”

“你没忘啊。”

“小睿一走一过总想逗逗你。”地面滑得像面镜子，我扶墙夹着腿一小步一小步，上气不接下气，“该死的，我说，我还没这么背过一个男的呢，女孩子壮实点儿就得干这种苦力活儿？”

他喉咙里滚动着一团找不到出口的笑声，被我称作是“变声期驴叫”。后背上起伏的胸口和有力的心跳，使我再次意识到：他正以竹子拔节的速度往起窜，生命力已超过我了。冷不防吸进一口他呼出的热气，我咳了几口，被突如其来的亲近感搅得胸口一紧，心里边儿厌烦。紧走几步把他放下，回头打量。

“你都长胡子了。我不背你了，背着摔摔得更疼!”

他现出猝不及防的羞窘，我便又为前一刻的厌烦感到些许愧疚，转而逗他：“有什么难为情的？男的不都有吗,只是看上去脏兮兮的。听说刮了会长得更快，我看你就先别刮了，有点儿想象不到你刮胡子的样儿。欸，没人说你越长越丑吗？”

“你也越长越丑。”他回嘴呛我。

“我哪儿丑？”

他不愿看似的皱眉扫过我脸，“一张脸也就鼻子还凑合。”

我真被说得有点儿泄气。同样是越长越丑，女生自然比男生更受打击。

李思笃用起拐杖来愈发熟练，有一天用杖尖把路边一枚一元硬币翻了个面——深知我母亲讲究捡“字”不捡“背”，点点，让我捡起来。

“你小心别使得太熟，以后离不了了。”

“姐。”他张口叫姐，必是有求，“再借我四百吧。”

“又借？过年你不收了不少压岁钱吗？再说前两次借的还没还我呢。没有。”

“借点儿吧，只能跟你借呀。”

“你总借钱干什么？”

“集邮呗。哎呀，有钱了一并还你。”

“什么时候有钱？”

“暑假。暑假参加训练营他会给我一笔生活费。”

“可我还是不想借给你，我看中一套运动服。”

“多还你利息。”

“多还多少？”我有所松动。

“年利率……百分之十。”他装出一副慷慨。

“那是多少？一百块我借给你一年，你才多还我十块？”

“复利。”

“啥？行了你别蒙我了。不借。”

“百分之十五，行了吧？”

“就算多还五十我还得考虑考虑呢。”

“姐，放高利贷犯法。”

“高利贷都不想借给你。我这几天就得买。”

“年利百分之五十，借四百，多还二百。还真会算账。”他苦笑，“我要不急用，都不敢跟您老人家张嘴。成交。”

这么高的利息都接受，看来先前是在诓我。

“你这人真够奸诈的。”我说。

“你还是打听打听去吧，别以为我占你便宜呢，要不是急用谁这么傻呀。不过还你我也认了，一家人嘛。还了再借，借了再还。”

我掏出四张倍儿新的大钞给他，是春节收的压岁钱，又抽回一张，换了张皱巴巴的给他，“这张一样花。”

“竟然用一百的折花？”他接过去正反面看看，“1999年6月13……”念叨着钞票上乱涂的紫色小字，揣进了兜。

杖尖每拄一下，“杠”的一小声，地面的薄冰会出现一个白点，随着手上用力，冰面被钻得“吱嘎吱嘎”响。我受不了这类噪音，他偏故意去钻。有天早上没说几句话，就因为这个整整笑闹了一路，粉笔杂质刮黑板、指甲刮黑板、铁铲刮炒勺、牙齿咬脱果壳、湿抹布蹭玻璃……我俩把诸如此类的噪声统统想了一遍，他用拐尖钻冰面，我就在他耳边刮指甲，就这样一起难受着走到学校。

“你到底笑什么？”

“就是想笑，想笑总行了吧，真是的哈哈哈……”

笑声再次交会的关口，我让自己收敛了起来。收拾起嬉闹，也藏好心里边蓦然出现的厌恶感。看上去有些神经质。他也随之收回了打翻一地的笑声。每当这种时候，他静静地不说话，我都觉得他听见了我心里难以描述的感觉。却又不想他真听见了，那样我又会愧疚，所以我总是不一会儿便恢复如常了。

他只对我敞开心扉，偏偏那双眼睛一颦一笑都珍贵似的，让人不自觉想走近。厌恶感会出现，我便是需要这突如其来的厌恶感把他推得远远的，让心念间猥琐的、亲昵的、污浊的、纯净的游思飞绪统统消散。所以有时故意让自己庸俗，也故意令他狼狈。

这天放学走到二层楼的岔路口，老主人身穿一件灰色粗针大毛衣，在门口提小铲剁冰面。见是我，鼻子里似乎哼了一声。大灰猫像熟人似的以注目礼迎送，我跟李思笃不约而同想起了邢展，他已经很久不走这条路了。

“你们俩的事我有责任。”他说分手是由于他的意外而导致两人恋情被曝光。

“不是因为你。”我想让自己云淡风轻的，“真因为这个就分手，那也太说不过去了。我最近想通个道理。如果你起初就觉得一个人哪里不对，千万别去忽略，迟早是个大问题。”

我当然不会告诉他，邢展到现在为止一次也没来找过我。不指望他哄我、说好听话、巴巴儿地求我、提及爱情，哪怕他像上次那样若无其事地找我，我也会跟他和好的。

到底是谁被甩了？

我受不了闹别扭、分手没有清晰的责任划分，可以说是我，也可以说是他，分怎么看。怀着挫败感，我从未找他聊过一个字。得让他知道我无所谓，草草结束更无所谓。总之狠下心不回头的才不会是被甩的那个。

这个优哉游哉、无所计较的人被触犯了敏感的心理地带。他窥见了我的反感，便骄傲地放弃了我，完全忘记那天曾跟我说过什么。他的无情深深刺伤了我，很长一段时间，我唯有故作冷傲才能让自己好受些。

李思笃并不能懂：“不过还是害你被骂了。”

我一声叹息：“想起来真丢脸呢！我妈这方面管得严，她说上大学才能谈恋爱，可我眼瞅着就上大学了。特招生怕被分心吗？什么时候谈对我来说没分别呀，几个月后谈恋爱就合理合规啦？她总教条，还当着你们一大家子——我头都抬不起来。哎，讽刺的是，结果还不都一样，掰了。”

他半晌问道："还会和好吗？"

"不会了。"我虽肯定，却暗暗藏起一丝幻想，"算了，跟你说你也不懂。你头发长了。"

他真诚地笑笑，敞开他窗明几净的内心世界，"我请你吃雪糕打游戏，你陪我剃头吧。"

"行吧。"

"拆了石膏以后。"

"是想一次性从头到脚收拾干净的那种心情吧。"

"嗯，这副样子就算剪了头发也精神不到哪儿去，先忍忍算了。"

我又回到正题："这事儿吧，其实我没怪我妈，更没怪你。这些才不是分手原因呢。如果我主动找他，是能和好的，但这种和好我也不想要。总这样，没意思。他对我是跟从前不一样了，可他还是他呀。真的，我不愿意想太多，只想随心去爱。其实没想好分手，也没想好和好，总之就是没想好……轰轰烈烈地开始，稀里糊涂地结束，这就是我的爱情……"在内心的某个角落，失恋也让我体味到了一直想品尝的那种张曼丽式的悲伤。

他看着我，紧张地理解着我的话，咂摸着这样一种爱情和心境。旋即冲我猫一般地乖笑，他一这样笑，我心里就痒痒的，情不自禁伸手去卡他后脖颈。

他又开口道："他可能只是想证明自己。"

"证明什么？"

“就是‘证明’。天性吧，就好比女生都爱漂亮。”

我还是没明白。

“男生都想通过打败别人证明实力。冒险是最直接有效的。”

“证明给谁看？”

“给想给的人看……也许证明给自己。”

我冷嗤道：“说到底还不是自以为是。”

李思笃默默低下头，没再说什么。

由于近两个月脚不落地，脚掌骨增长，他拆下石膏后仍无法行走自如，只能拄着拐一点点踩平右脚掌骨，截至我四月下旬去北京参加赛前集训，他还像只大白鹅似的慢悠悠在蹚他的路。

18

闲事说了不少，是时候通过拼搏这件事讲讲我的另一面了。观察一个人向何而去，拼搏——这个动态坐标往往不会对那些在路上的人有失公允。

对很多事随随便便的，可能因为我把不随便都放在一件事上了。相信付出会有回报，相信一个遥远的胜利可以带我脱离平凡的苦海，所以不论环境怎样、对手情况如何，我的眼睛都稳盯着池底，相信绝对努力能练就绝对实力。

集训营有来自各个省的上百号选手，大家都选了这条路、走到这一步，必然都是拼。没人只依照规定的训练计划，都会加练。规定强度系数是1的话，我会做到1.4、1.5。通过这一年努力，相比去年集训前成绩，我400米自由泳缩短了八秒，400米混合泳缩短了十几秒,800米自由泳缩短了近三十秒。

然而今年我不再是黑马了，只算得上一匹失蹄之马。在新人辈出的集训营里，这类选手往往不被人看好，势不可当的新面孔才最可能一飞冲天。去年女二组岳教练把我列为重点培养对象，而今她把去年给过我的指导和耐心全都押给了别人，我也只有做个忍辱负重的哀兵。今年凭着初始成绩再次被列入她重点培养对象的名单里，她没有既往不咎，而是分外严苛，想必不愿这匹失蹄之马占去一个更可能创造佳绩的名额。我唯有加倍振作，把这当成激将式的鞭策，记住她严厉的警告："比赛是检验实力的唯一标准，不然平时成绩再好也是废柴。"

岳教练看好一位名叫周怀艳的新人，来自山东临沂。蛙泳是强项，人送外号"蚂蚱"，其轻灵、速度可见一斑。同样的肩宽臂长、手大脚大、灵活有力。我暗自比较，她力量稍差，柔韧性稍强。听说八岁开始接触游泳。每遇对手，都想知道对方从几岁开始游的，在同批队友里，我无疑是训练年龄最晚的。这使我有种天生我才、沾沾自喜的舒适心理。直到去年落败，迎头一盆冷水泼下来，才承认自己有多阿Q。拿最有利的条件去比，这里每个队员都有。周怀艳小我两岁，现在的我成绩略胜现在的她，可现在的她成绩优于前年的我。想这些都是多余，真正说明问题的是集训结束的出线赛成绩，只比当下。

不同于泳道上的飒爽，周怀艳日常是土气、自卑的。整天穿一件被她称作"褂子"的蓝绿相间厚格子外套，过时多年的灰的确良裤和黑色弹力脚蹬裤轮换着穿，一双泛黄的白布鞋刮风下雨不变。高颧骨上有两团健康红晕，愣头愣脑，口呆目钝，摘下泳镜几乎不敢与人对视。有人逗她说男一组那位外形帅气的教练对她有意思，羞得她从早到晚避着走。就是这样一个人，进步的速度令人咂舌。

与我和周怀艳住同一宿舍的还有个名叫童昕的叛逆女生，家住北京。童昕、我、张曼丽，虽可归为同一类，却个性迥异，叛逆二字不足以全盘概括。张曼丽以堕落为自由，童昕以自我放逐为自由，用张曼丽的话说，我是个半吊子，是个虚假的家伙，以伪装叛逆为自由。我有时会嫌弃张曼丽，但不会嫌弃童昕。

童昕不美也不丑，齐耳偏分，流里流气。干净的小方脸上有一双棕色眸子，眼白较多，显得为人冷淡。衣着气质颇中性，话不多，个性洒脱。她资质不错，但没什么求胜心。已是重点高校体育新闻系特招生，说之所以来这儿是闲得无聊，不过她很快就会发现对于一个混子来说，哪里都一样无聊，闲着没事便给我和周怀艳掐时间。

集训最后那天下午，她一身烟味儿来到池边，我就问她："你的肺真不要了吗？"

"挺酷的。"周怀艳也停了下来。她一直偷偷观察，对都市人的言行穿戴并非视若无睹，"童昕，你吸烟那样儿挺有性格儿。"

周怀艳是个老好人，三个男生玩扑克找她凑缺，结果哭着回来。问她她也不说，不用猜又是被人奚落了，我俩警告她长点记性以后别去，可她耐不住人家两句好话，又去了，结果又被人奚落回来。我俩看不过去了，对她做了深刻的批判，要让她认识到"Say no"的重要性。

"给你也来根儿？"

周怀艳忙摇头："以后上赛场，你来采访我俩呗。"

"还得练哪。"童昕笑她口音，"以你俩现在的成绩还够不上请我采访的赛事。”

“我想练哪，眼看就比赛了，可我得摘花椒啊。”

“摘花椒？”

“啊，花椒，菜里放的调料……”

“为啥摘花椒？”

“帮家里摘啊，结了就得摘呀，家后山好多花椒树……”

“怎么摘？费劲儿吗？”

“摘多久？”

“半个月吧，白天摘。”

“乖乖，我说你开什么玩笑？”

“没开玩笑，摘了花椒好卖钱。”周怀艳说得稀松平常。

“卖钱读书？”

“对啊。”

我和童昕对望一眼：“那训练呢？”

“只得摘完花椒再训练了，我也急。”

“能卖多少钱啊？”

“一人能摘个两千块钱。手蜇得很，沾水疼。”周怀艳比比满手背麻点似的小疤点。

“摘个屁，有那工夫抓紧练哪，进了国家队，还用摘这个换钱？”

“家里还有妹妹呢。要是进不去国家队连学费都不够了，这次来集训的钱还是我妈跟舅舅借的呢。”

“你家可真够穷的。”童昕翻了个白眼，对耽误时间、浪费才华的穷困忍无可忍。

“你们肯定不觉得哈，其实在我们村里我跟我妹很厉害了，其他家女孩儿都不让读书的，我爸跟别人不一样，坚持让我俩读，我跟我妹村里都羡慕的……”周怀艳说话语速像爆豆。

此时我心里想的是，她若因摘花椒影响了训练，我就少了个劲敌。她是劲敌，第一次见她训练时我就知道。而我此后也会遇上很多对手，她又能碍到我多少呢？若有一天真碍到我了，我会后悔今天帮了她。童昕那对棕眼珠似笑非笑地瞄着我。她在等我的意思，若我无动于衷，她会站我这边，同样无动于衷，但从此会瞧不起我。我不会因为在乎她的看法而当个傻瓜，却委实因她的眼神而气愤。周怀艳摘不摘花椒跟她能不能出线并没有直接的因果关联，我的天平已经倒向了帮忙，可我偏不说，偏讲起风凉话来：“如果保持不好赛前的状态，你这次集训借的钱也就是打水漂，响儿都听不着！”

周怀艳沉默了，她岂不知这意味着什么？那么拼命训练，忽略这一点不是因为抱侥幸心理，而是家境清贫，无论怎样她都必须甘心。

那天晚上，童昕告诉我她其实去年就注意到我了，因为我总带着挑衅。我告诉她我去年的状态和家中变故，称自己心理素质差，没什么意志力。

“我小学、初中到现在，在三个城市、四个家庭里寄读过，人人都说我特立独行，有这样的父母你说我能不特立独行吗？抽根烟不介意吧？”

“……”

她还是点着了，递给我，我没要。

“你有心上人。”

“为什么这么说？”

“感觉。”

“怎么呢？”

她笑了：“你看你都没否定。只是一种感觉。要是有喜欢的人，你看上去会有一部分是分离出去的。”

可我只是不想承认自己到现在还没忘记。

“我失恋三个月了。”

我告诉她那是个意气风发的家伙。他理想远大，知道自己要什么，严于律己，对前途充满信心，也为我的处境和前途担过忧。有点儿胖，但人会发光，喜欢篮球，滑雪也很帅。平日里一副优哉游哉无所谓的样子，还是个坐怀不乱的君子。

“他的形象变了。”我跟她要了根烟，刚吸上一口，一缕蓝烟飘进眼里，熏得生疼，“他这个人想得太多，自尊心藏得深。有时回想他那天非要扳回一局的样子，有点儿可怜他。”

“心里只有自己没有你的男人，要来干吗呢？别泄气，别人够不够爱你跟你值不值得是两码事。”

一阵沉默过后，我长长舒了口气：“你说的也没错，在一起虽说开心，却总觉着不容易，为难了他似的。只是想想，就这么隔远了，以前的一切都不算了，心里难受。说得现在有点想他了，真的，分开后头一次这么坦白。哎，也只敢跟你这么说，毕竟你不认识。”

“等着瞧吧，只是还没遇上他肯为之而改变的。”她笑得像男孩子一样洒脱，转而沉吟半晌，似是想聊聊周怀艳的事，我也有此意，但最终谁也没开口。

神奇的事就这样发生了，再度让我相信有心灵感应这回事。分手三个月后的今晚，邢展竟然打来了电话。那时我已上床准备睡觉，失恋的愁绪像过了酒劲儿似的消散将尽。手机屏幕亮起“邢展”两个字时，简直是触目惊心，好像他就在面前。手机一直震，我把被子蒙头上，心里一团乱麻，忐忑着硬是没接，按了挂断。他又挂来两通，都被我挂断了。

我不知该跟你说什么，也不是你想丢就丢想找就找的人。

被窝里安静了，懊悔一点一滴漫上来……很久才淡去。迷迷糊糊睡着了，手机倏地又震起来，我心怦怦跳，看清来电时，心又落了回去。是李思笃。

“怎么三更半夜的？”我听见自己埋怨着长出了口气。

“没睡吧？”

“啥事啊？”

他顿了顿：“他们明晚有饭局，不能去机场了，让我去接你。”

“不用了，只有个行李箱而已，背包背身上，轻松搞定。”

“哦。”

“对了，你腿好了吗？”

“已经不瘸了。”

“那就好。”

“芝姨说你带的东西不少，自己拿不过来。”

“呀呀——”我猛地想起，“东西还没买！”

“买什么？”

“北京烤鸭和稻香村点心，她要我带回去送人的，难怪要你来接我呢。明天上午我出去买。”

“哦。”

“真是的，那你来接我吧，一个人拎不过来。”

“好。”

“班次和时间发你短信里。好像是晚上十点十多分降落，不过你也不用早到，准点的时候少。”

“知道了。”

短暂的沉默。怕吵醒她俩，被窝里又热又局促，跟电话那头近得仿佛只在呼吸之间。

“喂？”他在静静听我这边，也许想聊聊，话却很少。

“嗯？”

“你800米自由泳成绩是多少？”

我笑了。

“八分多少？”

“总之八分多。”我还不想聊成绩，“对了，家里都还好吗？”

“都好。”

“嗯，那到家再说。”

“走之前检查两遍。别丢东西。”

“好。”

“对了。我跟小灰做好朋友了。”

我打趣道：“一只大白猫和一只小灰猫做好朋友了？”几乎想象得到他在电话那头猫似的乖笑。

“嗯哼。”

“小灰这家伙可是没什么良心的。”

“分跟谁。”

“哈。”

“好了，明天见吧。”

“嗯，拜。”

猛地掀开被子，捂得全身是汗。

翻看邢展最后一通电话，是在五十分钟前，久久盯着手机，看着这个名字，暗了按亮、亮了暗、暗了再按亮……他没再打来。我关了手机。

第二天一早，我把装有两千块钱的信封塞进周怀艳的背包里，留了张字条：你要是回去敢偷着摘花椒，就对不起你的实力。琢磨着有点儿肉麻，另写了一张：卖了花椒还我。

周怀艳从小省吃俭用，如她所言，能读书就很厉害了，穷苦黯淡的家是一个整体，每一分子都要出力。后来去比赛，她把那信封原封不动还了我，连同童昕塞在她挎包里的一并还了她。原来她家里虽说穷，倒也不差两千块的缺口，之所以全家要摘花椒，是想尽可能多地积蓄，当她父母真正认识到女儿能在游泳这条道上有所作为，岂舍不得几棵花椒树呢？如果不是岳教练告诉周怀艳母亲她的可能性，她母亲还以为她是个为了她那点儿不切实际的特长置家里于不顾的狼崽子呢。

周怀艳像海绵一样吸收我跟童昕对她的改造，离开训练营那天，她甚至鼓足勇气跟男一组教练说了声再见。用她自己的话总结——大城市人，都得有点儿洒脱风格儿。我俩逗她：从乡村到摇滚。

19 2018.5

2018年5月，从上海飞了二十几个小时到卡萨布兰卡，落地时凌晨十二点半。机场外街灯明亮，稀稀拉拉的小汽车排在路边接人。四周清一色白色建筑物，雅逸而安宁。湿润的海风吹过，轻而易举地带外乡人融进了这座浪漫老城。

“是不是你的城，就看第一眼印象。”我对小槐说。

“是我的城，终于了。《北非谍影》欸，可惜还没看过，电影是有点老。”他兴奋着打了个哈欠：“染姐，那边有举牌子的！”说着跑去找酒店接机的人。

在空寂的广场上，借着昏暖的光晕，我蓦地想起十几年前在哈尔滨机场李思笃接我的那个夜晚，同样夜凉如洗。横跨长远的时空，况味竟如此相似。

我们住在离麦地那较近的商务酒店。老柴隔天才到，累得面色发青，称被睡不着醒不了的坐姿摧垮了意志。

摄影这些年，随着年龄渐长，我的欲望和感觉不再锐利，立意之前的一长段蓄力助跑愈发拖沓，全不似起初那会儿快乐自由了。那会儿的创作是发乎自我表达的享受，也出了些好作品。这两年在严重的瓶颈期，拍片子徒有副架子，成了对以往千篇一律的复制，整个人也处于踟蹰状态，像无头苍蝇似的焦躁茫然。大脑和四肢是意识的机床，它想表现什么我往往做不得主，用强往往也达不到满意，也只有信马由缰。偶尔它会砸门，待想清它的样子，又不见踪影，只记下模糊的光斑。还是这句话，灵感来不来由不得我。

我想对于创作而言，锐意进取是持续不来的，它需要停滞，在各种大小停滞中退步、驻足、生长。所以有经验的创作领域的工作者，通过长期摸索总结，必是先掌握了自己，掌握自身灵感的潮汐，顺应休息、蓄力、呈现的节拍，明确了一套个体工作规律，才不至于把自己给累死。

这次来到北非大陆，于公是接受旅行社的拍摄任务，于私是自我调整。由于第一感觉很亲近，就期待着潜意识里能开一道口子。慢下来，可以长住些时日，等着有些东西在精神世界里探夜潜行，暗自调动。

时间在记忆里织下太多纱幔，甚至得加入许多主观虚构才勉强能把那晚的记忆给串起来。

李思笃接过我的行李，我俩好像说了什么，也好像什么也没说，迈着轻快的步子走出机场。他又长高了点，走在左前方，夜风袭来，我闻见他身上母亲惯用的柑柠味洗衣粉的味道。他不时左右张望，想找个话题，又放弃了，低下头，紧抿着嘴唇，回头望我的那一眼里，我其实看见了世上最璀璨的星星，而不自知。

20

离开卡萨布兰卡，我们在撒哈拉旁边的小村落里雇了司机摩哈，由他接送进出沙漠，顺便吃住在他家。

摩哈家所在的小荒村位于马拉喀什与撒哈拉间的荒热地带。他用家里唯一一笔积蓄买了辆二手别克七座商务车，用来拉客。斋月里，火辣的太阳底下，摩哈是不吃不喝的。等我们时倚在座位上，关掉冷气，汗涔涔地昏然欲睡，等我们要回来了他再提前把冷气打开。

我有时昏燥难当，有时倒也能跟着摩哈体验到当地人借斋月净化身心的妙处：皮下的油脂、经年的毒腐、摄取的欲望，一点点融化，从毛孔渗出体外。

我们避开正午，选在早九点前、下午三点后进沙漠拍摄。

老柴说深度游可以通过大漠景观与城市景观的对比来诠释“多姿”的主题，我脑中便出现了他一贯的刻意风格。

“枯竭就是枯竭，希望就是希望，对比这种修辞手法上个世纪风行，不过你还是让它捧过时的臭脚去吧。”我想说已经被玩烂的玩意儿还有必要去重复吗。

“表现手法没什么过不过时的，只要能更好诠释立意，就是适合的表现手法。”

理论我说不过他，可他的作品很少撑得起他的理论。

“可咱们要找的不是适合的表现手法，是最佳手法、最佳立意。我认为如果能多些精彩独创，就没必要老调常弹。”涉及工作我是不会客气的，顾及情面、替烂主意找台阶下，到头大家白忙一通，什么好片子也出不来。

老柴技巧精绝，同样拍一个东西，他比我拍得好，理论也比我扎实。可他总在框框里，摄影半生却难有突破，常为不经意间的思路抄袭自诩高明，这点最要命。

“但你得知道，独创性是就作品的表现形式而言，不涉及作品中表现的思想、观念、方法。比如说一部文学评论，尽管使用了已有作品的思想、信息和创作手法，只要不是对已有作品完全或实质模仿，借其所言表其所表，只要是主观独立构思的产物，就具有独创性。但独创不等于新颖……”每次跟他因为工作掐起来，他都会像捍卫尊严一样捍卫他的思路和审美，逮住漏洞狠狠回击，直到讲得我无以反驳。

行驶在无比灼热的公路上，地面升腾的热浪使两旁植物看上去像浸在流动的水里，这现象与我年少在大雪覆盖的山上俯瞰热气腾腾的城市一般无二。

“停一下！Stop please.”

“Too hot outside.”摩哈告诉我。

“Just a minute please！”

我不愿再跟老柴掰扯，把魔术围巾拉到眼皮底下，戴上偏光镜、遮阳帽，披上防晒外套，下车的一瞬间，眼睛几乎被空气灼了一下。

小槐嘀咕了一声，被迎门而入的热浪冲醒。

“你俩不用下来了。”

我选择百米开外的原野中一株粗壮的枣椰树作为拍摄对象。

眼镜四圈射入刺目的白光，两分钟下来已是头晕目眩，眼珠子发胀。在相机里成像却不是肉眼所见那般神奇，我分析原因，调着光圈、快门，比对多种模式。这热浪不代表枯竭也不代表希望，所传递的只是“热”，是我一直想记录的现象。七八分钟过去，我开始眼冒金星，回身往车上走时，眼前有团黑物袭中了我。

仿佛过了个把钟头，醒来原来仅在十几秒后，昏醒边界的脱力感使我几乎要拉在裤子上。小槐给我灌了两支藿香正气液，说我身上衣服像水洗过似的。

为了看得到捉不到的热浪，我不得不在摩哈家躺了一整天。

摩哈的妻子和母亲终日在北面那间大屋里，手里干点活计，有一句没一句地低声说话。六岁的小儿子不苟言笑，跟自己玩的游戏是抠脚、靠墙跷二郎腿、把自己团成一团滚来滚去。我休息这天，他就在我房里，远远倚在我对面的墙壁上待了一整个下午。一个手头没玩具、身边没伙伴、眼前没电视的孩子，让人很难了解内心。他偷着观察我，总在我看他前迅速移开视线。隔壁邻居家小孩则非常好客，笑哈哈的，期待跟陌生人拉手、合照。

晚上迷迷糊糊被电话惊醒，是上海南渔山岛的营销部长。

我清了清嗓子坐起来，暑气已经退得差不多了，头还有点晕。

“您好，肖部长。”

“哦，不好意思，沙小姐。”这人总是拿起电话才想起我这边是深夜，这个时间已经打过两次国际长途了。“我习惯上班前处理掉一部分工作。打扰你了吧？”

“没关系，这边还没到睡觉时间，请说吧。”

“提个需要注意的部分，以垂钓的照片为例。对，美感是完全可以的，但内容方面应该注意到整体。比如说钓台区域和休息区，我手里这张照片，钓台只露了一半，休息区是虚的、太远，这样我们的优势就不清晰。再说浴场，我想沙滩多一点，咱们沙子细软，也干净，跟周边海岛比，这个卖点必须得体现。”他略做停顿，“整体说来，你的作品拍得过于侧重美了。”

营销者有自己一套思路，跟表现者的立足点不同。我也曾经历过那个阶段，一边笑话客户的审美一边生出反思。后来认识到，营销角度的着眼点是消费心理——最有用的地方。虽说接活为了赚钱，不顾及消费心理的表现者却绝不是合格的表现者。听他这么一说，我便明白了。

“反而弱化了这里的硬件环境。我认为商业摄影还是该在表现产品诉求的基础上再讲求画面美感。在听吗？”

“好的，您提到的这些我们会注意到。”

他像想起了别的事情，停顿了两秒，叮嘱道：“要兼顾。”

“一定。”

“打扰了，那就这样，再见。”

从我的角度说，客户分几类。

结款上，有痛快的和不痛快的。业务能力上，分有条理的和没条理的。有条理的会把信息整理到一起再反馈回来。这位肖部长则不然，针对上次的试拍作品已经前后反馈了好几次，我想这样的人也的确有必要在上班前先处理掉一部分工作。

身在职场，维护自身从容稳重、一丝不苟的形象是要做些功课的，我也没两样。

21 2000

时间令李思笃身上那份柔静的东西日渐蜕落，他的眼神开始显露坚定，同样还是沉郁的，我却越来越能觉出些趣儿来。惯常的慵懒姿态里偶有利落的举止动作，现出活力待发的男子气。这些细枝末节的改变不甚明显，却使他的生活出现了微妙的变化。

最先感知到的是女生。如女孩般好看的男孩身上萌生出坚定的男性气息，这是要命的。女生们灵性十足，令人愉悦，总能让荫翳的角落洒进阳光。面对她们的主动接近，李思笃起初无措，后来也会表示友善，这使他看上去开朗了些。

他这些改变，我有些成就感。从江底把他拽上来后，就在注视、期待他的改变。当时觉得是拯救灵魂的功绩，后来时间久了，我把这抽象为生命的对撞，回想起来会有一股子莫名感动。仔细体会“弟弟”这个称呼，它乖巧而暗藏力量，像个动力系统的开关一样服从于我，只需轻轻一按。

“长得没以前好看，怎么反倒吸引起姑娘了？其实他还是穿白衬衫帅，好像——那秋风里的一株萧瑟白杨。”小睿倚着窗口，捧着本厚厚的中文译本《飘》，往操场张望。“可一等他穿黑的吧，又好像比白的好，发没发现？邪恶系的颜色在他身上的反差很致命。”

我告诉她：“他衬衫除了黑的就是白的。”这些我其实评断不出，他只是在我眼里变了样。太近了，就成了不难看也不好看的存在，丢失了成像于我视网膜的真实样貌。就好像很多人都说我母亲有副好样貌，我却看不出好在哪里，她的真实样貌自我还在她怀里时便丢失了，我对她的样子视若无睹，不管看着还是想起，呈现的都是心里的感觉和印象，是全部官感的集成。

“我知道。”小睿调转口气，“你就不能让他离王玥惜远点儿么？太碍眼了。跟你说，命格相冲就是这么回事，你身边的男的，不管男朋友还是弟弟，她一个都不放过。”

我趴过去，见王玥惜和李思笃站在那棵翠叶翻飞的大杨树下。王玥惜捧着本书，一头长发水波似的，正扬着雏菊似的小脸儿，公事公办跟李思笃说什么。

“她那张脸太有欺骗性，看着对对方完全不在意，实际上纯情少女就是这么卖弄风情的。”我冷嗤一声，“从前跟邢展暧昧，现在借替两人穿针引线接近李思笃。还以为别人看不出来呢，她是让他注意她，看她跟白莲花似的，其实想证明她比良良更有魅力。坑朋友。”

“可我看你弟心里只有柴火妞。他俩到底怎么回事？”

“不就是他疏远她了。”

“这听着像理由吗？我可一直没往耳朵里进，你再往前想想，他怎么就疏远她了，肯定还有别的事儿。”

“你这么一说是不够充分似的，不过朋友之间好像确实也会莫名其妙就疏远了，后悔了又抹不开面子。我小学有个好朋友，现在都快失去联系了，想起来觉得挺可惜，想打个电话又不知道该说些什么。”

“我也有那样的朋友。你说咱俩将来会不会呢？”

“咱俩算发小儿，不是那种。”

“也对。”

继续观察。王玥惜把捧着的那本东西给了李思笃。

“看见没有？拿书本联络，有去有回，够心机的。良良啊良良，她这样的女孩儿不好好哄可软不下心肠，被资助的本身自卑感就强，以为别人都小看她呢。自尊心太强了没人受得了，男朋友迟早会被抢走哟。”

“李思笃！”我扯开喉咙大叫，“上来！”

王玥惜远远往这边看，我故意把脸仰得老高。

小睿咯咯笑：“遵太后懿旨——”

我白天忙训练，只能利用晚自习时间找各科老师帮忙补习缺课。李思笃教我，先得建立起“我能解决”的态度，一旦这么想，就扫清了不必要的心理障碍。当你觉得你能解决这道题，就会主动找方法，完全进入它。我说这又算得上什么方法呢？他说他发现大部分人面对题目时都有或轻或重的压力，具体问题的话，如果我愿意，他也可以帮我解些疑问。

夜路我倒是不怕，从前初中放学回家的路上有一排扎花店，扎花店对面是医院太平间。即便偶有天黑回去的时候也从没怕过。我没参加过葬礼，也没见过死人，对这些都没忌怕，还拿回家这条路线跟人说笑。听说在夜晚人的两肩会燃起两盏灯，回头便被吹熄，灯熄了会被可怕的东西盯上。而以我的胆色，早就悟出鬼是回头那一刻的恐惧，回头了，便怕了，是自己吓唬自己。

下了晚自习后先跟别人同路走一段，母亲会等在中途一个道口接我，这段十分钟的路便成了难得的私话时段。

我俩有时一句话不说，有时聊到家门口自然中断。再婚一年多来，她是妻子、继母、两个女儿的母亲，唯有这短短十分钟是我一个人的。我像曾经找寻与父亲的共同世界一样找寻属于我跟她的东西。每当她心不在焉地走在前面，我会感到很寂寥。有时她主动跟我聊父亲，说男人有了老婆就什么都忘了，以前对女儿那般好，现在不也是电话不来一个？还好咱们日子过得不错，要是过不好岂不被他笑掉大牙？两年了，来电话手指头都数得过来，让我以后也不必把他当爹了。孩子可以没爹，却绝不能没妈。

而大部分时间她会讲跟继父相关的事情。继父是个精力无穷的人，总是应酬到深夜，酒气熏天进家门，第二天风雨不误六点起床。清晨傍晚，常坐在茶案前，一只胳膊拄在他那把价值不菲的圈椅扶手上，前倾着身子低头想事情。我还从未见过有人以那种姿势用大段的时间空下来想事情。他有蒸蒸日上的事业和如鱼得水的社会关系，给了母亲极大的安全感和优越感。回想起多年以来父母争吵的根本，亦是我父亲一眼看得到头的事业和冷冷清清的人脉。但在我看来，继父与我父亲个性上最大的差异是我父亲会尽可能让人舒服，而他并不管别人舒不舒服（也不让他自己舒服）。常因为点儿事情把两个弟弟骂得颜面扫地，对手下也一概不讲情面，声色俱厉，恩威并施，以达目的。对待他可以驾驭的人，像对待一部机器一样暴露最真实的嘴脸，而在利益攸关的人面前则做尽好人，豁达、义气、挥金如土，怎么好怎么来。利用人时为之肝脑涂地，巴结起谁来让谁如沐春风。他的员工很踏实，工资一向按时发放。员工福利优厚，一部分来自他家的边贸生意，一部分来自资源置换。这个置换高手，对物品变现的损耗不买单，可拿来换的不限于物品，还有服务、无形资产，也包括社会关系。

我对继父的看法是母亲一桩心事，她说人哪有十全十美的，说我对他一直不冷不热只是因为我还念着我爸。她拿我父亲做反衬，说一个男人生活里若是只有老婆孩子，一定是事业上没指望；而男人要想事业干得好，顾这顾那就不实际，也顾不过来。其实我是看得出来的,她不是不失落,继父每晚醉着回来,她一边为他擦洗入睡,一边若有所思。而每个清晨睁开眼，看见眼前这棵根深叶茂的大树，跟女儿躲在树荫下会迎来充满希望的一天，她便知足了，毕竟人人都说她这一步走得好。

22

无论积极还是消极，都不足以说明整个过程，积极的山头藏着消极，消极的泥沼埋着希望，这些心态最近两年周而复始。每当进步缓慢、意志低沉，世界级赛场便成了海市蜃楼，我只想躲进被窝睡得天昏地暗。而绝大多数时候，努力会使一切看起来都有可能。所谓奇迹的发生，大抵是忽略了过程，算上过程的话，奇迹也就不再是奇迹。

构成地理环境的要素复杂多样，气候、地形等因素对体育运动的产生与发展影响深远。羽毛球源于静风气候的城市，跳水运动始于峡湾。我国南方水多，游泳等水上运动项目源远流长，而东北地区冰雪运动十分普及，受气候影响，水上项目则受到很大限制。设想一下，从零下二三十度的户外，进入零上二十几度的室内，先简单冲几下三十来度的温水，再跳进二十六七度的泳池里折腾，出来后再淋个四十度左右的热水，出门前头发得确保吹干，武装严实，以抵御户外零下二三十度的寒风。稍有不慎便容易感冒，而感冒则意味着几天的训练中止。

千禧年，获得全国游泳锦标赛参赛资格的人数，除了西北几省以外，黑龙江为最少。在省内八名女子选手中我的成绩最佳，领先一段不小的距离。在二百九十余名女运动员里，没人不是几年如一日地训练。一副副健壮的身躯，付出大量的时间与汗水，忍耐空白，任光阴像这池水般从指缝平淡地溜走，到头得到的极有可能只是个泄气结果（好比我去年）。

我只给自己这一次机会了，教练说，我也只有这一次机会了。所有人的眼睛都瞄着奥运会达标赛前八名的位置，机会何其渺茫。这个世界只见强者。唯有拼。

身体，作为意志唯一的战友，体内每一个细胞吹响了集结号，在起跑线上蓄势而待，全副能量在哨响的一刻爆发。此刻我脑中一片空白，眼前只有激溅的水花，耳边只听见自己没命地换气，0.1秒的疏忽便会被人碾压，唯有拼。我拼尽全力，想象自己是一尾旗鱼，体内藏着原始的驭水奥秘，箭一样刺向对岸……

400米自由泳成绩4分29秒37，排名第二。800米自由泳成绩8分44秒51，排名第一。是个足以证明耐力的好成绩。在终点浮出水面的时候，我看见岳教练冷峻的眼睛闪闪发亮。

我出线了，以本该有的成绩。

2000年9月，高三开学之初，我随国家队赴澳大利亚参加悉尼奥运会——以最好的状态。教练说，再出色的泳坛巨星都曾是名不见经传的孩子，如此说来，我自然也具备成长为一名出色的泳坛巨星的可能。

旁边泳道的传奇泳将挟开山裂石的猛力前冲，我已无法控制强者带来的压力。真正的赛场，对我们来说不是文明，不是友谊，不是团结也不是竞争，只是个人极限的最高表现，运动员一直在做的只是拔高自身极限。这是世界级选手极限体能与意志力的最强风暴，0.1秒的落后亦是一段看得见的距离！

女子400米自由泳，我跟周怀艳进了预选赛。女子800米自由泳我是唯一进入预选赛的中国选手。

满眼是激溅的水花，耳畔唯有不要命的呼吸。荣耀面前不枉六年如一日，全身每寸关节在共力呐喊，手臂、背阔、髋腹、大腿、小腿，每部分肌群都绷得紧紧的。紧张令我全身僵硬，状态亟须调整。身体，最忠诚的战友，我虽疼惜你，却更倚仗你，此时你必须无所保留，表现最佳状态！等缓过神来，身体已处于湍流当中，左右两边全超过去了。我一急，身体像挣断根绳似的，灵活起来了，告诉自己追！使尽全力，啥也别想，就是追！

女子400米自由泳用时4分40秒03，淘汰。

女子800米自由泳时，冠军选手就在隔壁左侧泳道，带给我的压力更不亚于女子400米自由泳。400米时我第一次参加国际大赛预选赛，而800米时我第一次跟泳坛巨星离得如此之近，被她的实力与气势死死压住。不论我怎么拼命，牙都咬碎了，她一直领先，压着所有人，距离拉得越来越大。最后的50米一直在我脑海里回放，好几个人在前头劲猛的换气声，而我已感觉不到隔壁的冠军选手，甚至她留下来的激涌湍流。那时我很绝望，这是段很长的距离，长到大概永远也赶不上。

上岸后三分钟，身体依旧是颤的，我几乎要哭出来。

女子800米自由泳预选赛成绩8分43秒58，超越自己的最好成绩，排名第八。

预选赛结束后，我失魂落魄地回了房间。

周怀艳半天才敲开门，坐在椅子上不知所措。

不得不服，她潜力可怕，是那种为赛场而生的选手。短短一段时间历练，突飞猛进,400米自由泳成绩已超过我，决赛成绩排名第五。

而她此时跟我一样沉声不语，如同沙场的新兵，生死对阵，遭遇了强大对手的屠戮，正各自回神。

半晌过后，她喃喃着："残酷。"

"是啊。"我坐起来整理情绪，半晌问她："比100米蝶时，你什么感觉？"

周怀艳噗嗤笑了，愤愤告诉我："奶奶的，像被人欺负出屎了！当时我也疯了，就算腿上绑颗铅球都能把它当铁人三项给甩出去！"

"嗯。"这是种混杂着无尽失落和愤愤的不甘心理，难以言喻，"如果我肺里有颗铅球也早被挤成泥了。"

"我替你捏了把汗。"

"你看我当时状态怎么样？"

"教练也说你没被400米成绩影响，心理素质可以。"

"真可以的话400米就不会死了。"

"可800米你状态回来了。"

我眼前再次出现最后50米的场景，连同那道黑色霹雳，"有屁用啊，拼得快吐血了，可心里清楚根本不可能超越那个速度。她真是条鲨鱼。"

"别泄气呀！两年前你有现在的成绩吗？四年前呢？更没有吧，得一直超越自己。咱别被吓着了。"

"你倒会安慰我，你没被吓着？其实我很清醒，超越自己不是目的，目的是超越对手。可对手也在不断突破自己呀，实力比我强，进步加速度大于我，我就永远也赶不上。”

我的失败论激得她很气恼，倔强地来回走，“那怎么办？那怎么办？又有啥办法？只能往好处想啊，继续练，继续比呀。谁也没有恒定的进步加速度，你跟我也没有，她们也没有，别把她们想得太神了！就算你这么想也没屁用，只会给你自己设阻。运气不好，在瑟琳娜边儿上，可就算不在她边儿上，她也在其他泳道上超你呢，只是你看不见而已。你就应该看着你自己！瑟琳娜，她也不是天生就这么快，人家怎么训练你又知道多少？”

“可我尽力了！”所有的辛酸与委屈扑面而来，我的声音颤抖了，“不是看到我怎么训练了吗？天天第一个到场地，最后一个出水，你说你也做不到，咱们心里都明白啊！你能继续，还有很大潜力，而我没有了，用光了，尽了全力了，我的一天没有三十个小时。差距就是差距，不是努力就有结果……”

我若一定要证明自己无力，她亦无能为力。

过了一会儿，她说：“我知道。可还是得振作，不振作能咋办？抱着你这想法就前功尽弃了。难道说不游了吗？”

我无言以对了。

过了好一会儿，我的情绪渐渐平复。她又说了些鼓励的话。我复又认出了这来势汹汹的消极的泥沼，像潮水一样褪去了，好像发了场瘟症。想起泳道里的碧波，突然感到窝心，那原本就是我的一切。

我翻身下床。“好吧。想下去吃饭了，你饿了没？”

她不解地看着我。

“谁说不游了？我跟她磕到底。”

她哈哈笑了，露出一截牙花子。

“你说得对。你最好能常这么说说我，我需要这个。”

这个迟钝的姑娘身上有我自叹弗如的地方，直觉告诉我，个性上的差异将影响到我跟她的不同结果，我还不够机械，不够一根筋。

当天下午，我们把这些抛到脑后，为其他战友掠阵。男女4×100米混合泳接力决赛掀起高潮。第一棒蝶泳是训练队里最惹人厌的男生，嘴贱人丑。跳下赛道便成了狰狞的勇士，雄壮的肩胛、精铁样的两臂，如凶鹰疾翔海面！我的热血沸腾了，跟周怀艳呼喊着上前拥抱他，被他事后揶揄：“一点儿也不软。”

经历过这种场面，使我终生热爱自己的祖国，不论输赢。

女子800米自由泳决赛，成绩8分43秒11，排名第八。这一天我又一次超越了自己，只是距离领奖台尚有一段很长的距离。

回国后，岳教练找我谈了一次。说初次参加国际大赛，我的成绩表现还不错，能在压力下平稳进步。证明了自己的实力，取得了国家队女子800米自由泳的历史最好成绩，为队里增了光，在我沮丧的时候，国人却会因我而沸腾。她提醒我别把压力当包袱，珍惜每一次比赛机会。说国际级运动员，男女100米自由泳每年提高0.1到0.2秒，而男女1500米自由泳每100米每年会提高0.35秒以上，说明中长距离项目有更大的提升潜力，而我自然有很大潜力可挖。她确立了我800米、1500米长距离的训练方向，为我制订的训练方针是水上耐力训练和陆上力量训练同步增强。考虑到一味追求最大训练量，我的提升空间必然有限，遂果断调整了侧重点：适量减少训练量，注重训练质量，以提高我的氧债耐受能力。这个思路无疑坚定了我的信心，使我看到希望。

23 2000.11

“与其操这份闲心，不如替我拉拉胳膊，我可没闲工夫管他们。”

期中考试还是得参加，我回来待了一周。训练时李思笃偶尔也会来，帮我做力量训练，或者在靠边泳道游上一个多小时。这两年跑步加游泳，他的心肺功能得到强化，肌肉力量突飞猛进，体魄比从前强健多了。

“会一天天疏远的。”我母亲跟他父亲的冷战使李思笃忧心忡忡。

“夫妻的事就别管了。没听过吗，床头吵架床尾和，再说你爸又不能不应酬，我妈又不能不怨。可她怨归怨，也没别的办法，自然而然就好了。要我看，这次快了。”

我用力平抻胳膊，找到肩臂间一处忽隐忽现的痛点，哈下腰，他拽住我手稳稳站好。我往后扯，随着肩背被拉伸，那处痛点鲜明起来，连筋带肉地酸疼。继续拉伸了一会儿，痛快不少，起身按着继续揉，痛点却又消失了。他过来用掌根替我压，找到了酸痛所在。我让他再加些力道，他便又加了些暗劲。

“一旦较上劲了，别人说啥也没用，只会装得更若无其事似的，尤其在对方面前，越正常就是越不在乎。冷战热战，我妈都挺能耗的。”

回头见他正发呆，我便也说不出事不关己的话来了，“想什么呢？”

“在想如果——我有个朋友，父母吵起来很凶，她就装得比他们还凶，说这样才镇得住。她也有别的招，装颓废、装懂事、装病、玩儿失踪、立志向、帮一边讨好另一边，有的是办法，总之就是让亲子矛盾大于他们夫妻矛盾。我挺佩服她的。想想从前，他们一吵架，我就害怕，躲起来。这些天我总是想，如果那时有勇气也做些这样的事儿，也许会有用的，真的。当然，可能不如我想的那么有用，毕竟我爸不受什么威胁，我也没那个信心，但用处多少是会有的。我就是后悔没那样的——不用想也会去做的能力跟勇气。”

他掌根温厚，按起来痛快又舒服，我全身放松下来。

“不是说了别再总想以前了吗？觉着自己没用就改啰。再说你那会儿才多大呀，小孩子谁不害怕呢。你说的这个人是良良吧？”

他面色一窘，“你怎么这么问？”

“嘿，纯靠感觉，是她对吧？听说母亲是残疾，父亲爱赌，上小学她还休学过一年，这种家境我猜你爸不会同意。”

他脸微微一红，皱起眉头，“不是你想的那样。”

“知道你们是朋友，可是比朋友更微妙不是吗？不用装了，都写脸上了。那有什么的，很多恋人都是从朋友发展过来的。不过你喜欢她什么呢？”

他把脸朝向别处，对我跟小睿总拿这件事取乐很不耐烦。

我言归正传：“其实我是从没想过他们的事情，吵架的话，我就走得远远的，省得烦心，每次都会好，不过除了最后一次……说真的，我觉得挺好的。”

“挺好的？”

“怎么说呢，就是有点儿触动到我。你会为他们的关系担忧，这有点儿触动我。而我呢，因为你爸又不是我爸，就并不在乎他俩是好是坏，大不了一拍两散……哎，这么说起来，我对咱们家不够好，还没你好，而你之前是最讨厌这个家的，天天在外边耗到回家睡觉。

可现在你会担心，你这样的话，让我觉得自己倒不懂事了。”

他没有被我的话触动，而是有些冷淡，半晌开口道：“所以说这种状态不能让它继续下去。”

“如果他敢动她一根汗毛，我妈一定二话不说就离婚。”

他突然松开了手，“他永远不会的。”

在假设的对立里较了会儿劲，我脑子里灵光一闪，“你装病吧。装病我妈会照顾你的，你爸就算嘴上不说心里也感谢，装个什么病好呢？不能像感冒那种他不在乎的病。”

他搔了搔头发，“我腿刚好不几个月，再有病，也太赖叽了。”

“别的未必管用嘛，就是因为她照顾过你咱才有把握。我装病的话跟你爸也没多大关系呀，我妈照顾我天经地义。”

我俩想了不少办法，可能把良良用过的招都套了一遍。最后的灵感来源于我姥姥。

从体育馆出来，我俩赶到姥姥家取了四大袋菜干，茄子、豆角、萝卜、土豆，这些难吃的菜干她年年晒。为了反衬对李思笃父亲的中意，她直到现在还表示对我父母婚姻从未看好，说父亲人木讷、工资低、没家底，说母亲最后下定决心跟父亲在一起竟是在她的全然反对下。

“拉力越大，吸力越强。”李思笃总结道，“外部矛盾缓和了内部矛盾。”

这真是条妙策——我跟李思笃吵架，借此逼他们和好。但他强调须注意矛盾仅限于我们两个之间，不可波及旁人，以免弄巧反拙，毕竟这个家情况特殊。

路过二层楼院外，我掏了把萝卜干逗小灰，它对这口味不感兴趣。老爷子出来扫院子，我发现他一看见我就出来扫地，许是怕这个跟男生公然接吻的女生再玷污他家门口，扫得尘土飞扬。老爷子对我俩说不上友善，也说不上不友善，总之视而不见，明明我们跟小灰是很熟的。

“爷爷，口好渴！想进您家喝口水！”

听声音我心口一紧，回头一看，真是邢展。

“啊？”老爷子耳朵背，反应也迟缓。

邢展压根儿没理我俩，气急败坏地上前：“渴，要喝水！”

胡同口转进几个人来，距这边五十米不到，邢展回头看了眼，遂爆了句粗口，撒腿便跑。小灰“嗷”的一声跳到二楼飞檐，嘴里一连串愤怒的咕噜。

“你先回家！”李思笃突然蹿出去，紧跟着邢展跑：“往左拐——”鞋底溅起老高的泥点子。

眨眼间他俩消失在胡同转角。

老爷子把我拽到道边，“哎！不许打架——”他冲疾奔而过的二流子们喊，坚持要我等在这，进屋喝口水，可我急呀，这片房子七拐八拐迷宫似的胡同，走不对就进死胡同，他要把邢展往哪儿引呢？那群人挟风带雷的，不逮住人恐怕不会罢手。

打完报警电话，我沿着前面胡同口往左找进去，转了几条胡同，并没发现踪影。突然想起个地方，跟朱红大门那条死胡同垂直的胡同通往大道，大道对面有个派出所，不论大道还是派出所，都安全，想着便凭感觉往那条胡同摸过去。我没李思笃那么强的记忆力和方向感，找路全凭直觉。觉得哪边像就走哪边，准确率十之六七。他说我用的是右脑，不管右脑左脑，经过三次三选一的决断，我听到了下个胡同里的脏话、抢步、打斗声。他们被堵进距大道只差一个转角的胡同里了。

混战。一群年轻人虎虎生风地扭打在一起，左冲右突，眨眼之间冲到我旁边，实在让人胆战心惊。我在胡同口大叫“救命”“警察”“别打了”。邢展连连喊停，伺机要逃，可我看这意思，飞飞这伙人动机单纯——就是要揍他！刚好还有人自己送上门，几个月没榨出一块钱来，他也早就想修理这小子了，一并照打！自行车、板凳、纸箱、扫帚、大葱、大蒜、红辣椒……遍地狼藉，墙根立着的两大面玻璃被撞碎，一群人在窄胡同里拳来脚去，地面便见了血。

期间邢展两度被摁在地上拳打脚踢，嗓子都喊哑了，浑身上下没有不中招的地方。那帮人痛下狠手，这么下去要出事的！李思笃身手相对灵巧，还手便招来更猛烈的拳脚，他被裹挟住，被黄毛儿掀翻在地，几个人围上来暴打，嘴里淌出血来。我吓坏了，来不及想了，左右四顾，拽起谁家门口的破木椅狠狠砸进人堆里，邢展趁机蹿到一只破沙发的椅背上，欲翻墙逃走，被扯摔在地。人压人摔成了一堆，起来后又一轮殴打开始了……

我情急之下折回去往大道跑，正碰上两位民警穿过大道往胡同口来。

谢天谢地了！

从派出所出来，我陪着去医院检查包扎。邢展断了根肋骨，身上多处淤紫，额角肿起个犄角般的大包，不忘自嘲：“一群王八蛋圈儿踢都撂不倒我，老子铁打的。”没人搭腔，他像感慨什么似的，摇着头在我旁边椅子坐下，“我还想着再跟你这么说话是什么时候呢。被看到这模样真丢脸哪，吓坏了吧？”

“那伙人知道上次是你设计他们才会报复你。伸张正义怎么会丢人呢，我应该替他谢谢你。”

“嘿，又不是为他。”他搓动两只手，关节的擦伤红肿醒目，又把手放下，“全校那么多人呢。”

我心里想：算是冲着我。可这话不好说出口，便诚心对他说了声：“谢谢。”

“突然这么客气……”他轻蔑地笑笑，“可惜还是被人给出卖了，麻木的大多数啊！”

空荡的走廊里，我跟他东张西望，不大自在。

“我想跟你说几句话，可能也没有比现在更合适的时候了,趁这狼狈劲儿吧。”他说。

“行，你说。”我看见他右脚的鞋带挣断了。

“……你恨不恨我？”

“……”

“好像总是我辜负你,所以你有理由恨我，可以恨，我不怨你。”

“求爱不得就要恨吗？不，我没恨过你。”

“好。那你爱过我吗？”

我有点伤感，冷冷质问他：“那都不算爱吗？”

他脸上有一丝酸楚，那是对一个终结唏嘘的回望。

“好，我也爱过你。你知道有人为什么跟自己过不去？也跟别人过不去？难为自己也难为别人？其实不只是自负，更是认真。人生十诫讲‘大思易失爱’，我算刚明白这道理。借你的光，去年冬天尝到过爱的苦涩。”

我坦言道：“我也不想莫名其妙就完了，但也不知道该怎么继续。

不想再找你，因为一次又一次，我发现那是徒劳的，自己改变不了什么。谁都无能为力，谁也改变不了谁。”

“是啊。”他深表同感，“问题可能出在——我想得太远了。我这人要求挺高的，也不是说你不好，而是我想得太多。个性、大学、前途、最终能不能走到一起……如果没可能，那就白白付出时间精力感情了。别看我这人一副无所谓的样子，其实属于被动、防守型，是个完美主义者，不会轻易开始的。因为你不是乖女生，我没什么信心就一直避着、拖着。其实心里是想要你更真心，我想经过一段折磨、否定后，人心才最坚定。只是在我爱上你的同时，你的爱熄灭了——”

我转过头去看他，他望着对面房间的门牌，眼里忽现自尊堆起的冷漠：“所以我让我的爱也随之熄灭。你知道，我骄傲。”

“知道啊。”我嘲讽道，“你多一分风险也不给自己，只会让别人拿出全部来。我想强调一点，不是只有你对爱情有要求，我也有，只不过一想到你，就来不及想那些了。冷漠、自命不凡，甚至看上别人了，这些都没什么，因为你总知道什么该做什么不该做，你让人信赖，还为我考虑过，这些我都不会忘记的，就算谈不成恋爱我也愿意跟你做朋友。可你刚刚说什么……想要我更真心？折磨后才最坚定？哈，真不知道说什么好了……我为你游了一万里，而你只在岸上观望，简直是自私到狂妄！”

“我就知道，就知道……”他苦笑道，“咱俩总在边边岔岔的事儿上浪费感情，掰扯个没完。我有我的方式，这不是自私，这是慎重。”

“说到底，你想改变我，反过来，我却不是你肯为之而改变的人，不是你的理想对象，你的理想对象是王玥惜那样的，对她你不是很主动吗？是我硬掰的，强求你了。伤不伤心的，我也没什么好说的了。真的，就这样吧。”

空气陷入沉默。

半晌过后，他像突然想起什么，转过头来问我：“你知道我为什么没再找你吗？”

我没搭茬。

他似笑非笑的，眼里有感伤和冷蔑的混合意味，深深探进我眼底，又掠过我扫向身后。

我不想多说，站起来往处置室走。

处置室里，李思笃坐在凳子上，右手食指指甲竖向劈作两半，双氧水在血肉模糊的指尖上冒泡，他发出一声强忍的叹息。

“去外面等我吧。”他抬起脸，抿了抿红肿的嘴角。我检视他脸上、脖子、手上的伤口和淤青，突然起了想摸摸他的念头。邢展刚才的神情在此刻的情形下方影射出了某种意味，使得平常不经意间的举动眼下反显得很不自然。我当然没有摸他，而是下意识退了半步。

“这阵子得左手写字了。”

“你左手可以吗？”

“会一点。”

护士替他包好了手指，起身去拿药品，让他把衬衫脱下来。他有些拘谨，解开两颗扣子，想揪住后脖领往上拽，大臂受伤又使不上劲儿，只拽到半截，我便上前帮他把衬衫全拽了下来。由于裸露着上身，他看起来并不自在，我把衬衫搭在椅背上便出去了。

邢展仰躺在椅背上，我坐下来，谁也没再说什么。

十来分钟后，李思笃出来了。见他一瘸一拐的，我摆出家长的姿态来："李思笃，讲义气也要看情形。一群人打一群人没风险，两个人被一群人打会出人命的！"

"沙染，"邢展知道这话是说给他听，接话道，"咱俩的事是我不好，对不起，你是个敢爱敢恨的好女孩。可现在我跟李思笃是出生入死的好兄弟了，哈哈哈，咳咳，我也想跟你做回朋友，咱们就都是好朋友了。起码做回到朋友，以后还存在可能，时机成熟时我会主动追你。"

"该回家了。"李思笃疲倦地倚着墙。

我仍旧跟李思笃说："我不知道两个人一起挨过揍会建立怎样的友谊，但陪人挨揍的是你不是他，算不得出生入死的关系，只能看出你是个大傻子。"

"我不轻易认可谁的。"邢展撑着把手站起来，"不跟大家伙儿一起报复，但能陪一个人涉险，很有孤胆。可惜从前我不了解你。"

李思笃摇摇头，"你打抱不平多少都有帮我的原因，你帮我是因为她，我是不想欠你人情，才想带你跑出去的。"

"不管什么原因，现在都不晚。"邢展盛意拳拳。

李思笃径自走了，经过邢展时拍了拍他的肩膀，"我现在不欠你了。"

我跟在后面警告他："你爸告诉过你，跟没诚意的人称兄道弟是缺心眼儿。"

邢展将我拽住，"你是该谢谢我。但不是你所想的那样。"

"什么？"

他压低了声音："那会儿我知道他是因为什么人惹的麻烦。"

我不由愣住。

“你知道自己那么做是一时看不顺眼，或者说是使性子，可你骑虎难下了。我知道你处境尴尬，提心吊胆的，对家里也没法交代，才动员学校的人对付飞飞他们。他们如果不再来了，事情就迎刃而解了。你了解，我很擅于解决各种问题。”说罢他一本正经地玩味着我的反应。

“你为什么现在才说……”

“本来不打算跟你提的。你看，你刚才都把我当敌人了，还讽刺我，我窝火呗，也不想白做好人。女生是都有点儿小家子气，那你也不该离间男人之间的义气吧。”他扶着墙往前走，铆足了劲儿让我过意不去。

后来邢展以实际行动证明他当真放下我跟他的过去而去与李思笃交朋友。他们之间一直是若有似无的交情。

多年以后回想，是该感谢陪我走过每段路的每个人，其中也包括邢展。尽管他已被淹没在时光深处，我之于他也同样如此，这个人却曾被我当作第一次家变时的临时港湾予以期冀，替我保管过我的心。

回头说当天晚上，我跟李思笃不必假装吵架来缓和他们夫妇间的冷战了，李思笃是真需要我母亲照顾了。

继父先是发了通雷霆，然后突然怪笑了几声，疲顿的眼睛咕噜噜转起来，把他儿子叫到书房问起经过。听到李思笃被人勒索时，他嘴角神经质地抽搐了一下，俨然接受不了他的儿子是个被欺侮的角色。但他忍着，以防对方有所顾忌，听着听着又生起气来。与其说他因为儿子打架生气，不如说气他打不赢。他气得直拍桌子，隐晦地指出要学有所用，说男人到这世上是来翻天覆地的，首先得能保全自己。后来又听说儿子为了帮帮过他的人逃走，他神情凝重起来："不去认清形势，这是弱者的道义。"脸上没了冷蔑，开始若有所思。权衡龟缩的安全与气盛的危险这对矛盾，权衡，他是个中高手，游刃有余，可他不相信儿子做得到。他很清楚，在复杂的情况下想拿捏得当实非可以教的，活了半辈子他见过多少人？遇过多少事？智慧跟分寸都是阅历换来的。他儿子一没阅历，二不够狡猾。他有多希望儿子能跟自己年轻时那样有勇有谋、意气风发，可当李思笃做出莽撞的事来，这"失控"亦令他心中没底——长大，就意味着脱逸。他被难住了，几天也不怎么说话，偶尔像看个陌生人似的盯着他儿子若有所思。唯有在李思笃跑去修剪那整面院墙的花藤时，他方现出昔日的厌烦。

24_{2001}

2000年冬季，我换了运动生涯里第三位教练。在新教练的研究指导下，针对自身集中进行高强度训练，同时参加国内国际多项赛事，积累临战经验，成绩稳中求进、势头高昂。新教练手下带过不少优秀泳将，说在他手里干海绵也得拧出水来。他比岳教练更严苛，稍有疏懈会被骂死，也正因此，那张脸哪怕流露出一丝一毫的肯定也够我心生鼓舞的。

2001年整个春季我基本都在外面，回学校时间加起来不超过两周。从前想离开，这会儿带着离开者的优越感会偶尔想家，想念留在原地的人。他们牵挂我，关注我，然而不会等我，在我离开的小半年里，一些变化悄然发生。

四月中旬，我回来应对月底的黑龙江大学体育专业单独招生文化课统考，在家背了十几天文史知识。考完归队前一周，母亲告诉我周末有个重要的家庭聚会，说这次我终于赶上了，是跟某大学主任一家、省林管局领导一家。又补充道：“妈不期待你八面玲珑，但人际交往方面你得多学学，多聊多接触，你不说，别人就不知道你心里有数，不会重视你，笨嘴拙腮的让人笑话。”

我说我心里没数，不想去。

“是让你多个朋友多条路！”

“人家聊的是留学、经济形势，我在人家那儿有什么路？再说我也不习惯那场合，笨嘴拙腮的让人笑话。”

母亲拿我没办法，继父过来说：“熟习些教育方面的事有好处。”

“我还得训练呢。”

这个理由对谁都屡试不爽，他却没理会，往下介绍聚会的由来——当官的女儿和李思笃两年后的赴英留学名额都是托这位大学主任的关系，而这位省林管局领导手上握有很多资源。

我就是讨厌他总拿功利说事儿：“那又怎么样呢？”

“你们的路都才刚开始，这类场合免不了。多接触人才能打开思路，早晚有用得着的时候，你也不知道谁节骨眼儿上能帮你一把。”

“山叔，你说的是你用得着。”

他宽厚地笑了：“你还小，不懂得关系利害的时期，是需要父母强制的。不想认识可以不认识，可优秀的人一旦有机会一定得结交。这就是个好机会，以后家里会常有这类活动。不单你，小曦也去，你明白山叔的苦心吧？”

他的诚挚里藏着强制的暗劲，不知怎么我就答应了。

次日周六，我训练完顺路去奥数班等李思笃。

从教室后门朝里望，氛围与寻常教室不一样，更像考场。这些人一个赛一个聪明、冷静、野心勃勃。李思笃不再打瞌睡了，回家吃过晚饭便回房里演算。他想有考上清华的成绩，同时他爸爸又打通市里教育领域资源，为他争取了一个赴英国牛津大学金融管理专业的留学机会。这家伙是幸运的，有脑力有资源，前途无限。我问他既然能去牛津怎么还不松快松快，他说他总得有选择，他爸才能看得起。

邢展、王玥惜，也比从前沉重一些，当然，他们再也没坐过同桌。王玥惜就在李思笃隔条过道的左前方，有一副挺拔优美的回头姿势，左右流盼，不经意地扫过身后几张课桌上的卷面，在李思笃的笔尖处稍做停顿，一副不经意似的勾引姿态。我早警告过李思笃不要理她，她做过对我不利的事，是我的对头，他必须得站在我的立场。看到下课后在她收拾好东西转身之前李思笃已提着书包到了门口，我算是满意。

当天晚上才搞明白我是被继父拉去做了谈资。

他有滋有味地聊起游泳运动和我参加过的大型比赛，眼神里满满的欣慰。成功表现了：这个家有出色的儿女，归功于培养和教育，体现了家长的素质水平与经济能力，他们做坚实后盾，孩子们有光明前景，是有能耐、不寻常的一家子。可他之前从未与我谈论过有关训练和比赛，也从未表现过对我的关注。这种明晃晃的利用令我对他的虚荣势利有了更切身的认识，同时连我母亲一起厌恶上了。因为她一面以我为荣，一面怕我笨嘴拙腮引人笑话，见人满口称赞，我那些缺点才似乎不存在了。

继父的另一个目的是想李思笃和那位领导的女儿多接触接触，跟家里隔着半个地球，两人以后在一所学校互相有个照应——这会儿没人反对早恋了。第三，就是他生意上的打算，而当晚只字未谈。

那女孩名叫刘凌霄，跟李思笃一样是高才生，谈起高考、名牌大学、金融学及英国教育滔滔不绝。她跟李思笃从前见过，这次问他为什么选金融学专业，李思笃认真考虑了一下，回答她说："我数学成绩还行。其实计算机专业我也感兴趣。"继父有点尴尬，他儿子总是不知道如何表现得更杰出，只得他补充："奥数奖没少拿。"

刘凌霄扁嘴笑了，她说她去过一次英国，会带他先去些有意思的地方转转。

家长之间不动声色地互递眼色。

刘凌霄在她父亲示意下，用英文声情并茂地背诵了一大段莎士比亚名段。而我敢说所有人在鼓掌前半秒钟都是尴尬的，甚至包括她父母。她的慷慨激昂使这桌上大多数人被强迫着不懂装懂，为了掩饰尴尬，唯有更卖力地夸赞。

我碰碰李思笃：表演个什么才艺好呢？自求多福吧。照例，母亲把沙曦推了出来，唱了首英文歌曲，算为二人赴英留学预送祝福，她快过了在一堆成人面前被拎出来表演的年龄了，好在她不会不自在，总是一派甜美自然。

我心里憋闷。

大学主任和他上初中的儿子对游泳颇感兴趣，聊了很多关于基本技巧和赛制上的问题，说好今后请我指点一二。

"听说那边有泳池派对，可惜北方没有露天泳池，只在电视上见过那场面。"李思笃跟刘凌霄说着话便问我，"你想要什么礼物？"

“不要，我可从没买过什么给你。”

“那有什么关系。”

“欸。”听他这么说我倒有点过意不去了，“时间还远着呢。又不知道英国有什么好东西。”

“那你去福冈给我带什么？”

“放心吧，就算不买礼物也会带沙子给你。”自从各处去比赛，李思笃便要我每到一处带点当地的沙回来，方便而有纪念意义，弄不到沙的话我也会从路边弄些泥土，到现在为止集了有七小瓶了。

“听说那边的草莓点心是不错的。”李思笃挤挤眼睛，像早有预谋。

“也不是都好吃的。夹心薄饼最好。”刘凌霄插话，“不过男生大都不喜欢甜点吧。”说着优雅地津了下鼻子，算跟李思笃开了个玩笑。

“好，我会买回来的。”

“凌霄姐去过好多国家呀。”

见沙曦羡慕不已，刘凌霄爽朗地笑了：“从英国回来，红茶、三角巧克力、护肤品，可以带这些礼物。当地品牌的洗面奶和润唇膏我用着也还不错。”我这才留意到她脸蛋柔滑，嘴唇看上去又软又嫩的。但列举的几个牌子的化妆品，我一个也没记住。

“我还是带些吃的喝的算了。”

李思笃的揶揄令我不自禁有些难堪，这时刘凌霄刚好向他投去目光，使得他们的微笑颇具心意相通的意味。据我观察，李思笃虽不懂主动，但跟她的每次对话，他都会不失时机地凝望她的眼睛。

虽说我有不少月收入（运动员津贴、奖金、零用钱），却没时间花。

一年多来净想着力与快，对美没了追求。但就算跟张曼丽在一起最爱美的时候我也没建立过品牌意识，如今在刘凌霄面前显得不够讲究，也没啥见识，心里又憋闷起来。

“好了。”刘凌霄善解人意地提议道，“咱们别再聊那边了，迟早要去的，听都听烦了。”便问李思笃：“你们学校高二生六百分以上有多少人？”

……

把紧张的训练时间用在了这种场合，我感到可惜，那天的家庭聚会我也不愿再想起。

刘凌霄这种对自己高标准、看上去十全十美的人，像根冰冷的绣花针。我厌恶骄傲的女生，或许是受了邢展的影响，我厌恶所有骄傲的人。虽说她在别人眼里很优秀，我还是固执地认为她不美好。少了些什么，或者说多了些什么。

女孩子究竟怎么才美好？究竟有什么可爱之处？我无法站在异性的角度去欣赏体会，所以也从不认同哪个女孩儿的美好，未被任何一个女孩儿的所谓美好打动过。小睿曾为我读过一段话，出自一位名叫歌德的伟大作家：“男人们出现在女人们面前，就像顾客来到商店一样。店主清楚地知道他给的是什么货，而顾客却往往不知道他得到的是什么货。然而所有的求爱和说媒，买卖和交换，都是以此为基础的。”我看不仅道破了爱情的愚蠢，也肯定了同性眼光的真实，只不过愚蠢比真实更具现实作用罢了。“货”与“货”之间，即便第一面，也有深刻的了解。神奇的眼力透过伪装的外表直达本质的缺口，在这也可以称之为刻薄，因为我们就只盯住这一点缺口看。大概正是这种本能，限制了我对所谓的美好女孩儿由衷赞美的能力。

而刘凌霄只会比我更毒辣。明明我的成绩得到了所有人的肯定，可这些却不在她眼里。她只以才学和修养为标准，毕竟这是她高人一等的筹码。她身上有很多口袋，平日里精心集攒，派用场时一样样亮出来以证卓越，顺便暗示我这样的人什么才叫美好。

我不理解像这样的女生为何后来会对李思笃痴缠不休，直觉猜测，是李思笃这种气质类型比较容易激发起她这类强势女生心底的“猎性”。她乐于将他像一只乖顺的小猫一样抓在手，带他见她的同学，邀他参加英语口语培训班、聚会，还来我家吃过两次晚饭——有很强的行动力。

“也太主动了。”母亲背地里哭笑不得。

“眼光陈旧。”继父不以为然，“未来只属于有冲劲的年轻人。”

去年年底通过刘凌霄父亲审批，他承包了小兴安岭二十几个林班。目前大量的林下作物已进入他新建的食品加工厂，第一批产品已在运往江浙的途中，第二批产品年底会出口到俄罗斯。

“您这合着是卖儿子呢。”我嗤笑道。

“怎么说话呢！”母亲呵斥我。

“您不奇怪吗？那样的女孩儿怎么会看上李思笃呢。搞不好被卖了还得帮人家数钱呢。”

“怪什么，哪里怪？”母亲接口道，“咱家小笃又优秀又文静，哪儿不讨人喜欢。”她背地里可不这么说。

“男孩子可不是为了讨人喜欢。”继父沉声道。

见母亲一语又戳到继父痛处，我憋不住笑。

说真的，继父眼里的李思笃跟我眼里的李思笃并不是一个人。他觉得他儿子没有男孩子的爆发力，而我一直觉着李思笃身上有种无法预料的东西；他觉得他儿子像女孩子那么沉静，而我也目睹过他活力喷薄的一面；他觉得他儿子人格平庸，我认为是他的强制手段正一点点打磨掉他儿子的不平庸。归根结底，就好比我妈不懂我。青春期过后，哪个父母也别想真正认识自己的孩子。我们面对长辈就好比长辈面对我们，另一个面向是不会亮给对方的。

“目的性强怎么不好？想要什么就着手争取，谁都一样！有人的地方就是猎场，婚姻事业，捕猎方式不同罢了。有人这招，有人那招，因人而异，按自身资源来。”继父对刘凌霄是极认可的。

“你用的哪招？”我母亲斜了他一眼。

他们两个的世界已朝我们掀开了一角，这种类似打情骂俏的情景我不是第一次看到。

六月，有天傍晚我从北京回来，赶上刘凌霄第二次来家里吃晚饭。沙曦在家门口迎我，其他人都忙着招待她。她和李思笃跟继父在书房里聊着那两把明式圈椅，简直无所不知。继父待她像待朋友似的，全不似对小辈的刻板态度。

母亲嘱咐我热情些，说女孩子间最有共同语言了，这样人家才能顺理成章到家里玩儿。事实上，即便我对刘凌霄马马虎虎，她也没不顺理成章到家里玩儿。我同家里其他人一样，对这对预备恋人睁只眼闭只眼。而亲眼见到李思笃坐在他那把椅子上对着坐在他床边的刘凌霄有说有笑时，我还是有些意想不到。

敲了两下门没人应，我便端着果盘走进李思笃房间。他们的神情说明，我的突然出现比实际上更突然了些。

“沙染姐，你能找着他吗？”刘凌霄指着相册里一张小学毕业照咯咯笑。

我把果盘放到写字台上，接过照片象征性地看了看："找不着。"

她指给我看。其实方才我也不是没认出来，样子并没什么值得大惊小怪的变化，只是呆一点儿罢了。

"现在还像这么愣头愣脑的，那我可不喜欢了。"刘凌霄不失时机地表白心迹。

在眼里那丝喜悦被我们看见之前，李思笃垂下眼睑一挑眉毛，不自然地随手抽过本书来翻开，由着我俩继续看照片。这举动让刘凌霄笑得更欢了。

我并未看过他的相册。相册里有他的母亲。看到他母亲的样貌，就知道他怎么跟他父亲那么不像了，照片里的素净女子有初阳般的笑意。

"我妈的画儿画得不错。"

刘凌霄来了兴致："阿姨画哪种呢？油画？国画？工笔画？还是水彩画？漫画？这些里我最中意工笔画，它说明国画也有精谨细腻的一面，而有人甚至把工笔画和水彩画混为一谈呢。"

"她画水彩。"

"那你没学上一些？"

"没有，我喜欢漫画。"

刘凌霄扁扁嘴，被相册里几张小学活动照掀起回忆。"除了运动会，集体活动也就是夹道迎宾了。得买彩纸、折树枝，亲手做干花枝。纸折一下剪三个小弧，也有折三下剪一个弧的，展开就是梅花，两片梅花夹树枝黏住，我通常只做二十几朵红的，那才更像梅花嘛。"

李思笃接口道："以班级为单位，路两边站齐，班主任排人，间距得匀称。教导主任再彩排一遍，看喊得齐不齐。然后就是等着。等班主任举起手猛一落，一齐喊——”

“欢迎欢迎——热烈欢迎——”

“对！前长后短。”刘凌霄笑得爽朗，“有次一个外国人从车里探头，我班几个淘气鬼跳起来吹口哨、喊‘Hello’，那外国人很热情，他也冲我们招手。班主任黑着脸冲过来，事后罚了整整一排人。”她起身去书柜前细细浏览，脸蛋上的两团淡淡红晕，让人意识到他们方才的对话不仅仅是字面上的交流。我想我该识趣地出去，其实送完水果就该出去，便合上了相册。

刘凌霄蓦地转过来，手上托着本厚厚的大本子，问李思笃：“这是什么？可以看吗？”

李思笃本是要答应的，这屋子里的东西随她看，可一见她拿的本子，他现出一丝迟疑。

刘凌霄飞快一笑，把本子放回原位：“天晚了，送我回家吧。”

我回房间整理衣物时，沙曦进来说，哥哥被抢走了，最近都不陪她玩飞行棋。我便陪她玩上一局。脑子里一直在想那个本子，好奇得直溜号。此时母亲在卧室，继父出去应酬了，进他屋里看看也没人知道。越想越心焦，马马虎虎总算玩完一局。

“输了。三局两胜的。等我上个厕所，大号。”我跑出去，悄悄下楼摸进了李思笃房间。

那个厚本子在书柜边上不起眼的位置，不是一本，是三本绘图本。封面陈旧，右下角是他的署名，竖开、锁线装订。我开始忐忑，心想如果有人进来，就说刚才送水果进来落了东西。

当翻开第一个本子，我便被一股来自自身的紧张情绪牢牢吸住，完全忘了时间。

这是个校园奇幻故事。一位初中女生自杀跳楼，几个篮球队的男孩偶然经由学校后山一株老死的大榆树通向另一个世界，发现了两个世界的微妙关联。他们经历危险和考验，通过在那个世界的努力影响那女生的想法，最终挽救她于自杀之前。男主人公是个狂放大胆的坏小子，对女主人公由同情到爱慕，自己跟着变强大。故事有些生涩，有爱和希望。我猜他也想超越平凡世界，尝试他性格的反面，狂放冒险、英雄主义，渴望充满力量，通过努力拯救别人。女主人公是良良的脸，也曾错手把雪球打在男主人公身上，在泳池因男主人公的冷漠而伤心离去，二人在后山大榆树下定情，让我想起他跟良良在学校里几次擦肩而过的场景。

整个偷看过程没人发现，等回过神儿来半个多小时已经过去了。还从没这么快地读过什么东西，好奇心与窥伺欲使大脑全速运转，紧张得脸直发烧。

他到底喜欢良良还是刘凌霄？我看不透。综合起来，他对两个人应该都有意思，画了良良，又不想让刘凌霄知道，地主家的傻儿子也有一肚子花花肠子。

回去又陪沙曦玩了两局，三局两胜，我输了。

她说想吃桃子，搞得我也想吃了，便出门买桃子。穿过两条街道，在一牙弯月下漫步于夏日清凉。她已经长到我眉毛这么高，下半年上初一，不再是小丫头了。走着走着，她又提起那个范东东。

“你要是记得他六七岁的样儿，就不会跟个花痴似的。”

沙曦小我六岁，范东东四五岁时，她还不记事儿。前不久听姥姥提起，才得知我们家跟那个男生家曾前后院做过邻居。那时候小年一过，妈妈和奶奶就蒸馒头、豆沙包，烀肉，包冻饺子，姥姥说范东东他奶奶烀肉在咱们那片儿最香。

“谁都有小时候嘛。”

“乖倒是乖。眼睛像葡萄似的黑又圆，瞪得大大的，好像什么都想知道似的，嘴上总有桶黄鼻涕。有次他堂哥把蜜蜂掰成两截，给他舔蜂蜜吃，说：甜，舌头伸出来。结果他刚沾着就跑开哭去了。”我恶作剧似的企图引起她的嫌弃，因为我对意中人的暗恋总会葬送在不体面的小节上。

沙曦难受得哧哧笑，不愿联想起范东东挂着黄鼻涕，“谁小时候没流过黄鼻涕呀？”

我便问她：“他认得你了？”

“应该没有。”

“那就告诉他啊。”

“我是说他不认识我。至于是不是邻居，就更说不上了。”

“不知道有你这个人？！”我哂笑道，“真不知道你长着这张脸是怎么混的。学校里的漂亮女生，男生心里可有数得很。”猛然想到这有违母亲一贯的教育方针，便话锋一扭：“不过像他那么优秀的小男生，你长得好也白搭，人家还得看学习好、有内涵的，得优秀才行。”

沙曦面带沮丧，“就不能像别人家姐姐似的聊点儿秘密吗？总是说教。我也努力了啊，可只学成这样子，我有啥办法。”

“你又不是傻子，努力了怎么可能只学成这样子？要我看就是装样子。”

沙曦抓狂着跑开了。

我的确不会跟她讲什么秘密心事，毕竟相差六岁，跨越了一个成长期呢。当我新懂得一件事的时候，她还不懂，所以有什么好聊呢？久而久之她在我眼里什么也不懂，还常常犯错。可我疼爱她，所有人里我只疼爱她。

她跑了一圈又兜回来赖在我身上，幸福地眨着眼，月色下，美得像落入凡尘的精灵。

我在心里说：不跟你谈心，因为你是个天使，谁都不敢懈怠。

两年前，父亲再婚，母亲再婚，沙曦面对新组家庭有不同于我的热诚——身边人的出乎意料曾令我失落。而今对李思笃，我也有这种感觉。这种失落接近背叛的况味，让我发现我总是不自觉地把自己跟别人统一起来，企图掌控别人。这会儿，我感到有种成年的离愁弥散在我跟沙曦之间，如走在这夜晚的清凉街道，蚊虫噪鸣，花树摇荡，星是星，月是月，风流云散，没什么人非跟我站在一起不可。别人对人生的理解是否也是从热望的散去开始，从放开别人开始，从失望开始呢？

25

大一开学后比完一场国际赛事，便空下大半个月时间回学校料理琐务。广告学，我对这个专业没多大兴致，之所以选它，是起码不会比其他可选专业更艰涩，毕业相对容易。有人认得我，慕名的。他们都用“杰出”形容我，有名气，为国争光。我被同学羡慕、被辅导员和室友照顾，甚至被素未谋面的讲师在课堂上叫出过名字。这一切我受用得很，恍然发现自己已经有点小名气了。其实真实的我只在赛场，校园的眼光常令我感到心虚，时而飘飘然，享誉的同时，得藏好比赛的残酷、训练的压力、败阵的灰头土脸。

周五晚上在家。躺床上迷迷糊糊听音乐，身下突然传来一股刺烫，我蹿起来翻下了床，随即闻到一股焦味，掀开褥子，下面的电热毯冒起了蓝烟，正要关电源，头顶“砰砰”几声暴响，屋子里一片漆黑。

我一时没敢动，头上、背上、床边、地毯上尽是碎玻璃，让沙曦别进来，她端着蜡烛乖乖站在门口，这会儿李思笃拿着手电筒跑上楼来。

“电热毯好像漏电了，冒蓝烟，然后灯泡也爆了。”

“定着别动。”他跑下去拿了双拖鞋上来。

我说头上身上全是碎玻璃，他说是不少，他房间那种吸顶灯就不会这样。

“该死！明早还得训练呢。”方才第一反应便是不能划伤。

我缓缓起身，他从我头顶取下两片锋利的薄玻璃，让沙曦再去拿两根蜡烛进房间，我借助离心力由慢而快甩动头发，颈后微微刺痛，他让我别动了，拨开头发拿毛巾一点点轻掸，让我把鞋穿上，我便轻轻趿上拖鞋跨出了危险区。

他看了看灯头，检查家里的电闸，把工具箱和人字梯也拿了上来。

我扶梯子、拿手电筒照着灯头，沙曦给他递工具。他手里那把钳子揪来绕去，把两股裸露的金属丝拧在一起。我跟沙曦互递了个眼色，趁他扭身接绝缘胶布猛晃起梯子来，吓得他险些跳下来，越狼狈我俩笑得越欢。大半年来我在家的时候不多，很久没跟他俩这么开心了。

借着黑，我问沙曦想不想听鬼故事。

“有一队人登山，到山下准备攻峰时突然变天了，可他们还是决定上去。其中有对情侣，就留下了那个女的看营地。过了三天没见人回来，女的有点担心，寻思是天气的缘故吧。等到第七天终于大家回来了，却只有她男朋友没回来。大家说在攻峰的第一天，她男友就死了，他们赶在头七回来，想他可能会回来找她。大家围了个圈，把这女的围中间，快十二点时，她男朋友突然出现了。”

沙曦知道重点要来了，为了缓解紧张她哧哧笑起来，“然后呢？”

“男朋友浑身是血，抓着她就往外跑。这女的吓得哇哇大叫，想逃。这时她男朋友告诉她——知道告诉她什么吗？”

“姐我有点儿害怕了，要不你别讲了。”

“她男朋友说，攻峰的第一天就发生了山难，全部人都死了，只有他还活着。”

沙曦哇哇大叫跳起来，捂着胸口直喘气，李思笃又问她：“如果我跟她都已经死了，你是活人还是死人？”

沙曦愣了愣，随后便哭了，退后死死贴住墙壁。我俩笑得直不起腰来。

修好灯，李思笃下楼修了电闸，亮灯后沙曦便抽抽搭搭回房间睡了。这时李思笃拿吸尘器进来。

“房里又不冷，你用这个干什么？”

“是不是很久没用，连电了？”

“你知道‘连电’的确切含义吗？”

我听出他在挖苦。

他抻开我被子猛地一甩，接着掸掉床上可疑的玻璃碴，用吸尘器吸了两遍地毯。

“电热毯漏电的电流如果直接从身体构成漏电回路，根本不在人能承受的安全范围之内。”

“这么说我会被电死喽？”

“有可能。”

“可我以前也用啊。”

“刚才那种情况很危险。没跟你说着玩儿。”

“用电热毯的多了去了。”

“不代表电不死人。”

“可我——”

“——既然危险就不该抱侥幸心理。”他针锋相对。

“说得对。”我淡淡道，“那你把它丢掉吧。我睡了。”我过去掀开被子，把电热毯扯下来给他。

他手猛地缩了一下。我掰开他手，见掌心有处细而深的三角口，手指也划了长长一道。

“哎，你自己倒也小心点呀。”

他抽回手。我随他下楼，清理伤口贴上纱布。我想说在水里太久了，腿总是冰凉，不然也不会用电热毯，再说那东西容易上火。可旋即又失掉了说话的欲望。好似回到以前那会儿，跟他那层淡淡的隔阂又回来了。方才的欢笑像旧事一样闪现，这两年的亲近像被隔在了昨天。不是不能留住它，留住它后我便又离开了，它便又溜走。我跟他的关系需要维系，不同于血缘。我就宁愿什么也不说了。

“那里面是什么？我能看吗？”我想起书柜角落的绘图本。

“你应该看过的才对。”

“我没看过。”

他对我突如其来的紧张感到好笑，“那就别看了。”

我偏过去抽出来，翻了几页，又觉着自己很没趣，索性合上放了回去。“好吧，我看过。”

他的笑意僵在脸上，不知是没想到我真看过，还是没想到我会承认。

“你这……你这故事还行，挺有意思的。”我转身到书柜前晃荡，“情感世界还挺丰富的。”

“为什么偷看我东西？”

“好奇呗。那天刘凌霄要看你都——”

“——你知道我讨厌别人闯进我的私人空间。”

讨厌——这词令人气愤。但我理亏。

“我想着不让你知道就好啦，看时又没人，你也不会知道……你诈我呢吧？”我蓦地转过身，他就冷冷站在我身后。

“为什么偷看我东西？”

“都说了，好奇，怎么着吧！”我仰起脸，被他眼里的厌恶蜇了一下。

“我不许在未经同意的情况下有人走进来又出去。”他阴鸷的目光在我两眼间来回扫，隐隐涌动起另一层意味。

我一下子慌了，受不了他这种态度，推开他，“我也不行吗？！”

他回到椅子上，一副不愿搭理的冷漠。

“心里边的事儿要是怕让人知道就别画出来好啦。看看怎么了？

看是不是画些不健康的东西，替你爸监督。我是你姐，有权利管你。被人发现三心二意就恼羞成怒，斯文败类说的就是你！”

他整个人弹起来：“看就看了，还骂我？！”

“骂你怎么了？”

“说谁三心二意？”

“我才懒得管你的破事儿。”

他攥住我腕子。我抡开。

他沉着脸，研究似的盯着我，不知心里在琢磨什么。

“你为什么这么生气？”

“是你先生气的。”

“不经我同意就看我东西。”

“所以是你先生气的。”

“好，是我先生气，因为你想怎样就怎样！”

“因为这个生气，说明还真说到你心里去了。”

他冷酷一笑：“那又怎样。”

“原来我也不能闯进你的私人空间呀。”我虽这么想，却不会说这种示弱话，只是继续奚落他，“你还真是一点儿没变哪。不管别人怎么对你，都狼心狗肺——”

“我看你应该学会尊重他人的习惯和隐私，而不是做错事倒打一耙！再说我为什么要变？你认为我会因为什么改变吗？看似和睦的家庭关系？还是跟你之间所谓的——交情？”轻蔑和嘲讽使他看上去极为陌生。

我迎面被泼了一头冷水，心凉飕飕的。无言以对，顽抗的唯有我的愤怒。我冲过去抽出绘图本沿书脊扯成两半，疯狂地撕了又撕，把另两本扔在地上猛踩，被一股残酷的快意驱使着，等着他跟我彻底决裂！

他被激怒了。一把扯住我逼到门口，抑制着一拳砸扁我的冲动：“滚出去。”

“现在好了，我绝不会再进你房间。”我摔门而出。

沙曦从楼上跑下来，见我这副样子吓了一跳：“姐——”

“别烦我！”

这时母亲和继父开门进来，跟我的怒气腾腾打了个照面。

“怎么又吵啊——”她没好气儿地埋怨着。

我上楼摔上房门，不知怎的，眼泪止不住地往下掉，心像被石头块堵住了。

这是我跟他吵得最凶的一次。想到他刚才那副样子，竟让我滚，把从前的好脾气都拿去对别人了，枉我自认为走进了他的世界。无名火焰在胸口蹿腾，我停不下来，一圈圈在屋子里走。

接下来两天，李思笃白天都没在家，只是晚上回来睡觉。大概恨上我了，不愿见到，避免跟我再起冲突。可我很想跟他再起一次冲突。我就在家里等着，听到风吹草动就跑去楼梯口看，装得跟没事一样。愤怒、委屈、寒心纠杂在一起，我顶着口怨气，等着随时跟他擦枪走火。

26

周日那天夜里，我迷迷糊糊听着有人刚回来，脚步凌乱，看了眼表，夜里十点多。接着是东西摔碎，桌椅撞击，继父的咆哮，我急忙跑下了楼。酒臭熏天。母亲瞪圆了眼睛，看继父晃悠着从地上爬起来往厕所奔，没忍住吐了一路，回来倒在沙发上喘息，一副缓过来的神色，对母亲喃喃道："醒了，醒了。我收拾，你睡去吧。"

我去拿了抹布和水盆，望着地上一大摊直反胃，"我来也行……"

"我来。"李思笃从房里出来，"芝姨，你们去睡吧。"

我把抹布丢到地上，看他一把把包起呕吐物撒进盆里，秽臭味直冲脑门。我忍不住呕了几声。

"我也不想喝，可总得应酬啊，各种人各种事儿，没法子，以后能在家尽量多在家……"手机一响，继父陡地来了精神，笑着接起来，言语间尽是男人间的会意，好像前一刻什么也没发生过。想必又是约他出去，他问地点时，母亲的嘶喊声卷挟着愤怒刺透了所有人的耳膜。她找了个好时机、忍无可忍的时机、让他失掉颜面的时机，把长期压抑的愤懑一吐而出了。

继父捂住话筒，直视着母亲，神色阴晴不定。等她不喊了，他把话筒放回嘴边，脸上漾起残存的笑意，好像不过是一阵不期然的鸣笛。

"稍后就到。"挂断电话他站起身，咽下暗潮汹涌的怒意，系好扣子，见衣襟有一处脏污，就进房间换了套衣服，出来直奔门口，丢下句话："有事儿明天再说。"

只见一道白光隔空向继父砸过去，他似有几分预感，向旁疾跨一步，烟灰缸砸到门上，摔碎了一地。继父看了看地上的碎玻璃，转过身来，颈侧现出一道细长的淡痕。他抖了抖衣领，目光跟着混沌起来，身体里像有只野兽苏醒，朝母亲这边来了。李思笃拽住他，被他抡到一边。母亲一动不动，嘴角挂着抹豁出去的狞笑，微微抽搐着。我了解，她今天既然发作了，是暗藏着一个决心：你如果敢碰我一下，这个家就到此为止。她压抑了很长一段时间，需要个下决断的理由。

我冲上去拦在继父身前："山叔！你喝多了！"

"我都是为了啥——你他妈竟然动手？"困惑的喃喃使他像个变态，轻而易举拨开我，蒲扇般的大手抓向了我母亲。

"妈——"

李思笃拽开他胳膊，冲上来挡在中间。

"李江山，你真是狗改不了吃屎。"母亲仍在激怒他。

"妈您别说了！"

"他喝多了——爸！"李思笃抱着他父亲解释。

"以前也这样吧，对你妈？"母亲笑了起来。

我看到李思笃全身一震。

"我可不想得抑郁症，我还有两个女儿呢，才不会把命搭给你！活到现在还没人动过我一手指头，明天就离婚去！"母亲很决绝，当看见沙曦缩在角落强忍着不哭出声，她眼圈儿红了。

"妈别说了——"

继父的脸扭曲变形，被刺到最敏感的神经，一猛劲儿掀翻茶几，杯盘摔碎一地。"想得容易，在我李江山这儿就没有好聚好散！"眼睛红得像喝了人血，一副要杀人的架势。

"跟家里边儿耀武扬威的，当着达官显贵你就像条狗！想让我一忍再忍？给你们爷儿俩当保姆，天天喝到半夜，把家当旅馆，门儿都没有！还想跟我动手？打女人算什么能耐？狗改不了吃屎，你个杀人犯，杀人犯！多无能的女人才能跟你将就到死？我是不可能的，明天就离！……”母亲一招制敌，招招致命，她的话如刀子般剐着这对父子。

我跟李思笃死命抵在中间。杯盘碎了又碎，桌椅尖利的刮擦声，凌乱的脚步声，继父的咆哮，母亲的斥骂……几度乱成一团。

一声轰倒，李江山撞翻了那大株招财树，倒在泥土瓷片里，满身满手的土。他晃悠着站起来，狠掴了他儿子一巴掌，“还想杀你老子一次？来呀！来！”

李思笃紧捂着耳朵，一度晕得抬不起头来，喉头扯动破音的嘶哑：“你发过誓，你发过誓的——”

“哈哈哈哈——”母亲的尖笑令人毛骨悚然，“这是怎么一个家呀？闻所未闻，打着灯笼难找！真想戳瞎我的眼珠子，怎么嫁了个牲口窝呀！”

空气静得令人不安，只剩下此起彼伏的猛烈喘息。

继父颧角的疤痕痉挛似的抽动着，杀气腾腾，从眼皮缝里瞄着母亲。

“不能不遵守誓言。”李思笃痛苦地抿紧嘴巴，捡起脚边那柄尖利的水果刀。

房子里响起了沙曦的哭嚎。

母亲愣住了，这一刻失去了立场。

继父像石雕一样定住，体内酒精在这一刻蒸发殆尽，像盯着个陌生人似的盯着他儿子，眼里布满阴鸷，微微打了个激灵，突然笑得凌乱，被唾沫呛得咳嗽，接着继续笑，笑红了眼圈儿。

“龟儿子，你要是真敢捅，今后你就是我爹！”

李思笃把刀尖抵向他父亲，“你要是忘了你的忏悔，我今天就在这儿杀你。”语声低哑，眼里是一片死沼，我嗅到了审判者的狠戾，冲上前攥住他腕子：“你快放下！”

继父野猪似的血红小眼里泛起不真实的泪光，在前妻的凄哀、儿子的憎恨、我母亲的激愤、一再失败的家庭面前……然而他不会任自己在这一刻老去，伸手一把揪住他儿子衣领，目眦欲裂：“来呀！都恨我，都是我亏欠你们，得让你们个个儿都称心如意，来呀！一直等你这一刀呢——”

“哐哐哐哐！”敲门声如惊鼓般擂在人心上。

沙曦飞奔出去。

大门口走进来两个民警。

我夺过李思笃手上的水果刀。

“谁报警了？”继父沉声问。

沙曦冲进来躲到母亲身后。

“好啊！要杀他老子的也一并跟着来！”

李思笃跟着同去了派出所。

房子里死气沉沉。

“妈，你们会离婚吗？”沙曦担惊受怕地一次次问。母亲轻轻拍着她，一直出神，最后说，咱娘儿仨在一起就好。沙曦缓缓进入梦乡。

“我爸从没这么对过你。”我说。

“那都多久的事了。跟男人过，不是这个不行那个就一定行，两个要是都不行，也得认。”她叹息一声，诚实地看待自己婚姻的不幸，我感到心酸。

“咱家也从没有过这种场面。”

“他都把你们给忘了，你还想他？！”

“他有他的生活，我不怨。”

“傻丫头啊，你想傻到什么时候？”她像想起什么，坐了起来，“你是我的孩子，我会不知道你吗？可我还是对你很失望。”

我莫名其妙。

她下床出了房间，一语不发，我随她下了楼。

“妈？”

她从床头柜掏出个小物件丢在地上。是个白色MP3，跟李思笃从前那个一模一样。

我不由呆住——早把这事儿忘得一干二净了。

这东西咋会在她这？我大脑疾转，琢磨各种关联和可能。是不是由李思笃跟邢展挨打而起，飞飞那伙人被揪出来，顺便牵出了以前的事？

“怎么了？”我装不知道。

飞飞我跟他不认识，可揪出赵岩就难说了……他跟张曼丽已经分手了，说不好会把我俩供出来。

母亲点上支烟斜睨我。

“什么呀？”我摆出一副不耐烦。

“很早我就知道了，他不让说破，给你留一分颜面。这可不是我教育子女的方法。今天你跟妈说说，为啥抢人家东西？”她像例行公事那么问，我猜她在用诈，这是惯用伎俩。

“抢人家东西？我为啥要抢人家东西？听不懂你说啥。”

她像是打定主意要跟我推心置腹了："你是惦记你爸，不接受他们，才干这荒唐事，对吧？我能理解你，但这种方式就太错了。丢咱的脸，你说呢？"

"妈，我没抢什么呀，你冤枉——"我一装到底。

"那是因为什么？"她不耐烦了，"区区一条裤子？"

我心里一紧："什么裤子——"

"妈！"

她从抽屉翻出剪刀，上楼到我房间翻箱倒柜，找出那条牛仔裤，剪刀猛劲儿地戳，裤子被剪得七零八落。

我知道狡辩到底也无济于事了。

"剪了吧剪了吧！我唯一亏心的就是这条裤子，看见它都碍眼！"

"这么辛苦带着你，给我干出这龌龊勾当！"她颤着嗓子，剪刀往地上一丢，颓坐在椅子上捂住了脸。

"妈，我当时是看他来气。也知道这么做不好，可主意不是我出的呀，只不过没拦着，谁让看他那样儿来气呢！你千万别以为我是想抢他东西，我还没那么恶劣，就想出口气而已！你要是看见他拿什么眼神儿瞅你，你就知道了！只可惜他现在变了，说什么都像是我不对。可这件事也是以前的事啊，我现在也不会像以前那么对他了呀。当时只是想让他挨欺负、让他难堪，后来，后来我朋友还帮他去对付那帮人呢。剪了就对了，剪得好，这裤子我早不穿了，穿着就难受！"

"只要你用那钱买了它，你的话就没人再信了。"——她心灰意冷。

我心陡地一沉，怔在当场。

沙曦开门进来，看见我们俩的样子，怯怯不敢出声。

注定是个不眠之夜了。

“我说过了！这只是惩罚！”我冲母亲大喊。不！我不要被人那么看。

“只是个适应期的孩子，他不需要你的惩罚，难道我会跟个孩子计较？”

我怒不可遏地瞪着她，不知该解释什么，唯有用这样的态度让她看清我被歪曲的怒火。我不管那摊烂布，那说明不了什么，简直夸大其词！我是被冤枉的，被她用她的心灰意冷惩罚！

她站起身来：“我跟他爸去过学校，也找那几个小混混了，还有你们学校的内应、你提过的朋友。”她脸色铁青，“那是个什么东西啊，你就一天天跟着她混？我拿我全部时间照顾你们，你就跟着那种垃圾惹是生非？！”她越说越怒不可遏，狠狠抽了我一嘴巴。

“妈别打姐——”沙曦哭着扑过来。

“当我知道这事跟你有关——”母亲压抑着哽咽，声色俱厉，“你可以不乖、叛逆、出不出息都行。我放任你，对你的胡搅蛮缠也睁只眼闭只眼。想着你天性随我，将来步入社会，这脾气吃不了亏，但是我从没教过你坏！巧取豪夺！我没想到你会这么坏——”

“我没有！”我扯破了喉咙，“他肯定没跟你说我什么好话，谁让我不服他！有两个臭钱就以为别人都盯上了。你呢？你说我是你女儿，你知道我，这叫知道我吗？为了外人把我说得这么坏，可惜明天这个家就散了！看你还向着谁去！”

她暴跳如雷，扑过来打我。我跑下楼，她追着打。

“天塌下来也不耽误我教育孩子！一人带你们俩，最怕被人说什么？没家教！他让我瞒着，让我装什么也不知道。一条裤子，人格就没了，吃里爬外，坑自家人，让他们怎么看咱们？！我就算承认找错两次男人，也不愿承认教育出你这样的女儿！”

她的泪水和破音的嘶哑令我心如刀绞。

我站住任由她打。

“妈，我是做错了。你可以把今天的火儿都发我身上。可我真是在意一条裤子吗？他们怎么看我我不在乎，我只想问你，是不是我不站在领奖台上，你就永远也看不清我！”我哽咽着。

她毫不留情：“你这样的败类还能有啥出息？！”

我头也不回地跑出了家门。

“给我滚回来！不回来就再也别回来——”她的喊声远远传来。沙曦在后面叫我，我听见母亲把她喊了回去。

我像个斗士一样紧咬着腮帮子，把冲向堤坝的洪水硬憋了回去。外面很冷，我趿着拖鞋，身上只有卫衣睡裤，脸和脖子火辣辣地疼，饥肠辘辘地走进家面馆。

一大碗热腾腾的牛肉面搁在面前，软嫩多汁的牛肉从汤里冒出尖儿来，暂时驱散了灾难般的心情。

“姑娘，自己跑出来的？”

“啊。”我斜了老板一眼。

“吃完赶紧回家！女孩子这么晚在外头不安全。小菜要不要？”

“哦，对了老板，我没带钱。”

“没钱还挺横。”

“没带钱，又不是没钱，信不过这个押给你，明天跟你赎。”我解下白金项链搁桌上，十八岁生日母亲送我的。

“这可不用，真的怕给你弄丢，假的还不值碗面钱，下回来给吧。姑娘，小菜要不要？”

“来份拌牛肉。”

吃完又跟老板借了两枚一元硬币，去电话亭打给父亲，尽管时间已晚，我还是迫切想跟他说说话。

长时间的等待，将挂掉时，那边接了起来。

“喂。”又是那个女人的声音。

我挂断电话，往小睿家去了。

27

小睿奶奶耳背，跟她讲话得很大声，她叫不出“染”的读音，从小叫我“沙兰”。

“跟奶奶住一起不要太惬意呀，什么都不会管你。”我钻到她被子里。

“我不需要人管。你出什么事了？”

“别提了，这一天，不过我实在太累了，又冷又累，眼睛睁不开了，明天再告诉你。”

“刚才你弟打电话过来了。”

“他？说什么了？”

“就问你在不在呀，说打电话关机。我这就回他。”

“我没带手机。别回。”

“他挺着急的。”

“不用回。不想让他们知道我在这儿。”我就是想让她急。

“到底怎么回事啊，别作了。”

“睡了。”心里烦，更不想告诉她。这事让她知道了，可能多少也以为我为那裤子呢，她这人极擅长站在道德高地把人批得灰头土脸。

其实我骗不了自己，当时一半是因为裤子。裤子！裤子！想起裤子我就烦得不行，翻来覆去。

桌前两摞练习册，一盏孤灯照出她的单薄剪影，台钟“嚓嚓”轻响，柜子上好多课外书……我看着她，心想人真是耐得住，在这狭小的屋子里一日复一日地苦熬，为一个目标。这么盯着她的背影，看出种柔韧的美感来。

“我要是男生一定会喜欢你。小睿，你有心上人吗？”

她停下笔。

“是谁？”

“没有。”

“不可能。你转过来。”

她转身侧对着我：“现在没这个心力。”

“哦，对不起啊，你都复读了，这么紧张我还跑来打扰你。”

“我得收留你啊。”

“人活着多累呀。”

“哎，想着再次应对高考，简直不堪重负，可一开学，就又进入状态了。人就是什么时候做什么时候该做的事儿。去年这会儿还头疼代数呢，后来把课本全找出来，连初中的，每天四点起，我全从头重学，两个多月下来分数就在一百三以上了，还过了奥数初赛呢。其实我不笨，只是缺点儿运气。”

“你可真有毅力。”

“努力，回报。”她回头笑笑：“这滋味你哪能不知道。”

“可我受不了像你这么静静坐着，一直想啊写的，一坐就是一白天一晚上。这努力法儿都进不去学年前五十，你说你前头的人得努力成什么样儿啊？”

“得看天资了。灰心点儿说，到我这个程度，跟成绩成正比的不是学习时间，只能是脑力和应试心理素质。多学一小时少学一小时也没啥变化，可谁都想多抢点儿时间，谁都很努力。”

电话铃响了。

“李思笃。”我俩同时猜到。

“就说我不在。”

“喂。”她拿起话筒，“哦，还没找到，呃，她没来呀……我打也关机……家附近网吧你找了吗……训练馆呢……再找找吧……”

“有人敲门？”我支起耳朵细听。

她挂断电话出去看，着急忙慌地进来：“他来了。”

“我妈也在外头？”

“我就看见他自己。”

我蹿下床，出房间摸到门口，透过猫眼观察了一会儿，真就他自己。

他轻轻敲门。

“小睿姐，我知道沙染在这儿。”

“出鬼了，他咋知道？”我压着嗓子问小睿。

“我没说啊。”

“小睿姐，我给她送书包。”

我索性开门出去，省得他在走廊里吵。

李思笃一见是我，笑了。

“直呼我大名，叫别人姐！”我把他拽到下面缓台，“你干什么来了？”

“把这些给你送来。”

“非得这么晚送呀？”我接过大衣披上，经过方才的事，已经没勇气看他的眼睛，“上大学要什么书包！宿舍里什么书都有。”

“总得给你送衣服上学。”

我把书包垫在窗口，裤子搭上面，悻悻地问：“她没让你把我行李也带出来呀？”

“没有。”他略一迟疑，“我出来找你她不知道。”

“那你怎么知道我在这的。”

“离家近，你也没别地儿好去。”

声控灯灭了。接下来是一阵长长沉默。窗外一轮明月几颗星，楼道里寂静无声。

他来找我，我感到很不堪，心里不是滋味。

“真是……这几天见鬼了，吵吵吵吵吵个没头儿……”我让自己不断抱怨，可一停下，那滋味都更猛烈地翻腾起来。

“你进去吧，我先走了。”他转身下楼。

声控灯亮起来。

“欸。”

“嗯？”

“……对不起。”我听见自己终于说出口。

倾流而下的潮水朝一处缺口涌去。

在他身后，我用憋住的最后一丝勇气道出了全部愧疚。堤坝被冲垮。我想起那天，东一只西一只，他把鞋捡回来蹬上，像个没人要的孩子，他把鞋捡回来蹬上，眼里是自尊式的防范，装作走路不小心甩掉的样子。

他一步跨上来，不知我是怎么了。

“对不起！”我紧紧抓住了他的腕子，像个孩子似的抽噎不止。

我不知自己是怎么一副样子，怎么抓住他不放，像抓住最后一根拯赎良知的稻草，怎么把自己的情感全部暴露了，就像个笑话一样欺侮他，又在他面前丢人。我只是好难受，不管他怎么想我，我对做过的错事痛悔不已。

“别哭了，不要哭了。”他越这样温柔无措地劝我，我就越窝心。他若能像我对他那样释放心中的怨毒，我反倒能好受些。

无奈之下他握住我的肩膀，郑重地告诉我：“我没怪过你，真的，别哭了。”说着抹掉我脸上的眼泪鼻涕。

“你已经知道……”

“嗯。MP3被抢走那天，从镜子里看见你了。”

我呆若木鸡。

“我知道你讨厌我才那么干的。”

他的安慰透着雨过天晴的轻快，却抚不平我的羞惭。

“可就算看你不顺眼，我也知道你的身世，我妈嘱咐过好几次，让我照顾你……我真的很坏，她没说错。我不想为自己辩解了，不过希望你……不要恨我，你不该被人那么对待，是我太坏。现在我不是从前那么想的，只想对你好。其实早就后悔了，真的，那条裤子后来再也没穿过，一想起来心里就难受。”

他眼里像有什么东西动了一下，旋即低下头，转过身去对着窗外。“如果你被世界遗弃了，有人在生死边缘、最不可能的地方把你找到，把她自己跟你连在一起，你就算不信自己也不会不信她。”

他只是望着月亮，说得轻描淡写，我却从他故作平静的气息里还原得出强烈的情感。眼泪止不住又流下来，“这是我从小到大听到的最动人的褒奖。”

他眸子如秋水般清亮，中间有个盈动的光点，让人忍不住想触碰。我鬼使神差地抬起手，他转过脸来的一刻，跟我一样怔住了，旋即各自笑了出来，是一种如何也抑制不住的笑意，融掉苦闷，心像照见了暖阳。我意识到自己很久没这么开心了。

“MP3我再给你买一个。”

“不用了。跟你也借不少钱了，拿它顶账吧。”

“那不行。”

“那就降点利息呗。”

“那岂不便宜你了。”

“一点儿也不便宜呀。”

“你走吧。”

“好，你回去吧。”

“等看不出哭过再进去。”

“真要面子。”

“对了，你耳朵没事吧？那会儿好像挺严重的。”

“没什么，有点耳鸣，明天就好了。”

“你爸下手真太重了……算了，不说这个了，也许明天家就散了。”我真诚地对他说，“谢谢你能保护她。”

眼前这个温顺的家伙，方才拿刀尖对着他父亲。看着他的脸，我该心怀戒惧吗？他身上起了什么变化，好像变成了另一个人，又什么都没变。这种近似安全感与信赖感的混合意味使我再次弹开了视线。

“我不能让他后悔，想他多一点余地。”

“不过你说的是真的吗？”我是指他拿刀抵着他父亲时说的话，如果忘了自己的忏悔，他今天会杀他？

气氛尴尬起来。

他知道我问什么，把目光从我脸上移开，落寞地抿起嘴角：“不会的。”

“不，我不是……”我想说我没有忌惮的意思，他的落寞同时也让我难过了。

“我知道。”他湛湛的眼神说明他明白我的意思。

“不管怎么说，你是个好孩子。起码比我强。”我想表达点什么，却词不达意，“说真的我很担心我妈，如果咱们都不在家，恐怕就不是现在的局面了，而且小曦吓坏了。”

“你希望他们分开吗？”他问道。

我不想草率回答，还没倒出空来想。经这么一问，便直接掠过这个问题，想到分开便意味着一切的结束。

“你说呢？”我反问他。

“顺其自然吧。”他的语气听不出什么倾向。

“好。”

就像达成了个协定。

“脸没事吗？”

声控灯灭了又亮。

“看得出来吗？”

“脖子还红，不过不明显。”

“这是她第二次打我，第一次是上小学那会儿。悲惨的一天哪，明天家里怎样跟我汇报吧。走吧。”

“走了。”他拍拍窗台上的书包提醒我，转身下了两级台阶，突然回头用力看了我一下，炯炯的眼神使他的神情有些怪异。

继父第二天搬了出去，随后李思笃的去留成了定义整件事的决定因素。他若随父亲离开，这个家便散了，他若留下，这便是一次争吵，为他父亲留了道门。

三天后，母亲跟继父和好如初了，光景更胜从前。

她到学校送酱牛肉给我，说这是一场婚姻关系的角力，说她的规矩虽定得晚，却不算迟，每对夫妻的关系都不一样，有爱有恨有各种矛盾，人跟人之间相处久了都会生恨，好比人吃五谷杂粮会生病，她跟我父亲的婚姻就总是发不出病来。

“其实我早就等着这天了，看是他先惹我还是我先惹他。到头来我先忍不住了。”母亲像个斗士一样昂起下巴笑了，“知道第一仗多重要吗？两个人就算日后吵一百次，也是第一次的重复。撕开脸谁都不好受，可不吵架的婚姻也没有。对于有暴力倾向的人，我就得让他记住暴力的代价。现在他完全被制住了，而且是在喝了酒、快发疯的情况下被制住的，我才真有信心跟他往下过。”

她说婚姻靠的是“头三脚”，不要怕，怕撕破脸、怕伤感情、怕对方动粗都不行，只有你不怕，对方才怕，才会重视你。头三脚踢成什么样以后就是什么样，输了就一辈子扳不回来，必须得赢，必须不服。

我认为她这么说并不符实，存在侥幸成分。如果当天我跟李思笃都不在，谁拦着继父？换言之，她的胜利是有条件的。或许这次她把我跟李思笃的阻拦当成了胜利条件，可第二次呢？条件若不存在，第一次便没法重复。

她看出了我的顾虑。“你们如果不在，我不会说那些激他。夫妻吵架当着旁人只会越吵越凶，都想压对方一头。可惜呀……”她得意地笑笑，意思是这一切都在她算计之中。

我提醒她：“要不是李思笃拼命拦着，结果就不一定了。你也太乐观了。”

“那就拉倒了呗。”她脸上闪过一丝难堪，旋即现出惯有的宁折不弯，“砸他时就没想着以后，我脾气一来啥都不想，想多了就吵不起来了。说到底，他是被他儿子给打击了，绝对是个打击，怎么说他对他儿子都有心。其实很多方面我都称心，就是受不了他喝多。这次回来跟我说再也不喝大酒了，也绝不敢动粗，那我就给他一次机会。你将来可千万别找个酒鬼。”

非要去驯化这样一个人吗？我很愤懑：“知道这样你还嫁给他？我还是那句话，整天无非是围着这个家里里外外，跟以前也没两样，与其这样为啥要离婚？为钱的话钱以后会有的，可我爸他才不会这么对你。”

“傻姑娘啊，妈才不后悔呢。”她再次强调，“是先跟你爸分开再遇见你山叔的。要是因为现在而后悔当初，那你妈不就成了无能的女人了？”

不管如何，她赢了，有钱有势的老公顾忌着她，她所追求的强势，又一次从婚姻里得到了。

“再说你想得倒轻松，钱是那么容易有的？你爸这么些年也没给咱置个像样点儿的窝。”母亲流露出鄙夷，“那女人怎么跟他过的呢？我看十有八九离了。”

“没有。”

“你又给他打电话了？”

我不想聊这个话题。

她叹了口气：“妈不该打你。”

听她这么一说，我反而发窘：“算了，提这干吗，我本来就做错了。”

“那妈也不该打你，你是大姑娘了。妈以后再也不打你了。你是我女儿，我会不知道你吗？碰上气不过的事，小曦当没看见，但你不会忍着的，这点像我。那天我是生气……妈知道你大了，不会再跟那种人搅和的，也不会做荒唐事了。反而现在很辛苦，憋着劲儿要上领奖台给我看呢……”她眼圈儿红了，“有这样的女儿，我还咋不满足啊……”

我眼眶一热。

“周末回去吧，妈做你爱吃的。”

“行。”所有委屈都烟消云散了。

继父那晚的样子令我心有余悸，周末回去，我实在也摆不出好脸色给他。他似乎短短几天老了一些，跟他儿子之间形成了一种谨戒的对立关系，而母亲与李思笃相互之间都多了层庇护与被庇护的意味。她对李思笃比从前更实在，做起家事来精心愉悦，脸色性情也比从前柔和，当然这不代表将来所有时候——软硬兼施亦是我母亲的人生智慧。无法预测将来会发生什么，母亲和继父还会有多少次争吵，他终究会不会亲手伤了她的心，她又会不会原谅，这些我都无能为力。母亲的两次婚姻使我看不到婚姻的绝对美满，只看到被掀起了一角的鄙俗盘算。而李思笃隔在他父亲跟我母亲之间的身影烙在了我的脑海，他已不是从前那个蜷在江底、无为厌世的男孩，只要他伸出手来，一切将为之而改变。

28 2002.2

小睿复读是在良良的班级，最近几次通话都觉得她古怪，转过年去才知道，她跟良良和王玥惜做了朋友。小睿跟谁交朋友是她的自由，我体谅她挣扎在高考的泥潭，虽说很受打击，却也无暇理会。这学期上课时间更没几天，只能趁考前回去恶补个十天半月。

跟小睿碰面已是寒假，常去的冷饮店里，从前我俩总去吃奶球。

我聊起训练比赛出的一些乐子，还有学期末临时抱佛脚，她的回应越来越少。后来我不说了，问她想考哪所学校，她说成绩不稳定，只有等考完估分再定，不过今年宁可扔掉四十分也不会再可丁可卯压着线报了。复读并没使她提升多少分数，无非是再等一次选择机会。一年能发生太多事，上了大学的人都有变化，我更是意气风发，她却还在熬着。

她脸上长了不少青春痘，皮肤晦暗，泛着油光，不再爱调侃，也不再引经据典，甚至在这两个多小时里，一句玩笑话也没说过。只坐了一会儿，我就被她感染得打不起精神头儿了。

后来话题转了方向，自然而然聊起了同学。看她目前的状态，我没法抱怨什么。她主动告诉我王玥惜这个人跟我们从前所以为的不一样。我说以前的事还是不要再提了，说说别人吧，我对这人不感冒。

她又点了两份奶球。

“王玥惜一直在帮良良，良良家境你也听说过。对于这样一个人，我没法抵触。最开始，你跟她也只是因为邢展的事才站在了对立面。实际相处下来你会发现她这人虽有点个性，却是个热心肠。既然你跟邢展已经完了，就别再有芥蒂了。”

“不是芥蒂，是烦这个人。再说我也犯不着，又没瓜葛。之前连你都说过我跟她是对头，这会儿又换风向了？你就别和稀泥了，你要是认为她好，我也不反对你跟她来往，这样行了吧？”

“还是希望你能想想我的立场。一边跟你好，一边跟她好，你对她又有意见，我会很为难。”小睿一脸严整，“沙染，你还不理解人际交往的本质。一个人抛弃老朋友去结交新朋友，可以说是背叛，可问题分怎么看。如果跟老朋友一起结交新朋友，就皆大欢喜了。对你来说，多个朋友不也是好事吗？”

“你这副口气跟我讲这些，好像我是个不通情理的幼稚鬼，好像我冤枉了她似的。”

“咱们确实对她有误解。”

“那是因为你现在跟我不在一个立场了。”

“不，我希望你对人和事都能客观看。”

“你就客观么？你认可的没必要强加给我。”

僵持了一会儿，只有勺子碰击盘底的响声。

“我认可你，也认可她，朋友之间关系不好，我心里总也不痛快。”

“你在强迫我。”

“只是纠正你的偏见。”

“看来是完全向着她了。”

“你真固执。”她很心急。

“别总一副不偏不倚的样子。”

“我如果有偏倚，就会承认她比你好。可我跟你从小到大，感情上肯定更倾向你。”

“不用你倾向谁。咱俩从小到大，你把我跟她相提并论就够寒心了！可咱们为什么非得谈她呢？”这还是跟她第一次为别人拌嘴。

“欢迎光临。”

接着一声门响。

小睿直了直身子，心虚地看看我：“我约她来，也是想跟你求证一件事。”

我把叉子“当啷”一声丢进盘子。

她讨好地一挤眼睛：“这件事不寻常，在你搞清楚之前，可别又说我为了谁让你寒心。”从她的神情里，我察觉到一丝被按捺的兴奋。

有人从身后走过来。小睿招呼一声，王玥惜跟良良便过来坐下了。

良良很奇怪，当然，我每次见她都觉得这人奇怪。眼前的她，大大的黑眼珠闪闪发光，透着股忐忑。王玥惜上了大一，比从前更淡雅了。她跟我打了声招呼："打扰你们俩了。"跟良良在一起，她像大姐姐照顾未经世事的小妹妹。

"第一个就想到你了，想着应该跟你先证实了再说，才一直拖到寒假的。"王玥惜亲切地做铺垫，搞得我一头雾水。

我看了小睿一眼，小睿对她促成的场面颇为满意，像是知道现在的王玥惜不会让我产生从前那样的反感。

"我观察了一年多，其实也不是非说不可。"王玥惜看了看良良，"可考虑到再过几个月，你们毕业后就分开了，那我也管不了许多，蒙在鼓里的人会终生遗憾的。"

"铺垫还真长……"我无奈地靠向椅背。

气氛象征性地轻松下来。

"沙染，有钱人的儿子，为什么一只书包背三年，文具全是旧的，不打游戏不买零食，零用钱跟你借，却什么也不见他买呢？"

她在说李思笃，还是想影射我母亲，似乎又不是，正欲发作，王玥惜得逞似的笑了，从书包里抽出一小沓牛皮纸信封放在桌上。

"不管你们信不信，我一直有个直觉。他可能把钱都资助给了另一个人。"

我冷嗤一声，对她不以为然，同时脑子里挑起根线，不自禁地从这个角度飞速串联起来。使得我的眼睛并没有离开她的脸。

王玥惜微微一笑，抽出张信纸摊到桌面上。

"这是资助人写给良良的信。首先，不是成年人的笔体。我的直觉，信上的字很别扭，就像要刻意隐瞒什么。起初我是胡猜，跟她猜着玩儿，隐瞒什么呢？为什么隐瞒？怕人知道。直到高二上学期我转学过来，看见良良跟李思笃的——奇特关系，就起了联想——

这个人的个性像做得出这种事，况且听说他家里很有钱。虽说这个猜测始于我替她少女漫画式的幻想，却在一个人身上找到了实感。良良跟他坐过两年同桌，对他的字很熟悉，所以他得掩藏右手的书写特征才瞒得过她。前阵子我在学校图书馆查过些资料——关于左手非正常的伪装笔迹。抱歉，以前还偷着复印过他的作文试卷。”

她把复印的作文试卷跟那张信纸并排放在一起，转向我。

试卷上是李思笃的正常笔迹，横长竖短，扁宽而工整，蓝色钢笔水书写。而信上的字用黑色钢笔水，笔压很重，字体瘦长，笔画紧密集中。

我没注意过李思笃左手的字，可王玥惜的猜想着实令我吃惊，“可字迹不一样，怎么证明信出自他左手？”

“习惯右手的人，左手笔迹会出现字体歪扭、行距字距不均的情况，所以他用稿纸做信纸。而右手书写习惯仍在起作用，会不自觉迁移到左手。由于书写人的自我控制力存在一定的局限性，写得越多就越露馅儿，所以你看，信上都只是短短几句话。我猜必是为此下过一番苦功才克服得了左手字的固有特征，写得像略显笨拙的右手字。”王玥惜意有所指地笑看良良，良良现出一股羞恼，看来她对王玥惜的推测同样抱有怀疑，或者她并不愿意相信。

“你不能假设这事儿是真的，再用你的主观臆测去证明吧。我也可以说这信出自别人左手，跟李思笃压根儿就没关系。”我认定她是捕风捉影，这毕竟太出乎意料了。而我的急躁为激动人心的氛围画上不协调的一笔，恰恰反衬出她的有条不紊。

“别急，本来我也不确定。直到前年年底，他右手手指伤过一阵子，我留意到他左手笔迹，才证实了这个怀疑。这是我借他那时写的奥数练习册私下里复印的。”王玥惜又拿出一样李思笃的东西，难为情地耸肩一笑："你看看，信上笔迹跟他练习册里左手笔迹的对比。"

我仔细比照，暗自震惊。与此同时，良良紧盯着我的反应。我左看右看确是出自一人之手，但也不能说没差异。

“练习册里的字迹比前两年信上的字迹熟练是吧？由于受伤，他那阵子一直用左手，练习量增加，字迹更娴熟，2001年信上的字迹才有了些变化。不过这点儿变化，只是成熟了点儿的笔体而已。是不是出自一人之手，一目了然。”

我没什么好说的了，但不想表现出什么，望着那一小摞信封，问王玥惜："你找我就是想说这些吗？"

“这些还不够。”她倒很严谨，“是想跟你再确认一件东西。”

“什么东西？”

“听说他断断续续从你那借过一些钱。”

我不满地瞥了小睿一眼。小睿盯着盘中化掉的奶球，不知在想什么。

王玥惜从信封里摸出一张很皱的纸钞，“你知道这是折什么的折痕吗？小睿说你会用钞票折一种玫瑰，就是这种很密的折痕。”

我瞥见纸币反面乱涂的紫色小字，一把夺了过来。

写的字是：1999年6月13。

钱的折痕也当然是玫瑰。

他真把我高额利息借给他的钱赞助给了这个女孩。

我问良良："这是你的？"

她读懂了我的反应，此刻内心比我更加震荡，眼里有什么东西跳着跳着、呼啦一下熄灭了。

“这张钱是我借给他的。有印象。”我突然想戏谑一番，“这么说来，我还是间接资助人呢。”

“这么说——”王玥惜幽幽摇头，为真相大白而赞叹。

“真有他的。”我强行摆出一副果不其然的架势，“不过他做这些我倒不意外。”

“为什么……”良良绝望地捂住脸，压抑着她的啜泣。

“也许你认为被心上人资助很丢脸。他可能就是考虑到这个才用这种方式帮你，只是想帮你。你所在乎的尊严大不过他帮你过的现实难关。还是坦然接受吧。再为什么愚蠢的自尊心跟他瞎较劲，就白瞎他的一片——心意了。”说罢我随手抽出封信打开。

良良：

这个冬天，我在一个意想不到的地方，看见绝望与希望同时向我招手。最终相信，只要朝着对的方向坚持下去，明天的你一定会感谢今天的你。

祝

开心。

你的朋友

2000年3月14日

我把信叠好，装进寄件人空白的信封里，放回到那摞信上，离开了冷饮店。

29

春节过后，2002年整个春天，我一直在队里训练，期间未回过家。五一假期前一天下午，我放下本已收拾好的行李箱，给家里挂了通电话说不回去了，母亲嘱咐我照顾好自己，有时间的话就跟朋友出去玩玩放松放松。我从晚上八点一觉睡到次日上午。睡醒了又有点后悔，队友都回家了，显得我更冷冷清清。真是怕了“该”回家的日子。

大过节的我也实在没心情独自训练，便揣了钱出去转转。

北京最近的气候像焖罐。我随便上了趟地铁，把站名看了一遍，选个感兴趣的站名下了车，附近逛一会儿，再乘公交，公交车很挤，坐了两站就下车了。下午两点多，肚子空了，溜达到附近一家古香古色的餐馆，来了碗分量十足的汤面，外加了份酱牛肉。

童昕打来电话，我心想要不要告诉她我人没走，接到她电话我很开心，不承想她先猜到了。

“听见你那头说话了。一个说北京话，不能个个都说北京话吧，你现在在哪儿？”

“我也不知道。”

“真有你的，回队里吧。”

约在训练中心附近的图书咖啡馆。

我从未在节日里孤身一人，这时候没什么比在张灯结彩的陌生城市会一位老友更贴心的了。可到头还是空欢喜一场，童昕很快电话打来，说她男朋友约她去开房，不陪我了。

回到宿舍一头躺下，太阳穴突突跳着疼，半点儿训练的心思都没有了。我喝了瓶藿香正气液，用仅剩的一点儿精神冲了个澡。窗外阴云密布，人像被装进密不透风的匣子，是个睡觉的好天气。

这一觉舒服极了，几个翻身仍不愿醒，直到睁开眼来，已是华灯初上，远远的霓虹闪烁，一看表，七点一刻，想再睡意识已是分外清醒。

爬下床时床板的吱嘎声，猛然带给我前所未有的空虚。后街老巷青墙灰瓦，有宁谧的灯光。我留意到所有细微的响动，远远的车流、蝉鸣、呼吸、吞咽、手掌摩擦窗台……我像被全世界遗忘了，这扇窗子的外边，是另一个世界的灯火。这会儿的我清净得轻飘飘的，但极度真实，脑子清醒无比，一丝琐绪也没有。

我感到不安，看见了冷清、离散，跟平时的想法、平时所做的事相悖的虚空，就像在这样无所事事的一天、不疲惫的夜晚，意外地撞见了生命的真相，开灯之后也并没有好过一点。

在窗前站了很久，我知道，我是想回家了。

第二天晚上九点多降落，接机的又是李思笃。出接机口看见他时，他只是抬了抬手，面带困倦，并没有三个月未见的热络。我沉浮不定的心绪迅速凝涸了。

下了大巴车，穿过两条街，走进下晚自习的那个道口，天上有一牙弯月，路边爬满整面墙的爬山虎。他拖着行李经过一盏盏路灯，拉长一个又一个影子。我走在斜后方，夜风清凉，他身上的柑柠味似有若无地吹过来。

我想，反复的去回，终是令人厌烦吧。从前总想着离开，是一颗急欲长大的心，认为站在新生活的彼岸，是足以俯视原地一成不变的生活的。而当原地的人渐渐适应了我的离去，便不再等我回来。李思笃匆匆的脚步，说明他并没有在等谁，而是待在原地为新生活做准备。他告诉我最近在猛练英语，起早贪黑背单词，进展并不令人满意，那不是他强项。我说进步本来就是愈来愈慢，眼下我都忘了自己正经历第几个瓶颈期。

次日清早。继父站在院门口目送我俩跑远。以我为参照，他想知道李思笃体能有多少提升。我不在家的日子李思笃也一直在坚持晨跑，并不断增加强度。我这次毫不留情，撒开了跑，沿着雾霭沉沉的江畔跑到日出雾散，前半程未落他超过三百米。他的肺活量、肌肉耐力有了质的突破，高出同龄男生平均水平一大截了。我中途没停，一口气直接跑回家。继父翻着报纸看着我笑。

我上楼回房间，在窗前等着，苹果啃了两口，李思笃冲进院子，两手拄着膝头喘粗气，往屋里看看，朝楼上看看，又转过脸去看那整面墙的爬藤，看那几个小花苞透出蓄势待发的嫣红，回屋拿了工具出来修剪。

比三年前刚来时，他高了也壮了不少。初夏的晨光里，两扇宽阔的肩胛骨下，T恤松松地直搭在臀上，穿着一件靛蓝色运动短裤，踮脚够最高处那只藤蔓时，小腿和胳臂同时连带起一片紧实有力的肌腱。这种雄性之力在他身上一直是沉睡、克制的，此时晨晖照着他清俊的侧脸，两股气质交汇——他长大了，透着柔静与强劲、冷淡与深情矛盾反差的奇特魅力。

我曾拥有他遗世独立的温暖吗？

有股灼人的热流涌动在我心头。

我躲到窗边，透过老槐树繁茂的枝叶偷望他，回想他何时潜入我心。他对良良的深情？间或体现的男性特质？处置室里的赤膊？绘图本？挡在我母亲身前时？握水果刀时我的心疼？在小睿家楼道里的异样？他对我的体贴顺从？曾独属于我而终不属于我的背叛感？

我竭力屏蔽这些事件衍生出的感觉变异。

这三个月，我总是在想他、想念他，想再见他时分辨清内心的真实感觉，却迟迟不敢回来。眼前我心里又见花开，可昨晚的淡漠意味着什么？思绪凌乱不堪。

老槐树沙沙作响，他又望向这边，我一挫身蹲下来，倚墙滑坐到地板上，心怦怦跳。隐秘的情欲，不该有的期待……透不过气，也找不到出口，我陷入一个漩涡，把头久久埋进膝头，承认了我爱他的事实。

1999年端午节，三年前，之所以将这一天作为生命的真正开端，是因为命运之手将李思笃安插进我的生活。在那段最难忘的岁月里，他不能被忽略，无法被逃避，朝夕相处，成为我的家人。正因有他，才感叹那段岁月真好。而我不仅没能抑制住自己的心，反而任最深重的情感这样生了根。束手无策的我，唯有将一半自己藏进阴影，另一半藏匿快乐。

30

听说韩煦总三天两头往工大跑，还在邢展的安排下借住进了男生宿舍。他潜入课堂听课，进出图书馆，听演讲、看话剧、看电影、看展出，玩得不亦乐乎，几乎成了不挂名的在校生。五一假期，邢展也叫上我，组织了一次小团体登山郊游。邢展俨然已莫名其妙地融入李家这代人中间来了。他跟韩煦熟，跟李思笃熟，跟我自不必说，跟经管系的李斐同是新闻社成员。他说一对一交朋友劳心费神，一群人做朋友就不一样了，每个人在同样时间内都能跟更多人加深交情。其他人也许没这么实际的交友思维，只是既然来，就期待着爱情或友情的相互作用。

凤凰山属长白山系，以原始针阔混交林为主，山雄水澈，峰青峦秀，有省内最大的峡谷瀑布群，主峰海拔一千六百余米。我、李思笃、李斐、韩煦、邢展和他正在追求的准女友顾小念、顾小念的舍友罗又灵、白璐，八人一部休旅车来到凤凰山森林公园。五月山林尚湿冷，沿山道石阶走上一会儿，身子便热起来了。

整个登山过程沿着一米多宽的石阶，起初是女生在前男生殿后，错错落落，忽走忽停，后来邢展便追着顾小念远远走到前面去了，罗又灵、白璐随其后，剩下我们四个在后面。其他三人在林区长大，而我很少有机会认识各种树，边玩边看树牌，不知不觉落到了后面。

核桃楸。隶属胡桃科，山胡桃属，落叶乔木……

青楷槭。初生小枝紫色或紫绿色，后变黄绿色或灰褐色。叶纸质，近于圆形；叶柄无毛；黄绿色花……

“过目则忘嘛。”李思笃环抱双手，踩在一棵横倒在路中间的老树上等我。

我猜到他会等我，也隐隐期待这一刻。他身边没有别人的时候，我都会暗自高兴。

“刚才我看见松鼠了，”我说，“比老鼠好看多了。”

“都是鼠类而已。生物学上同一目。”

“不不。松鼠的眼珠像小孩子似的，而老鼠的就像一团不明黑粒，邪得很。我只要跟老鼠对上眼儿，就像看见癞蛤蟆，看见蛇，看见被剥了皮的狗和麻雀……”

“胆小脾气大。”他踮脚扯下梢头一片红枫，似是对鼠类被胡乱人格化感到可笑，“我看老鼠也不想吧，习性使然。说老鼠贼是怕人的关系嘛，偷东西、搞破坏人人喊打，总得逃窜。松鼠不偷人东西，靠天吃饭，野外打游击，坦荡些吧。”

他转过身，红枫抿在唇间，被透进来的阳光晃得眯缝起眼来，又似是在笑。

“怎么了？”我问他。

他没回答，似笑非笑地蹙了蹙眉头。这副德行让我莫名局促起来，窘得上去捏他后脖颈，他连蹿几级台阶逃开，回身还那副德行盯着我。

“咋个意思？快说！”

“你今天不痛快了。”

“我今天不痛快了？”我知道他什么意思了，“好吧，我承认，有那么一丁点儿。”我其实更急于摆脱他的注视，“可这意味不了什么。”

而他的视线仍没移开，只是少了些戏谑意味。

“就是——我跟他曾是这种关系，可他现在想跟别人是这种关系，我就多少有点儿不服。瞅你那八卦样，还以为我对他没死心？”

他转过身去走在前面，“没有，我说你不痛快，又没说你没死心。你看，我没说错吧？”

邢展曾说想跟我做回朋友，以便时机成熟时有主动追求我的可能，当时李思笃也在场，因他这句话我曾挽回了几分颜面。而依眼前的情势，若尚有人把此话当真，无非让我丢脸而已。想到这儿我后悔方才未加思索就说了心里话。此刻哪怕有一丝不快，他都以为我是等邢展追我的期待落空了，我应该表现得更不屑、更无所谓才对呀！

“不，没不痛快。”我表现得更不屑、更无所谓，“应该是不屑。”忽又觉得这么说反显得在意，“不，不是不屑，是无所谓。”又听见自己的语气像跟着唱反调，“也不准确，不是无所谓，是很无聊……”我为自己的语无伦次懊恼起来，脚上加快，嗓门儿陡地高了，“嗨！你以为我犯得上为这点事儿不痛快吗？早就是过去时的过去时了。算了我不说了，你爱怎么想怎么想吧，我才不管呢。我这人从来都拿得起放得下，早就觉着不值了。我只是鄙视他，对，找对词儿了。他爱追谁就追谁，我也不想装得一点儿反感也没有。你能理解就理解，理解不了就别以为你了解。都说他出色，可我就是鄙视他，鄙视。仅此而已。”

我越过他快步走到前面，走了几段台阶发觉他没跟上，就停下等他。他低着头，一步一步走上来，像在踩什么节拍。距我还有几级台阶时，他抬起头，眯缝起眼睛，玩味似的看了我一眼，而此时阳光并没有直射他的脸。他移开视线，似有股笑意在蹙动的两眉间暗自滚动。我心中一动，这是志得意满的孩子似的神情，是否该将此当成在意却故作不在意的假装？

他脸色一变，突然往空中一指。

有张直径两米的蜘蛛网悬挂在小路上方，蛛丝溜着精光、强韧有力，上面粘着大大小小的昆虫，捕手想必隐蔽在暗处。我俩俯身从网下冲过去，而在停住脚的位置，距视线大概半米，正有只拳头大的黑蜘蛛从天而降！我惊叫一声，一把抓住他，他拽我猛蹿上两段台阶。我又笑又叫地攥着他的手，此刻都不知道惊吓和欢喜各占多少，在突发事件的遮掩下，我贪婪地与他亲近，偷偷记住他手掌的温热和力度。短短的一刻，我的心在他的注视下疾速张弛。

他松开手。我想触碰他，很想。跟他只在咫尺之间。

“刚才你看见它复眼了吗？”我让自己扯些别的，“竟有这么大个儿的蜘蛛,我快吓昏过去了。”

“我也快吓昏过去了。”他也吓得脸色泛红。

“你不是不怕这些吗？”

“是被你一嗓子吓的。”

“可你刚才蹿得比兔子都快！”

“那是拉你跑！”

“我都看出你害怕了。”

“蜘蛛有什么好怕。”他嗤笑道。

“那你回去重走。”

“也行，”他说，“你得跟我一起。”

我叉起腰：“我都承认害怕了，不承认的是你。”

他像看到什么，视线从我脸上溜到我身后。我慌忙转过头去，不料双腿突被箍住，整个身子往前栽，被他用肩膀接住扛了起来，大步流星往下走。我被他突如其来的举动惊得尖叫起来，直到告饶承认他不怕蜘蛛才被放下，而距离那蜘蛛也不远了，重新再往上跑。

他的哈哈大笑在山林里回荡。

当时我竟没一点儿勇气质问他为啥把我给扛起来，只将这当成惯常深沉的男孩突如其来的调皮之举。而在我内心的隐蔽角落，产生了想入非非的念头。他为什么这样？过于亲密了，这正常吗？他第一次有这样的举动，莫非也有像我对他的那种想法吗？心不安地跳荡……气氛藏着古怪，他走在前面，像什么也没察觉，我看不到他的脸。我越发不安，不安时便不停地说话。

“……从前我家里养过一只小狗，很可爱。一个多月的时候得了病，灌了很多药不管用，只能眼看着它一点点死掉。它很虚弱，手伸到它面前就连眨眼的力气也没有了。倒在地上肚子一鼓一鼓的，喘气很难似的。我在边儿上一直陪着它，后来它就跟气球似的一点儿一点儿撒了气，肚子再也没鼓起来。那天是六一儿童节，我还发过誓不会忘记它……”

我跟他有一句没一句地闲聊着，但小路上只有我的声音。

一只花尾巴松鼠蹿到一块大石头上，借树枝和灌木做掩护，在从中警戒地盯着我们。他拾起枚松球作势欲投，小家伙儿一转身不见了。

“树老了也会倒吗？”

林区的孩子终于开口了，笑我无知：“这是雷击木。”

“……被雷劈倒的？”

“嗯，所以得绕着走。”

“为什么？怕被劈着？”

“树干里还有雷电能量的残余，危险。”

“不对呀……”我想起他方才踩在横倒的老树上等我来着。

见骗不了我，他索性说正经的：“被劈中后树还能存活的话，劈到的部分才叫雷击木。像这种被劈倒死了的就不能算，没经受住考验。被天雷击中连鬼也要怕的，所以就用来驱魔辟邪，小时候我还有把雷击木小手枪，小叔给做的。”

“给你辟邪用？”

“我奶奶倒真信这个。”

将近正午，阳光热力渐强，层层透射进来，混合了林中凉意，舒服得很。只有我跟他，如果能一直这样走下去就好了。想起一起上学放学的日夜，恍若隔世，而那会儿并未有过此刻的感受。伸手挡向太阳，越近掌缘越趋金红，暗紫色的毛细血管清晰可见，观察着纯净的肉体，好像灵魂也跟着通透了。此刻的我轻盈、喜乐、心满意足，有一种全新的自我感觉。

“你养过的狗太少。我从前也跟你似的，后来家里总有狗出生、死掉、出生、死掉，就不大感慨了。印象最深的反而是小时家里那条，猎犬，半张脸被熊抓掉了，瘆人。我怕他，盼它老死，一盼盼到上小学，那狗死时我爸挺反常的。”

半路在一棵几人合抱的老树上一横一竖相邻刻下了各自的名字，似乎故意强调我跟他并没什么特殊关系。

少女怀春这种事在我身上时有发生，我必被一副好风采、好样貌所吸引，这于我无可改变。小睿则不从众，吸引她的从来都得具备高人一等的学识和素养。跟她一比，我常叹自己浅薄的原始择偶观，无法把渊学博识、宏图大志这些指标作为衡量异性的第一标准。对我而言，一双好看的眸子里如果藏着一种莫名危险，便具备了相当的诱惑力。相较于小睿，我唯有说——吸引我的东西必然具备超乎我认知的力量，这是宿命难逃的。而李思笃的眸子里却并不具有那种危险，那种于我而言的致命诱惑。他的眸子如幽深的冬水，予人安宁，他的危险藏匿于幽深之中，无人可发现，唯令我心疼。迷上一个人，会被他的感觉一举击中。我陷进他给我的感觉里，感觉到，面向他的自己像一朵瑟瑟的白莲。

他不会轻松坦率地跟任何人交谈，除了我。杂糅着亲情的友谊十分奇特，带有排他感。他对我跟对其他人不同，我亦如此，我们似乎都会为对方保留最后一份关照。就像曾经父亲跟我的世界，我跟李思笃也有一个世界，不知他是否在意到，若是他同样在意到，我亦不知如何是好。几个月来我对他这般复杂的心情，因情绪控制不当而忽远忽近，不愿让他觉得被疏远，又担心哪怕有一丁点暴露，连自己都觉得自己别扭极了。

很久没有了，这会儿像从前上学路上那般轻松快意。

俯身掐断几根三叶草攥在手，停下脚步。“出国后你会不会想我？”我用骄横掩藏起期许，以前所未有的大胆转身盯住他的眼睛。

他也停下脚步，因我的话而一时不敢面向我，仰起头，迎望枝叶间透入的刺眼光晕，待终于鼓起勇气看看我，目光像被烫着了似的弹开，继续迈上台阶，淡淡道：“离开才知道。”

我终于鼓起了勇气，秘密仍被藏进了凤凰山的林翳里。带着无法描述的伤感、失落，走在斜后方，终于敢久久看他一眼。如小睿所言，他就像秋风里的一株萧瑟白杨。这贪婪的凝望随时准备着在被发现之前游蛇般溜走，躲进隐蔽的角落。

此行目的是为邢展和顾小念制造相处机会，而李思笃竟始料未及地被顾小念打包给了两个室友。毕竟在2002年，拥有一部奔驰休旅车是普通家庭大学生想也不敢想的。李思笃被当成英俊内向的有钱少爷，那个叫罗又灵的重庆姑娘挺来劲，明着暗着逗他。我感到讨厌，对他一无所知的后至者，因那些外在条件而想入非非，仗着自己长得白嫩水灵、甜美娇气，发起了爱情的癔症。不过客观说，罗又灵比起油唧唧蒜头鼻的顾小念，委实美多了。

下午两点多，一行人到了山顶。在山顶酒店定了几个标间，各回房里休整。我跟李斐住一间，她烦躁地整理东西，说丝巾不知哪儿去了。跟她说说话她也心不在焉，我便索性睡了一会儿，这一觉睡得很沉，也许是累了，被叫醒好一会儿后还晕头转向的。一行人赶往附近一家农家乐，点了一大桌子酒菜。罗又灵被安排在李思笃旁边的座位，谁说点儿什么她就笑得花枝乱颤。

我主动坐在了他们对面，也就是邢展跟李斐中间。登山途中三三两两，初次见面的人并没多少交流，所以起初只是客套地说笑。

"有女朋友吗？"菜过五味，酒过三巡，顾小念替人问了。

"……"李思笃愣了愣，摇摇头。

"胡说。"我冷蔑一笑。

顾小念此时已是一副女主人的样子，看看我，转而对李思笃一挤眼睛："有喜欢的，在你姐面前不敢说？"

李斐也看出她们的意思，在一边冷声道："还没上大学当然不会有女朋友。我们家家规严着呢。"

"那良良是谁？"韩煦说完，坏笑着冲邢展一吐舌头。邢展也跟着起哄，他很想让气氛更热烈，但见李思笃有些窘迫，便又敛起了笑意。

罗又灵的笑意尬在脸上，尽管她想让自己看上去只是个听八卦的人。

李思笃沉下脸来抿了抿唇角，就是他不高兴的文雅神情。

此刻的邢展未曾想到，不一会儿后，将有人严重威胁到他此行的目的。

这个危机始于青年男女聚会的不二游戏——真心话大冒险，那次瓶底是罗又灵，瓶口是我。她捂住嘴巴，有意无意地靠往李思笃那一边，飞快瞄了眼顾小念，抛出了一个恶毒问题：

“沙染，这里有你喜欢的男生吗？”

看这神情，她是知道我跟邢展交往过，不怕事儿大，想替顾小念试探试探。

我不胜酒力，但喝了不少，一股点滴汇聚、汹涌而来的无名悲切无处发泄，左冲右突便朝着最薄弱的方向去了。

“有。”我的回答给了她一个措手不及。

“哦？！”

“是谁呀？”

罗又灵话一出口顿时后悔，答案可能让当事人吃不消，可反应过来为时已晚，我呢，偏要让她尝尝踩雷的后果。没让在场的三位男士无措太久，尤其李思笃以前所未有的复杂神情看向我时，我果断地转开脸做了回答——只有邢展对我来说说有愧就有愧。我发作，他得忍着。当然，这是个令人尴尬的答案。

邢展不可思议地大笑，笑声渐干，继而低眉抬眼，玩味似的斜睨我，我也看着他，没什么好怕的，这个方向很安全，我感到自己总算挣脱了枷锁，痛快极了，这一刻，迫切想做回从前的自己。

顾小念怏怏不乐，似笑非笑地僵着脸。我管她呢？罗又灵自知弄巧成拙，惶惶不安地瞄着顾小念。然而她们又哪里有我丢人？痛快要付出代价的，找到掩护、出口恶气的同时，我会像个弃妇一样被人嘲笑、私论。我是个名人啊，倒让邢展捡了个便宜。可当时哪来得及顾及这些，只想痛快地回击。

其实这些话我曾经是真想跟邢展说的，然而最想说时让它烂在了肚子里，能讲出来时于彼此已失去意义。

“喜欢了你那么久，怎么能忘呢？我总在想，怎么莫名其妙就放弃了呢？理由一点也不充分……你这人就是嘴巴太好，招人惦记，说维持朋友关系，为了以后还有追我的可能，可人呢？全忘了吧？其实你大可不必客气，我也早就忘了。不过呢，做人还是老实点儿好，总想让别人等，真心不足的话……让人犯恶心还吐不出来。”

我疯病犯了，充满敌意地撒着酒疯，假装对一切仍耿耿于怀。对于邢展的挫沮，我心里边一点儿也没过意不去，甚至此刻真重陷于从前的伤情滋味。对于一个受了情伤的骄横女人，所有人都得让道。跟他之间的任何关系就终止于现在吧，我不在乎，我鄙视他，我想冷笑着破坏掉一切。

“……谢谢你能为我考虑当时的处境，说得一点儿没错，那会儿我自己也烦着呢……现在也一样，在队里我年龄不算小，总得站领奖台上露把脸吧……说你，你一副关心我的样子，其实是怕跟我走不到一起，要是我摔倒、跟不上你步子……我一直想不通你最后一回跟我说那些有什么意思，买个好儿？痛快点儿说行吗？他妈的总讲大道理。既然你是上帝，你最理性，就别再谈他妈的爱不爱的……女孩子都傻的，以为你忘了我就忘了吗？你不在意我就不在意吗？终有一天要分开的，就快了……你知道我有多难受呢……”

我失控了，但也不算骗他。心跳疾速、头痛欲裂，周身毛孔刺痒难当，像被成千上万的小虫噬咬，直到失掉最后一丝意识之前，都一直紧紧盯着邢展，没让目光溜到桌对面，没让真实意志有任何一丝松懈。我是个好演员吗？不，只是愚不可及。不知自己究竟在做什么，为什么非要这样，只是差劲，糟糕透了。

次日一早洗漱完，李斐也迷迷糊糊醒了，问我好点没有，说我昨晚吐了，她跟李思笃帮我收拾半宿才睡。

“收拾什么？”

“你从饭桌、路上、酒店走廊一直吐到这个房间。”

“你这一说，好像有点印象，谢谢你了。”

她又昏昏睡去。

一摊糟烂，不堪回首。

但我并没打算跟邢展道歉，决定继续以伤情者的强硬姿态探其态度，因为我知道自己昨晚的确是过分了，有点儿心虚。

敲开房门，屋子里洒满阳光。

“酒醒了？”他手没停，在整理衣物。

“他俩呢？”

“跑步去了。”

“你怎么不去。”

“在等你。”

“……等我干什么？”

“那你来干什么？”

“……”

“顾小念走了，一早。”他转过身来，盯得我心里直发毛。

“我昨晚好像喝多了……”

他步步逼近，以一种试探性的亲昵凑近我的脸。

我推开他闪到门口，“昨天我一时没控制住，对不起你了！你也体谅体谅我的心情，话憋了太久了。不过你也真是的，追别人还带上我，换谁谁能咽下这口气。”

邢展嗤笑一声，优哉游哉地坐到床前沙发上，把脸躲进阴影里。

“以前你有句话算说对了——我看清你看清我了，所以我对自己没信心。挺不合情理，却是实情，自己身上有些东西我也是后来才认识到，一旦被‘轻蔑’，就想放弃。如果我完美无缺，你可以懂我，然而你并不算懂我，却总能看到我卑微的一面，我没自信。不过确实爱过你。”

望着我微微泛红的眼圈儿，邢展换了副轻松口气：“沙染，咱俩之间不妨坦诚些。就算你坏我事儿，我也不怪你，只不过从前真没觉得你爱我这么深。虽说让我挺难堪，把她气跑了，我昨晚却倍儿有面子！从你身上我算找回自信了。”他站起身，洒脱地双手插兜，像做了个如释重负的决定：“要不咱俩重新开始吧。”

“……”

“不说舍不得吗，想我想得难受——”

“你还是要点儿脸吧。”

他哈哈大笑。我开门出去。

“梅花山那次非上野雪道，也不完全是受不了他比我滑得好……”门关上时，我回头见他眼里闪过一丝机灵。

顾小念让邢展今后别再找她。半个月后，她无情的壁垒被邢展攻破，就此既往不咎，在一起了。邢展事后说，若不是我从中起到了某种催化作用，他本没想到进展如此之快。

31

次日我便回了北京，在家里多一天也待不下去。

我加紧训练，拖着沉重的身躯上岸。浑身酸痛，汗落如雨，倚在冰凉的器械上，望着镜子里浑圆结实的三角肌，早就没有女孩子的灵秀身型了，在期许什么？

借身在外地肃清私心杂念，比赛、训练、课业……越来越忙。偶有午夜梦回，突然感觉到他，凝邃的眸子、木讷的厚唇、沉净的嗓音，宁谧而喷薄欲出的男性气息……猛烈袭来，暗夜里将我一举吞没，直至晨曦降临。

母亲偶尔来学校看我，出去吃点东西，聊聊日常。这天特地过来找我周末回趟家，是继父的农历生日。她拿出只包装精美的小盒，说不用我准备礼物，让我陪她去逛街。我说没时间逛街，除了训练还得复习，上学期五门课得补考，焦头烂额的。

“你看看你室友，再看看你，土得掉渣的都越来越时髦，你反倒越来越回陷，咱家又不差钱，想穿啥没有？运动员也不是没漂亮的，你家里家外运动服，也不知道捯饬捯饬、弄弄头发，好男孩子都不敢追你了。反了，整个儿反了。小曦要是像你现在似的，成绩也不能这样。”

“妈，我现在目标清晰，一点也不迷茫，挺好的，也没时间捯饬。找对象等以后再说吧，早着呢。这里是什么？真是的，我送的礼物该我准备才是啊。”

“妈知道你对你山叔一直有看法，你忙，也不想为这事让你烦心，回去表表孝心就行了。他也常问起你，说人在哈尔滨，怎么一个月都不回家看看。”

“我只是……忙。”

借助距离逃避，祈祷再见面心无旁骛，而越是见面将近，越心生怯意。甚至想以有事为由直接回队里去，可我又不舍得走，离不开也走不近。我等他，假想他会来找我，暗自期待他能来找我，他当然没有来，电话也没打过一个。我借他的无情安顿自己的心，暗自做了番心理建设，对自己一遍遍地重申，这三年朝夕相处，生出了亲情加友情的混合物，自己想象力丰富，生了不该有的心思，就像风一样刮过就没了，他是我家里的一分子，是家人。验证就在今晚，我要找回从前的自己，让这折磨人的煎熬见鬼去。

我在心里偷偷准备好一段距离，进了家门。

“我回来了。”

他正往门口走，我扫了他一眼，“沙曦呢？”拿捏不当，态度也许显得过于冷淡了。

“在楼上。”他似乎有点失落。

我心里生出愧歉，一时不知该说点啥好。

“学校忙吗？”他僵硬地站着没动。

“挺忙的。”我说。

对他完全漠视了。

晚饭时轻松愉悦地跟他们聊天，恍惚回到了从前的时光，这情景是多么稀松平常，易如反掌，果真只是阵风，吹过就算了。

继父那天倒兴致颇高，聊起他这四十几年，从无到有，小时候穷得哥儿几个衣服轮着穿，自己连高中都没念完，可对于“知行合一”，他恐怕不会比大多数人少懂一点。我知道这个男人虚荣势利、冷酷狠绝，无所不用，没有洁白细腻的情感，唯有粗糙的砂砾，最接近大地的实质。母亲的眼睛闪闪发光，这是她爱他的所在。

“做企业的都得明白，这一点别不过弯儿来什么都甭想干。九六年股灾我赔了一半身家，才真明白啥是及时止损，别抱幻想傻等，傻等恢复不了原状。从一百跌到十块，那就是十块，不是‘跌掉一百’。你得行动。有多成功就在于主观认知多贴近客观事实，得去做，别作茧自缚。”

我们三个凑合着听，而我母亲理解，他俩很像。她给她的生活及时止损，有了第二次婚姻，不安于现状，能放弃一切，唯独不放弃希望。

我暗自窃喜，真的做回了自己，终于做回了自己。一边自嘲，一边试探性地、下意识地扫了他一眼。只消一眼，留意到他沉静而略带忧郁的双眼、锋锐的腮骨、苍白的肤色、吞咽时上下蠕动的喉结、咀嚼时一挣一挣的额角、白净有力的手掌、手臂崩起的肌腱和血管、宽阔的肩膀，沉睡的、静待喷薄的男子气息。

由此，地心岩浆炙热奔流，平静的地表竟脆弱如纸。天哪！几番镇静，我警告自己保持清醒，话越来越少，举止越发拧巴，不再像方才那样自如，心弦颤动，我无法再故作轻松，终于现出了连日来的身心俱疲。

类似的情形我不是没经历过，这种好感会随时间流逝或偶发事件而不了了之。几个月过去了，不切实际的东西理应消散，可事实不是这样。我唯有追寻他衬衫领口的脏迹、用过的洗手间的气味、肩上的头皮屑、次日晨起的凌乱、任何不从容的言行举止。因为我相信，不体面的细节常能毁灭对一个人的幻想。

然而全是徒劳，我搜集了他所有的不完美，却还是渴望他。他的眼神、气味、对视时的魅力、给我的感觉。

情欲暗相滋长，我半死不活，得了爱的瘟疫，从小到大，未体味过如此煎熬。

32

一天上午，我跟周怀艳一起训练，教练来池边站了会儿，我俩先后到岸跟他打招呼，他问我吃没吃午饭，约我去一间牛排店。

人走后周怀艳有点懵："程教练看上你了吧？"

我一跃上岸："像。"

猜是因为最近状态不好，训练成绩并不乐观，两个月后世锦赛在即，而我满脑子没用的，到该紧紧的时候了。只是他平时向来严苛少语，直来直去，想训一通倒也不必请我吃饭。

进了餐厅，便看见程教练跟我招手，他身穿一件淡蓝色衬衫，身形壮硕，肩膀洒满阳光，的确蛮帅的，难不成真看上我了？我心中打鼓，让自己尽量不拘谨。

"教练，您好像黑了些哦。"

"最近户外运动多。坐，想吃点什么？"

"一份西冷牛排。"我对服务生说。

"一份够吗？"教练笑了。

"两份吧，让您破费啦。"我倒没客气。

"多久没回哈尔滨了？"

"一个多月了。"

“想家吗？”

这话问得奇怪。

“还好吧，不一直这样吗？教练，早都习惯了。”猜不透他到底想说什么。

“你最近——”他拿捏着措辞。

我盯着他，搞得他也有点不自在，点了点头，十指交叉放在桌子上，定定地看着我：“沙染，说说你对自己运动生涯的打算。”

看来这是正题，我认真想了想，坦率地告诉他：“起码得站领奖台上露把脸吧。”

他虹膜缩了缩，我也感觉不好意思：“我知道以现在的程度还不够格儿——”

“国家队没人不想拿冠军，”他面色严整而温和，“不想当将军的士兵不是好士兵，更上不了战场。夺冠三要素是什么？”

“实力、心理、运气。”

“所以，有太多太多优秀的运动员，终其一生也实现不了梦想。”

“我知道，问题出在应战心理层面，其实每次大赛我也好紧张，心怦怦跳，尤其上跳台之前，总想跑。”

他缓缓靠向椅子，忽又向前倾身，一副拿不定主意的样子。

“教练，您到底想说什么？”直觉告诉我，他在斟酌，“周怀艳猜您请我吃牛排是对我有意思，不是真的吧？”

他哈哈笑了两声，变作一脸严整。

“是不是我家里出什么事了？”

“不。是你。”

我怔了怔，从他的目光里看到一股沉重，但还是轻松地跟他开起了玩笑："您真对我有意思？"

望着他的脸色，我也便笑不下去了。

"你患过先天性心脏病？"

我愣住了。

出生后被诊断出先天性心脏病——卵圆孔型房间隔缺损，这是颗沉睡的炸弹。在计划生育年代，我先天患病，才有了沙曦。而这颗心脏随后安然无恙地陪我长大，从无差池，七岁时，医院根据观测心脏及相关各种指标，确认我已自愈。母亲说小曦注定来到这世上，我是她的贵人，她是我的福星。我早已自愈，这件事已经忘了。

"是，不过小时候已经自愈了。"

"最近训练心率多少，慌不慌？"

"不……是有点儿，训练时心率可能稍微有点儿……"我有点儿不敢说下去。

他回身翻出个文件袋，抽出两页纸递给我，是体检报告。

"怎么了？您说吧！医院的东西我看不明白。"

"推断是由运动员心脏综合征引起，二尖瓣反流，左心房左心室有扩大现象，你得停止训练了。"

"搞错了吧！"我整个人弹起来，"我从前是卵圆孔型房间隔缺损，不是什么二尖瓣！"

我努力去看体检报告，原因分析里有三个字跳了出来：风湿病。

"肯定搞错了。我的风湿比周怀艳的轻多了！"

"每个人的耐受力、身体状况不一样。"

眼前一阵天旋地转，我瘫回座位。

"你的心脏问题是长期高强度训练引起的，必须停止训练，我问过专家，现在开始适度治疗，注意休养，病情是不会对你的日常生活造成影响的，也不会有生命危险。时间久了也许还会跟你小时候一样自愈。”

“日常生活？我不是要日常生活呀，我得比赛啊……”

“我知道。”

“多久能自愈？自愈后呢？多久能恢复训练？”

“听清楚，你的心脏问题正是长期高强度训练引发的。”

“就是说不能训练了？让我非停不可？不行啊教练，不能停啊！”

“……肺动脉高压和全心衰竭，不是闹着玩儿的，况且你游的是长距离，继续游会有生命危险！”

“×！为什么这个时候？为什么这个时候！……不行，要比赛了！”我已经完全崩溃：“我得比赛……”

……

又做噩梦了，依然是溺水。

一场国际赛事上，女子800米自由泳，我爆发全部体能，赶超了所有对手。最后一个来回时，胸腔像坠有千斤重物，心脏突发一阵悸痛，我对身体几乎失去控制，以为挺挺就过去了，可悸痛一波接一波愈发猛烈，如钢针一寸寸刺入心脏。我无法呼吸，已然失去方向，以为身体出于惯性机械动作在向前滑行，却不知全身僵硬，已无法动弹，正向池底沉去……

倏地惊醒，我弹坐起来，浑身湿透。随之而来的是残忍的事实，梦里梦外都一样，心脏真的出了问题。最后悔的就是之前还不够努力，没拿到一份像样的成绩。梦想早已成了我的一部分，而今要放下倒不如杀了我算了，若能继续游，我愿意用任何东西交换。

我跑去敲开程教练宿舍的门，请他不要跟我家里人说，无论如何给我这次机会，病情不会发展得那么快，我需要一次机会。

“你是赌徒吗？！”他几乎要伸手打我。

“你就拿我当赌徒，给我这次机会，我就还差一次机会，让我上，我一定能做到！”

“想都别想！这严重违反训练规定，我也不能置你身体于不顾。心脏是什么？你告诉我心脏是什么？可能诱发心源性猝死！命都没了，梦想再大也没命重要！”

我装出一副好笑的轻松样：“我的身体我了解，真没那么严重。教练，我只要这次机会，让我继续训一个月吧。这次世锦赛后，就退役。”两个字一说出口，喉头不禁哽住。

“你听着，这不仅是你个人的问题，更事关国家荣誉！即便你训练成绩不错，身体指标平稳，决赛的压力你顶得住吗？你说你很紧张、心怦怦跳、想跑，加上知道自己身体问题，你顶不住，800米自就又丢了机会，如果我把机会给别人，会少一分风险！”

“可800米自队里没人比我成绩好！您不是知道吗？要么我上，可能赢，要么别人上，稳输，目前就这情况。怎么想我都不能现在下去——”

“不行！说什么也没用。”

“再给我一个月，一个月我死不了！”我抓狂了。

“高强度训练会加速病情恶化！你还小，不知道人一辈子能做的太多了。别局限于眼前，才大一，不游了有太多路可以走，最重要的是身体，健康是最起码的。当教练的，也有出于各种原因从赛场上退下来的，像你这样的不是一个两个，比你有实力的大有人在，只能认，都认了，没别的办法。你得接受。我理解，消化这种事需要时间。过五年后、十年后，你往回看，什么都能过去。世上没过不去的坎儿。”

“好，我接受。但只需要一点训练时间，没有其他要求，不管您同不同意我也会待在队里训练。不会不顾全大局，也绝不拖队里后腿，如果我保持住、没问题，请您给我最后一次机会，我别无所求！”我从未如此坚定，“教练，请别给我家里打电话，就算我妈知道了，她也带不走我。”

接下来的四十几天里就当什么也没发生过，学期末结业考试我没回去，管不了那许多了。我平静地继续训练，一面留意这颗心脏，一面偷偷增加强度。这副躯体就像冲锋的胯下骏马，铁骨铮铮、可悲可叹，不到精尽力竭不会倒下。

横滨泛太平洋锦标赛，是我给自己设定的最后期限。

33

800米自由泳预赛前两天，我接到一通国际长途，母亲说李思笃带小曦从北京飞来横滨观赛了。

“你又出不来了？”话到嗓子眼儿咽了回去，我听见自己淡淡道：“我知道了。”

“妈跟你山叔看电视直播给你加油。”

“好。”我鼻子一酸。

这是我最后的比赛，她毫不知情，以为今后有大把机会到现场观赛，所以一次也没来过现场。

“妈……”

“嗯？”

“……你一定看直播，时间别再搞错了。”

“这回错不了。好好比，妈看着你呢。”

“对了，队里不让出去，我就不联系他俩了，顾不过来，你让他俩自己安排吧。”

我不愿被任何事干扰，当站在梦想的悬崖边上，才后悔来路走得不够尽力。这个节骨眼儿，任何干扰过我的，我都不愿为之再拨去一丝心力。

隔天赛前休息室。我摸着胸口，抚慰跳动的心脏。瑟琳娜的身影就在身边，我闭上眼睛，告诉自己，这场比赛是我运动生涯的终点，去她的瑟琳娜。经过一段时间的深呼吸调整，心气平和下来。周怀艳见我面色异常，过来坐下，轻易不敢多说，她知道我心理素质向不如她。

“没事。”

“大白鲨，机会来了。”她使劲儿按按我肩膀，这是我俩临阵相互鼓劲儿的话。

我想笑笑，可笑不透彻。

“周怀艳，你要一直游下去，要赢。”

我出场了，听见有人高呼我的名字。来不及多想，脑子里一片空白，一声枪响，机械地跃入池中，眼前只有激溅的水花，耳畔只有玩儿命的换气声。是白鲨，是旗鱼，体内深藏原始的驭水奥秘，箭一样刺向远方……

那个梦应验了。

女子800米自由泳，我拼了命，爆发全部体能，将对手一个个赶超过去，最后100米，跟瑟琳娜的距离仅剩三米。胸腔像坠有千斤重物，整颗心以令人疯狂的速率悸跳，我甚至没法完整地换气。以为挺过去就好了，可随后一波波的锥心剧痛令我战栗，像被什么锐器刺入了心脏，接连失掉了两次换气的时机。隐隐听见一声尖叫“姐——”，我天旋地转，失去方向。以为身体出于惯性机械动作在向前滑行，却不知已然无法动弹，两口水呛进去，眼前一黑，身往下沉……

心脏超负荷了，果真还是游不了了……

醒来后人已在休息室。我爬起来跟教练道歉，他摇摇头。有人给我注射了镇静剂。

“对不起……”

“好孩子，尽力了就没遗憾。”他的手凉而有力，“不是谁都有勇气在那种情况下为自己争取机会。”

“看来我不只心理素质差，运气更差，注定当不了冠军了，对不起，教练，我拖国家后腿了，对不起……”眼泪滚滚而下，我不剩一丝力气，也没有一丝欲念了。

长长的一觉不知睡了多久，实在太累了。

再度醒来是在酒店房间里。窗帘间透进一线微光，天刚蒙蒙亮。有个人坐在椅子上，趴在我床头，从呼吸声我知道是他。我轻轻转过身去，睁大了眼睛。到最后，还是没法让你看到我最棒的一面，自从爱上你，我一直想望那一天的。

不一会儿，他醒了。头枕在一只手上，另一只手伸过来，我握住，良久相对无言。

“你是什么做的？”他喃喃问我。

“我是什么做的？”

“藤月。”

“藤本月季？为什么？”

“一种感觉。”

“那你呢？”

“我呢？”

“秋风。”我几乎未经思考。

他用鼻息笑了笑，“秋风。”

“嗯……那种感觉就是——你总站在树下，落叶往下飘，白天黑夜，四季循环，而你就这么站着，总站在落叶下——”

“那要累死了。”

“你就这么站着，好像很冷很远。可对你来说，四季再美也没什么遗憾似的，只是不断重复，什么都会过去，所以呢，倒是你很安宁。对，大概就是这种感觉，可我说不清楚。”

他的手换了个姿势，仍紧握我手。话语显得多余，此刻只要温柔相望，心里没有一丝杂念，唯独感到这样真好。只要他在身边，于我便是所有抚慰，烦恼都消散了。在这个奇异的早上，来自外部世界的唯有一线晨曦，没有时间与空间，在我跟他的世界里，没有一丝刻意的遮挡，见到了彼此的心。

“为什么我是藤月呀？”

“我最熟悉的植物就是藤月。”知道这个回答我不会满意，但他没有继续，伏起身来，“今年我没打算冬泳，不是怕冷，而是我也觉得那证明不了意志，白遭罪而已。”他开始喋喋不休，讲他跟小曦在京都和横滨的见闻。说这里的女人一走一过香风宜人，他也给她买了好几种香膏。他们在京都海洋馆广场上看到流浪汉扮牵线木偶的街头表演，伴乐凄美动人。乘火车横跨原野，夕阳下的铁轨错综复杂，老屋陈旧却处处不乏景致，正有宫崎骏动画里的温暖。路过海边时，他想起《灌篮高手》的片尾，赤木晴子背向波光粼粼的海面向樱木花道招手。秋葵凉拌面是他吃过的最恶心的面条，沙曦也不喜欢鱼子拌饭，不过大阪烧和拉面味道好得很……

“在想什么？”他终于回到眼前。

“在想：三米是段很长的距离呀。人超越极限会失控，跟汽车没什么分别。我失控时离她三米远，她却稳稳当当的。不管从长期看还是单看这场比赛，她的极限都高过我一大截。换句话说，我不可能超越瑟琳娜。所以遗憾也没用。”

“我以前从没遇见过你这样的人，一面庸俗，一面——”

“庸俗……”我丢掉他的手，躺回枕头上。

“想听听我眼里的你吗？”

“说说。”我把枕头立起来，后背倚到床头。

“你不坏，你只是装坏。”突然要说这样的话，他有些难为情，我也有点儿不好意思，各自噗嗤笑了。

“其实你不坏，相反，挺善良的，但你装坏人。你也不世故，是装世故。明明勤奋，总装得玩世不恭。看起来很肤浅似的，但其实你有你的沉重。”

没有人这么评价过我。他说出每个词都撞在我心上，嗡嗡回响。

“……谢谢……”我突然想哭。

他目光湛湛，为他如此评价的人而动容。

“悉尼那次看见你败得难受，我是第一次意识到人生很严肃。得有斗志，有目标，我也不想再郁郁不可终日了。你这几年的影响，起初我并不觉得，可回头看看——跟着你晨跑，不是想跑过你，是羡慕你的活力。刺儿头我学不来，但起码有对抗的念头了，不会再放着自己的作用袖手旁观。出于惯性，有时也懈怠，可又一想,有人正在冷水里一遍遍游，面对强敌再难也上，我就耐不住了，自己的事儿也紧迫起来……总之你这么真实，我不能不真实。”

我感到脸颊发烫。

“……我有什么好影响你的，千万别学我，荒唐，一事无成，现在更迷茫了。现在最不想的就是面对现实，空荡荡的，全完了。训练池照常，赛场照常，世界也照常，才不会管我摔没摔倒、起不起得来，太阳只会照样升起。多希望它升不起来呀，我好长睡不醒，可你看哪，天都快亮了，它谁也不等……”

“我知道这对你来说意味着什么，”他正色道，“也查过了，美国的心脏移植手术全球最先进，你要是愿意，配型成功我想把心换给你。”

我无法相信自己的耳朵。

他观察我的反应，眼睛里两个光点闪闪发亮。

“你说什么？”我倏地坐起来。

“还有心脏移植这条路。”

“异想天开！”我翻身下床。

“并不是，你得了解完再下结论。”

“心脏移植多大风险？我连想都没想过！”我不可思议地怒视

他，“你怎么说得这么轻松？换心？你疯了吧？”

“这家医院成功完成过几千例心脏移植手术，咱们可以先去咨询、了解清楚风险系数、术前术后各种问题。知道你不想放弃，如果有希望呢？另外你不要担心钱的问题，我可以取出我妈的身故赔偿金，数目不小，够用的。”

“移植来的心脏禁得起吗？换来换去还不是白换！而你又凭什么把心换给我？疯了，真是疯了……”我不住地怪他，强行掩饰内心的地震。在此之前从未想过有什么办法能帮我延续运动生涯，他此言一出，像一道闪电劈开夜空，我看见来自天外的光，随即又想到可能性实在太渺茫，也太疯狂，这道光倏地熄灭，我跌进了更浓重的黑暗里。

“知道你是为了我，我……血型一样不代表身体就不排斥。你是男的我是女的，心脏也有区别呀，都可能死在排斥这一关。简直是作死！就算侥幸过了这一关，你的心脏我用起来如何也是个问题，它禁不禁得起那么剧烈、长期的高强度训练？还有，就算它禁得住，我赢得了吗？就算这些都不是问题，都如我所愿，如果你禁不住我的心脏呢？我有什么意义？如果咱们都活不了几年呢——”

“——这些都只是猜测，首先你得去了解你的希望究竟有多大，这些如果都能解决，你甘愿试都不试就认命？！”

“试什么试啊，那是心！我怎么能要你的心啊！”我心头倏地掠过一片暗影，惊愕地盯着他，“对你来说，生命还是这般轻易？”

他懂我所指，收好脸上猝不及防的难堪，起身走去窗前，望向窗外，肩膀起伏，压抑着怒气。我心乱如麻，一面戳痛这个愿意将心换给我的人，一面暗自心痛，泪水不自觉积满眼眶。

我知道我这个人，表面上无拘无怕，其实心里有太多顾虑和恐惧，也知道他跟我相反，表面温沉，其实放得下一切，正因为这样我愈感心痛。方才纷繁错综念头里，清楚地看到自己因为看见了一点希望而觊觎他的心脏，那一瞬间的他显得好可怜。我多想扑上去抱住他，告诉他我好爱你，我不要你的心脏，只想要你的心。可我半点勇气也没有，只是斜睨着他的背影，听见自己冷淡的声音："抛除风险不说，即便百分百安全、你的心脏能让我蝉联世界冠军，李思笃，我也绝不要你的心脏！也不会要任何人的心脏。请你记住，不要为任何人这样做，谁也不值得赌上性命。"

他转身慢慢走过来，凝邃的双眸隐藏着异样的神采，面沉似水，唯见瞳孔一张一张，似乎忍无可忍，继而压抑住冲动，开口道："我不是赌，是相信科学。你考虑考虑再答复我。只要愿意，没什么值不值得的。"

"不不，没什么好考虑的，我不愿意。已经放弃了，没什么想要改变的，放弃了反而一切都踏实了，不再想了，别再提这茬儿了。"

"你跟我可能比多数同龄人经历过更多。就像那个人为了救你再没上岸，三年前你也救过我。他不想死，但他想救你，你也不想死，只是想救我，我也不想死，只想在可行的范围内，你还有追逐梦想的可能。"

我怔在当地，如遭雷击："你听谁说的……"

他见我变了神色，上前握住我肩膀。

我闪开他，在房间里东走西窜，气得七窍生烟："她干吗要跟你说！干吗非要说！说好不再提的，为什么要跟你说！"

他没料到我这么大反应，想抓住我，被一次次甩开，一时不知如何是好，拉扯下用胳膊将我紧紧箍住，“你冷静一下！不要这样……对不起，我不该说，都过去了……”

“你出去吧，我想静静，太多事了，我想自己静静，真的！你帮不了我，也不用劝，走吧，出去！你给我出去！求你了！”我强行掩饰着内心的崩溃，想他离开我的房间，因为下一刻那久违的、排山倒海的愧疚会将我淹没。

他仍不松手，狠狠抿着嘴唇，脸上流露出心痛的怜悯。

“别这么看着我！！”我歇斯底里了。

“芝姨告诉我，是因为她觉得你走出来了。过去的事实谁也改变不了。你想用不平凡的成绩证明他生命的价值——”

“——别说了！你知道什么——”

“可这件事从他沉下去那一刻就结束了，不管你做什么、怎么证明，那人都已经死了——”

“没结束！怎么能结束？我怎么及得上他那样的人哪？我怎么补救啊？干吗要救我呀？不值！太不值了！他妈妈都疯啦——”我涕泪横流，紧揪着胸口，喘不过气来。

“所以你更该好好儿的，做有价值的事，好好过你的人生。只要你想，我——”

“你不知道……你不知道……”我瘫坐到地上，哭得全身发麻，不住地颤抖，“我永远永远、永远永远不能原谅自己……后来不行的时候，我拽着他才能浮上水面呼吸……每一拽，我上来了，他下去了，可他没拽过我啊……不然不会挺不到救援……”

埋藏多年的秘密被连血带肉拔起，每每回想那人的濒死挣扎，我如在炼狱。没有人知道真相，我没勇气告诉家人，更没勇气告诉死者的家人，甚至没勇气想起。我之于他，清尘浊水。

我挣脱李思笃，整个人蜷作一团，卑入尘埃，不愿得到任何安慰。我不是一个真正的人，卑鄙龌龊才是我的所在。

他把我抱紧，不留一丝挣扎的缝隙，把我嵌入他的身体。“溺水的人抓着什么都不会撒手，这是下意识的反应，你不能还不放过自己。”

“可他由始至终没拽过我一下啊……”

“我同样也经历过，还不是也拽着你不放？惊慌、恐惧、不顾一切地求生。只能说——他很不一般，可能有的人即便面对死亡也控制得了下意识的行为。你不要把自己跟别人相比，何况他的脚被缠住了。”

“那不是理由。我太卑鄙了，偷走了恩人的命，像我这样的人，不该活得好。”

“你救我时也有恐惧，也憋得就剩最后一口气了，江底那么黑，什么也看不到，我事后想起来都心惊，你又怎能不怕？更不是没可能丢掉性命！可最后还是把我找着了——那么危险的情况下。人往往在有把握时更无私，没底时只求自保。”他用力摩挲着我的头发，“所以你怎么是卑鄙？你从没放过自己啊，可你总得为做不到的事情放过自己吧。一个人能去救你，是决定了用他的一分危险换你的一线生机。不要再谴责自己，谴责自己你也是辜负了他。”

葬礼前夜，那位母亲意识游散，在灵前空壳一样瘫坐着。见到我的脸，意识一点一滴汇集，在眼里凝成一柄冰刃。我被吓得瘫坐在地上，听她哑着嗓子对我说：“不是你我不会失去他，我儿子那么好，你是什么东西？……”接着，摧肝裂胆的哭声撕碎了我的肝脾。

“后来我再没去看过他们，我不敢。总想着，是时候该去看他们了，不管怎样，是时候了，到头来一丁点儿勇气都没有。我是想用成绩证明他的生命价值，实际是想证明我值。可最终还是没能证明任何事。其实，这些又关他们什么事呢？儿子早就没了，什么也补偿不了。我只是用这种方式逃避，为自己求心安，告慰不了死去的人，也从来都没有安慰他的父母。真他妈差劲……我都在干什么……”

“你有你的方式……从没忘记……”他在我耳边反复念叨着。

在他的安抚下，我的情绪渐渐平缓下来，脑子哭得昏昏沉沉，极度悲恸后全身麻木而松弛，轻飘飘的，半睡半醒地发呆。

不知过了多久，阳光从窗帘间射进来，室内洒满金泽。

我察觉到他的热力，混杂着柑柠味的男性荷尔蒙气息。心头蓦地一荡，把头从他肩膀上抬起来，直起身体的一刻，反而更贴近他。他转过脸来，与我的呼吸交融在一起，几乎感觉到他颊边的皮肤与汗毛。我不敢抬头，他的头也半低着。从未如此温柔地靠近，我呼吸短促，感到轻微的眩晕，全身每个毛孔都打开了，透着风，慌错而迷醉的风。怕被他听见狂涛般的心潮，可我知道，此刻彼此都感受到了，花开般的安恬里藏的是飓风骇浪。心念迭起，我想干脆闭上眼睛，就这样不顾一切，什么也不管了，天哪，天知道我有多想靠近！……可最终还是生生抑制住了。他顺势把脸别开，起身把我扶到床上。

如此这样，又好像前一刻全是错觉。

我钻进被子，一面掩饰窘促，一面为情绪失控而难为情，重新躺了下来，一时间生硬得近乎冰冷。

“再眯会儿吧。”他过去把窗帘拉严，关门出去了。

34

李思笃出国前一晚，全家吃了顿饭为他践行。

母亲伤感起来，说孩子长大都飞走了，一个接一个。而继父那晚前所未有地兴奋，讲生意上的事，跟儿子分享处事经验。李思笃却不再仰望他，有时凝神细听，有时沉吟不语，有时敷衍了事。我突然感到，决定他们的关系最主要的不是一方能令另一方多满意，却是生命力的此消彼长，人日渐老去，也不得不将信心托与他人了。继父看向儿子时满眼激情，那晚喝到大醉，仍喋喋不休，被母亲和李思笃搀进房里打了一宿鼾雷。

我下楼敲开李思笃房门，他正整理衣物。

“需要帮忙吗？”

他指指一摞衣物用品，要我有时间替他捐出去。

“我妈知道该骂你浪费了。”

“每次整理都纠结要还是不要的东西，其实就是已经不想用了，留着也是浪费空间，还得常常收拾。你抽空替我偷着带出去吧。对了，白天你学校老师打电话到家里来了。”

“大学老师？”

“嗯。他说姓耿。”

“问你身体恢复得怎么样。”

我想到那个计算机老师，全身上下是不会令女生自作多情的不修边幅，不禁纳闷他怎么会打来，没来由地有些难为情，转过身去打量书柜。

“书可以随便看，看完别外借。”

“课都上不过来，哪有工夫看书。你都不知道传播学理论多烦。小睿也不借吗？”

他面露为难：“她可以。”

“借她不算外借？”

“她是你朋友。”

“那她不算外人？”

“那你到底是想不想我借给她呢？”

“你的书你说了算啊。”

“她是你朋友，不借不好。”

我撇嘴笑笑：“你借给她只因为她是我朋友？”

“也不完全。”

“还有什么？”

“因为她看过一些书。”

“这算啥理由。”我怏怏不快。

他想了想，似乎不好解释，只是一点头：“算。”

“可惜她也没啥机会跟你借了。”小睿考上了上海外国语大学。“等等——院子里的灰烬难不成真是你的……”整个书柜都没看到那几本手绘。

他脸上现出猝不及防的难为情，旋即故作轻松：“它们对于我，就像这些旧衣物。”

“为什么宁可烧掉却不给她？”

“因为不属于她。”

“可画的是她。”

“是，也不是。”

“什么意思？”

“我曾经的梦想是当一名漫画家，而今后要奔前程了。”

“奔前程不等于非得烧掉初恋哪，无情的家伙。”我也不知自己想挤对他说些什么。

“这是两码事吧。”话锋一落，他意识到这等于默认了跟良良的关系，索性不再回避，苦笑了一声，“我跟她的事你们好像比我都清楚。明明似是而非的，经那么一说，就好像是那样了。其实想来想去，跟她本来是好朋友，后来又做不回朋友，某种角度比朋友更生分，某种角度又比朋友更近点儿，多了层什么东西，又弥合不了，这就是初恋吧。不愿意承认，是不想把这种关系归类到‘初恋’。一归类呢，就少了点儿东西，重要的东西，好像只是因为相互吸引，就跟所谓的‘初恋’没两样了，变了味儿。”

“看来你们的关系都纯洁到不可定义了？”我冷笑着戏谑，半晌，转过身去，撞见他古怪的眼神，心蓦地一紧。

他古怪一笑，随手丢过来一本书，“送你。”

是本旧的《海子的诗》。

我心咚咚跳。

“总不能仅凭我的主观，去定义跟别人之间的关系。”

听这话，我有些吃味，想接着嘲讽两句，可他回身继续收拾东西去了。心想好在他要走了，好在要走了，我将不再抱有幻想。如果继续相对，只是一天天在痛苦里挣扎，找不到出口，总有一天，也必将发生什么。他要走了，荒唐的情感消泯于天各一方，我将借此重获自由，变回原本的样子。

“这也送你。”他故作意味深长地递给我个MP3。

“你知道，现在一看见这东西我就不大舒服。”

“里边有个俄罗斯的伟大乐队。真送你了，留做纪念。”

我拿在手上把玩，纪念，心里咂摸着这个词儿。其实有太多话想说、想问，可我对自己没有把握。单单看着他的背影，跟他在同一个空间里，就不忍离去，更不知哪句话会错掀暗涌的情潮。离别在即，唯有闭紧嘴巴，一句像样的别前话都讲不出来。

在他看来我一反常态，正为离别而感怀。他反倒笑呵呵的，一副幸灾乐祸的架势。

我抄起沙发靠垫砸过去，他轻松闪过，反射式地抓住第二个，没料到第三个靠垫紧随其后，结结实实砸在脑袋上。

我捧腹大笑，笑他被砸蒙的傻样，从前我只丢两个。

“这也送你！”他抄起那只松鸦标本追得我床上地下跑。

闹了一通，末了，我告诉他：“明天我不去送你了，在这儿跟你道别。”

笑意尚挂在脸上，失落一闪即逝，他轻松一点头：“好。”

扭开门，我用力看了他最后一眼。

“你——你好好照顾自己。”他嘱咐道。

“我一直——”

“我知道你总在外面，可还是总觉得你照顾不好自己。”

“那你也要好好照顾自己。”我别过脸去，眼眶发热。

“嗯。”

“晚安。”

“晚安。”

“一路平安。”

“好。”

那晚我已决心不去送他，可第二天凌晨三点多就睡不着了，渐渐的，楼下开始有动静，我越发焦躁不安，索性起了床。

李思笃正走出洗手间，见我下楼，唇角现出一丝不易察觉的笑意。

沙曦也破天荒地起了个大早。母亲五点前就做好了一桌丰盛的早餐，让他们半小时内吃完出发。她回房间换了一袭优雅的连衣裙，继父穿着一身蓝灰色西装，正式得体。吃饭时母亲一直聊天气和航班，还有抵达那边后乘火车或大巴赶往学校，说如果航班延误就就近住一宿，第二天再去学校，尽管头两天已经说过好几遍了。

继父没看报，闷声不吭地喝粥，母亲夹给他煎蛋，他沉着脸一点头，给拿什么吃什么。直到李思笃吃好起身进了房间，他抬起目光追随着他的儿子，我跟母亲对视一眼，暗自唏嘘。

一家人走出屋子时，继父把发动起来的汽车又熄了火，下车对我说：“你跟小曦打车去送他，我想起一早有个会。”一副公务繁忙的样子，来到儿子面前，疲顿的双眼陡射精光，“好好儿学，做个强者！快去吧，走吧！”说罢用力一拍儿子肩膀，扭头大步回了屋子。

母亲似是早有预料，忙握住李思笃的手，接过话尾补上继父的缺：“也行，那就让她俩送你吧。小笃啊，到那边人生地不熟的，可没人照顾你了，你可得照顾好自己，三餐应时吃。我听说那边儿菜都是炸的，对身体不健康，哎，尽量少吃，挑有营养的吃。钱不够往家打电话，缺啥少啥从家给你寄……”

朝霞映红了她的脸，她的关切辉映着继父的深沉，或许这便是家。离开的人拥抱了她，她禁不住掉下泪来。

我们仨提前两个小时，也就是早上六点半到了机场。

我把包里的甜点盒递给他，他接过去打开，一口嚼掉一枚马卡龙。

“知道多贵吗？就知道吃。”

“不对呀，这是临时想起来给我的吗？说不送我的，昨晚你怎么不交出来？”

我脸微微发热，其实自己也不好回答。

“谢谢。”

“突然这么……真是烦人。”

“那你要我怎样？”

“哎，吃吧吃吧。”

他问我将来有何打算。

“将来太远了。想也无非是跟我那几个室友一样，成为就业大军中的一员。广告也不错嘛，挺有意思的，想让很多人看到我的作品。”

“可你没什么想象力。”他戏谑道。

“英国广告教父大卫·奥格威说过：‘真正决定消费者购买与否的关键在于广告的内容，而不是它的结构形式。’”

“行，有劲头就好。”

“哥，姐坚强着呢。”沙曦不再像从前那会儿爱缠着他了，少女心思微妙，一旦有了意中人，其他人和事就都不放心上了。她看了几次表，心不在焉地装做出一副不舍的样子，而真正不舍的人却得装作心不在焉。

沙曦说罢就走得远远的打电话去了，在洗手间门口有一句没一句地跟人闲聊。剩下我们两个，正合我意，可一时又不知该说些什么，只是静静地坐着，时间一分一秒过去，心里着急。

“从前你接我，现在我送你。”

“起初想留学，是羡慕你满世界跑，今天日本明天澳洲的，我也待不住了，也想到外面去，看看广阔世界。还想着你要是比到英国去，我得好好儿款待你。现在你消停了，你说我要不要留下来？”他的视线从远处那只大钟抽回到我脸上，笑津津地。

“好啊，留下来让你爸打死你。”

“那边有什么要买的就联系我吧。”

“那可多了，就等你这句呢。”

“不会不给钱吧？”

“少装蒜，你还欠着我呢。自己提的茬哦。”

“还欠多少？”

“五千六。”

他吓了一跳：“我只借了两千多！”

“年利率百分之五十，两年多你才还了一部分。我有账，甭想赖。”

他一拍脑门，瘫坐在椅子上。

“你明明有钱为啥不还我？”

“我哪有钱？”

“昨天下午都看到我妈给你了，黄信封装着的。总说穷家富路，你在国外她肯定不少给你，要不先把钱还我吧，省得利滚利。”

“不还。”

“还我吧。我想买东西呢。”

“你昨晚到我房里是不是来要钱的？我没提，你就没好意思张嘴。”

“欠钱的是你，我有啥不好意思，人家没想起来而已。还钱！”

“欠钱才是大爷。”他大咧咧地把杯子递我，拖着行李往边检走去，“给大爷把水倒掉。”

前面的队伍快安检完了。我帮他把水倒干净，回来陪他排队，继续磨：“快还钱！不够再跟他们要呗，这走得多轻松呢。”

他憋不住笑：“又不是去死，走那么轻松干吗。”

我赶紧捂住他嘴：“别瞎说——”

他拿开我手，攥在掌中捏了一下撒开，凑近我，“没要离开真不知道这滋味。”似是有个盘旋已久的念头终于落下，“我不想走了。”

“什么？”我怔了怔。

他的神情并不像开玩笑。

“真的。刚才话没说完，本来就是跟你比着才想出国，现在你在国内——我更不想走了。”他情急之下冲口而出，想掩饰为时已晚，眸子里翻起巨浪，射出逼人的灼热，把心赤裸裸地亮了出来。

我看清了他，内心翻腾着狂喜，一时间柔肠百转，却清醒地知道这是荒唐的，他真的也如我一般荒唐。

安检口前只剩下四个人，他这时说这些，我心里像着火般焦急。

“你不要感到压力，我是想按自己的意愿行事，跟别人没关系。他要打要骂由他，损失他点钱，以后补偿他，我决定留下来，不管谁反对——”

“我是没办法！”我当即打断他，“哪怕有一点办法都不会放弃。哪怕有一分可能让我重返赛场，我什么都愿意做、不惜一切、什么都可以交换。可你这算什么？留在国内你得像小睿那样复读一年。”我气得使劲儿搡了他一把，“有好路不走，不珍惜最有利的机会，谁也赔偿不了你！”

此刻队伍前面只剩下三个人了。

他也恼了：“在国内照样可以！在你们看来可能很难，可在我看来很简单，很多事都没那么难。就算不读大学也可以，子承父业或者从零开始，什么也难不倒我！”

“狂妄！”我瞪着这不知天高地厚的家伙，想狠抽他一巴掌，“你以为你是谁呀？脑袋里装的什么？”

“装的——”

“别人都是干扰项！你最该做的只是走好自己的路，因为别人也有别人的路要走。——你爸说过，不切实际耽误大事。千万别把前途看得太简单了，不当回事，运气不是总站在你这边。”

“可四年时间太长了……一时讲不清楚，这么说吧，我的世界观跟你的不一样，可能有别于大部分人，留学的事看得真心没那么重要。我也没牺牲什么，不认为这样就不为自己了，想在哪儿毕竟由我自己说了算。”他在猛攻一道防线，防线一旦倾塌，将是所有人都承受不了的局面。

最前头那人进了安检，前面只剩下两个人。

“全是混账话！说得可太轻松了，请你也想想别人吧。你爸的期望呢？还有他的钱是那么好赚的？他让你在最高点起步，多少人求之不得，背地里自豪地把你给吹出去，不只他，还有我妈、小曦、我，这些你都知道吗？我用血的经验告诉你，一旦落下阵来，不管因为什么，可抗还是不可抗，都不值得同情！只会有人背后说：她不行。我也好，你也好，所有人都一样，只瞧得起行的！请你给家里人一份荣耀，别为什么荒唐的幻想自己毁了自己的翅膀。”

“荒唐的幻想？”他眼中的巨浪急遽陷落，陷落成深沉的夜海，冷峭地笑了一声，“我都不知道自己有这么光荣。”

我心如刀割，视线与他的纠葛到一起，不舍得移开。我伤了他，为此懊悔而心痛，身体里有一万个声音呐喊着“我爱你”，而我只是喘着粗气，攥住拳头，紧紧闭上了嘴巴。

亲爱的人，这不是我的强忍，这是我的自尊。

前面的人已向海关递出了护照。

他跟我一样心乔意怯。离别在即，只感到喉咙酸哽，连怒意也没了踪影。

沙曦从老远冲过来抱住他：“哥——我会想你的！”

“都说会想你。”我接口道，“让你别忘了打电话，其实最不舍的只是在分别这会儿。我用这么多年离家在外的经验跟你说，原地的人祝福你、牵挂你，然而不会等你，一旦不再等了，会比离开的人更少想念。你走了，别人总得继续过日子吧？一切都会变的，等再回来，不管他们多热切，你都失望。”

沙曦一脸错愕：“你怎么跟要走的人说这样的话！”

“总之你顾好自己就行了，走了就别总回来折腾，学业为重，一路平安吧。”

李思笃像石像一样立在原地，眼睛像戗风似的泛红，瞥向我的眼神里是彻骨的殇情，如一柄钢锥直抵我灵魂深处。遂勉强一勾嘴角——如果那可以称为笑——像答应我，也像下了个决定，上前边检，十几秒过后，头也不回地一扬手，进了安检口。

四

35 2018.5

在摩哈家的最后一晚，我们索性夜宿在了撒哈拉沙漠，其宁谧实在难以撑起“撒哈拉”这个名字。四下无人，亦无危险，天冷了沙未凉，沙凉了太阳又升起来，炎酷走不远，它就等在一边。人迹罕至的绝境亮出一副宁和面孔，无风的晴夜友好地守护着三脚架和星空。我们三个在离帐篷不远的沙丘上听曲子、拍星轨、喝啤酒，几乎想睡在外面了，身下的黄沙细腻紧实，舒服得很。

人处于绝境之地，常常变得真诚。

“‘世界上有两件东西能震撼人们的心灵：一件是我们心中崇高的道德标准；另一件是我们头顶上灿烂的星空。’”

“可事情似乎总是在变呢。”我幽幽道。

“当然。”老柴应声道。

“我是指过往的事情，你想过吗？同一件事，从前是那么认为，现在却不那么认为了。”

“发酵理论。”

“发酵理论？”

“比如说，我儿子作业本里的主观政治题。当时有当时的标准答案，而不同角度不同时期意义却不同，当时歌颂日后批判的也不少。归根结底是时间把咱们变成了更接近答案本质的个体，具备了达观的态度。当然这也是相对的。”

这话当真说到我心里去了。这几年随着一次次再出发，站在新基点往回看，总能发现事物之间原本存在而从未显现的新关联，旧事像被剥包菜似的无休止。柏格森说，“绵延”把过去和现在做成一个有机整体，其中存在着相互渗透、无区分的继起——过去不止于过去，现在不止于现在。

“再比如说我老婆这么作，从前由着她是怕，现在由着她是爱，她也在变嘛，越变越好了。”

我和小槐都憋不住笑。

“叶问说这世上没有怕老婆的男人，只有尊重老婆的男人。”小槐说。

“嘴硬，那还不是怕？怕跟尊重是一回事儿吗？”老柴冷笑一声，“我媳妇，我刚洗完澡光着膀子，忘了因为什么在吵，她发怒了，扑过来压在我身上。我往后倒，后背就卡在铝合金包边的壁角上往下刺……”他把烟叼嘴里，撩起衣服，夜色中隐隐可见一道长长的暗线，“二十厘米长一道口子。”

小槐伸手去摸，嘴里啧啧不停。

“她不是故意的。后来知道错了。”老柴把衣服放下，“槐，去搞一壶Morocco Tea，这东西齁死个人，嘿，可还有点儿上瘾呢！”

“我想先来根儿Morocco Cigarette，”小槐说，“为柴哥压压惊。”

“没脸没皮。”

小槐刚戒了烟不超过半年。

“你也来一根儿？”老柴递给我。

“我不抽。”

“怕？”

“怕，好不容易戒掉的。”

“真戒了又有啥好怕？在撒哈拉抽过烟放过屁，此情此景再也没有，巴巴儿看我俩抽，那是憾事。”

“抽烟那些年就连散步都没精神，干什么都没精神，就想着赶紧停下好抽一口，其实脑子里尽想着烟，总浑浆浆的。”

他又递了递：“一支，再要不给。”

我接了过来，像位戒欲多年的出家人，在理由充分的前提下将万丈红尘合情合理地吸入肺腑，眩晕的轻飘感顷刻席卷了四肢百骸，久违的熨帖。

“你们是不了解嫂子，她这人单纯得很。”老柴后悔刚才说多了，往回找补，“问我赚那么多钱干吗，那么辛苦干吗，够用就行了，就好好做伴儿不成吗？东跑西颠儿的。你看看她，我能不感动吗？”

“你挺容易感动。”

“都知道不现实，她不知道吗？她只是单纯、容易满足，我最爱她这一点。还有就是皮肤好，嘿，水豆腐似的，白得发光。”

“说穿了为了皮相。”

“为了皮相也没啥不好，谁不为皮相？瞧着舒心就行呗。”我说，“你说视觉传导的信息，它不比什么人文道理真实可靠？”

老柴幽幽道："好哇，一见钟情可抵一世的煎熬。不过撒哈拉星空还没给我灵感哪。"

小槐弄来一壶滚热的Morocco Tea，一一甄满，我们边品茶边赏星，清甜惬意。

"染姐，你也懂音乐吗？"

"我们家根本没人懂音乐。"

"兄弟姐妹间就是这样。"小槐一撇嘴，总以为我对沙曦抱着手足间那种轻蔑。

"在酒吧唱几支歌儿就算懂？那我也行。"

"驻唱，我看也好过咱在外头戗风遭罪的，玩儿着就把钱赚了。"

老柴哈哈笑起来："小槐，如果在你眼里咱这行就是戗风遭罪，我劝你还是尽早转行吧，以后你也就是个戗风遭罪的糙老爷们儿。"

我深吸口烟淡淡吐出去："头几年不少人在背后议论女摄影师辛苦，说我活得糙，近几年女性摄影师不也多起来了？跟大自然打交道总比跟人打交道省心吧。我呢，也就这点儿出息了。"

"染姐，你没给咱妹拍过写真吧？"

我确实没想过要给她拍写真，但我曾不自觉地从写真角度审视过她的生活，是不同于家人的角度。十几平米巢穴般的地下室，高跟鞋东一只西一只踢来踩去，随处丢着丝袜和缀满亮片的罩衫，好像只要有六个小时光鲜亮丽地出门去唱歌，就可以一天十八个小时活在那种污浊散乱里。

自然，小槐看不到她这一面。

"还没机会拍。"

他见我低落，又换了个角度："染姐，听说你以前是运动员？

咱妹也是吗？”

“她不是。我曾经是过，不过久得连自己都快忘了。”

“什么运动？”老柴问。

“游泳，后来身体不行了。”

“老天为你关上一扇门，就会开启一扇窗。”

我笑了：“要不是身体不允许，我是宁走门也不跳窗的。体育和文艺任我选，永远是前者。教练说：‘十三了，当个爱好还行，想参加竞技就太晚了，资质好的十四岁都出成绩了。’我爸说：‘还竞技呢！玩玩就行喽，您帮我照看好喽。’我启蒙教练年轻那会儿在省游泳队成绩中等，他的教练说游泳比赛能用嘴的话，他早就拿全国冠军了。其他队员体能训练时，他在旁边做力学推演。理论是基于推进力和阻力的拉锯。那可是画得一手明了的示意图啊，动作细化分解，变化间肢体各部分都详细标了化阻释义。说当代的游泳仿生学研究远远不够，就用他自己得出的化阻示意图调整技巧，坚信只要练到位，总有一天身体各个部分配合都能达到理论上的天衣无缝。可惜成绩一直没什么进展，退役后就在工大体育系做了游泳教练，还把他那套‘完美态势’理论用在了我们身上。经手的每个学生都知道，包括我，但真正理解他的并不多，能尝试操作的更是凤毛麟角。他经常发脾气：‘我说的“完美态势”是绝对的、非此不可的，不是普遍意义的标准泳姿！’时间久了他倒也不强求了，绝望了。偶尔吹个牛，强调他曾是一位或有能力改写人类游泳史的理论派鬼才，只不过与成功失之交臂，在独辟蹊径的路上其实只差毫厘。理论没成功，还是汲取了教训，他教练当年曾把他一脚踹下训练池，训他的话他用来训我们：‘就算你是根海带，也得多在海里飘！’我是他手下进步最快的学生，五年后杀进全国锦标赛，六年后上了国际赛场。”

两人颇吃惊，终于搞清我当年的水平。

“后来怎么回事？”

“心脏的毛病，就退役了。”

一声长叹。老柴没多问，这个年龄的人经历过太多，不会过多表现同情，只是递了我根烟续上。

凌晨两点，相机定时曝光，我装了一小瓶沙，躺在沙丘上。时间与空间足够遥远，壮阔的星河照见过往，卑渺的灵魂灌溉天国之光，心灵获得彻底的释慰。

让你失望了，对现在的我更重要的并不是很远的从前。三年前，我前夫因频繁接触一位失婚好友，情感也跟着陷入困顿。我们两地分居，一年仅有三个月时间在一起，他常把自己想成得不到婚姻慰藉的可怜人，似乎借此享有了重获自由的权利，与他平淡的婚姻生活愤而一刀两断——一切皆因他在半个月里疯狂爱上了一个女人，接着便提出离婚。而我竟神奇地理解了他，理解这个卑隘的人以及重感冒一样的爱情急症。无力追问也无力悔恨。直到两个月后的一个傍晚，一觉醒来，我突然与无边的死寂撞了个满怀，才知道自己又一次没有家了。

六年的婚姻里，我们没有孩子。原因很多，工作忙、太多事想做、玩心重、没准备好、对彼此身体失去欲望、以后有的是时间……因为相信爱着彼此，所以这些都算理由。

离婚那会儿他母亲发出感叹：“没孩子就是不行。”末了表现出她的柔软心肠，可怜我孤身一人、中年失婚，对她儿子赔偿式的财产分割未有阻拦。我坦率地承认自己是不想生，不想生的意愿同时也潜移默化地影响了他，不想生的根源是我没能从他身上取得足够的安定感，他也暂时放下了这个问题，得过且过。

时隔几年的沉淀，应该可以再剥开一层原因了：自问为什么没从他的身上得到安定感，是我不够爱他，更是他不够爱我，我以为他爱我，然而内心深处知道这份爱实则不够，没给到我一往无前的勇气。这段爱与忠诚双双覆没的婚姻毁掉了我的尊严，我以淡漠收场维护了自己的尊严，可谁又在意。

总想主动、燃尽一切热情、不计较地去爱，可一次又一次失败。有人天生飞蛾扑火，有人毕生有所保留，所以我暗自为不能全心去爱一个人而感到愧缺，我的灵魂既不纯粹也不美好。

经历过了失婚的重击，我对母亲的强大后知后觉。从前我不齿她的人生选择，而今明白自己远不如她坚强。年龄越大，越发脆弱。我起了变化，男女关系上越发大胆，感情上越发谨慎。经历过失败，就晓得没那么多的理所当然，能喜欢上谁、能快乐就很可贵。完美正确的大路塌了，对于一部分人，或早或晚终要塌，这条路对我来讲是歧途。而今颠倒过来，不必从美满里剔出杂质了，仅是往空凉的生命里添些想要的。塌了，我因此得了自在，什么都没有的情况下，度日很轻松。

临行前我对摩哈的小儿子张开双臂，他像冲下山坡一样冲过来紧紧抱住了我。

“I know.”我摸摸他的头，其实你早在等了，只是太腼腆了，不会主动。一个这样的孩子的拥抱所带来的震荡，摧动着我的心肠。

作品集里有一幅照片展示了这个家庭。除了墙脚矮柜，房间空空荡荡，摩哈的妻子和母亲坐在地中间做针线，小儿子倚墙躺着，屈起一条腿，勾在另一条腿上，伸手抓起勾着的脚掌，面无表情地盯着脚趾。

这种百无聊赖是不堪想象的，而那位妻子唇角自有弧度。

我是主观的。表现无聊是因为相对无聊，我平日的生活忙碌充实；表现艰苦是因为相对艰苦，有的群体就算付出几倍十几倍辛苦也达不到另一部分群体的生活甚至生存标准。若将这些“不易”记录为风景，我便是鄙俗的；若表现出希望，我便是悯恻的。以此换取收入和名气，为个人价值加码，证明独到的“摄影眼”，所以不论鄙俗还是悯恻，我都是虚假的。

于是我不断肃清自己，手持镜头就要折射真实，从人文视角进入他人世界，只为表现生趣，挖掘出支撑个体、使此人区别于彼人的东西。记录摩哈一家，不因其日子显得苍白，而是其生趣并不为我所知。这个发乎主观力求客观的职业矛盾，要求我往内心深处去，寻到一面镜子。而多年追索，也不得不承认，没有绝对客观的认识，只有越来越贴近大地的人。

我自知成不了大师，心不够敏锐，感情也不够细腻，且缺乏深厚的、身体力行的人生哲思。

决定我最终走进风光与民俗摄影领域的，只是一种自发形成的、自救式的世界观。“自我”渐渐飞散，因这世界有各式各样的人和千万种活法。要记录别人，就得放下自己。换个角度讲，由于记录别人或者琢磨怎样记录别人成了我的职业，我就越来越不是自己生活中有滋有味、人事不断、千愁万虑的主角，失去了中心，沦为戏里戏外的旁观者。有时我觉得完全就可以这样死去，偶尔也叹这些年白活。为一幅好作品，再满足，对自己而言也是虚缈。就是这样轻飘飘过日子的，恨把自己推到了人生边界，又不忍舍弃这般游离自在，仿佛这便是我本来的所在。由此，对孤独的需求与日俱增。企图改变时，命运那双看不见的手总将我拉回来——此心安处是吾乡，分不清“吾乡”是个精神上的绝对所在，还是个自我慰藉的假想地。

36

下一组行程前，老柴和小槐强烈提议吃顿中餐，和平饭店。其实好好吃上顿中餐正合我意，连日来的当地菜实在吃得人失魂落魄，可跑二百公里吃顿饭未免小题大做，而且据说今晚卡萨布兰卡有台风。

清一色白色建筑的街道上，这家赭红门脸尤为醒目。店招上“和平饭店”四个汉字彰显了中国气质，但与那家传奇的“上海和平饭店”应该没什么关系。来不及细究其渊源，店里人满为患，一桌难求。另有个摄制组在拍摄外景，里里外外半数以上是中国人。我们三个在店门口等位、看热闹。近几年国人摄制组散布全世界，所到之处必带起一波旅游热潮。

沾了职业的光，十几年间行走了四十几个国家，世界观潜移默化在改变，对宏大的命题失了兴趣，现在能触动我的反而是些小情小景。

“对梨涡长在颧骨上的女性，我向来没抗体，”老柴笑道，“无辜、无助、最能激起男人的保护欲。”

梨涡长在颧骨上的女主持人正在卖力讲解，披一袭淡紫色纱巾，头戴硕大太阳帽、半透太阳镜，香汗淋漓，路人目光都聚向她，她热得无暇消受。

“这是档卫视旅游节目，大学那会儿我还真看过。”小槐说。

“一个节目能办几年也算做得不错了吧。”

“大形势好嘛。”

店员把我们招呼进店里。

龙虾、清蒸鱼、牛杂煲、老鸡汤、酿豆腐、烧卖、粤点……既然不远百里，就别可丁可卯了，多点几样慢慢儿吃,吃不够再点。风尘仆仆好些天，一口酿豆腐吃进嘴，才感觉食物真正落进了肚。

不一会儿摄制组进来，挨着我们坐在右侧两桌。女主持目光流转，很典型的美女脸。美女脸，重点不是美或不美、有多美，而是“我是美女”的状态标签。如果人长得丑，而妆容精致、举止优雅，保不齐也能被人看作美女。就样貌来讲，这位女主持是很美的，三十出头，鼻头尖尖，梨涡随表情忽隐忽现，很有灵气，举手投足散发着撩人韵致，待在角落里，无言花自香。摘下太阳镜拭汗，让我想起一个人来。

身边这两位男士被她的目光扫过，不由一齐挺直了脊梁骨。

抱着几乎不可能的讶异，我再看那个女人，她的目光同时敏锐地流转回我脸上。四目相对，顷刻认出了彼此。

李敬怡，时隔十几年，我完全不敢认了。

由于她们摄制组时间紧，我们也赶着吃饭，叙旧很仓促，甚至没来得及叙什么旧。得知她家住南京，主持工作做了有七八年，结婚更早，儿子上小学了。她问了我跟沙曦的近况，而后互加了微信。说希望我有时间能去看看李斐，便匆匆走了。

“她认识沙曦？”小槐来了兴致。

“她第一次化妆就是跟她学的。”我捋捋头发，问他俩，“我是不是蓬头垢面的？”

老柴笑了：“女摄影师跟女主持人还是别搁一块儿。”

听李敬怡的意思，李斐似乎发生了什么事。脑海里浮现出一张尖削执傲的脸，这些年早忘了有这么个人了。

夜里，我把李敬怡的朋友圈翻看了一遍。有一张定位在伊春的疗养院的照片，除此以外没任何一条消息关乎她的堂亲。同我一样，离从小到大的亲人越来越远。

这是无奈的。人跟人之间不是什么话都说得透，你想通了别人可能想不通，即便都想通了也不是什么矛盾都能化解，即便化解了矛盾也可能心存芥蒂，间隙久了，积下越来越厚的尘埃。遗憾是难以消除的。对亲妹妹，我亦无可奈何，就连悲伤也找不对它适当的形状。总想起小时候，她爱跟父亲玩一个莫名其妙的游戏，他搡她，她装作小木偶似的踉踉跄跄，再上前缠父亲，父亲再搡她……

台风来了，放肆撕扯。

我关上窗，看那株垂下院墙的蔷薇在惊雷闪电下瑟瑟发抖，顷刻间暴雨肆虐，花朵在风暴里翻滚哭号。

雷声令人无法安枕，刚迷迷糊糊又梦见溺水了。时过境迁，剩下的只是这个梦。

那晚我并不知道，命运像一个轮盘，转走的，有一天会转回来。

37 2002.9

愈来愈发现，人生阶段的划分，习惯以异性做标记。尽管不愿意让自己的生命看起来如此肤浅，但回想起来，空窗期是少的，往往留不下什么印象。剥开种种所谓的人生意义，生命的主线还是消耗在了对异性的追寻、暧昧、倾心、失望以及思念里。

2002年秋，也就是退役后的两个月，是我人生的大低谷。心脏问题像个魔箍一样将我禁锢住。它是被用坏了，再也负担不起长期的高强度压泵。其实我倒宁愿大病不起，那样看起来反而没什么遗憾空间。医生叮嘱不要劳累、不可做剧烈运动、勿大喜大悲。退役后，病情再没有继续恶化，心脏处于平缓恢复当中。我的生活就像端起了一满碗水，要时刻注意保持平衡，也不得不安宁。厌倦了被人询问病情，那些个不远不近的人，随口一问，问过也便忘了，下次会接着问，而我要一而再再而三地重复病情、重复知道自己不是个正常人。

广告学最精彩的课也最轻松，是看些别出心裁的西方广告案例。一旦把它当成以后要做的工作、专业特长，便忧心自己实在没有天马行空的灵感，广告史、符号学、相关心理学和营销学……最重要的是我没有踏实的学习习惯，可以说从未建立过，学习生活枯燥无比。班上同学的日后志愿，跨专业考研、公务员、出国深造、大型外企、4A公司，跟专业有关系的不多。我回到主流大军，总得顺利拿到毕业文凭。

有天傍晚室友问我总看全家福，周末怎么不回家住了，在我身后认真打量："三个孩子数你最丑。你妹多大了？"

“初二，在九中，市里重点中学，可惜学习跟不上。”

“你弟呢？”

“你干脆直接问算了。”

“这不委婉点儿嘛。”

“出国了。”

“长成这个样子，留学生活得多丰富啊。”

“他不乱来。”

“帅哥美女感情经历哪能不丰富，你不找人家，人家找你呀。所以我从来不会喜欢上帅哥。”

我笑这白纸一张的纯情妹子：“你以为控制得了吗？”

相比国内水深火热的就业环境，大家很羡慕留学生。我时常想象李思笃在英国，身边必定多得是优秀漂亮、家境富有的女同学。一想这些，我就妒忌、焦灼。就那样送他走了，事后一通电话也没打过，就这样了吗？不甘心，却是我亲手了结的，不然又能怎样？现在这样才是安全的状态。做了该做的，我不后悔。

只是一个人时，我禁不住去憧憬，憧憬有一天，他或者我，冲破了现实的阻碍，不顾一切地在一起了。虽然没有任何路径通向这个结果，可还是禁不住去憧憬。就像憧憬将来能环游世界，却不知怎么能够做到，仅是虚空的梦。我需要梦，庸碌的现实需要梦——只要想到他，我就不是人海里的一粒浮尘。

母亲开始大力鼓励我交男朋友，甚至总在我并不知情的情况下，以家庭聚会的名义制造机会。而我对这种场合很反感，就刺激她：“人家知道我有心脏病吗？”

母亲显然很激动："根本就没事！你身体只是不如以前，可照哪个姑娘差了？你就是个正常人，正常人体质还不如你呢。"

由于不再运动，脂肪开始囤积，对着镜子里浑圆的脸，我心中满是惆怅。便开始控制饭量，以走路来增加身体消耗，别人骑车我步行，去上课，去吃饭，晚上在操场上走圈儿。随着肌肉的消解，那些拼搏的光阴像梦一样散去了，人也比从前瘦了一大圈儿。

"这样也挺好。"镜中的我高挑窈窕，清丽苍白，气质柔静不少，眼里早已没了挑衅。如果他见到我现在的样子，会喜欢吗？

38

大二上学期末，除本学期结业考试外，我还需要补考前两个学期的七门挂科：英语四级、思想道德修养和法律基础、传播学概论、广告学概论、广告史、广告专业设计、古代汉语。我堪称传播学院挂科最多的人。若不是辅导员帮我申明特殊情况，去年就被留级了。

后半个学期我走出了低谷，让自己忙起来，几乎没落一节课。上晚自习、参加话剧社、随室友到野外摄影写生、试着创作广告、参加些比赛，发现除了那些理论知识外，广告专业的实践课程是蛮有趣的。

随我摄影写生的室友酷爱Cosplay，课虽不大上，艺术审美上倒颇有天分。为了Cos一位纤纤少女，强迫自己三天不进食，第三天晚上终于按捺不住，直吃到吐。次日我便替她点了一天的名。

最后一节市场营销学，我先为自己喊"到"，再扣上别人帽子，趁讲台上没注意窜到邻组后排，粗着嗓子又替室友喊了声"到"。

谁承想那老师不接着往下点了，点名“沙染”回答上节课留的问题。结果我因包庇同学逃课被扣掉二十分结业成绩。两次去求营销老师都被撵出来。办公室门外，计算机二级老师告诉我说吴老师气的不是别的，是被愚弄，他不轻易原谅谁。照这么看，结业考试抬抬手可以给的分数他恐怕也不会给，这科必是挂了。

“我只是帮室友个忙，他何必上纲上线的！也太狠了，人家本来挂科就多。”

“挂科还有理了。”他走进办公室。

我也随他进了办公室。

“别让我再重复！”吴老师较起真来当真不通人情。

“吴老师，”考虑到还有那么多挂科，我决定跟他耗到底，“如果计二老师病了不能开会，开不了会扣绩效，您不会替他点名吗？”

“我会替他请假！”

“他的假全用光了呢？”

“我姓耿，不叫计二。”

“这不具有可比性！”

“我是想说讲义气不该被治罪。”

“你的包庇对被袒护方没有助益，只会让她习惯偷懒、撒谎、缺课！听好，这是包庇，不是义气，你被罚一点儿都不冤枉。给我出去！”

“那您要怎么才肯还给我那二十分哪？”我换了个思路，“顺利结业对我很重要，已经都挂了八门了，这学期全得过，这事儿我跟教导主任承诺过。要是再挂了市场营销恐怕就真得留级的，请您高抬贵手吧。”

吴老师看看我，态度阴晴不定，旋即又紧起来："跟我说这些没用。在我课堂包庇作假，我就必须罚你。讲人情求同情，那谁都这么干了，哪来的教学纪律和真才实学？"

计二老师不知什么时候站到了他身后，滴流圆的黑眼珠在我脸上一扫，"这样吧，吴教授，我看这孩子也挺诚恳，就替她说个情。你看这样行不行：期末计算机编程考试在先，如果她能考九十分以上，您就把那二十给她加上，哪怕我这科她考个八十九，你都甭理她！以成绩促进成绩，激发学生潜力，这样行吧？愁死我了，上回平均分都给她拉下来了。"

"编程怎么考得了九十分以上啊耿老师！"我简直抓狂。心想顺着刚才的方向软磨硬泡，营销老师态度可能就松动了。这下倒好，又卷进来一门编程！

"快走吧别烦人了！"计二不容分说地把我推出办公室。

转过头来我就想明白了，耿乃健这是想帮我。

我没去找他，按理说应该去找他问问，但我没有，因为他会主动上门。有这个预感，女孩子这种预感都很准。耿乃健一直比较关注我。我从头好好学起了计算机Visual FoxPro程序设计，即便他肯放水也得有水可放才行。学进去会发现没那么难，一切有规律可循，比起主观题占很大部分的传播学理论，这门课俨然蛮友善，努努力拿个八九十分不是不可以期待的。

耿乃健打电话过来是在结业考试前一周，说他在图书馆，其实我刚才看见他走过去了。

他像是没想到我会认真复习，我这种学生总被人列为蒙骗糊弄那一类。

他想摸摸底，递给我一份试卷，答完卷子递给他，他看了不一会儿，憋不住笑了："省事儿了。看不出还挺自律。"

"不好让您为难呀。"

"你好像并不怕我。"

"怕老师那是上小学那会儿。"

"这样不好。师者，传道授业解惑，该被尊重。"

"耿老师，不怕您是您和蔼可亲，怎么是不尊重呢？"

"就是不尊重。"他抓起桌上的笔在手里转，闷头盯着卷子角。

我得承认在他面前的确是放松大胆的，可不单单我，所有人在他面前都不拘谨。他不修边幅，一周只穿同一件衬衫裤子，头发长到看不过去才修剪，常拿着汉堡边走边嚼。他也不严肃，当老师的不严肃，看上去就很奇怪。老师的笑意本应难得才对，他却爱笑，有时候自己跟自己笑，咧出满口牙来。他言谈跳跃、举止轻快，想跟学生打成一片，的确有一类老师具备这种个人魅力。可他却越走越偏，成了教师队伍里最不具分量的一员，学生眼里最不着调的老师，即便偶尔做做样子唬人也没人走心，被造谣性取向异常权当玩笑。

这会儿把沮丧写在脸上，让我一个做学生的不知该如何劝慰，可他眨眼间便能笑出来："害怕了吧？"

是的，这人没正经。眼睛长得圆，黑眼珠大眼白小，眼圈暗沉，机警又滑稽，像猫鼬。

"您不够严肃，看起来就有点奇怪。"我的真心话是：像个二百五。

“谁说教师就一定得严肃呢？你们该尊重的是学识和德行，学识广阔、德才兼备才可敬，教师必备的不是一张冷脸。”我的话似乎刺激他哪根神经了，他撇着嘴直摇头，可惜似的看看我，喋喋不休：“严肃只是人的神情，心里谁没个情绪起伏？没人能一天到晚绷着脸严肃吧，回家对着老婆还能严肃得起来吗？看待事物只拘泥于表象，思想太呆板，没想象力！”

“耿老师，我那二十分能拿得回来吧？”

“吴教授既然答应下来，就是会给你的意思了。”

“太好了。谢谢您耿老师。”

他一抬手，“不用。”

“希望少挂几科，下学期就能轻松些了。”

“有选择的情况下宁可牺牲自己才算义气。你只不过替人喊‘到’，算哪门子义气？谢我就请我吃顿饭吧，总看你们吃那个素椒面，真那么香吗？”

“倍儿棒。”提起来我直咽口水，“再给您加俩菜。”

他一点头，“知恩图报。”

39

江畔老巷灯光幽暗，古老的俄式建筑耸立，战后Bar坐落于此，复古风英文字母散发着颓废，门口右侧立着斑驳的老邮筒。拉开大门，总有迈进旧时光的错觉，也像从荒漠一步闯入拉斯维加斯。

进门左面是两个成人高的木偶兵。氛围陈设洋气而古旧，没有统一的制式设计。虽然叫这个名字，却不是一片废墟，老物品的填布赋予这个名字一份安宁。客座旁的墙面装着仿古式电话，随处可见留声机、旧乐器、老皮箱、雕塑，不明功能的老物件儿散放在柜子里、角落里、墙上、窗台上。墙面隔板上有各种纪念币、纪念章、造型各异的小玩偶。有几段墙面贴有种目繁多的外文标签和多国酒标，再往上是二十世纪上半个世纪的酒类老海报——绝对伏特加酒跨越年代的大小剪报裱成一组，各色啤酒瓶盖拼成大五角星——没有留白，处处填满各国风物，像座纪念馆，上个世纪的光晕在此流动。很多人对这里情有独钟。

除夕前夜晚上八点多，酒客间掀起一阵小骚动。

“来了。”张曼丽一努红唇，撩了下头发。

一位颈背微驼的男人快步穿过过道，浅灰色缎面西装，衬衫领口里露出蓝色丝巾，身材中等偏瘦，飞机头油光鉴亮，颌角分明，唇角坚毅，年龄在二十七八岁。

“这就是Vincent？”

“最近来这儿的姑娘四分之一都为了碰碰他。”

“四分之一都被他碰过。”华海亮朝我挤挤眼，对自己的俏皮话挺满意。

“少胡说八道，人家刚回国不久，上哪儿有时间认识那么多姑娘？”

“那都算少的。这不就有俩想找上门儿的？”

“你眼红吧？”

说华海亮眼红倒未必，他认为比自己强的人并不多，所以看到张曼丽对一个装腔作势的二流子有此种反应，也只是不屑。他对他的由字脸和大刀眉深感自信，不觉得自己的俊美生迟了年代。“我有个朋友挥金如土”，张曼丽总跟别人这么提他，但她在华海亮面前从不流露。谁都知道他是冲着她，但她从不当真，虽说私生活随便，可看不上眼的怎么追也不行。光华海亮知道的跟她发生过性关系的就不下三个，他次次失落，表现得很无所谓，可还是不离开这个“朋友”，好像她对他而言真的只是朋友。张曼丽说她是在保护他，念了这么久，一旦得到就意味着破灭，她比谁都明白。“华海亮的皮带我永远不会解”，这是她原话。我说她也不必装得跟多珍惜似的，她能接受的仅限于这份逐爱的虚荣。“再近就吐了。”这也是她原话。我想华海亮如果知道张曼丽对他的真实感觉，八成不再会对自己的男性美坚信不疑。

“我？！”华海亮想笑，刚想说什么，被提前淹没了。

此时Vincent摘下墨镜，是一张精劲有力的脸孔，黑眼线掀起一阵小喧沸，那是种少见的、混合了邪魅感的精爽气质。

“我发誓从没觉得男人画眼线美在哪儿，可今天算知道了，比起电视机里那帮家伙，他实在太适合了。”当他朝这边扫视的时候，我血压都升高了。

张曼丽不自觉抻长了她那天鹅似的长脖子，我要是有她这么根脖子就美了，奈何她没我这双妙目，于是我眼里射出电来。

“现代女性的审美力嘿！”邢展现出懒得嘲讽的鄙夷，“十四岁那年八一建军节，全市选出几名优秀团员随同市里领导慰问战斗英雄。我那会儿学习不算出彩，可班主任喜欢我，力荐，我就被选上了。之前我背地里也嘲笑过那些自命不凡的优秀学生代表，等自己也混进这行列，反倒觉得是普通同学心态不端正。战斗英雄都老态龙钟的，耳朵背了，眼睛也混沌了，其实已经表露不出什么热忱啊、肃穆的——总之是我们想要表达的精神。出生入死的故事呢，随着那个时代越来越远了，只留在胸前的勋章和人们形式化的敬意里了。还记得当中唯一一位年轻英雄名叫詹志远，当时他三十三岁，在对越自卫反击战中擒了几名战俘，一等功。是我，正是我无比崇敬地把鲜花献到他手上。长大后才知道——”邢展会意地望了一眼调酒师阿鹿。

“哈哈哈哈——”

我还没见过阿鹿这么快意江湖地笑过，好像邢展讲了个多了不起的故事。邢展穿着他那件不下身的灰帽衫，浑身冒着土气，心中纵有情怀，却干扰了我们俩观察Vincent的兴味，引得我俩不耐烦地剜了他一眼。

“知道什么？”华海亮倒来了兴致。

阿鹿比着小拇指：“我们老板戴着一枚金戒指和一小瓶骨灰，就等于带上两位牺牲的战友，去把世界各地的酒喝了个遍，回来后开了这间酒吧，目前人在中东搞战地摄影。哥们儿，你的啤酒。”

华海亮血气翻涌，拿起啤酒跟邢展碰杯，一饮而尽。荷尔蒙气息被男人间的豪气干云冲淡了。

“琳琅满目的装饰物无以填补空虚的灵魂，祭奠样的氛围倒显出别样的温暖。若经历了世间种种，定会笑着落泪，寂寞无言吧。”邢展发着感慨，“俄罗斯民族的确有好音乐，不过跟这种调调相比，我更爱《喀秋莎》。”

“《轻声呼唤我的名字》。”我告诉他这是俄罗斯伟大的LUBE乐队，“二战背景，据说是写给在苏联卫国战争中的死者。听起来不论哪首歌的故事，都好似发生在秋天。”

“为收获兴奋，为凋零感慨，没有私情小调，我赞赏这种曲风。只是这可不像你听的曲子啊。”他总不失时机地调侃我。只是这种揶揄从没让我觉得诙谐，总带有知识量、领悟力乃至个人天资上居高临下的取笑意味。

“是人都有耳朵，全世界却只有你才辨识得出。”

张曼丽神经质地大笑，说我讽刺得好，其实她是为吸引那边Vincent的注意。一旦对谁感兴趣，她就会像这样兴奋张扬，这一点就像她笑起来过低的牙龈一样难以藏匿。

从华海亮的态度，他认为重点大学高才生必然是高人一等的，尤其跟我比，就连艺术鉴赏力也高一筹。换句话说，在他们眼里我很轻浅，只知道搽胭抹粉。讲不出高妙的形容词来，就说明领悟不了这首歌。

“苏联卫国战争是二战中规模最大、战况最激烈、伤亡——”

“这首歌我就是知道。”我淡淡地打断邢展。

他有丝尴尬，继而饶有兴味地琢磨我。

我的确生气，他把我烂熟于心的歌曲拿过去，回过头来说我听不懂。这种抬杠式的，甚至默契的针锋相对是我跟他之间最主要的沟通方式，时常见面，其他的没什么可聊。

张曼丽在桌下踢了我一脚,这才发觉Vincent正往调酒台这边来。

灯光乍暗，舞曲劲快，氛围高涨。

Vincent跟阿鹿说了些什么，回转身时视线掠过我们。在目光碰触的一刹那，我紧绷的脸还没来得及柔和下来，他就回过身去了，而激光枪似的精劲眼神，在我心上留下了强光过后久不褪去的亮斑，血压再次蹿高。

我跟张曼丽雀跃地大笑起来，情绪简直不能再高涨了。

“他好像冲我笑了下。”她说。

“看见啦。”

“这么多人盯着，冲谁笑过连他都没印象吧。”华海亮冲邢展挤挤眼睛，“跟花魁似的，哈？”

“Vincent是老板外甥。”阿鹿推过两杯威士忌，对说人坏话的眨眨眼，“这儿以后由他接管，他回来后销售额涨了三成。要知道，照看这么大间酒吧，顾好各路神仙，可得有点儿本事啊。”

“本事嘛，事情逼到跟前没有也有了。”华海亮回击似的讲起他家在大兴安岭的煤矿，安全管理和作业量繁重，非夜场可比。

邢展静静听着，一副低眉抬眼逼视远方的样子，透出不善的动机。我越来越明白，他也只有往远了看，才能掠过这些有基业可承的公子小姐。这些人在他看来那般肤浅，没有机会从拼搏进取中磨砺出强大的自我，更没能力投身于令人热血沸腾的祖国航天领域的宏图伟业。

“你怎么不上自习、泡图书馆、做实验，却跑这儿来喝酒呢？”

“我可一样也没落过。”他笑笑。

“我是说，多出来的时间怎么不搞点儿学术之类的利用上，”我透着嘲讽，“用到有价值的地方呢？”

“晚上的时间就该做晚上该做的事儿。”

“晚上该做什么？”

他故意显得暧昧，旋即态度一转：“喝酒。喝酒不仅能让人糊涂，也能让人清楚。”

“说得好。”华海亮总把他这种废话奉若圭臬，“喝酒，酒后吐真言，酒后见真知。”他不晓得邢展赞赏的目光并不是真赞赏他，尽管人家总是喝着他买的酒。

“不必非得喝酒，别的消遣也行。总得换换脑袋呀，再说书呆子也不好找对象。”他放低声音，诚挚地对我说，“我这人善变，已成定论，想看看别人是不是也跟我一样。”

我微微一屏，似乎听出点弦外之音，逮住话茬攻击他：“不是善变，是吝啬，这一点你可一直都没变，对感情吝啬的人还找什么对象呢，单身最保险。”

他不住地摇头，提到这方面总是理亏，还想说什么，我已被张曼丽拉走了，说Vincent出去后好一会儿没回来了。

“华海亮没事吧！跟调酒师聊矿？调酒师有矿的话还在这儿给他调酒？”见Vincent就在外面走廊上跟几位男女闲聊，她眨动着长睫毛，没话找话。

我俩拿出从前在操场上走台步的气势，带妆的高挑女人是不会不惹眼的，吸引他们往这边看，径直去了洗手间补妆。我涂了她的大红色唇膏，束了个马尾，梳头这件事，平常随手一抓很可能满意，而一旦真想好好弄，十有八九不如平常自然。张曼丽虽不精致，乍一看却光彩照人，补了层粉，眼睫毛再度刷长。我俩甚至连文胸和内裤都整理得妥妥的，不过派用场的概率不大。

转过那道墙之前，她回转身二目含春：“不管看上谁——”

我接下半句：“都不准生气——”

Vincent一个人站在角落什么也没做。

机会来了。

他朝这边看，我俩也在看他。越走越近。

“现在还游吗？”Vincent上前两步，带着绅士的笑意，谈吐利落。

既然认识我，我的回答也像个老朋友似的：“不游了。这是我朋友Fay。”

“你好，Fay，我是Vincent。”他转而问我，“你的英文名字呢？”

“Sara。”

“Sara。”他重复了一声，又像在叫我。

张曼丽出局了。

“好了。你们聊。”她摆摆手走开了。

跟这个男人的故事就这么开场了，我嗅到久违的多巴胺的味道。

Vincent有很多女朋友，也可以说一个真正的女朋友也没有，全是暧昧者和情人。我本不是太随便的人，遇上他却无所顾忌了，是不是他太有魅力呢？邪魅精厉、极富冲击、近在眼前。是不是这种令人不安的感觉，放大了欲望，能引得女人们凫趋雀跃？我从他身上看到我的欲望，他是个赤裸裸的、大写的“情欲”。外形、气场、言谈举止、所从事的事情，都在为他令人不安的性感添火加薪。跟其他男人吵闹着爱得不够，而在他这儿，很少有人来希求爱，唯有纯粹的情欲，爱是默认的空白，奢侈而多余。试问Vincent的爱，又有几人敢要？正因如此，女人们向他索求极少，无须称量算计，只是顺从欲望的牵引，向他无私地敞开。

认识的那个晚上，只在门口聊了会儿。给我的感觉，他面对我时兴致满满，转过身便不会想。华海亮说这是独属于不缺腥的男人的欲擒故纵。

不管怎么说，这件事发生在除夕前夜，隔了个春节，就难免扫兴。

春节期间张曼丽飞去父母那儿过年，邢展回大兴安岭老家，我自己去泡的话未免尴尬。好在春节跟平日不同，春节嘛，会干扰着不让任何一个炎黄子孙被某种私情全部俘获。

40

放假前一天陪室友上街买红肠，不小心弄丢了手机。与耿乃健关系的质变始于此。他想通知我计算机编程分数，就打到我班长那里，后来在宿舍楼下把一只手机塞给我让我先拿着用，而后直到春节也找不到他的人，就没法还给他。起初以为这是他的备用手机，后来才知道他就只有这一部。

接到他妈妈、爷爷、舅舅、堂弟以及不下于二十个同学朋友乃至同事的电话；考博网、体育期刊续订、羽毛球队比赛通告，甚至通过短信提醒得知了银行账户余额，半个月里基本了解了他的生活。

渐渐地，我发觉拿了别人的手机可不是件寻常事，比预想的更不寻常。不论接到谁的来电，对方一听是个年轻女生，都会若有所思地“哦”一声。这些都使我产生了微妙的心理反应，由于他不寻常的帮助和信任，由于手机是主人的一部分。

除夕那天，继父他二弟一家从黑河赶来哈尔滨过年。

李斐殷勤讨喜的模样我还是头回见，里里外外地帮忙料理，给沙曦讲题，对我也比从前随和。

下午全家上桌，提起三年前那个春节，计划这两年全家再聚一起过个春节。

母亲夸赞李斐，二婶夸赞我和沙曦。夸我是顺带的，谁跟沙曦一起都会黯然失色，夸沙曦则是情不自禁的，谁见了也忍不住欢喜。这两年她的美貌更现出惊人的上升趋势，上衣兜里被母亲洗过的情书就有两封。

“长大了就是个绝代佳人哪。”二婶啧啧赞叹。

绝代佳人，这种呆板词汇并不适合用来形容沙曦。

她活泼而灵动，其美好自有一股令人心生欢喜的圣洁气韵，是被神吻过的女孩。母亲说她家以上好几代人都没出过这么好的眼睛，如一对黑宝石在湖水里闪耀着幽光。而我细目长眉，鼻子也长，扁口薄唇，脸蛋线条也较她硬朗。轮廓虽看得出是姐妹，跟她一比却哪儿哪儿都不对。

二叔聊起这些年生意场上的艰辛：“干花运出去，哪次不过五关斩六将？战斗民族不好惹啊！得把脑袋别在裤腰带上，哪次出门媳妇不千叮万嘱？后来好啊，咱说起老毛子话比小年轻儿翻译都溜，水多深咱就给他趟多深！这几年开放搞活，政策一规范，干的人多了，生意倒不好干。”喟然长叹：“好景儿一去不复返哪！”。

“不然也对不起当初家具厂投入的资金。”继父沉声接口道。

二叔打了个哈哈，一眼眼瞥继父，试探着进入正题：“我还是那句话，小斐得进来。”

二婶也跟着撂下筷子，所有人目光都寄向扒虾的继父。

他的大手把虾肉从壳里拽出来，蘸蘸调味料，汁水淋漓地塞进嘴里嚼。朝弟妹一抬眼：“红钰？尝尝，不错。”

“小斐，敬大伯父大伯母一杯。”二叔给李斐使了个眼色。

李斐早准备好了，乖顺的笑意迎着继父脸上的厌倦。

“不必了。”继父靠向椅背。

李斐执拗地站着，笑意僵在脸上。

“坐下。”继父终于瞥了她一眼。

李斐顺从地坐下，以她的清高，今天这场面算忍辱负重了。

继父撂下筷子，开门见山：“过两年让小笃先去你那儿，是为咱整个家族考虑。他在那边学的专业对规范贸易公司、业务拓展、转型有决定性作用。你也看见了，市场规范起来了，从前那套越来越不管用，得寻求专业。”

二叔不置可否，一脸的苦口婆心：“哥，咱家小笃专业是金融，何况还得几年毕业。小斐读的才是国际经贸，贸易这块她正对路啊。”

“我托人在海关检验检疫局给她联系了一个岗位。女孩子应该去更优越的工作环境。”

“女孩子跟男孩子一样上大学，也该为家族做点事了。哥，我是一心想着全局，想啥做啥全站在咱家族角度，说句不好听的，你也别不爱听，咱家这些孩子就数小斐最有头脑！”

二婶拽了他一下。

二叔全不理会：“既然咱家有这摊子事儿，就不该让有能力的孩子在外头瞎耽误才能。你让小笃进来，也得让小斐进来，都是咱家孩子，不能区别对待。给个平台好好干，为他们好，也为咱家族前途好！”

继父似是早有一番深思熟虑，那双眼睛添了几分疲顿，“老二，一家人不能全在船上，还得有岸上的。”

“我撇家舍业一心扑在黑河，这些年多少风风雨雨才有的现在的局面。哥，当爹的总有权利为闺女打算吧？”

继父猛不防冷笑一声："谁给你的权利？"

看来今天有人势要讨个说法，桌上每个人都暗自捏了把汗，小心呼吸着紧张的空气。

李斐紧咬嘴唇，脸涨得通红，盯着继父桌前那一小堆，被那双粗暴的大手恣意主宰，撕得七零八碎的虾壳——这双大手同样践踏着她父亲的威严。

"我的血汗就该留给我女儿！"二叔态度强硬。

"平台和资金从哪儿来？"继父大吼一声，震得所有人一激灵，"不是你成就这摊事儿，是这摊事儿成就了你！女孩儿能干什么？难了累了，节骨眼还不得男人往上顶？"他指着李斐，提醒她父亲："要嫁人的。"

二叔眼里蹿起怒火，眼看要掀桌子的架势，这股锐气撞在继父的铜墙铁壁上，挫钝了锋芒，强行压抑着恨意，转为愤懑："这都啥时代了？再说嫁不嫁人她也是我女儿，我就这么一个女儿。这些年你一直把我当狗，当你们父子的狗！"

我看到继父头顶阴云聚拢。

"我当老大的从没亏待过家里任何人，也会安排好每一个孩子！还是那句话，丫头得站在岸上。"

二叔一脸讽刺："咱家就一个小子——你儿子！你给他留的太多了，他干不过来。今天你同不同意我也得让她进来，贸易公司我还有决策权！说一千道一万，她进公司还不是最终为你们父子效命？！"

"爸！"李斐打断她的父亲，唇上挑起一抹冷傲，蓦地起身，"我又不是无路可走。你们慢慢吃。"说罢转身离席。

我在家附近的小公园里找到她，她哭过了。我也不知安慰她什么好，母亲让我出来找她。

“你没事吧？”

她一副冷冰冰无所谓的样子。看来生起气来冷都不怕，我倒冻得嗞嗞哈哈。

随着“咻”的一声，一条亮线迅速蹿上高空，炸开，姹紫嫣红后分裂成一圈圈的小光点，煞是好看。家家都出来放烟火了。

“我爸很丢脸吧？”她凄冷一笑，“可一想到能比同龄人发展得更快，我就同意他这么做。”

“为你争取，总比不闻不问好上百倍吧。”

我好心用自己的事转移她的注意力。她全没理会，对我不屑一顾。其实放下礼貌客套，她打心底认为我是个不值一顾的人，对着这样的人，她现出了本相，人一现出本相，是要说真话的。

“我爸是我妈和我的骄傲，可他在大伯眼里那么卑微！你能知道这种感觉吗？……结果就是我怎么努力都比李思笃低一等，从出生就是这样。他什么都有，老天眷顾，什么都给他，什么都等着他，全都是他的。而我、我爸、我们家不管怎么尽心尽力，全看人脸色凭人施舍！”

“只怪你爸不是你大伯吧？”我心中暗讽。继父不同意她父亲的请求，是不是也讨厌她心怀叵测的样子呢？今天让我撞见她讨好、难堪、急功近利这全套，看以后还怎么跟我清高。

“丫头不行？当这是旧社会吗？”她转头问我，因为我也是丫头，似乎这就找到了安慰，“就是怕我比他儿子强！将来抢他儿子的功，靠！多无耻的理由……”眼中现出一抹恶毒，爆了粗口。

“回去吧，冻死人了。”我不愿往下听了。

她没想到我面对她激烈的情绪就连看热闹的心情都没有，旋即镇静了下来，“要冷你就先走吧。”

“那你也早点回去。”我留下句话便走了，脚真的冻麻了。

“他跟你联络吗？”她的话从身后迟迟传来。

我不由停住步子，“什么？”

“我是说……”她跟着走过来，“你们俩之间发生过什么吗？”

一声炮响炸裂夜空。

我装作没反应过来，紧盯着她的脸。

她来到我面前，勾起唇角：“逃不过我的眼睛。”视线紧抵着我，似要撬开我的防备，“凤凰山，看破不说破罢了。那晚你吐得稀里哗啦，险些摔下楼梯，他拽着你胳膊都刺伤了——弟弟是不会那么护着姐姐的，总差点儿什么，何况他这人心思重，难以走近也难以释怀。”

“你在说什么？”我看不透她的真实意图。要聪明？让我难堪？想通过蛛丝马迹证实？想要挟？宣扬她抓住李思笃的尾巴了？

“装傻。”她毫不掩饰她的鄙夷，“觉得难堪？话已经说到这儿了，难堪就不面对了吗？我爸他也难堪，就不争取了吗？从小他就告诉我不能轻易放弃，再说面对也不是天塌地陷，只是破除世俗观念、解决些麻烦而已。”

她看似为我着想，其实在诱导。我岂会着了她的道儿？

“你放什么狗屁！我跟他清清白白，轮到你搁这儿瞎猜？你们家人都精神不好吧？现在不说我妈亏待他了，又造起这种谣来，谁信？嫉妒他比你有前途吧？”

她没料到我会翻脸，怔了怔，但也不示弱："你逃不过我的眼睛！"

"爱咋想咋想！不用非得拉人垫背才能找回一家子丢的脸吧。"我不多逗留，心里骂了声贱人赶紧走了，暗自抹了把汗，想我是真能演，她根本就在怀疑自己的判断了。

寒假前一天丢了手机，那晚坐立难安，强烈预感到会有越洋电话打来。跟母亲要了钱，第二天一早去营业厅买手机补卡。开机后认识到这不过就是跟之前上百个平淡日子一样的平淡一天，哪有什么越洋电话短信。总以为离开手机时错过了什么，有时故意离开手机，然后发现什么也没来过。这半年，我习惯了用想象填补失落。

那天的心情复又出现在这会儿。出来找李斐时我是不是错过了什么？然而也没有。

这是一段理想的时间和距离。即便见面，也不要为对方跟自己怀有同样的疏远而表现出任何不快。我想用这个道理说服自己，压制住不自觉的怨懑。这怨懑是无理取闹、没道理的。

天黑了，二叔一家人不欢而去，继父一个人喝起闷酒。

从清早到现在，不论在卧室、厨房、厕所里，我留意着家里的每一通来电。方才在院子里跟沙曦放烟花时，听见屋里有电话响，靠近门口，听到母亲叫了声"小笃"，我胸口一紧，想到她可能会叫我和沙曦跟他通话，便急急去便利店买薯片，让沙曦先回屋去了。

寒风凛冽，我惶惶走在路上，脸颊发烫，气自己的蠢相。后悔没进去讲电话，也许只需一通电话，那些不满不甘、焦灼与煎熬都会结束，我却没勇气听见他的声音。我烦闷难当，对着漫天烟火大吼大叫。当我清醒地认识到他已走出我的生命，认识到他比我更清醒，他就成了一块残忍的空白，渐渐清晰，无穷扩大，照见我的孤独零落。

电话声蓦地响了，像重物砸在心上。

是个本地陌生手机号。

“打我号码不接，难不成把我手机也给弄丢了？”

“耿老师……”

“不用这么失望吧？”

“您怎么才联系我啊，好多人打电话找你，我联系不上你干着急。”

“有急事吗？”

“最急的是您奶奶急性胰腺炎住院——”

“这我知道，还有吗？”

“还有过几天您大学同学聚会，那人姓什么来着……我都记下来了，回去翻翻告诉你。”

“你没在家？”

“我在附近买点东西。”

“我去你那取电话。”

“现在？”

“啊。不方便？”

“那倒……”

“地址发短信，我还有点事儿，先挂了。”

耿乃健除夕这晚九点多到我家，搬来一尾半米多长的活江鲤，半夜吃完饺子才离开。

继父赞不绝口："这大个儿的江鲤头回见，好兆头，好皮毛！没个六七年可长不成。"

那鱼鳞大腹白，尾鳍到脊背泛着金红，一摸浑身是劲。母亲只得把它暂养在了浴缸里，新做了几道拿手菜，沙曦切了个果盘，继父开了瓶五粮液款待不速之客。

今晚的耿乃健衣衫整洁，举止自若，跟平时大不一样。年三十儿跑到人家里，如果不是想追我，只能是精神不好。可我怎么看，都感觉不到他对我有意思。

继父其实很迷信，除夕那顿饺子里要包硬币，五枚硬币五个人吃，他每年都吃得到一两枚。"嗯"一声表示吃着了、硌着牙了，取出硬币，上面还挂着嚼烂的韭菜。我们夸赞他运气好，这一年必是财运亨通。

今年的五枚硬币被耿乃健吃到四枚，如果他不是我大学老师，继父恐怕早不痛快了。母亲比过年还高兴，跟他话起家常，巴不得一顿饭翻出人家三代家底，伺机观察，说他身上有她们那个时代青年的实在质朴。而继父全没把这些放心上，一杯接一杯跟他饮酒，天南海北地聊。零点时大家在鞭炮烟火声中互致祝福，耿乃健接着跟继父聊起互联网和计算机，继父是不会放过了解新事物的机会的，何况互联网声势滔天。在聊及网上贸易市场时，继父有些沉默。

"例如电子商务已经为零售行业提供了新的解决方案，那么传统商务链通过互联网在全国乃至全世界范围内共享就是大势所趋。多对多，各方在平台上发布商品信息、寻求货源、贸易洽谈、签合同、支付货款，与此同时企业信息公开透明化，实现市场一体化，未来商业将是异常便利的。"

“小耿，你是独生子吗？”母亲伺机转了个话题。

“是独生子，我从小就很羡慕有兄弟姐妹的孩子。”耿乃健羡慕地看看我跟沙曦，这才察觉我们困得快睁不开眼了，连忙起身告辞。

“像我们这种传统制造业连带贸易板块，怎么顺应潮流？”继父神情凝重，大概嗅到了大变革前夜的危机。

耿乃健的笑意，好像在面对对课业产生浓厚兴趣的学生。

“喝点茶再走。”继父把他请进了书房。

“叔叔，您能这么问就很好，眼下各类企业能做的首要是重视起来，跟紧了，结合自身情况抢占先机……”

我和沙曦跟他道了晚安就上楼去睡了，次日听母亲说他走时已经凌晨一点了。

耿乃健兼职做了继父互联网方面的顾问，为公司建网站、做了仓储管理和办公管理两套系统，还帮公司注册进了电商平台。他滔滔不绝，继父悉心听取，从他广阔的专业学识里拣些对自己有用、有启发的，说如果倒退十年，自己定要进入这个领域，可他早就不年轻了，真被时代甩开了。电子商务的趋势让继父大开眼界，他怎么能想象到身处东北就能找到千里之外的买家卖家呢？卖方的资源和买方的需求就这么轻易地装进一个池子里公之于众了？简直难以想象。他大喜过望，过两天又害怕起来。通过耿乃健的影响和帮忙是让他先开了窍、抢占了先机，可往后想想，互联网带来的压力亦不亚于契机。一旦生产厂家都到这上面来，卖方市场竞争将空前激烈，利润降低，生意会难做。凭着敏锐的嗅觉，借助新的销售平台，他预测家具生意两年内必定态势喜人，销售额或许能达到过去十年的总和，甚至更多。而若要长期存活，就必须在两年间提高生产力、强化技术、降低成本。贸易方面让他有些犯愁，市场一旦透明，渠道还重要吗？他隐隐觉得进出口商品种类都需要转型，把住源头，从日用消费品转型到生产资料，决定近期亲自去趟俄罗斯，好好考察筹划，在抢占先机这方面他向来不落人后。

儿子走后，他偶尔力不从心，应酬也少了。从无到有的产业耗去他太多精力，他亦从儿子的长大成人中获得了喘息。他总是讲话很短，像急着要去做什么，草草挂断屈指可数的越洋电话，说人得忘记巢穴、不恋温情，才能翱翔。

而今感受到时代变化的前震，他不相信兄弟、儿子有谁能执掌乾坤，不是头脑简单就是经验短缺，最重要的是谁也没有他这样的野心。他再次雄心勃勃了，要借互联网的东风登上事业的新台阶，感谢这个神奇、残酷的大时代。

41

Vincent再次出现时，距除夕前夜已大半个月过去。他身穿一套金咖色西装，白衬衫白丝巾，邪魅精爽一如上回。看见我时，冲我点了下头。跟一群男男女女坐在一起，身边有个卷发的美艳女人。

我跟他之间也许在憋一种感觉，类似紧绷着的橡皮筋儿似的势能。冷漠和嫉妒都能给予刺激，有了这些，重重表象下的暗相吸引才更有劲儿。当然，这个阶段说有也有，说没有也没有，一旦被其他人吸引去了，被一些事绊住，便忘了这茬了，便寡淡无味了。谁都遇见过一些心动的人，如果没机缘，也只是草草忘却而已。所以那天我沉浸在冷漠无情的快感里，尽管意兴阑珊，还得打起精神，这种游戏，一认真就老土了。

邢展说："可以形容为'预埋'。这段时间里他会让你默认很多事情，其中最主要当然是他的男女关系，这么一来就省了事后很多麻烦。"

"我看明明还没倒出手来。"张曼丽说风凉话刺激我。

跟Vincent间这根绷着的橡皮筋儿在一个特别的夜晚弹了回来。那个周末，酒吧里人头攒动。邢展跟一位土里土气的姑娘眉来眼去，我说他的审美总是出人意表。我追他他看不上，王玥惜、顾小念，还有后来跟他不清不楚的那几个女的，无一不长相平平、身材平平，一个也入不了我眼。

"像你这么个优秀青年，起码得找长得好看的吧？"

"我可不会在女人身上找什么虚荣心。"

"你也太朴素了。"我想笑。

"在这种地方随意打扮，内心必然是淡定的。"

"真淡定干吗来这儿啊？不想引人注意的话，还不如在家待着清净。"

"一个真正反叛的灵魂，不是桀骜不驯、指天骂地，是有自己的一套观点，待人诚恳，待自己更诚恳，我只欣赏诚实有力的人。"

标榜他有内涵的鉴美水平时，我从来都被划出圈外。同样在圈外的张曼丽冷眼看热闹，她不在乎邢展的划定，同时为自认为可辨识"有内涵"的女人、进套儿而不自知、自诩有双利眼的蠢男人感到可笑。

从卫生间回来的走廊上，我与Vincent打了个照面。

"什么时候一起游一场？"他向我发出邀请，"水是神奇的介质，人在水中总是魅力无限。”略歪着头，眼神意味深长，“我看过你很多场比赛。”

我能想象他鬓边滴水的性感，不过说真的，至今还是抵触听到关于游泳的话题，歉声道：“今后不打算再下水了。”

他敏感地察觉到，略一点头，看样子蛮理解，蹙了蹙眉毛，难为情地刺探道：“哪个是你男朋友？”把话题转移到双方都感兴趣的方向，直指主题，见我迟疑，略带酸意地补充道：“你们几个人里。”

“你猜呢？”我慵懒地吊着嗓子，视线未曾移开，与他的目光牢牢吸在一起，电流交织。

他从我的反应里汲取鼓励，饶有兴致地仰起脸，从眼皮底下睨笑我，像个默契的老友，“都不像。”

我笑了。徜徉在打情骂俏的氛围里，嗅到愉悦的爱恋气味。

“这儿还是太闹了，等会儿我们出去吃点东西？别看在这儿看场子，可我受不了人多嘈杂——”

我感到身后有凉风灌进来，一行人鱼贯而入。Vincent脸色一变，“帮我报警！”按了下我肩头，“你不要进去。”说罢快步追上去隐没在人群里。

我打完报警电话，在外面等了好一会儿，热烈的DJ曲掩盖住一阵喧杂，很快掀起海浪般的惊叫，曲子掩盖不住时，人开始往外涌，张曼丽他们仓皇地挤出来，说有人趁乱捅人，往外跑时两个人已经倒在地上了。

好多人涌在门口不敢上前，又想看个究竟，人继续往外涌。过了好一会儿，警车和救护车都来了，几个人依次被抬出来，后来Vincent捂着小臂被人扶出来，西装渗出一片黑红的血迹。

“Vincent——”我跑了过去。

“没事吧？”他的手掌冰冷有力，一如其眼神，对我随口一问，脑子里却在盘算很多事。

“谁报的案？”一个警察在一边发问。

第二天战后Bar杀人事件闹得满城风雨，黑社会寻仇，两人死亡，两人重伤，十二人在混乱中受伤。

在那个令人不安的晚上，我跟Vincent发生了亲密关系。

我不是个很随便的人，却在这个动荡的晚上，自然而然地跟这个只有几面之缘的男人发生了亲密关系，甚至不必确认对方的心意。危险、不安、刺激，我迷恋他的也正是这些。连续几天，眼前总浮现他冲进人群里的背影。他的魅力每个女人都看得见，而很大一部分人愿意为其沦陷，却不愿或不敢走近危险。危险、不安、刺激，恐怕人人都感兴趣，只是学会了趋利避害的生存技能，压抑了本能。而我恰有剩余的痴莽，汲取他带给我的兴奋。

不能告诉他，这是我第一次像样的爱恋，事实上这又算得了什么爱恋呢？吸引、上床，直接得令人寒心。我的名字，准确说是曾经那点名气，正是他的多巴胺，为他流光溢彩的世界带来点儿新鲜。他身边的女人，漂亮的多，有点小名头的也不少，然而上过国际赛场的并没有。他的青睐正迎合我的虚荣，同时加深了我大势已去的沦落感。

我这人，虽有一部分自我放逐，另一部分实则接近世俗的道德标准。所以在平常人看来既不聪明，也不是最傻的一个。我知道，跟Vincent在一起不是聪明的做法。如果聪明意味着自保、自爱，小睿、李斐、刘凌霄符合这种聪明，而我和张曼丽不符合这种聪明，也不认同。说不认同，其实本质上是做不到，因为我想这样，不想那样，我就是一个想这样的人，不是一个想那样的人。一看到窗外繁华喧嚣，就没法把自己一个人关在屋子里，由此形成了一套引以为豪的思想，用张曼丽的话说——每个不起舞的日子都是对生命的辜负。敢想不敢做的人，像我忌恨他们的聪明一样，忌恨着我的恣纵。

Vincent酷爱游泳，每天两小时，一天不落。我身边除了前队友，并没有谁对游泳如此热衷。他说他只是火有点儿大。我会从酒吧跟他一起走，或者从学校直接去他的公寓。

没有比这间公寓更能说明他这个人的了。也许有人觉得战后Bar就是他，那只说明没来过他的住所。清一色的铁灰色墙面，没有客厅，或者说应该当作客厅的空间里没有电视、茶几、长沙发，唯有地中心一组健身器械，空落落地对着半面墙的大镜子，里间是大大的卧室和衣帽间。衣帽间对面是个长阳台，风掀动窗帘吹进来，除了睡着的时候，风都在掀动窗帘。衣帽间以外的地方几乎没有人工拾掇的痕迹，因为东西实在太少，没有装饰品、墙画、摆件，用材考究，散发着粗粝的疏冷感。搭眼看颇有些人去楼空的况味，颠覆了我心里“家”的意味。我想着，这的确只能叫“住处”。

如果没有那个衣帽间，这儿就只是个单身男人粗线条的住所罢了。衣帽间里有繁多的衣物饰品，色彩各异的领带、领结、丝巾、皮鞋，清一色的深调衬衫，面料上乘的西装套装……颜色鲜亮的款式沉实，颜色厚重的不露轻佻。手表、墨镜、袖扣就更不必说了。这个最有生气的隐蔽房间自带股隆重的高级感，就像萧索的商场里一间生意兴隆的名品店。他很擅长打扮自己，那个年代敢做此种光鲜打扮的男士并不多。

对此我起了兴趣，自己跟自己思辨，原谅我总是滑向这个层面，去想象一个人不可能不具有的庸鄙状态。甚至预感到他一旦露出不堪不整的一面，露出寻常人的平凡之色，将重重消磨他身上的、我的情欲。一旦打造了某种形象，就同真实的样子之间形成了差距，如此，越是把心思用在光鲜上，似乎袜子上的小毛球就越不体面。

——对人的臆想总是滑向这个层面，这是我始终无法崇拜起什么来的思想根源。

也许正是这样一个衣帽间存在的原因，当脱掉皮鞋、趿上拖鞋，开始摘手表、松领口、脱上衣的时候，他就变成了另一个形象，成了一个跟他并不相称的人。因为他的真实应该嵌在皮肉里，而不是在衣帽间里，不了解的人总认为他生下来就会发光。

但我跟他做爱，沉迷于他的光鲜。当光鲜的余韵渐渐消泯，我发现自己已被带到性感的荒岛上。他身材实非上乘，四肢过瘦、耸肩驼背、肌肉量不足。小臂纱布外凸起的动脉鼓动着勃勃的雄性力量，膝盖、手肘、指节、全身统一的大关节，照应了他这张骨骼精劲的脸孔，整个人看上去勃然炽盛。他并不甜腻，也缺乏温情，是一头危险的雄豹，虎视眈眈地戏耍你，伺机侵略。爱意似乎在我身上，又似乎不在。就是这种抓不住的感觉，让人不自觉想去取悦，使尽浑身解数也要抓住他、勾引他。而一旦穿戴整齐，雄豹就复又遁入体内，成了Vincent。

“你干吗不待在加拿大呢？”我问他。

“那还怎么认识你了？”他随口说。看我既然问了，便索性聊聊，“回来继承点东西。我舅舅没有孩子。”

记得邢展说起过这间酒吧老板的故事。

“你舅舅是个怎样的人？”

“他算顽固的个人主义。”

“可我听说他是个英雄。”

“算是吧。‘英雄’不能形容一个人。问我他是个怎样的人，只能这么回答。”他点上支烟，枕着胳膊斜倚在枕头上，“我姥爷只有一儿一女，儿子是他，女儿是我妈，传宗接代只能靠他。可你看，都轮到我回来继承产业了。”

“那他怎么不结婚呢？”

“他是顽固到独身的个人主义。婚姻对他来说是累赘。”

“不结婚也可以有儿子吧？”说真的，这句话冲口而出，完全是凭着对Vincent的感觉联想出来的。我看着他，想到他这样的人，在不结婚的情况下也可能会有儿子，可若要我自己在不结婚的情况下生养孩子，是难以想象的。

“你倒前卫。”他转过头来笑笑。

“你和你舅舅都是很酷的人。”

“你也很酷，所以吸引我。”

“我吸引你了？”

“对。”

“什么吸引你了？”

“长相和感觉。”

“我算不上漂亮。”

“不，你很漂亮。我喜欢你的长相。”

“喜欢长相还是喜欢我？”

“都很好。”他不想分辨，逗弄着斜睨我，“身材也好。”

其实在他面前我比在任何人面前都在意自己的长相，毕竟他相处过的漂亮女人太多，我于这方面没什么自信。这时我总是想，要是有沙曦这张脸就好了。

他说回到前面的话题。

“虽说乐享其成，但我也知道这就不自由了。人多事杂，凡事都得操心，小心谨慎。从前他为了打发时间弄了这家店，那时候店还很小，后来开着开着出了名了，毕竟他的故事好听，奇遇也多。轮到我手里将来什么样呢？也许有一天我也会挑个有血缘的亲戚小辈，把店传下去，也许在那之前早就挥霍没了。”

“你也不想结婚吗？”说罢隐隐感到婚姻这个话题给我们之间带来了一丝黯涩的气氛，女人总盯着这个话题是很没趣，我决定结束这个话题。

“是说也许。不过我应该是不会要小孩的，那很可怕。”

“你也这么想的？”我坐起身来。

“把后半辈子用在别人身上有什么意思呢？”

“说是生命的延续，可他并不是我自己呀，只是‘代表’我继续存在。等我死后，跟这个世界就没关系了。”

他愉悦地接过话头：“既然跟这个世界都没关系了，跟后代又有什么关系？遗产没人继承又有什么好可惜的？”

我们俩默契地哈哈笑，罢了，他意犹未尽地说：“其实我们完全可以谈场恋爱的。”言外之意，一切发生得太快，已经谈不了恋爱了，听他一这么说，我不免感到可惜，躺回他怀里发了会儿呆。

“其实我是个好女孩儿。”我故作半真半假地告诉他。

“是哦。”见我没意欲纠缠着扭转印象，他放心了，“看来我不懂你，你也不懂我。”

“怎么呢？”

“想没想过，也许我并不是你看起来的那样。比如说，我也有善感的一面，或者认真的一面。”他说这话并非意欲扭转他给我的已有的印象，而是想强调自己，意欲向这个世界强调他的矛盾性。

而我只感到讽刺。如果是这样的话，我还真是个总也走不进男人真心的劣等女人呢。

随即而来是我放浪的、讽刺般的大笑。

他并没掩饰他的不悦，摁灭烟头，淡漠地坐了起来：“走吧，送你上学。”

“那你呢？”我突然紧张起来，怕他背地里找别人去。

“店里进了批酒，我去盘货。”他把衣服丢给我，进了衣帽间。

42

2003年春，姥姥旧病住院。母亲和舅舅日夜轮班陪护，当听说舅舅夜里睡得沉，叫都叫不醒，母亲暴跳如雷：“他当是住旅馆呢？！”

“那就调个个儿，你晚上我白天！”舅舅一脸的苦不堪言。

母亲怪姥姥凡事只想着儿子，到头来不只借不上力，倒好像欠了他的。

那段时期我没住校，学会了炒菜煲汤，鲫鱼汤、老鸭汤、乌鸡汤、银耳汤、枸杞山药汤……每周末往医院送。

有时阿姨家务忙不过来，我也会帮着弄点饭菜给继父吃。把第一道菜端到他桌前时，我心里起了些微妙的变化。

那个周末吃过早饭，继父第一次把我叫去书房。弄了番茶，也在我跟前搁了一杯，“小曦高中毕业我会送她出国。你呢？想不想去美国读研？还是毕业后出去闯、工作结婚？说说，怎么打算的。”

他很满意我的诧异。

“我不用了。”我回答道。

“不想我伸手？”他坦率地猜测，“年轻人出于情绪影响前途，最要不得。”

“不是情绪，只是——没那个打算。”

“现在可以打算打算了。心里怎么想的就怎么说，长大了反倒不爽朗了！”他一副不容见外的蛮横。

“为什么突然跟我说这个？因为耿老师吗？”

“有这个原因。”

“您不喜欢他？”

他笑了。

“每个人身上都有优缺点，尽管我不是你父亲，却有作为父亲的责任。小伙子人是不错的，知识分子家庭，从小养尊处优，成不了主流人士。当父母的，要做的就是让你们将来的世界尽可能广阔，多些选择，目光尽量不短浅，找到真正有助于自己的，事也好人也好。听过那个故事吧？很多人一进果园就先采满，到后来篮子倒不出空来装更好的果子。”

继父无意影射什么，但我不自禁想起了父亲，撞见了世俗看待他的眼光。也难怪我在耿乃健面前放松大胆，他跟父亲很像，职业、个性均有相似之处，忠于所好、按部就班、野心不足。

“不主流”这个词在继父嘴里意味着“边缘”，他曾训斥过他儿子，人总用各种理由解释自己为何流向边缘，好像就该被理解似的，流向边缘只说明没能力站在中间。对母亲而言，“不主流”意味赚钱能力不足、社会能量匮乏，无法给妻子儿女以优渥和希望。

这几年，他的糖衣炮弹全都使在我们母女身上了，要什么有什么，物质生活充裕。换个角度说，他豢养了我们。豢养，进而掌控，不自觉地顺服。就这一点而言，他是个称职的父亲，也是个可怕的继父。

“您总是践踏人，擅长让人颜面无光。”我说。

他还是很容易激起我的反感，相互讥驳早已是一贯的交流模式。可我不是个卫道士，我也享受大把花钱的乐趣，更不甘人后，谁不想让自己更优秀。

“可我得说，我敬佩强者。”这是我第一次对他讲这种话，由衷的。

从何时起，我所不齿的、他势利的价值观已成了一套方法论，他收放自如，换取筹码，我猜若能以另一种方法论来换取，他也同样做得到如鱼得水。目的只是得到筹码，他看得见的只有目的。对这个人，时间越久我越模糊，时间越久越难以判断。他是鄙俗的也是强愎的，是虚伪的也是真实的。直到这一刻，我向这个道貌岸然的人和盘托出了自己的想法。

“我没着急去采什么果子，其实我也不是浑浑噩噩的人。本来也想站在中间的，让所有人看见……从前无非是用浑浑噩噩掩饰我任性的选择、努力也可能没结果、没用的忏悔、对生活的不满。现在浑浑噩噩，好让自己过渡到一辈子的平凡里去。呵。我知道凭我的本事是不可能在这个专业有所作为的，但就业是不难的，跟大家一样，也挺好的。我没什么高远的梦想了，也不想出国浪费您的钱。”

“本来你是这个家最有望的孩子，已经被上天亏待了，不该再被我们亏待。如果只是不想浪费我的钱，就不必放心上，我有义务为你母亲分担子女的教育问题。”

“请您听我说完，有件事我妈不知道，既然聊到这儿了，就先跟您说吧。我想了也有一段时间了，决定毕业后报考北体的运动康复专业研究生。”

继父怔了怔，缓缓放下茶杯，看了我一眼，疲顿的小眼亮了亮，似乎这是个意料之外情理之中的决定，微微颔首，陷入思索。

“其实我还是不能离开那个领域，除此之外对什么都没热忱。”片刻后我补充道。

“属于医科吧？”

“是的。”

“本科没基础，能行吗？”

“我想努把力，从这学期开始学习相关专业课知识，加上从前的运动经验、理论，很多知识点都好理解些。”

“好。”他利落一点头，“为时不晚。”

他的肯定为我平添了几分勇气。

“有热忱才能把事做好。两不耽误。到时想出国深造的话，我再帮你联系也不晚。”他风趣一笑，颧角被疤痕勒出难看的深沟，“好，敢于抉择。有时真觉得你更像我的孩子。”

空气里漫过一阵尴尬。他把视线从我脸上移回报纸上，结束了谈话。

走出书房，见沙曦在楼梯口吓了一跳，与其说是她手上那本书引起了我的注意，毋宁说是她的神色。

“你在哪儿拿的？”

书皮是张海子的照片。

“……客厅。”

“不可能。”我上前，她把书给我，《海子的诗》，想不起来之前忘在哪儿了。“怎么在你这儿呢？”随手翻到折了角的一页，名为《日记》，蛮长的一篇，旋即被“姐姐”这个频繁出现的词汇拨动了神经。

“你看了多少了？”我保持平静。

“刚看……没几页。”

我紧紧逼视她的眼睛：“你折的？”

“折什么？没有啊。”

她没撒谎。纸张的折痕很深、折边极薄，看上去时间很久。

经我一问，她更难堪了，像做错了事情。——我猜她看见什么了。

“我看了。”我上楼回到自己房间，卸除所有防备，一页页仔细翻阅。

扉页是李思笃的字迹：2000年8月22日购于果戈里书店。

折着的唯这一篇《日记》，文字看在眼里，触目惊心。

> 姐姐，今夜我在德令哈，夜色笼罩
>
> 姐姐，我今夜只有戈壁
>
> 草原的尽头我两手空空
>
> 悲痛时握不住一颗泪滴
>
> 姐姐，今夜我在德令哈

这是雨水中一座荒凉的城

除了那些路过的和居住的

德令哈……今夜

这是唯一的，最后的，抒情。

这是唯一的，最后的，草原。

我把石头还给石头

让胜利的胜利

今夜青稞只属于他自己

一切都在生长

今夜我只有美丽的戈壁，空空

姐姐，今夜我不关心人类，我只想你

视线被最后一行牢牢吸住，半晌移转不开。过了好一会儿，我深吸口气，平息住身体的颤抖，像从睡梦中惊醒过来。

——不过是来自另一个世界的声音，时间不对，心境也不对，遥远而违和。

我狠狠撕掉了这一页。

43

耿乃健挤向我的世界，以他的独特方式。

送我哲学书和自榨果汁，到宿舍楼下找我、到食堂找我、到图书馆找我、到运动场找我、到放着电影的礼堂里摸黑找我，甚至在公共教室里众目睽睽下也得看见我。班级里背地为他篡改了一句经典广告语：不是在找她，就是在去找她的路上。而他也只是找到我为止，聊些学校的事、简单的哲学问题、类似天气之类的闲话，或者干脆无聊地走开，并没有过进一步的表现，用室友的话讲，不恋爱就有老夫老妻的意思。在我眼里，热忱的行为使他的存在开始产生某种意义。女人不会讨厌有人追，除非是太不济的追求者，所以我的爱情里有几分虚荣委实说不清楚，毕竟被老师追求能在一定程度上证明我的魅力，尤其是想到Vincent身边的莺莺燕燕。

大二下学期起，除了必上的专业课，时间都用在了学习考研的专业课上，肌肉骨骼康复，以及康复评定学、运动解剖学。了解这些后，回想起去年的负病顽抗，基本上等于作死。至于广告学的其他科目就等期末前抱佛脚了。复习考研上我很努力，我会想起小睿当年在她狭小的房间里日复一日，现在才认识到，人一旦投入进去了，在什么地方都一样。自习室的人永远络绎不绝，是比训练池更拥挤的孵化地。2003年夏，耿乃健借复习考博常同我一起上自习，英语方面得益于他不少。

“有人说我要是努把力，正常考也能考上工大。”

他摇摇头：“要我说，未必。脑子好不等于学习能力强。自制力、定力、耐心，这些都少不了。否则智力再硬也等不到出成绩。以我的观察，正常考工大你考不上。”

“那天才呢？”

“天才的心性本来就比普通人纯正。”

“你是说我不够纯正。”

“你要非跟天才比，是的。”他的确不解风情。

“那你也不够纯正。”

耿乃健人不仅怪，还自以为是，全不管别人愿不愿意，好像他愿意就行了。跟老师之间，被追求也不敢行使被追求的特权，再加上他从没对我表白过，我就更不便使性子。他比我大七岁，除了精通计算机互联网，身上没什么现代感，我虽不烦他，也并不来电。

“校职工子女用不上那些。”

他掏出两张票递给检票员，我随他进入展馆。事先坦白，我可半点也不懂油画。

他笑了：“画作跟观赏者之间最重要是一种灵性关系，不懂的情况下，也便忽视了技法等客观要素，直观感受也许更纯粹。俄罗斯油画题材丰富，表现风格如同其民族性格一样，沉雄大气、绚丽多姿。对生命、自然、理想赋予极大热情。看这幅《不相称的婚姻》，仔细琢磨每位观礼者的神情……”

肤若凝脂的青春少女将被神父套上戒指，新郎是白发稀疏的老人，观礼者各怀看法，冷漠、木然、议论纷纷。在这个肃静的情境下，看着耿乃健一脸正经，狡猾无害的圆眼珠、蠕动着的嘴唇，不知怎的，我想起与Vincent翻云覆雨的场景，内心中不自觉钻出亵侮的快感，也许是亵侮他，也许是亵侮我自己。我亵侮的快感在他脸上、在眼前的画作里、在画中少女白藕一样肉欲的手臂上缠绕，感到不安——他被一个人怀着此种想法面对着，尚不自知。想到这儿，他的形象被弄坏了，我甚至嫌弃起他来了。他很可笑，看上我这样的人，说欣赏坚强的品性，好像如此对方就具备了坚定的人格。说到底，他只以他的意愿望着别人。我的脸微微发烫，他略感意外，唇角漾起正中下怀的胜利微笑。

少女充满肉欲的手臂让我想起Vincent，我贪图的正是这样一种颇具刺激性的情欲。度过了二十二年的混沌时光，东冲西突的情火一朝燃放。正是在Vincent这样一个人身上，而不是耿乃健那样的人身上，这令我感到舒心。

不该让这些杂念明晰起来，这不人道。我的念头侮辱了耿乃健，所以Vincent侮辱了耿乃健，耿乃健被一个根本就不知道的人给侮辱了。Vincent就是有这样的魔力，我莫名地想笑。当看见我成为自己不洁灵魂的帮凶，我就变得更龌龊了，暗自做了个决定，今天把事情告诉他。

从画展出来，回学校图书馆借书。他看书快、涉及面广，总强调哲学的重要性，读过大量哲学著作，也劝我读，让我除了专业书以外拓展涉猎面。借出来一套《西方哲学史》，要我一周后找他讨论。不管这些枯燥文字是否能让我的思想深刻起来，一个礼拜看完两本哲学书，对我来说都没可能。

"你让个一目一行的人一个礼拜看完两本哲学书？"

"那就看到哪说到哪。'你如果以最纯洁的心，观看上帝的律令，你的两眼必须注视着太空，它那固定的行程维系着众星在和平中运行。'"他像从方才的某部画作体味到了什么道理，进而又通过哲学诗获得某种自洽性，快意风发。

图书馆天台有好风景，恰逢周末没什么人，他买了两杯咖啡。

"你怎么总能这么快乐？"我偶尔想掰开他的心看看。

"只是在学识范围内对一些新领悟到的东西感到快慰，算不上快乐。恐怕更快乐的是你吧。"

"不，我才不快乐。"我掉转话锋，意味深长地问他，"一个这样的老师，跟一个才蔽识浅的学生上自习，就不嫌弃吗？"

“‘你的教鞭下有瓦特，你的冷眼里有牛顿，你的讥笑中有爱迪生。别忙着把他们赶跑。你可不要等到坐火轮、点电灯、学微积分，才认识他们是你当年的小学生。’”他笑呵呵地完全不着道儿。

“如果你的学生不是你想的那样呢？”

他转过头来看看我：“谁都有不为人知的一面。”

“私生活不单纯，对着崇高的学术艺术，心里边儿却是肉欲。愚蠢、混乱，连纲常伦理都约束不住的鄙俗灵魂。”

我看到他眼睑颤了颤，像猝不及防被抽了一巴掌，委实很意外。

“对不起，耿老师……”

“你为什么要这么跟我说？”

“如果你不逼我，我才不会跟谁说这些！”

他现出教师式的严厉，“你以为我看不出来吗？”旋即一瞪眼，“看来我的学生不是个三好学生啊。”半晌，一声喟叹过后，自言自语地冷嗤一声：“谁不是这样？谁没有不为人知的事儿？”那双猫鼬似的黑眼珠若有所思地盯着地面。此时我理解为幻灭。

他站起身，踱到我对面去了，迎着烈日眯缝起眼睛，声音不大，却很清晰：“应该说，你误会了，其实我应该早点儿告诉你。”

“我误会？”我对他的反应很不悦，没承想还是个缩头乌龟，“那你整天干吗总找我？我搞错了别人也看错了吗？别告诉我你想跟我做朋友，你接近我的方式明显就是——”

“不。”他伸出双手打断我，就好像抽出了最后一块能抽的积木，隔空稳着摇摇欲倒的积木塔。提了口气又抿住嘴，勉强一笑，眼神闪烁，最终下定决心似的直视着我，传达过来的是严肃而不安的隐衷。

脑中一个闪念爆开，我想我感受到了，在他说出之前——那个流言，他的怪异，自相矛盾的行为，无法自圆其说的心意……最终，他紧盯着我的反应，开口了："我不喜欢——"

人有时候不能相信自己的眼睛，但得相信自己的耳朵。不知那些流言他听到过多少，话已说出口，他看出我在缓神，也挡不住外来的窥察，索性坦荡面对，优哉游哉地踱过来，坐在长椅上望天儿。

流言竟是真的……我想起，教我们那个学期一开始，就听说他跟学校里一位张姓女老师是情敌关系。张姓女老师打扮入时、气质出众，跟他并不是同一类人。说他们是情敌关系还不如说他追求未遂。此外还有同传的其他版本。比如说：张老师爱人跟耿老师关系很铁，又是钓友，两人钓鱼总是早出晚归，时间长了张老师起了疑根；耿老师跟张老师爱人原本相爱，张老师爱人颇为传统，就抛弃了耿老师，跟张老师结了婚，耿老师从此自暴自弃；张老师抢走了耿老师的女朋友，后来又迫于世俗压力嫁给了男人……

虽不了解同性倾向的男人通常是什么样子，但诸如此类的猜测我没怎么信过，尤其是知道他在追我，就连室友提起这些也跟讲恶作剧似的。

"如果你不逼我，我也不会跟谁说这个。"

骄阳晒得脖子火辣辣的，一丝风也没有。道边的树蔫头耷脑，一辆小汽车缓缓行在路上，分不清谁比谁更有气无力。

"……不是我逼你，你让我觉得你对我有心，而且不只我这么觉得，我同学也都这么觉得，我也不能假装不知道呀，总得说清楚才是。"

"对不住了。"他爽利一笑。

“可以说，你利用了我。”

“我知道你对我没意思，这点儿感觉还是有的。所以你可别过意不去，过意不去的是我。”他似笑非笑地眨眨眼，为我找台阶下，“为了拒绝别人那么说自己，何苦来的。人得自己珍惜自己，别人才能珍惜你。”

“我……”

我仍在观察，确认他的确不是出于挫败才瞎扯一气的，毕竟谁也不会拿这事儿开玩笑。

“你有喜欢的人？”我问他。

他略一迟疑：“有。”

“男的？”

“别得寸进尺！”

“拿我做挡箭牌，挡住箭了吗？”

“还行吧。说来惭愧。”

“不过——谢谢你能跟我说。”我由衷道。以他的身份能跟我说出这些，实乃莫大的信任，随即意识到他并非拿这事儿在跟我交心，而是话赶话赶到这儿了，忙补充道：“这件事我会烂到肚子里。”

“不当老师的话，倒也无所谓。”他语气侃然，满不在乎又不能不在乎。那个传闻拘胁着他，我猜只要还有人传，他就没法安心地做一位师者。

“你以后永远当老师吗？”

“当然。”他很郑重。

“那怎么办呢？”

“走一步算一步吧。”

“要我看，职业也是挡箭牌，挡你不敢面对的箭。”

“你不是我，没设身处地就妄下评论，并不公道。”他对我的自以为是很不满，黑眼睛亮闪闪的，“不少人出于各种理由隐藏起来，为父母也好，为世俗眼光也好，不能不称之为自我牺牲，可无论因为什么，起决定作用的只是勇气。伟大的人类终将多元化发展，我是生早了时代，做不了自己。你不是个委曲求全的人，又哪懂做不了自己的滋味儿？人一旦做不了自己就没那么较劲了。从这个角度讲，不论职业是不是自欺欺人的挡箭牌，我都能在相抵的力中找到平衡，为尽量能做一位正统的教师而克己而快慰！”

我心潮迭起，因理解了他的心，因他是个隐藏自己、委曲求全的人，而在他眼里，我却绝不是这样的人，我心底感到格外孤寂。

“毕业前我都可以给你打掩护。”

“谢谢。”他温和地叹了口气，为方才对我的诘责感到有些过意不去，“其实我先前也确实对你有好感，想着能不能有所改变。”

“你可以试一试。”我说。

“试一试？”

我缓缓转过身去，趁他没反应过来把脸凑过去，四目相对，他微微一屏，我冷不防把嘴唇碾在他唇上，他推开我噌地站起身来，一副被侵犯的端肃形容。

我大笑着从长椅上滑坐到地上，上气不接下气。

44

我跟Vincent关系转冷，从一个朋克女孩出现在他身边开始。

“我要去喜欢别人了。”他有一天在酒吧里告诉我。接下来的几天他不来战后Bar，也没联系我。我知道这一天很快会到来，但没料到连个过程也没有，人跟人关系的没落十足令人失望。莫名好上了，莫名不好了，没有约定就无须交代。他告诉我时，我很平静。可第二天以及接下来的几天里，见不到他的人，就开始疯狂地想，跟所有为他发过狂伤过心的女人一样，认为那不算结束，若是终将不爱，起码得再正式点，多说些什么，再沉重一点。

“我要去喜欢别人了。”——这像话吗？

我以为他在绷那根橡皮筋，想惹我吃醋、抓狂、拉开距离，进而才能抱紧，总之不愿相信他这么轻易就跟我完了。接下来的那些天，他的确像把我忘了。可客观说，不存侥幸地说，那也不该这么快吧？甚至还不够了解我，就结束了这段关系，这是我不能接受的。他阅女无数，不会轻易迷恋谁，若对我情有独钟，那我便经由他证明了自己的魅力，因此我暗自萌生过征服他的野心。然而事不遂愿，Vincent同很多人一样，又一回说明我身上没有令人欲罢不能的魅力，也得不到刻骨铭心的爱情。

半个月后，他出现了。知情人投向我的目光里带着嘲笑。他从酒吧门口走进来，一如平时，邪魅精爽的混合气息，身穿一套宝蓝色西装——在他的衣帽间里见过。看到我时像老友似的点了下头，眼神停顿了两秒，没有闪躲，倒带着股斗士般的神采，像指着什么方向对我说：“不过如此，对不对？”尽管憋屈、妒意难平，我还是体味到现实之外的、人在浮荡飘零间的关照。由此，我便成了他众多过往之一。他像老友似的冲我点了下头，而不管我怎么想，他都揽着那个朋克女孩儿走进了下一段故事。我唯有洒脱一笑，若无其事地移转开视线，否则就无趣了。这就是游戏的结局。

我想起那天，吻耿乃健那天。

他抗拒着蹿起身，我笑得半天停不下来，笑他被惊呆的样子，掩饰冒犯师长的心虚。他下意识的反应是厌恶的，我的举动、我的真实、我的吻的真实遭人厌恶，像头凛然之物将我冲翻倒地。

我把后背硌在椅子沿儿上，热烫烫的，莫名感到踏实。感觉自己像一团柳絮，在高空飘转多日，通过风的际遇落向了地面，绒絮刮蹭地上的灰土，团得满身都是，只剩下败絮中空、飞不起的安宁。

“早点回家。”他生气了又不好发火。

我没想道歉，眼下倒乐得一个人留着偷会儿闲。他犹豫着又没走，气氛里的紧张慢慢散去，反生出股清新默契的况味。看了看对方，各自笑了，彼此间似乎绽开了一朵百合。

——这算我生命中一个重要的刹那，几个偶然醒觉中的一瞬。

若说耿乃健自警的反应给了我一个警醒，Vincent则随手掩上了门。他们先后把我关在了外头。

大概两个月后，华海亮在一个泳池派对上，看到Vincent在一个角落高高抱着个雪白的女人，水没到肋窝。那女人两肘撑着他肩膀，由他的脸在她双乳间来回挤压啃咬，水下的事就可想而知了。Vincent在神圣的泳池里跟一个女人交媾，我被想象出的这一幕狠狠蜇刺着，愤愤恨起来，感受到被这个冷酷男人玩弄厌弃后亦不曾有的侮辱。此后，我不愿再想起。

我只是想着，今后不再跟不爱我的人纠缠，也不会轻易去爱。

就是这样，连同学业的压力，在错综复杂的作用力下，生命里一直躁扰着的火焰第一次平息了下来。有几天我陷入虚无，从早到晚躺在宿舍床上，这段消沉有别于退役后的低谷。我看她们早上穿戴整齐出去，晚上精疲力尽回来，讨论课业、食物、学院里的八卦，洗完脸窝在电脑前看电影或者连续剧，或看书背单词，嚷着减肥还哼哼唧唧往嘴里塞吃的……就是这样直到毕业或读研，从人群里被卷入更拥挤的人群里，不知是什么把我们淹没，我的人生却仅仅如此。

45 2003.8

那栋老楼前有个很大的花园，两个蘑菇状的凉亭紧挨着，亭盖有一小边叠在了一起，各家楼后都有菜园子，有的荒着，有的支起豆角架，我几乎毫不犹豫地认定了那个黑洞洞的楼口。

楼道里阴暗逼仄，一股腌渍味。走到三楼，上面下来一个老人，错身时几乎蹭在一起，楼道实在太窄。直到我走到上面一组台阶，那老人还是颤巍巍抬着头，空蒙的灰眼睛死盯着我。往上越走越慢，每踏一级台阶，心都沉重一分。快到六楼，也就是最顶层缓台，趔趄着想干脆转身下楼算了。那扇脏旧的铁皮门，门上用许多枚图钉盖沿着四圈门边拼成框，中间部分拼了个大大的“吉”字图案。我心怦怦跳，一时拿不定主意。

是这扇门吗？又好像不是。记忆早就飞散了，就算我站在那扇门前又认得出吗？换个楼口再看看呢？我心里清楚，自己的挣扎并不是这扇门是不是那扇门。索性一咬牙，按响了门铃。

一个三十出头的男人探出头，蒸肉味扑面而来，身后不远处，一个三十左右的女人抱着孩子往门口瞧：“谁啊？”

“你找谁？”男人又问了一句。

我一时发蒙，张口结舌，这夫妇的年龄并不对，“请问，有个阿姨住这儿吗……”

“找我妈吗？”男人嘟哝着，“怎么找这儿来了。”

我忽又觉得不对，忙补充：“是个四十多岁的阿姨，眉头上有颗痣，丈夫有点胖。”

“哦哦——”女人碎步来到门口，“上个房主。”

“上个……”

“我家都住这儿七八年了，上哪儿找去啊。”

我心陡地一落，说不好是轻松还是失望。

“找不到了吗……电话号码之类的呢？”

“那谁还留啊？早就没了。记得是回老家了吧。”

“老家是哪儿？”

“老家哪儿？”女人问他丈夫。

“牡丹江吧。”

“哦对，好像是，对，好像是牡丹江。”

“哦……”我很想知道多一点，却也想不到还有什么好问的，他们再无所知。

“还有事吗？”

“……打扰了。谢谢。”

“没事。”

门砰地关上。

我听见自己长吁了口气，带着如释重负的轻快，一口气跑下六楼冲出楼门，又被一团沉重击中——时隔多年，女孩终于长大了，鼓起勇气，不想永远缩在壳里，眼前却物是人非，这件事难道要永远哽在心里了？我望着那两个蘑菇状的凉亭，十三岁那年深秋，我就是站在这个楼口望着这两个亭子，认识到我是个罪人，就此被滔天浊浪吞没。

“来啦……”

是刚才那个目光空蒙的老人，站在我左边不远处一棵歪柳下。

“啊。”我含糊地答了声，从来路返回。这个年龄的老人总是糊涂得莫名其妙。

“找谁？”

我索性刹住脚步，转身向老人确认：“大爷，您认识以前住六楼东厅那家人吗？”

老人干瘪的嘴里吐出令我吃惊的话：“这会儿还来干啥来了？”

——看这神情语气，他是记得我！

“我……”我一时慌了，但不想跟不相干的人纠结，“请问那家人去哪儿了？您能找到他们吗？”

老人想表示对老邻居的同忾，却怎么也不合时宜，末了只发出声慨叹，手探进里兜慢慢摸出了个小本。在舌尖上蘸着唾沫捻翻，用手指哆嗦着捋着读……上面记有很多亲友的联系方式，想是带在身上怕走丢或遇到突发状况。

过了约莫一个世纪，他点着一个座机号不动了，在空蒙的记忆里再次确认，用力点了几下。姓名栏写的是：六楼，闻秀奎。

哈齐牡佳，按照区号排：0451、2、3，0453想必正是牡丹江。我暗自盘算，对上了。心里面默记住这个号码。

我把小本子递给他，欠了欠身，“大爷，我记住了。”

他索性不再摆什么脸色，喘着气，不知是替谁着急："都十多年了啊……"

第二天上午乘火车去往牡丹江，在车上吃了份碗面，到站下午三点多，出站便打车往字条上地址去了。黄花小区——是昨天下午以交电话费的名义从营业员嘴里套出来的。火辣的烈日透过车窗斜照在手臂上，细汗在汗毛里泛着金光，我一仰脖喝掉剩下的半瓶纯净水，往里腾了腾。

我想改变。

身边有许多有力的榜样，眼前有一条大路，安全而光明，只等我卸重前行。我想改变，想做个坦荡、光明、有担当的人，其实我一直想做个这样的人，却总因卑怯而滑向不可控的顽劣暴躁，乃至堕落。正因胆小、逃避，我才更做不成坦荡、光明、有担当的人。总之只要它在，我就不可能好。

那件事是我前行路上隐蔽的深壑，提醒我这个卑劣的小偷只配在坑洼地里打滚。我只能暂避一时，如今想越过去，抹掉身上的淤泥，像一个没什么故事的人一样轻松迈步。昨晚被那个梦缠了一宿，今天再度鼓起勇气来，要给那位母亲成百上千个诚挚道歉，不管怎样也要求得她的原谅。

若不是这个念头突然变得不可遏制，也许我躲一辈子也不觉得久，而一旦急起来，一会儿工夫也等不了了。怕发生变故，一旦找不到这把钥匙，我的牢笼就无法打开，良心永无宁日。我是个实打实的胆小鬼，由于鼓起了难以承担的勇气，像个气球人一样倏鼓倏瘪，浑身发飘。

停在了一栋黄白条相间的楼前，付钱下了车，走过几个单元到侧面确认楼号，回来远远看见边上楼口有间社区超市，就是那家了。顺鑫超市。牌匾是一面喷绘布，日晒雨淋，颜色褪成了淡红，下边一排烟酒糖茶的图片模糊不清。尽管有十足的心理准备，进门前我还是咽了两口唾沫。

踏上结实的木板楼梯，推开屋门走进去，便陷在了食杂店独有的混杂气味里。敦实的矮胖男人坐在柜台后面，盯着柜上的迷你电视看得入神。要不是我转悠了大半晌不出声，似乎就算就此离开他也懒得抬头。

“买啥？”他瞄了我一眼，旋即又好奇地看回来。我这才有了实感，被怯惧正面袭中，感到一阵眩晕。此时他如果低头去看那个电视，我一定会躲出去，从此人间蒸发。可紧接着他从我的神情样貌里看出了端倪，倒吸口气，大吃一惊，噌地站起来，“你——”

“……叔叔，我想来看看你们。”我很慌乱，说不出别的，紧盯着他的反应。

他眼睛像锥子似的抵着我，阴沉而迷惘，“还有啥好看的。”像是过了这几年，再找不到恰当的情绪面对我这个人。

里屋传来脚步，他压制住内心纷乱，冲我发出野蛮的低吼：“赶紧走！”说着从柜后匆匆绕到我身前。

如果说里屋那位母亲没感应到什么，怎么会以一副那样的神情出现在门口？

“什么事？”她喝住丈夫，朝我看过来，我的脸从她丈夫身后完全暴露出来。

她脸色陡地变了。

“我让她走。”丈夫急迫地跟她解释，“还来干啥呢！”更像意图把他妻子的情绪引入一条平缓的小径。

她走向我，面色苍白，周身不可接近的生冷，眼睛眨也不眨地在我脸上打量。

这张脸我在记忆里见过太多遍，如今已这般苍老了。

“……您好吗？”紧张的空气里响起我的忧怯。

她来到我身前，我真切地感觉到那是种独属于母亲的场域，可她的眼神如此冷峭。

不知怎么回事，我的呼吸愈发急促，胸口血气翻腾，“扑通”一声跪在了地上，“对不起……”

“你不要这样。”男人走过来时，屋里响起女人哼吟般压抑的哭腔，男人紧接着回身搀扶女人，低声安慰。

我胸口一阵发紧，千般滋味翻搅，眼泪夺眶而出，双手撑地，一个接一个磕头，“对不起！对不起！……”要我怎样都可以，怎样都可以，而这又如何慰藉丧子之痛，于已死之人何来分毫之弥补？我不知该如何表示歉疚，我无能为力……

男人架起我时转眼间老了十岁，哑着嗓子诘问妻子：“让儿子的善良变成咱们的怨恨？！”

女人听见这话，手紧紧攥着胸口。

“对不起……这九年里我一直不敢面对，来得太晚了！”

男人一声长叹：“你来得早晚，都没分别啊。”

“起初我是想，怎么都于事无补，说什么也没有用，只敢远远躲着、自责，可我无时无刻不想求得你们原谅，想跪在你们面前……”

“孩子，谈不上原不原谅的，你没做错什么。”男人仰望屋角，“要是想让我们宽慰，这么多年也早就想开了。坐吧，你都长这么大了。”

“不。”我知道说出事实无疑是往他们伤口上撒盐，尤其看她的反应，怀疑她能否经受得住，也怕他们因此抓狂。可我企图坦白，如果不坦白，谅解就不能称为真正意义上的谅解，心安仍是苟安。我想用一把匕首把自己剖开，让他们看到我原原本本的卑劣，由此被一种无畏的坦率激励着，并没有意识到我正以一种忏悔的形式强侵他们的安宁、给予残忍。“我溺水时拽过他，每一拽，我上来了，他下去了，可他自始至终没拽过我一下……当时我没勇气告诉家里人，更没勇气告诉你们。”

“别说了！别再说了……”女人急急跺着脚，声音嘶哑，攥在胸口的手蓦地落下，没了力气了。

空气凝固，陷入死寂，旋即被来自现实的气流冲破，一个客人推门进来，老板绕进柜台收了四听啤酒钱。

客人走后，男人红了眼眶："他脚上缠了鱼线，就算拽你，他能上来吗？就因为他懂水性，才不会往下拉你借力。溺水的人抓住什么都不撒手，这是本能，你也不用这样。小超打小就仁义，很小就知道为我跟他妈想，凡事先顾别人。有这样的孩子，我……”他声音发颤，说不下去了。他的反应说明并不是没想过这个可能性，而是以这团不可抗的渔线顺应了天命难违，很久以前就以相对更好受的方式接受了这件事。

“长大了，良心不安了。”女人冷冷开口了，那双眼睛直刺入我灵魂，一如当年，“知道什么才叫美德了。如果你把忏悔也当美德，跟当年踩着我儿子的命自己活也没什么两样！我们家已经平静了，你不该来。为了自己想过得去，把它再撕开，我问你，能改变什么呢？什么用也没有，只能让我们再度痛苦，你知道我们是怎么过来的吗！”

儿子的死被裱在一个无形的相框里，虽一抬眼就看得见，却与现实隔了相当一段距离，她的痛切已风化为一条无底的深沟。

我感到了无力。我的成长改变、勇气的积攒，并没有攻破一个一直指向我的关卡。原来这个关卡的坍塌是因岁月的消磨、对方生存下去的逻辑，并没有什么伤痛必须等着我来解除。因此我心中的少年将永沉冰冷的江底，这件事在九年前就结束了——我来得太迟了。

“您说得对，我的出现……甚至我的存在，伤害到了你们。对不起。”我知道说什么也没用，却只想硬着头皮说下去，不管她怎么看，“……我从没忘记这件事，总是在做梦，因为我承担不起另一个生命。您那天说，不是我他就不会死，一个那么好的孩子……老天是拿一个优秀的人换了个没出息的人。我不懂事，也不优秀，顽劣，平庸，自怨自艾，也没前途。这么多年没来，因为害怕，其实我胆子很小，尤其是这么严重的事，毁掉了一个家……本来我是不想就这么站在这儿的，起码得证明他用生命换的生命也有一定价值才行啊。可我没有办法，什么也做不好，所以今天站在这儿两手空空，只有向你们忏悔，换走他的的确是个没出息的人，实现不了什么，没法证明他的意义。可如果再不来见你们，这个劣质的人就更无可救药了……”

“我们知道你的近况。”男人点点头，“你妈从前常给我们来信。”

我很意外。

“将心比心，换成咱家小超面临危险，咱也同样感谢有人伸手相救。你也是你父母的孩子，做父母的谁不明白这种心情？罢了，孩子，罢了。”他转过身去对着妻子，“别让儿子的善良变成咱的怨吧。”

她看着我，我再次真切感觉到独属于母亲的场域。有那么一瞬，几乎感觉她透过我看到了她的儿子。她流下两行热泪，紧紧闭了闭眼睛，在有人出来前顺手抹掉了泪痕。

是一个五六岁的小男孩，胖墩墩的，手上拿着玩具小汽车。

“这是……”

“小琦，这是姐姐。”

“姐姐……”孩子有点怕生，把小汽车压在她大腿上轱辘，“妈我饿了。”

孩子的脸像极了他父亲。泪水再度模糊了我的视野，从未想到会从一个小孩子身上汲取到救赎的力量。这副小躯体无疑给暮气沉沉的房子点亮了希望。

“在家吃顿饭吧。”男人亲切起来。

我刚要婉拒，女人看着我。

我心里热烘烘的，“好……”抿嘴感谢。

“上大学了吧？”

“嗯。再开学大三了。”

“你的情况我们基本知道。后来是有了小琦了，我就叫你母亲不用再来信了。”

男人聊起日常，里屋飘出开锅的蒸肉味。

蒸肘子肉、酱茄子、花生米，木须瓜片是刚炒的。

“没什么好菜。”女人递我一满碗米饭，“从哈尔滨过来的吧？”

“嗯，上午坐火车到的。”

“自己一个人来的？”

“嗯。”

“那晚上……”

“哦，一会儿还有趟车，不算远，一会儿我就回去了，明天还有课。”

“那也好。”

女人话很少，听我和男人有一句没一句地闲聊，男人把话题扯得远远的。小琦一直在观察我，敏锐地觉察到了某种不寻常。

这是个三室一厅，一间大屋做超市了，另有两间卧室分别用于夫妻俩和孩子住。吃饭这个房间是客厅，空间不大，靠一面墙是鱼缸和柜子，柜子看上去有些年头，柜上摆着两只相框，一张是一家三口，一张是小琦的艺术照。一面墙是电视墙，电视声音小得听不清。一面墙并排摆着沙发和椅子，剩下一面摞放着各式货品纸箱，平添了一种临时居所的不舒适感。这张餐桌是从厨房门后搬出来的老式折叠餐桌，想必不常用，猜测平时三口人是围着茶几吃饭，省去撤桌子的麻烦。这是个最寻常的三口之家。

后来屡屡回想，这顿饭的情景都很奇异。忘了吃饭时谈了什么，总之谁的话也不多，都在尴尬、不自在中填饱肚子。我后悔留下来吃这顿饭了，唐突、没教养，这个念头冒出来好几回。可方才夫妻俩确实是想留我吃顿便饭，我的尴尬更多来自她的沉默。有那么几个瞬间，我又很恍惚。他们不欢迎我，但留我在家吃饭了，因为这顿饭，我臆想着他们将对长子的某些情愫投射到了我身上，因为闻超的生命以某种能量转化的方式在我身体里存在着，所以挟着亲情气味的微风的确曾拂过这间简朴的客厅。那个傍晚，云霞竟烧到北面天空来了，万物披上金粉色的光辉，很奇异。它是不是预示着我跟这家人一起走出了阴霾？总之我扒着饭，心里跌宕起伏，放下碗后，那位母亲也许同时结束了思索，说出了这样的话。

“孩子，你以后不用再来了，对我们而言你永远是特殊的人，事情不会改变，咱们能做的就是让它淡掉，你能理解我吧？就算帮我吧，你也放下，不要再见了。”

她的儿子大概并没见过母亲这样，声音平静，却拒人于千里之外，在一边怯怯地不敢出声。

“燕姨，我能理解。”

我是真能理解，于是站起身来，给二人各鞠一躬，走出了他们的家。

“孩子，你来了我们很欣慰。”那位父亲送我出来，想说点什么宽慰我，真是个善解人意的好人。“相信不管你将来怎样，首先一定会做个好人。去吧，过去的事让它过去。”

“是……”我将喉头的酸哽平复下来，牵出一个笑容，“奎叔，希望你们一切都好。”

他站在门口目送我转过楼角。我乘六点多的火车赶回了哈尔滨。

现实坚硬胜铁。背上的十字架并没有消失，且永远也不会消失。

也许我做不成坦荡、光明、有担当的人了，那我会成为怎样的人呢？接下来的日子贯穿着这份迷茫。为什么非得考虑这个问题？因为我的生里有死，生命便不能被恣意虚度了。

可我再度迷失了。

耿乃健说，奔着知识与智慧的方向努力便好，可我看他有知识也有智慧，却对他自己也并不满意。人向往什么就想做什么样的人，而我什么也不向往。二十出头的年纪，什么也不向往。一个人怎么可能什么也不向往呢？从前途的角度讲，曾经信誓旦旦的运动康复专业，形成于对我运动生涯祭奠式的遗憾，这份热情能陪我走多远？从人的角度讲，我对所有人都失望，对于把对将来的憧憬寄托在前路某个陌生人身上同样不抱期待。

我急欲确立一个如从前游泳之于我的人生灯塔，却再也立不起那般明亮的一座，唯有被身边人裹挟着涌往万无一失的方向。

唯一明亮的是，那个生命化成一只咒箍将我套住了，以后不论遇到什么坎坷和磨难，我都有必须站起来的理由。

五

46 2004.1

入冬后，姥姥第二次住院。寒假起，母亲白班我夜班。姥姥说年轻人应该多睡，非不得已不会在夜里叫醒我。

这是我头天晚上出来开小差，因为小睿回来了，也因为早上母亲系着那条暗紫色英国丝巾站在病房门口，说小笃会来医院探望姥姥。

我想象姥姥盘腿在病床上，深陷的小眼睛打量他，抬起皴枯的手，或轻轻摸摸他的胳膊或后背，或抚弄他衣衫上的褶皱，念叨："多好……"

他什么时候来，上午？中午？下午？傍晚？还是晚饭后？每个时间段都有可能。

我像往常一样从医院乘公交赶往学校，复习考研。一年多来，他从我心里淡去，就算想起来，也不是先前那种感觉了。他既然知道姥姥住院、母亲白天陪护，应该也听说我晚上陪护。所以如果选择傍晚或者晚饭后这两个不是太方便的时间段来探望，也许不是不存在要见见我的成分。毕竟回国两天了，我跟他还没照过面。单方面说，跟他之间由他走后的中断变成了一个该怎样去重新定义的关系我也不晓得，从不敢碰触到不愿再去想，后来就真的淡掉了。从小到大很多人都是以这种方式从我生命里淡去的。

白桦林枝秃叶尽，人行道上堆了几处雪人，我绕去江畔堤坝上，寒风刮得人喘不过气，对岸灯火星星点点亮了起来。人们匆匆赶路，几位神采奕奕的青年男女身穿短小外套，相互揽着跨开大步，说起话来冻得咝咝哈哈。一个四五岁的胖孩子由父亲领着，张嘴去咬手里那串冰糖葫芦，脚下一滑，糖葫芦打在脸蛋上，孩子要哭，抬脸见父亲板着脸没看他，便又举着颤巍巍的冰糖葫芦张嘴去咬。

战后Bar。此时人还少。

角落里有对情侣窃窃私语，调酒台那边的几个男女正是之前路上遇见那几个。我坐在调酒台最边上，要了杯Margarita。一年半未见，我有些紧张。

最先到的是邢展，想必走了很长的路，今天又是个死冷的鬼天气，眉毛睫毛及毛线帽上挂了厚厚一层白霜。我们俩也没什么好说的，只是他来了，我就不是一个人傻坐着而已。

“今天粉擦得有点儿白呀。”他没话找话。

“我们女孩子，对重逢的印象是很在乎的。她是美了丑了，谈吐、气质、品味变了没有，这段日子经历了什么……比你们男的更在乎。”我拿出粉盒照了照镜子，将面容调整到最好状态。

“用心打扮还不想人看出来？你跟小睿从小抹鼻涕玩儿到大的，谁还不知道谁呀。”

我懒得跟他拌嘴。

“女人真是有趣，明争暗斗的。喜欢谁时，想吸引谁的时候，无所不能装，无所不用其极。而对没什么意图的人和事情，打嗝放屁都不在话下，什么都敢说。全是精神分裂。”

“在你面前我打过嗝放过屁吗？”

他真回忆了一下，“你既然能这么问出来，就说明对我没啥意图了。”

缓了有一会儿了，他眉毛上还水淋淋的，我这才留意到他的憔悴。

“怎么了你？”

他瞥向我，又没在看着我，“恐怕我今天要喝多了。”

他开始讲他痛苦的三角恋。

“她是最懂我的人，真的沙染，你猜不到我跟她有多默契！真的真的是天生一对。彼此心里想什么不说都知道，你说头半句，我下半句等着。在一起时那么高兴，谁也比不了，简直天作之合。她很不好追的，也很喜欢我，可我还是得放弃……”

“那你跟小佳那边呢？和好了？”

“应该说是她跟我。是她找我的，哭着喊着说她后悔了。”

“她是不是有危机感了？”

“或许吧，明明是她说没感觉了，看见我跟别人好上了又不舒服。”他回答得有些急躁，我感觉他想说的重点不是这个。

“你们不会长久的。”

“我跟谁？”

“小佳。”

“但我只能这样。你知道吗，人在巨大的幸福面前会顾虑很多，甚至胆怯。明知道没谁能像她这样再让我快乐，可我还是必须得离开，没办法，必须回到小佳身边，毕竟我对她有责任……知道吗？哪怕刀山火海挡在面前我都能跨过去，唯独这种事。不去争的叫活该如此，争不过的叫命该如此，我不是活该，是命。”

“可你还爱小佳吗？”

“我不知道。”

他低眉抬眼逼视着酒杯，压抑着痛苦，像恨自己，也恨命运：“我怕自己太能忍受痛苦，反而没能力把握幸福了。”

我拨响弦外之音，轻蔑地戏谑道：“她家那么大的产业会弥补的。”

他勃然色变，瞳孔一缩一缩，像只猫头鹰似的瞪着我，一如当年在滑雪场被我说破那么滑稽。不知怎么回事，我就是知道他在想什么，很多人看不透他，而他不论戴多少张面具在我看来都是透明的。不同的是，现在的他坦率多了，不可思议地哈哈一笑，摇头苦叹个不停，已不畏惧被我窥测到内心，“你真这么想？其实连我自己都还没想明白，心里乱着呢——前程还是爱情？”

“想选前程就选前程，想选爱情就选爱情，打着责任的幌子，迫不得已似的选一个丢一个——我早就说过了，你是个伪君子。”

“好吧，我是。不过沙染，以你的眼力能看懂我，也是我这辈子最大的污点了。”他的笑声里刮擦着苦涩的砂砾，“那你想想，一个人连懂你都不懂，你甘愿把心交给她吗？”

“从前会。”我哧哧笑，影射我跟他以前的事。

“哈哈哈——好吧，是我混蛋，不懂珍惜。”他饶有兴致地问我，

“现在不会了吗？”

“嗯。”

“为什么？”

我回答不上来。

他接过自己话头：“因为你知道‘懂你’这件事有多可贵了，从对方眼里看到了你自己真正的价值和闪光点。就算实际上并不是这么回事儿，只是对方被多巴胺搅得精神错乱的溢美。”

“没错，从你眼里我就从没觉着自己好过。”

“抱歉了，人跟人的评价标准、角度都不一样。所以你离我而去了。”

“如果爱情只是别人眼中美好的自己，那可没什么意思。”

“那怎么才有意思呢？”

“有所保留甚至有所图谋，只能说明还没人让你情不自禁。”我坦言道，“不可抗拒，就像奇迹一样，那才有意思。”

“张曼丽说得真没错，你单纯得要命。”他哈哈大笑，“我拒绝理解，这世上就没有不可抗拒。就算一时半会儿不可抗拒，迟早也能抗拒。看我你就知道了，什么时候都不会不可自拔。就比如说咱俩的事儿吧，我觉着你不合我心意，所以在感情上保留了一些。当然也不只是你，什么时候我都不会不保留。自控力太强了，我已经为我的随心所欲感到苦恼了。人不用活得这么坚强吧，总得臣服于什么才是啊……”他简直自大得令人厌恶，而随之又被苦楚淹没，现出男人独有的沉痛。只是谁若为这沉痛而心怀同情，沉痛者必将暗暗牵起他轻蔑的嘴角。

“欸！”他眨眨眼，示意我回头看。

小睿与两年前判若两人，身穿鲜红色毛呢大衣，小蛮腰纤细挺拔，一头乌溜溜的波浪卷风情万种，光彩照人，连蹙眉的样子都颇有股韵致。

我不由缓缓直起腰来："柴火妞大变样了。"再见她仿佛回到了高中时代，真的蛮开心。同时发现她身后不远处跟着位不速之客——良良，还是从前那样，没变。

"经历了什么变得这么漂亮？"我跟良良打了招呼，问小睿。

"本来就漂亮。"小睿也不扭捏，突然抓着我的手，神采奕奕地压低声音，"哥们儿赚钱了。"

"这么快赚钱了？"

"靠我的天赋口语呀，义乌那边一大把外贸公司急需俄语翻译，笔头口头的都要，我干了两个假期，你猜赚了多少？"

见她美成这副德行，想必得有几千块吧。

她附在我耳边："两万多。"

"两万多？"我吃了一惊。

"那边英语翻译多，就赚得少，俄语日语很吃香的，做一天随同翻译上千块哦。"小睿初高中阶段是俄语生，大学修日语系。"还辅修了门瑞典语，北欧是我梦想之地嘛。现在呢，干劲儿十足！"

"行啊你！真的，跟两年前的状态完全不一样了，看看，这才是你呀。"

小睿正是这种不动声色悉心经营自己的人，走出了高考这块乌云，看上去整个人都放晴了。

"我现在就是个朝着梦想一点点努力的奋斗青年。染，你这两年怎么样？"

“还能怎么样？混日子呗。”委实也没什么好说的。

邢展不怀好意地撇嘴笑，给小睿使了个眼色，小睿装作心领神会，其实她对我这两年一无所知。

“姥姥什么病住院？”她问。

“老毛病，心脑血管，还有两天就出院了。”

“哎，想想，很久没吃过姥姥的土豆干了。”

“土豆干有什么好吃的呀，她做的腊八饭才棒呢。”

“黄米饭、白糖——”

“——加勺荤油，满清贵族传统吃法。”

“说实在的，我从小到大还没像那么直接地吃过荤油呢。”

“不过你吃得挺香的。”

“下不去嘴的啦！”

“记不记得有天晚上在你家住，咱俩把一盘Beyond的磁带放得好大声，奶奶耳背都被吵醒了，冲进来骂咱俩……”

我跟小睿你一句我一句，比着劲儿回想起从前的趣事。

小睿喜欢回忆，她捡叶片做标本、常翻看旧信件和明信片。既对未来充满热望，又对物是人非怀有不可自拔的痛苦迷恋。而我，做的事鲁莽，说的话浅薄，像这种荒唐叛逆的人，总会成为别人记忆里的趣谈。归根结底，自从学会书写自己的名字，谁都想用不同的方式凸显自己。

“你也还是老样子嘛，让人分不清自我挖苦还是自我表扬，不过也自有人为你神魂颠倒过呀。”从前我追邢展时，她对他颇有成见，眼下揶揄起他来了，借此拉近感情，顺带捎上了我。

小睿比从前更爱开玩笑，借着玩笑挖苦或拉近。借用心理学家弗洛伊德的话——没有所谓的玩笑，所有的玩笑都有认真的成分。从根本上说，她这人很难认可谁。也必定以为我的人生是积重难返、漏洞百出的。而我用来招架的也唯有她没有的放纵驰荡的人生经历。谈话间，我发现她心里那面墙其实越垒越高，越来越难跨越，墙上刻有明晰的标尺。

她那么谨小慎微的人，记忆里必定尽是纯净，自然不会放纵驰荡，除非值得。而我有很多不愿想起的回忆，它们自动分作两类，一类是想做也做了，不会后悔的事，一类是想做也做了，过后巴不得没做过的事。我跟她的差距就是，她能区分开什么事会后悔、什么事不会后悔，真想做的事，她必是一击即中。所以，她比我聪明得多。

华海亮到了，一看有两个新面孔的女生，蛮兴奋。这种情况下，他都会讲打火的故事。

"'护林防火，人人有责'，林区家家院墙上有。七八十年代靠柴火取暖做饭，一旦警报响，全城不许生火，家家冰锅冷灶的，四壁发凉，直到普遍搬上楼房。有天八级大风，八级，特大火灾，大火烧了一百万公顷土地，连带境外一千多万英亩森林。起火最初原因是一位林场工人启动割灌机引燃了地上汽油，灭火时只熄了明火，没打净残火，以致火势失控，持续了整整二十多天，死了好多人。事后全国整个林业系统大换血，我爷结束了半辈子的植物检疫工作，提前退下来，没事儿就骂人祸大过天灾，气得患了脑中风，上西天了。"

"你是说大兴安岭那场火灾。"

"……我战友距我不到二十米，我被燎得都睁不开眼，就听见惨叫！"华海亮亮出自己薄红发亮的手背，说起那位被活活烧成一团焦炭的十五岁战友，“我迎着火墙以最快的速度穿了过去，咱得知道，可燃物燃尽的地方才能活命。”他摘掉帽子，露出耳朵上方不长头发的一块烧伤，说他在那次打火任务里荣立了三等功。“这还被燎成这样，火势太大了。”

“敬我们祖国北疆这片绿肺吧。”

良良听邢展和华海亮讲故事，那股认真劲儿跟夜场格格不入，大眼里闪动着狡黠，其实一直在变换着坐姿，指头抠着凳沿。

“不喝点儿香槟吗？喝一点放松放松。”小睿好笑地安抚良良，“他应该快到了。”

“谁？”我问她。

“你说呢。”她递了我个眼色。

良良白蛋清似的脸蛋上隐现出两团红晕，不时瞄我，一直不好意思开口问，尽量让自己看上去很放松。

“他还好吗？”她终于开口问我，声音很小，被淹没在舒缓的音乐里，神情恳切，大眼睛闪闪发亮。

“你还是自己问他吧。”我逗她。

她盈盈一笑，点了点头。

小睿冲我会意地一抿嘴角，眼角眉梢一副女孩子看好戏的悸动。

三个人一齐看见有个人影从大门一闪而入，消失在暗影里，接着迅速出现在调酒台附近，又隐没在人群里。

是他。一年半未见，他又高大了些。

他眨眼间站在我们面前，我不由自主地握紧了酒杯，看他依次跟其他人打完招呼后，淡淡叫了我声“姐”。

“回来了？”我听到自己语声干涩，同样没有该有的热乎劲儿。

他的脸被鼻子拉长了线条，眉宇间平添几分坚毅。棱角硬朗了，面部轮廓已不柔和，打破了从前的均衡，无疑如剃了杈的树枝，干净利落，只剩枝节，指向明显，像被清掉泥尘的雕塑，显现出他真正的样貌特质来。

良良的神情羞怯而古怪，似没想到那个孤僻内向的男孩子蜕去青涩后如璞中剖玉。直到李思笃重新回到这边，她才收起了羞怯，绽开发自内心的欢喜，剔透的大眼睛没有一丝杂质，以至于她跟他四目相对的时候，连我都险些替他迷上她。这一刻我才看清了良良的魅力，这是怎样一双纯洁的明眸啊！

"你走后，我也不知道地址，就再也没写信。"她不再羞怯，握住他的双手，不再有一丝本能的遮掩，挚诚一笑，向他打开了心扉，"谢谢。如果不是你帮我，当初就放弃了，不敢奢想现在。李思笃，你知道吗？现在我看到自己有很多可能性，可也忘不了从前陷在泥里想放弃人生的心情，我总是在憧憬美好的时候，第一个就想起你来。真的……挺不可思议的，你是作为同学、同桌，那会儿一想到这一点，想到你所做的，你竟然能做这样的事来帮我，这种悬殊的境遇的对比，我就被自卑压垮了，甚至没法面对你、好好谢谢你……我不愿意相信竟然是你帮了我，尤其是……你。对不起，真的谢谢你……"

小睿动容了，她了解这样一个敏感而自卑的女孩子发乎内心的真挚表达有多难。

望着良良滚落的热泪，李思笃眼神震荡，"你跟我，永远也不用这么说。"他替她擦干眼泪时轻柔地笑了，眼里现出一片夜海，沉静地面对他曾经喜爱的女孩，看她把自己全部敞开，放下从未放下过的自尊，让她的激流汇入他的海面，归于平静。这一刻我看出他变了。变得坚硬，并且更加深沉。

“你俩还没见过面？”邢展在我耳边小声问。

“哦，我白天要复习考研，晚上在医院陪护，她其实也不需要我照顾什么，有个人在大家都放心嘛，就还没照面。看到没有？有女孩子了都不问家里人了。”

邢展意味深长地笑了。

很长时间以来，直觉告诉我他内心的某种猜测，只是从没问过。而我也从未表露过丝毫，他问也问不出什么。可即便我再若无其事，他也不会不相信他的判断——他比李斐更难对付，因为他更了解我。

我心里有一扇幽闭的暗门缓缓阖上。方才他打招呼淡淡的神情，终结了我单方面臆想过的幻起幻灭。只感到心里像被抽走什么似的，轻松地泛着凉意。

我出神地望着邢展，努力领会他的意思，他把话又重复了一遍：“Vincent来了。”

“……哦。”我这才反应过来，来得倒正是时候。

“我是说Vincent来半天了，往这边看呢。”邢展玩味地看着我，“你想什么呢？”

“你想干什么？”我真要恼了。

他举起双手，贼嘻嘻做投降状。

我的话越来越少，跟眼前的热闹气氛越离越远。直到小睿谈笑自若地聊起跟李思笃初结识攀云梯的场景，我也没能默契地接上。

“我可记得你没我走得远哪。”李思笃说。

“她让咱们‘悠’，记得不？找到‘悠的感觉’。”小睿表情夸张，像多好笑似的。

我嗤了一声，一个体育白痴凭什么嘲笑运动要诀。

“说真的，起初心里没底，你们两个虎视眈眈的，她样子凶，而且我看见过她跟那些人在一起——”

邢展抢过话来：“竟然撩低年级小男生，你们情操何在？”

“就是看他长得像小姑娘，有意思呗。”小睿像从前那样逗他，眼波流转，比我跟他更为亲熟。

这件事，没想到三个人都记得很清楚。

李思笃被这么一说，尴尬地笑了，不爱笑的人笑起来别有股感染力。他很受欢迎，加上方才的开场、大家对英国的好奇心，他成了主角。

“起初跟不上英语授课，那也只能硬听，听着听着突然有一天就开窍了。功课算不上繁重，金融也挺枯燥，不过我不爱打游戏，也没什么特别想做的事情，就把专业修好，也心安理得。跟国内一样，有些大课会几个专业合起来上。”华海亮递给他一支烟，他接了过去，“国内来的总喜欢玩在一起，我是觉得既然出去了，就多交些朋友、开拓视野才对。”

我问李思笃：“你吸烟了？”

他略一犹豫：“偶尔。”

邢展也凑热闹，不过他只抽过堂烟，不会让自己上瘾的。

良良轻轻叹了口气。

要说我无所谓，那是假的。关心一个人，是不会眼看着他把香烟叼在嘴上而无动于衷的。我形容不好此时的心情。一个人需要烟，就说明他可能不再明亮。从前我确信他的身体里有强大的化解能力，甚至足以抵制抑郁。而今却借助于烟。长时间的疏远，使我对着他失去了想说就说的勇气，真实想法无从表达。这种勇气的缺乏，是对方没有给予你。他看了我一眼，淡淡地，目光不长不短、不冷不暖，并没流露出该有的亲熟感。我把话咽进了肚子。

“气温呢？”小睿问他。

他又聊起气候，喝着酒，倚在椅子上，有些疲惫。

“得走了，九点多了。”我站起身，“我妈让我早点回医院的，这会儿姥姥估计都睡了。”

“明天我去找你。”小睿说。

李思笃不声不响地站了起来，被邢展随手按住。“你不能走哦。”他叮嘱华海亮和李思笃要把两位女士“好好”送到家，回身揽着我肩头出了酒吧，一边走一边瞄我，“你说说咱俩，最先来最先走，像不像要去干点儿啥？”

见我不说话，他又问道：“在医院睡得好吗？”

“对我来说哪儿都一样。”

“欸，此时此景不觉得似曾相识吗？高考前跟你说过，好好努把力认认真真选个专业，早晚还不是照我说的来了，到现在人生方向还定不下来。你看看小睿。”

“我中间的过程你还不知道吗？”

“好吧，我只是说照我说的来了，那咱说点儿正经的。”

“你最好闭上嘴，要不就滚蛋。”

过了一会儿，他憋不住又开口了：“你是不是知道我想说什么？”

我剜了他一眼。

“真的，一般情况我才懒得理呢，一般关系更跟我没关系，可你的事我不能不关心啊。这事儿我从开始看到现在，甚至可以说，是我先发现的，说发现呢，倒也不是很准确，应该说是我先有的构想。你喜欢我那会儿我脑子里就蹦出过这个想法，对，那天在那栋二层楼附近，还有只灰猫，我脑子里突然蹿出这个想法，连自己都觉得荒谬。”他收起聪明，一本正经地问我，“你俩到底挑明过没有。”

“闭嘴！”

“那年在凤凰山上记不记得？你对我耍的那通，骗得了别人可骗不过我。”

他竟那时就发现了，到现在才开口，观察了我好几年？！

“以前的事不要提了，现在真的什么也没有！”

“我说，你对他可没对我时劲头足啊！”

我没心情开玩笑，匆匆往前走，被风吹得上不来气，头发上结成了白霜，睫毛也黏住了，用指节把冰热化，眼前才又清楚了。只是这样就结束了别后的重逢，如此而已，如此而已！邢展说什么我都当听不见，匆匆往前走。

“你心里好像不舒服啊。”他语气真挚，眼中却闪烁着狡黠。“挺走心的。”

“别胡说八道了。”

“我说沙染，你今天倒艮起来了，真让我刮目相看啊！我说了这么多，话都挑明了，你还嘴硬？”

“让别人表面同情、心里笑掉大牙？”

“胡说，我这么关心你。虽然有看热闹的成分吧，这不否认，确实也很关心你俩的走向，这种感情想必非比寻常吧。如果相爱，我是说如果，你们会怎么办？家里怎么处理？你就把我当听众，吐吐苦水也行，哥们儿一定给你烂肚子里。但不建议你跟别人讲啊，女人的嘴可不牢靠。”

“到底想让我说什么呢？你不是也看见了吗？就是这样而已啊，什么怎么办怎么处理，根本就不存在。从前也只是一时的错觉，都过去那么久了，你还提它做什么？一时间的错觉，你也说了，荒谬，我就是这样啊，一会儿喜欢这个一会儿喜欢那个。现在更没什么好在意的，也没什么好观察的，省省吧你！要说不舒服，今天他的态度你也看见了，同一屋檐下一起生活过好几年，还不如跟旁人来得热乎，换你你心里能舒服？”

“嘴真硬啊。”

“你还想怎样？”

“你太不了解男人了。”

“你也不了解女人。”

“我的意思是你不了解李思笃。”

“我当然不了解。”

“人家却了解你。知道怎么能让你难受。”

“你更知道怎么让我心烦。”

“哈哈哈——”他冻得直淌眼泪，简直兴奋极了，“今天猴儿冷，风又大，张嘴冻牙，废话我不说。你不了解男人，男人可没你想的那么简单。以为就你们想一套做一套，其实谁不会呢？无非是考虑到效率不高，有时候倒不如直接点儿的好。一个人故意让你难受的动机你想过吗？考虑过吗？其实这一点不管男人女人，都一样。”

“什么意思？”

“为什么要让你难受？连我都看出来的冷遇，你要走了他却想起身送你！”他不可思议地讽笑，“——当然也只有我看出来了，其他人心思根本不在这上。”

“别说了！”我近乎哀求，也近乎威慑。这最后的抗争，为了捍卫内心的安宁。因为我知道他话一出口，我的心就又活了。

他眸中的黑色越发浓稠，“究竟是一直心里有他还是看到他又重新爱上了？我说了，这种感情想必非比寻常，要是重新又爱上他了，说明你一见他就摆脱不了——”

我狠狠搡了他一把，他一个趔趄摔倒在地，滚得一身是雪，两手撑在地上喘气，“让你难受，就是想让你爱他的意思啊！——人都是这样。你到了。”他抬抬手，“进去吧。就送你到这儿了。”

47

姥姥这次住院起，舅舅便开始细数老人身边只有保姆没有儿女的不便，想把姥姥房子卖掉，自己房子也卖掉，两笔钱拼个大房子，把姥姥接去照顾。换句话说，用养老来换姥姥整套房子。就连熊浩也发誓跟父母一起孝顺奶奶。出院后，舅舅换了个角度，说母亲有一大家子人得管，根本也顾不上老人，他不管也没人管。

姥姥问母亲：“我听了他的，你怨不怨？”

母亲说：“爸走后您独了这么些年，但是以现在的身体情况，不在我们身边，谁都放心不下。妈，您想咋办就咋办吧。反正我跟江山都商量好了，只要您点头，这就接您过去，家里一直给您留着房间呢。”

“连个你俩的孩子都没有，妈是绝不会去的。小染小曦你得照顾，还得照顾江山他们爷儿俩，顾不过来的。妈要是跟他们一起，这房子你就落不下了。可我考虑着，孩子们都大了，小浩过两年就得买房子娶媳妇，你哥条件不好，到时候也得用钱。我琢磨着一边儿不能紧着你，一边儿让你哥少犯点儿愁。到这个时候，妈也顾不上公不公平了，你就算怨我，这事儿也得这么定了。”姥姥的脸上有一种不容置疑的坚决。

母亲眼圈儿泛红。“妈，我照顾您又不是为了房子，我不管您管谁呀？您自己定吧，要是我哥照顾不好，怎么的我都接着您。再说他是我哥，过得不好我也不能眼看着，将来给熊浩结婚买房子，他张嘴我也不能不借。我家条件好，又是俩女儿，用不上。您要是跟他们住不习惯，李江山他绝不会搁不下您，对她们两个都尽心，别说您来了，更得敬着。”

一听这话，老太太心便宽了。“你爸去世这么些年了，都你三天两头往我这儿跑，你日子要是过得不好，这房子怎么都得留给你。今后我去了他们家，给他们添点儿麻烦，也公平。”

“我也有孩子，我懂。”

我体味到母亲的凄落。她对人对事不乏心机与算计，对娘家人虽有抱怨，却无从计较。而她的母亲明知她这样，又一次做了个偏心的决定，把财产全留给了儿子。想到这，我不禁恨起这个老人来了。

我跟小睿约了一天下午去冷饮店吃奶球。后来她打电话来，说有事去不了了。晚上又打电话来，说有话想跟我说。

“什么话不好当面说？”

“其实也没什么。”

“那你说啊。”

“你先坐稳了。”

“哎哟喂，我预感到我得吓昏过去。赶紧的，少卖关子。”

“不是……”她顿了几秒，“有件事我不想犹豫了……不当面说是我怕当着你的面说不出口……”

我突然冒出个奇怪的预感。

“染……”她深吸口气，欲言又止。

“到底什么事？”我听见自己嗓音干涩，催她痛快点儿。

“这个春节我会去牛津。”

“牛津？”

几秒钟的沉默，是她给我的反应时间。

“你应该猜到我要说什么了。除了你，我没什么好顾忌的。”

我不知自己怎么就哈哈笑起来了，好像她讲了个天大的笑话。“你——难道说你们在一起了吗？”我听见自己的声音因激动而发尖。

“没有，不过我——”

“你要跟良良抢吗？”

“良良有男朋友了，对你弟只是感激。”

“你不知道他有女朋友吗？我没跟你提过？”

“我知道，你提过，不是连你也说看不出他对那个人有没有心思吗？”她口气像怨我似的，静静听着这边。

“你什么时候把我的话记得这么清楚了？”

“当参考嘛。”

“他爸只让她找富家小姐或官宦子弟，总之能对他家企业有帮助的。”我装作大大咧咧，“你不是真看上他了吧，还是逗我玩儿呢？”

我刺痛了她，但说得也不假，他爸的确是这个意思。只是对于小睿的家境，我从未表现出在意也从不认为有什么好在意的。而此刻我说了这样的话，倒暗暗生出股快意来。

“说真的，如果我有那样的家世，早就不犹豫了。哎，本来在我的想象里，自己应该是赚到很多很多钱后，方方面面都没有弱点的情况下，才会去坦然面对爱情。染，可是我现在鼓起勇气，是因为克服不了对他的……那种心情。现在我想的是，家世什么的不是问题，我会很努力，不只为爱情，也为了自己，我就是这样的人哪，你一向知道我。从前没跟你说过，也怕你看出来。他是你弟，我又比他大两岁，就很难为情，可是一看到他，那些念头就又全都活了。”她语声轻轻抖着，像微雨中打战的花朵，“从前总爱逗他，其实是掩饰，不知道该用什么方式接近，我不好意思，他比我更害羞。他这样的人，会很专一的对不对？之所以不快乐是还没遇到真正的爱情、一个真正能点燃他的人，你懂吗？”

“你认为他喜欢你吗？”我生硬地接口道。

我的反应并不是她所期望的，可指望我有什么反应、说什么话呢？

她再次可怜巴巴地鼓起勇气，坚定地告诉我：“我有信心让他也喜欢上我。”

“哈，信心！”说点什么好呢？此时此刻真没心情来让她满意。我想绕个弯加以否定，说点什么让她知难而退，可这么想的同时，又为自己的狡猾和懦弱感到窝火。“随你的便吧！”我恨恨地说，“不用向我报备。”

“你生气了？……我不是故意瞒你的，就猜到你会怪我。但如果怪的是这个，怨我从前没对你坦白，那我就放心了。其实，染，你又怎么知道我这两年的心路呢？等见面我再跟你细说吧。……总而言之，想要就该争取呀，是吗？你知道，我就是太不善于敞开心扉了，不过现在好激动！真该跟你面对面说，在冷饮店吃着奶球！”

对她的恶念已一股脑儿地冒了出来。自从她复读时跟王玥惜她们走在一起，跟她之间就有了一道裂缝，我怎么想，她其实知道。这两年，几乎淡出了彼此的世界。加上她对李思笃的接近，我下意识的戒备，隐秘的憎恶潜滋暗长。而很长一段时间里，她曾是我最好的朋友。我因此自责，憎恶越清晰，越感到愧恼，却又没法不憎恶。

电话那头静静的，她似乎感觉到了什么，像是在猜测。我突然明白了，她早知道我内心的真实想法，只是她不说。而这种貌合神离若是双方的，那再装模作样就太虚伪了。

“你还是不用敞开心扉了，这些是你早就想好了的。两年时间那么长，什么都没看出来，是我傻还是你太会藏啊？知道吗？我现在就觉得，你不是我一直认识的那个人，很可怕，给我这种感觉的人就只有你。随便吧，你不用打探我的意见，也别装作很在乎似的，这事就当我不知道好了！”我冷冷挂断了电话。

48

春节有一天，耿乃健来我家探望，带了两条五六斤重的江鱼。赶上刘凌霄也在。母亲说时间不等人，一转眼就都成双成对了，他们也老了。尽管跟她讲过好几次我跟耿乃健之间只是朋友，她还是盼着会有什么情况发生。

耿乃健初中时随父母从老家西安迁居到哈尔滨。母亲说西安是个有文化又够现代的城市，初次去也不会感觉到陌生，年轻那会儿她也在碑林区待过段时间，人跟人的缘分，大千世界相隔万里能相聚，奇妙得很。她聊起他们那代人的艰辛，谈到了耿乃健的父母。耿乃健的母亲是大学讲师，父亲在一家国企任科室主任。然后她听他聊专业，听不大懂，其实也没在听，但她看着他，思绪飘到了什么别的地方。

李思笃跟刘凌霄坐在一边，一会儿窃窃私语，一会儿插几句话，两人间透着淡漠而亲密的混合意味。后来李思笃与耿乃健看着电视比赛聊起篮球。刘凌霄捧起了一本英文版《呼啸山庄》。我陪沙曦下围棋。播广告时，耿乃健过来给沙曦支着儿，我说他该给我支着儿才对，什么棋我都下不过沙曦。耿乃健观察下来，也承认沙曦颇有运筹之道，问起她的学习成绩来，在场人都笑了。

刘凌霄眼睛一眨不眨地打量着沙曦："你长得这么好看，专注起来当然比别人更难。"

"皮相没那么重要。"耿乃健接口道。

沙曦脸微微一红，被说得不知该怎么走了。

"总是这么说，可耿老师，谁又不在乎皮相呢？"刘凌霄笑笑，"受传统教育影响，我们一直重视内心、淡化外表。认为腹有诗书气自华，有文化的人值得尊重、善良的人值得信赖。可我觉得，人类社会的精神文明该以人类本性作基础吧？咱们都长着一双眼睛，判断得出什么好看什么不好看。好看的多看两眼，难看的一眼都不想看，喜欢和反感都是真实存在着的。举个例子说，一场选举实力相当，为什么偏偏形象优者胜？外在是不容忽视的参数，人就是这样子，没法不在乎外在，所以何必强求？”看她的神情语气，就好像一个毫不在意外在的人在讲公道话，让人钦佩她长得好看又有见地。

耿乃健不置可否：“所以人才需要修炼跟提升，只有切实认识到心灵和道德的重要，才能保证社会风气朝正方向运转。漂亮的人纵然令人喜欢，高尚的情操更值得欣赏，这才是人类社会真正的光辉。在一个家里，无条件的外表认同会使人骄纵、认不清自己，而在一个社会里，无条件的外表认同，无非是助长虚荣浮躁之风。”

刘凌霄俏皮地眨眨眼，以削弱言语间的针对性：“人总爱以上帝的名义做口不对心的事。”

“没有所谓上帝的名义，上帝的名义，其实就是人的名义。就像你说的，自律是重要的品质，这里面也包括趋利避害。”

“我看我们就不要讲这些大道理了，拿现实举个例子好吗？”刘凌霄拿出一副辩手的从容劲儿，“耿老师，我想问你，你觉得沙染不漂亮吗？”

耿乃健略一迟疑：“我没这么觉得。”

“那就是觉得她漂亮喽。”

“她也算不上多漂亮。”

我听见李思笃在一旁“嗤”的一声。

“你这么回答，女朋友恐怕要生气喽。”

其实我倒不会生气，只是对“女朋友”这个词感到很不自在。

“她不会因为这种事生气。话说回来，我也觉得金玉其外的人同样也得不到你的青睐。”

刘凌霄机智一笑："你偷换了概念。"

耿乃健嗞了口气，她着实难缠。

"讨论这个还用不着偷换概念。"

"人要重视心灵与道德，这当然没错。"李思笃加入进来，"可惜人完全没有想象中的理性。世界各地好多场实验说明同一个问题，长相好的人提出的要求更易被人接受。长相差的人即便向你提出合理条件，甚至长得再差一点的，恐怕开口前你就打算拒绝了——"

"拒绝合理条件，终究是要后悔的。"我抢过话头，"我们到底想说明什么呢？辩论的话，没人说外貌不重要，也没人说心灵道德不重要，听不到任何绝对的论点。非想争个输赢的话，我看还是来场扑克牌更解闷。"

然而我们并没有玩扑克牌，播完广告，李思笃看他的球，沙曦陪他看球，刘凌霄继续看她的书，我和耿乃健出去透气了。

"我今天来拜访，赶巧了吧？"

"赶巧？"

"正中你下怀。"

我不禁笑了："耿老师，此言怎讲？"

他脸上现出意味深长的神情，并无邢展那样的戏谑，"从某个角度讲，咱俩情况有点儿像——禁忌之爱。只是你的情况是小单元的大问题，可大可小，也可能不是问题，我呢，是个人对抗大环境的局面。

天台那天后，我跟他成了知己好友，他今天没装作没发现，我也不吝把心里话对他讲。

"咳，事实上早就不存在这个问题了。他出国时我跟他达成过约定——什么也没有，心照不宣。可你是怎么感觉出来的？这真是让我——很不安。说实在的，我心里有点儿乱，不是因为他身边的女孩子，他对刘凌霄、良良，包括小睿的用心都不会让我有多吃味。我真正在意的是他对我不如从前，还有他的变化，他跟从前不一样了。回想起来，我们俩曾有一段很不一样的时光，互相照应，很靠近，一条船上的战友，就好像谁也不会再这么对第二个人了，是有这样的假想和自信的。……你说这究竟是不是爱情？还是掺杂了友情的亲情？”

“情有千万种，分不清就别分了。”

“其实我应该表现得更自如，对吧？”

“可你为什么没表现得更自如呢？”

“嗨，请别再给我心理暗示了吧！都已经过去了，都淡了，不骗你，真忘了，而且我知道对他来说更是同样，所以这期间谁过得都轻松。你知道，对一个人一旦起过那种心思，再共处就很别扭，何况还在一个家里，简直了。我只盼着他快点走，再走个两年我心里准保干净。”

“你记不记得横滨比赛后我找过你？”

“往我家打电话那次？”

“对。他接的。”

“记得，他说过。当时说完就忘了，后来你想帮我拿回市场营销的学分，我才想起来他好像说过是位姓耿的老师。”

耿乃健摇头苦笑：“要是我后来没亮出‘老师’的身份，他怕提都不会提这个电话。”

“哈！有可能。我都说了，从前真是那样。他应该是把我当成最亲近的人的，我跟别人走得太近他是会闷闷的。还惹得我很反感，烦完了又过意不去，有时还有点儿可怜他。”

那天晚上继父开了瓶高度白酒，李思笃和耿乃健陪着他喝。酒量方面，耿乃健是比不过他们爷儿俩的，后来他又聊起了互联网，连刘凌霄也插不上嘴，索性跟我们娘儿仨聊起了日常。说她在英国别的没多大长进，中餐厨艺见长，不然将来的日子会很难挨。说这次回去单独准备两只大箱子装食材调料带过去，又跟我妈讨论起得莫利炖鱼的做法来。说真的，我认为得莫利炖鱼只是比普通炖鱼多加把粉条。她讲得跟做化学实验一样，几克几十克的，说得我妈直蒙。我妈烹饪的量词是一把、一捏、一勺、一碗——凭感觉。听得我跟小曦直想笑。

我住校时在宿舍里自创过一款简易面条——紫菜+龙须面+老干妈豆豉酱，也可以是生菜+龙须面+老干妈豆豉酱，莜麦菜+龙须面+老干妈豆豉酱，总之只要有面条和老干妈豆豉酱就足以吃一顿香饭。我好心好意把这个告诉她，考虑到食材调料简单易携带，她说这么吃人会吃坏的，根本没营养，在国内不好好吃饭对不起便利条件，引得我妈担心起我来，只能说是不想出去时偶尔凑合一顿，其实我还真是很爱吃。我妈担心完我，又担心起李思笃的伙食，李思笃说什么东西吃习惯了都能吃出点儿意思，也就不难吃了。我妈又问耿乃健怎么解决吃饭问题，耿乃健说开学后一日三餐都在学校解决，假期回家里吃。她又问他喜欢吃什么，这就把话题又引回到他身上了。

刘凌霄对此不大满意，从前来家吃饭，我家人的焦点一直在她身上。沉默了约半杯酒的工夫，她又像白天一样故作诙谐地跟耿乃健抬起杠来——她在任何场合都不能不是焦点。相比之下，我的话太少了，人一谨慎就难免沉默。好在我妈早懒得把我跟人家捏起来比较了，她现在把沙曦跟刘凌霄捏起来比较，看得出也不甚满意。虽然沙曦比刘凌霄漂亮，也仅仅是比人家漂亮，学识智慧就差远了，她这两个女儿脑子绑在一起也抵不过人家。沙曦跟谁都好，对谁都没意见。我跟她说，你天天跟老好人儿似的看谁都好，肚里也没杆秤，太好对付了，别人背地里该说你傻了。她笑呵呵的，像是听不懂，也像懒得听。继父曾半开玩笑说，绝大多数人都得通过外部条件让自己欢喜，很少见谁自足，像小曦这样天生“欢喜”的，是佛家境界。母亲当真了，想着她一出生我的心脏病就好了，不思进取，将来却能出国留学，不知愁自有人替她愁，加上这丫头超凡脱俗的观音相，一万个人里也挑不出一个来，必是一辈子福泽深厚。

“他建议我还是尽早回来，先立业，想读书以后找机会也可以。”刘凌霄说起毕业后的打算。

“当爹妈的都矛盾，想你们走远点儿别误了前程，心里其实又舍不得。但前途当然是首要的，不愿意回来你就继续跟那儿念，起码读个研再回来。都包在叔叔身上。”继父格外温和，我留意到他话里最后一个“你”，不是以往的“你们”。

刘凌霄到底是个高傲的小姐，脸上的尴尬来得快去得也快，“谢谢李叔心意，不过我的想法跟我爸的一致。检验人的终究还得是立业，读书还是不该被当作逃避现实生活的方式。”

“也好。”继父没多说，感喟似的点点头，一脸的赞赏。

刘凌霄把目光投向李思笃，带有些许怆凉，似是想从功利的世界里寻找例外。

李思笃的视线缓缓从他父亲脸上收回，耷下眼帘，擦掉嘴角的一抹嘲讽，冲刘凌霄爽利一笑："那我就陪你一起回来。"

继父似乎没听见，也没说什么，只是扒虾时手指略显笨拙。晚饭后，他并没像从前那样把刘凌霄叫进书房品茶。

李思笃送刘凌霄回家，耿乃健也随他俩一道走了。收拾碗筷时母亲告诉我刘凌霄父亲出了经济问题，被双规了。跟我猜的倒八九不离十，不然继父哪能有意无意地冷落她。只是李思笃的反应出人意料，从未像今天这样公然讥讽过他的父亲。

收拾好碗筷，母亲把剩下那条江鱼送去舅舅家。继父从卧室里出来，第二次把我叫进书房单独谈话。

49

继父弄了番茶，也在我跟前搁了一杯。直到我呷了几口茶，抬头看他，他仍没收回视线——酒精的作用，眼珠子通红，是一种近乎侵略的野蛮审视。

"山叔……"我一口热茶呛到嗓子眼儿，咳了出来。

"考研准备怎么样了？"

"差不多了，咳，尽力而为吧。"

他点上支烟，接口问道："有两手准备吗？"

"第二手准备就是就业。"我回答道。

"嗯。"他起身去关上门，好像不论我怎么答，他都只是随口一问，又坐回到椅子上，换了个悠哉的姿势，望着我头上边什么地方，出神地感喟了一声："这几年，有一点我没料到，你母亲也没料到——"

我看向他，不由自主地握紧了茶杯。

“——就是你们俩的关系。”他没什么表情，顷刻将我逼近死角，观察着我的反应。

我心中一震，汗毛唰地立了起来。

他淡淡笑了一下，像是为了让我心安，“我该感谢你，差不多是同龄人，你对他有积极影响。跟着你跑步、游泳、上学放学，时间久了，人也不再病态了。”

“他的病态不是因为我——”我急着澄清对李思笃并没产生过多大的作用，“——是因为您。”

“因为我？”

话到嘴边又咽了回去，难道我要说那是对他的报复、恐吓吗？

“可以这么说。”他见我乱了方寸，便从容自若地从他的角度去理解了，“所以说我应该感谢你。”

“没什么……我拿他当一家人。其实我妈早就告诉我他没有妈妈，让我好好关照……可我不懂事，还欺负过他——”

“可你们毕竟不是一家人。”他打断我的话，好像不管我怎么说，他都会有条不紊地将我钉在耻辱柱上，“少年人的交情，一日千里。你真把他当家人看了吗？”

这话让我觉得自己就像个贼。

“当成朋友更确切些。所以您不用感谢我。”我控制着自己不均匀的呼吸，真的没什么，我跟自己强调，真的没什么，这么一来偏好像有什么。

室内的空气正发生形变，像被拧紧的毛巾。

“我是不用感谢你。”他把“是”字说得很重，“你把事情搞复杂了。”声音不大，有一股令人无地自容的怪力。

我失手打翻了茶盏。

以前不是没想过，如果真有那么一天，母亲会怎么说，面对他们两个该怎么说，却没想到眼前面对的是他一个人。他强大而残忍，有办法应对任何情况，探囊取物般挖开我心中的私密，就好像他有与任何人深度对话的特权。

长达一个世纪的漫长沉默。

“是啊，都怪我。”我阖上了眼睛，太阳穴一鼓鼓跳着疼。

犯在他手里，不必再负隅顽抗了。

“我这人就是很混乱，胡思乱想，自制力差！自己都知道荒谬、不光彩。您瞧不起我就尽管瞧不起吧，什么能逃得过您的眼呢？只是一时的荒谬想法，都是我的问题，不过我保证，什么也不会发生，您不必再为这劳神了。其实也早就过去了，现在坦白，是因为我觉得愧对过您跟我妈。您说什么都行，但别让我妈难堪，她要是不知道，请千万别告诉她！……”

他耷拉着嘴角，让人捉摸不透。我的话起了反应，我等待着他的审判。

他有很多种解决方式，无非正在盘算应当采取哪种办法、摆怎样的脸、说怎样的话最有利。

他把凉掉的茶底倒入茶海，一并倒满热的，又把茶盏搁到我面前，脸色缓和过来，“五年了，我不是不了解你。我是反对，也相当震惊，可也不代表咱们的立场就对立了。孩子犯错了，做父亲的有责任帮忙改正。”

我心生感激，同时看到一条不可逾越的边界，他终于把我纳入了他的掌控之中。

“不用觉得没脸面，你毕竟还小，也怪我没顾虑到。关系融洽这很好，走偏了的话就对谁都不好了。我为这个家付出了很多，你母亲更是如此。别让她太意外……”

蓦地，他的视线从我脸上疾扫向门口，小心听着动静。我才听见客厅里隐有拖鞋的嚓嚓声，惊出一身冷汗。

旋即，他一指我，粗大的手指像截干树枝，抬起疲顿的眼皮，眼神像锥子一样抵着我，“记住什么事该做什么事不该做，家人就是家人。”语声低沉，每个字砸在我心上的回响，都带着不可违拗的威迫。

“……我知道了。”

“出去吧。”

我起身时，他像突然想起来，换了副平常语气：“不过我还是会为你母亲分担子女的教育问题。你的前程还是会为你兜个底。”

50

北风扬起雪沫一把把抛向窗面，砸得噼啪作响，我心怦怦直跳，辗转反侧，注定无眠了。

几年来，跟继父的对抗只是我一厢情愿的挑衅。今晚他表面上并没让我太难堪，但我着实感受到了比难堪更难堪的东西，便是他的有所保留，藏起来的话正是一把达摩克利斯之剑。我像只桀骜不驯的家犬，被主人狠抽了一顿，臊眉耷眼的，自此将在他面前畏葸不前。

鼾声残暴，如雨夜的滚雷，他竟还能睡得这么沉。是啊，难堪的是我，轻而易举地解决我，根本不值得他夜不能寐啊。

凌晨一点多，手机震了起来。是李思笃。

“喂……”

“开门。”

我听见话筒里呼号的风，“你在哪儿？”

“大门口，忘带钥匙了。”

我披上衣服出去,李思笃坐在门口台阶上。一侧身上沾的全是雪和炮仗皮，猜是摔了跤。

“不是爹就是儿子，这家没一天不酒气熏天的。”

他躲闪开，没让我拽他。

“起来进去呀。”我拽着他胳膊，他耷拉着脑袋阖上眼睛，喘着粗气没动。

我只好上前搀他，他丝毫没站起来的意愿。

我大声告诉他：“到家了，回屋睡觉吧。”

他像什么也没听见，两臂耷在膝上，头低着。

我没什么耐心烦儿，再说室外气温逼近零下三十度，一猛劲儿从背后揪住他肩膀往上拽，结果大衣拽上来了，人在原处没动。衬衫从裤子里抽出来，肚子露在了外边，又帮他把衣服拽下来。擎着腋窝往起抬，死沉死沉的抬不动。

我蹲下来猛拍他脸：“喂！冬天的酒鬼都是死在外面的！”

“别碰我。”他打开我手，语气里是一股粗鲁。

“冻死你算了！”我气冲冲进了院子。走到门口没进屋，站了会儿又冲回去，见他整个人四仰八叉倒在地上。

我捧起把雪呼在他脸上。

他呛了一口，倏地坐起来，鼻尖通红，眉头把眼窝遮出两片阴影，睫毛里闪烁着一点光亮，却没有睁开眼，像个执拗的孩子。

我忍不住拨开他额角的头发，手捂他冰冷的脸庞。他没有睁开眼，我才敢放肆此刻的心动，贪婪地任目光流连在这张脸上。

他突然睁开眼，撞见了我的样子，也撞见我眼里的一切。

我倏地站起来，借冷嘲热讽掩饰着心慌。“这是干吗呢？我看完全找不到借酒消愁的原因嘛。是选择太多纠结的？还是理智跟情感拉锯，站不稳立场啊？”

他冷冷道：“你又有什么立场？”

我心头那股无名之火蓦地蹿起来，“我要的一定是喜欢的，不喜欢的塞给我也不要！喜欢就追、喜欢就在一起、处不来就分手、分了也不后悔，我才不会被人牵着鼻子走，更不容许别人任意摆布！”

他勾起唇角，“对你来说，的确。”语气里尽是讥讽。站了起来，没进家门，反踉跄着往胡同口去了。

寒风凛冽。

我只能追上去抓住他。他转过身，看向我的眼神里有一片险境。

“有时我觉得有，明明感觉得到，我想那是最坚固的东西，没什么能比它更……可实际呢？实际上什么也没有，你告诉我其实什么也没有，根本就什么也不是！”他颓然一笑，逼过来，像堵令人窒息的墙。“讨厌就离远点儿，想要就抓住，这么简单，这么显而易见的道理，你真懂吗？哦，是呀，对不起，我小看你了，想要就抓住，不仅懂，你还做得很好，一手老师一手同学的。忘了吗？风凰山那回，我听到的是他给了你怎么一番痛彻心扉的感受？现在都能给你重复一遍！你这两年干什么了？到现在还不清不楚，三心二意，想怎么样？还是你们的爱情破土重生了，你想跟他结婚？他说要跟你结婚了吗？说没说你告诉我？啊？！”

他额角青筋隆起，紧绷着下巴，瞳孔收缩成两个黑点，我迎上他的视线，在半分钟的僵持里跟他四目相对，用最凌厉的眼神威慑着对方，朝彼此内心深处直挖下去。

“别这种眼神看我。怎么不说话？嗯？想什么呢？”他冷蔑一笑，充满恶意地挑衅。

“你以为你很了解我吗？”我声音喑哑。

“我需要了解吗？”他扯着脖子不解地问我，似乎下一秒便将予我以最无情的揭露，“到现在你都不懂什么该做什么不该做，或者说你控制不了自己——不会拒绝，空虚寂寞，永远停不下来！从不对你自己、对你的生活负好责任，满脑子屎！像你这么个人，没原则的人、爱恨都不坚定的人，赢得不了别人敬重，浑浑噩噩的人只配浑浑噩噩地活！我还有什么好说的？从现在起我无话可说，无话可说。你还不知道吗？沙染，不管你让人感觉有多好，到头来总是鄙俗不堪！令人厌烦！”

他从未如此疾言厉色，我也从未见他如此光火。如沉雷劈裂大地，挟一浪猛过一浪的激愤、我难以承受的鄙夷，对我予以痛击、将我击垮在地。

我双拳紧攥，胸口发堵，喉咙里噎得厉害。原来在他眼里我是如此不堪……

可是，对，我大概的确如此，也从未觉着这有什么。旁人嘴里的不清不楚我并不在乎，相反，扪心自问，我跟邢展早已是最自在的朋友，无非稍微特殊点的朋友，并没觉得有什么问题，起码没觉着有碍我做人的原则（尽管我从没为自己立过做人的原则）。与此同时，我想起邢展的话——让你难受，就是想让你爱他的意思。

我仰起脸来，像红尘里蹚出来的过来人："邢展又算什么，这两年很多人喜欢过我，我也喜欢过别人，就是这样，男欢女爱，时有发生，一直在发生，喜欢就好。谁不是这样？你不是这样？你又管得着我吗？"

他眼睛像被什么蜇了一下，频频点头，粗声粗气地喘息，遏制着不可遏制的怒火。

"我一直这样，一直都这样。你抽什么风？为什么要坚定？我为什么要坚定？每个不起舞的日子都他妈是对生命的辜负！"我继续回击，就是要刺伤他。

我就是永远也停不下来，在五光十色的世界里，越滥情、越鄙俗，越痛苦、越痛快。

我气红了眼圈儿，但紧闭住了泪腺。掉头进院，猛地滑了个趔趄，膝窝扯得生疼。屋檐上的新雪绵软蓬松，全不顾我的一塌糊涂。月光下，我狠狠盯着新雪反射的微光，像敌视着所有跟我敌对的美好。听见自己愤愤的喘息、抽着鼻涕，像个傻子似的直打哆嗦。

大概过了一个世纪，我走出了大门。

他在原处一动没动。

我对他说："怎么做人是我的自由。喜欢上谁，当然容易了，人总有让人喜欢的地方。对我来说，喜欢简直比不喜欢容易太多了。看不惯你就走远点儿，不必联系，像陌生人那样也行，不用装认识，你不是做得很好吗？滚远远的，永远也别回来。”

胳膊被他捏住，痛得我耸起肩膀。他把脸探过来，眉毛拧到一块儿，眼中布满血丝，烧起了熊熊烈火，像要杀人。我心里在地震。

当最后一丝不舍被无情淹没的时候，痛苦、愤愤、疯狂地在彼此眼中急急搜找着答案。为什么，为什么会这样？！顷刻间，那经年累月、深藏暗涌的岩浆冲垮了一切，淹没了所有的忧惧与苦楚，一发不可收拾。我再也控制不了自己，但还是拼尽最后一丝力气，让我的目光狠狠挡着他，让我不动容，让牙齿不要打战，用冷鞭鞭笞着我的心脏，为了让它不要跳动——我就这样崩溃了，对着他灼烈的疯狂，一下子崩溃了，把自己完全给暴露了，在他面前像个孩子似的失控了……

——我不想再次失去你。

它可以不存在，甚至连当事人也以为它并不存在了，可它一旦存在，现了形、被定义，它就异常强大，无以阻隔！

“我想你。”他眼里噙着泪花，看见了我的崩溃，他泪中带笑，顷刻像换了个人。

原来我是拥有的。

原来他从没有远离。

不管了，真的不管了！我一抬脚紧紧抱住了他。

如果不是这个拥抱，我不会知道他身体里也有一片波浪滔天的大海。

我把头深埋进他颈侧，听见自己像孩子似的哽咽起来：“我也想你。”

“你不知道我有多想你……”他声音呜哑。

“我知道，我全都知道……”

泪止不住地流。

51

次日早上，从香醇的牛奶味中醒来，窗帘透入金色的晨光。这个迷人的清晨，让我迟迟不敢下楼。听到李思笃跟母亲在楼下的交谈声，感到前所未有的幸福。沙曦冲进房里，直扑到我床上嚷着牛奶香，然后我们简单洗漱便下了楼。

母亲在煎蛋，李思笃坐在他平时的座位上，黑衬衫帅气硬朗，放下半杯橙汁，抬脸往这边瞧。我失去了走过去的勇气，顺势进了卫生间。借洗手审视镜子里的脸：它故作镇定，但十足异样，眼睛放出光来。不行，怎么才能正常一点？

“用完了吗？”

李思笃竟在外面。

我拉开门出来，他正倚在墙边。抬起眼来，热烈的光芒无可藏匿。

——怎么了？

——你怎么了？

——在干什么呀？

——什么？

——什么也没有。

——天哪，不要这种眼神……

卫生间门口不知所谓的眉目传情，暂解了一夜相思。他把手上一片冒着香气的吐司递给我，我接过来，不知道为什么接过他的吐司，正如他也不知为什么要给我一片吐司。视线交织着移转不开，怎么办啊，好开心，这金子般的光景，像做梦一样……然而也是危险的，我们得像平日里若无其事地面对母亲。于是我走进餐厅，他回了房间。

不一会儿继父从书房里出来，像黑云侵入晴空——昨晚的交谈竟被我忘到九霄云外去了。而后父子俩一起出去了，直到李思笃的背影消失在门口，我也没敢抬脸看他一眼。

“被你们吵醒好一会儿了，大清早的在说什么呀？”我心里惴惴不安的。

“问他需要点什么好带走，吃的穿的用的，今儿好去给他买。一年到头在家也待不上几天，还不得料理好他？刚忘了问他榨菜。”

“榨菜？”

“你打个电话，顺便再问问脚长没长。”

“鞋还得自己试吧，不然穿脚上也不舒服。哎，他自己又不是不会买，缺什么那边也有。妈，英国是发达国家。”

“买东西那是心意，带钱走跟带一箱子吃穿用的走那心情能一样吗？”母亲料理完，坐到饭桌前，“得让他知道咱事事都想着他，说白了，咱费点儿事儿，他带着也费点儿劲，可看起来好看哪，说出去也好听。别看你山叔啥也不说，心可细着呢。不对他儿子好，能主动帮你俩办留学呀？当妈的我得做到了。你也不小了，得琢磨点人情世故了。愣着干吗，问了没有啊？”

“还没倒出空啊。”

“那先别问了，我再想想，拿不定的一起问，别一会儿一个电话怪烦人的，爷俩儿今天有正经事。”

“什么正经事？”

“公司事呗。看看人家的爹，留学回来就有摊事业等着，你再看看你爹。”

“行了，烦不烦？总说这些没好处。”我扫了眼沙曦。

“姐，你不用把我当小孩儿了。”沙曦朝我挤挤眼，“我早就想不起他来了。”她的确有太久太久没跟我提到过父亲了。

母亲露出胜利式的微笑。

母亲从自己的出发点去恨她的前夫，教会了小女儿认清亲生父亲的自私无情。从前我怕这会对沙曦产生不好的影响，后来就连我也不知道该不该去恨父亲了。现在我直观地认为她因此不再像个天使，她长大了，不是我想象中的样子，我并没想象过她长大后是什么样子，但她开始让人看不透了。

其实李思笃爱吃什么、用什么样的物品，我十有八九都知道。方块榨菜、鲜虾鱼板面、葱油酱、各种甜点、凤凰单枞、吉列剃刀三层刀片、柑柠味二合一沐浴露、黑白衬衫、浅蓝直筒牛仔裤、白底鞋……只是装作什么也不知道，频频查看手机，其实并没有询问他。我真是没法主动联系他，心里头怪怪的，好像帮他准备这些就是我在企盼某种关系了。

“鞋码？”母亲催促我。

“已经发短信问他了。”

“还有衣服裤子，从前的全小了，你打电话多直接。”

“省得打扰他嘛，看见就给我回了。”

“问个尺码哪算打扰，赶紧问，明天就走了，买不成他还得回那边买，自己买不好还耽误时间，更麻烦。”

我想让她打，话到嘴边憋回去，太执拗反而不对劲，趁她回身挑选窗帘，拨通了电话。

“喂。”

“呃……”我调整好音调语气，“我跟我妈在商场，她要给你买衣服裤子鞋，你把码数都告诉我吧。”

“不用麻烦的。”

我听出他父亲在身边。

“还买了很多吃的用的呢，她说你一个人在外面，一出门就是两年，不多带些那边没有的她不安心。要不是我拦着，恐怕三只大箱子都装不下。”

他轻轻笑了，停顿几秒，“这次不会那么久。”

我脸不自觉地开始发烧，装作听不清楚，背过身去走出几步，窃窃沉浸在甜蜜里。

“鞋码，快说。”

“四十三。”

“哦。”

隔了几秒。

我又问：“衣服裤子呢？”。

“都是XL。”

“知道了。那——拜拜。”

“欸——”他叫住我。

我静静听着，他似有很多话想说，但他没有说，只是安静地停顿着。唯有轻柔的呼吸吹在话筒上，如海潮向大海轻诉思念……

十几秒的沉默后，我挂断了电话，深吸口气，压抑住这份甜蜜。

52

他深夜到来，我一点也不惊讶。这正是我内心期望的。昨晚到现在，总觉得他会来到我的房间。

我倒在床上，下地站着，听楼下的声响，在房里乱走，再烦躁地回到床上，反反复复。他睡了？我都这样了，他怎么睡得着？如果睡得着，那他的心又怎么称得上炽烈呢？没我爱他爱得深，想到这我不由伤心起来。早上是怎样热烈的眼神哪？难道说一天下来人就变了吗？是不是跟着他父亲辗转生意场，反把爱情看做了小儿科？电话里他的语气那么平静。或者说他对我疲于应对了吗？他觉得我太火热、太炽烈，把他吓到了，他后悔了？还是被继父发现了情况，把他跟我隔绝起来了，一整天不着面不就是隔绝吗？

我害怕起来，躺在床上悲观，站起来又烦躁，几乎想摸下楼一探究竟。恐怕要守着窗外这一牙月亮坐一宿了，想到明天一早他将飞赴千里之外，很长时间也见不到，我就柔肠百结，千万个舍不得。若能紧紧抱着他，也由他抱着我，说一晚上知心话，或者做那件事——我有些忐忑，当然我们迟早会做那件事。可要瞒过家中所有耳目、偷偷摸摸、蒙受良心和尊严上的不安，这感觉不好。还是不要做吧，但愿他别有这方面的意图。我不想他因为想亲热才爬上楼来，却想要他的温存，最重要是想知道他是不是也像我想他这样想我。

辗转反侧，全无睡意，全身每个细胞都叫着要下楼去。我便装作去厨房喝牛奶，下了楼。他房门紧闭，门底未透出一线光亮。继父鼾声大作，我心惊肉跳，一溜烟儿摸进厨房，怕门会突然打开。可门缝紧阖，冷漠得令人绝望。牛奶“咕嘟嘟”咽进嗓子眼儿，凉凉一道流进胃里，从玻璃窗里看到自己的影子，傻气得要命。一溜烟儿又上楼回了房间，怅然若失，望着月亮，倒在床上。

过了不知多久，我迷迷糊糊睡去了，感觉手机震了一声，一下子醒了。是他。

“我在你门外。”

我形容不出看到短信时的悸动。尽管觉得在这样一个夜晚，他应该跟我说点什么。可他真来了，我倒傻了。

“干吗？”我把他让进来关上门，惶惶地问了个傻问题。

“你也没睡吗？”他压着嗓子。

“被你吵醒的。”

“我不高兴了。”

“你不高兴？为啥？”

“还以为你跟我一样根本就睡不着，会等我呢。”

“我已经等你一晚上了！”我差点冲口而出。

“等我”这个词被他说出来，有一种别样的亲近意味。

我脸颊发烧，好在看不见，想故作轻松，但呼吸有些困难。我的气息出卖了我，他的气息也出卖了他，对着心爱之人，让人忽而欢喜，忽而叹息，呼吸交融在一起。

“刚才你去厨房了？”

“不是我——”

“后来上楼了？”

他在戏弄我。

“我在睡觉呢！”

“明早我就走了。”

“你还知道你明早就走了！”

“可你竟能睡着！”

“我也是刚刚才睡着啊！”

“真是没心没肺。下次回来怎么也得一年半载的，就来看看你，说声再见。”

“那就祝你一路平安吧。”

他转身开门，我在他背后，黑暗中紧盯他的白T恤，不自觉地跟着他往前半步。

他回转身，不知怎么回事，我们紧紧抱在了一起，像两块挣脱束缚的磁石，毫无疑问地撞到了一块儿。

此刻我只穿着睡衣，胸部紧贴在他身上，跟他擂鼓般的心跳仅隔着层布。而此时此刻，两颗心没有一丝间隙，这小小的羞涩飞散在真情挚爱里，平添了抹亲趣。他笑了，感觉到了，将此容纳进他颤抖的热力里，好像我无须感到尴尬，因为他便是我。我把脸深深埋进他颈窝，哧哧笑出了声，将他的气味印在我心深处。

夜，太寂静了，寂静到令人心惊。心脏的狂跳与欢喜如此剧烈，不可能不惊扰这个世界。可是夜依旧这样静，它制造了结界，呵守着我们。

明早你就要离开，怎么也不够，怎么都不够。幸福和悲伤汹涌如潮，我怎么舍得？直想把自己嵌入你的身体，那一晚，就这样拥抱着彼此，情深而紧密，仿佛从云端飞落到大地，如小鱼游归大海，回到了一个很久以前的出发点。

往昔那些平实的、琐碎的、深厚的、日积月累的东西成了爱情之基。在日后的人生里，我发现这样的爱情一旦被定义，是无可替代的。我相信他，更甚于相信自己。心贴在一起的人，永远也不会分离。

53

七月，姥姥病逝了。母亲几近昏厥，从小到大很少听过她如此的哭腔。有时她很平静，在亲朋的安慰下释然，有时忽然想到永远失去了母亲，情绪像山崩了一般。

姥姥病重前把存款全给了舅舅，并立了遗嘱，把自己的房子过户给孙子。她说孙子过几年要娶媳妇，而舅舅家经济条件并不富裕，我家两个女儿，将来没有大的花销。母亲眼中是非很多，而当有人主动提起她的家事，甚至表露同情，她反而三缄其口，当着继父的面也并没说过舅舅一个“不”字。

很多亲朋赶来，他们终于看见了这位颧角带疤的中年男人，他深沉稳健、忙前忙后，安置远道而来的亲朋吃住、协助丧葬司仪安排葬礼。

舅舅睡在卧室，我和母亲守在灵堂。

母亲提起了她的母亲，说别看她是个小脚女人，性子烈着呢。寒冬腊月捣着小脚，裹着襁褓中的大舅，跟他抽大烟的生父打了离婚。姥爷解放前做国民党警察，撤离大陆时逃回东北，不敢回老家齐齐哈尔，便在哈尔滨落了脚，当时还是个毛头小伙儿。两人结合后有了妈妈和小舅。一家五口只靠姥爷几十块钱工资过活，日子穷得补丁打补丁。接济不上时，只能喝粥吃窝头，没钱了，姥爷要么回家蒙头便睡，要么找碴吵架，贫贱夫妻百事哀。后来他们长大了，妈妈和舅舅们“上山下乡”，在青年点领了工资，宁穿露了棉花的棉袄，也不舍得花上一分，只留下点饭钱，剩余的全寄回家，就盼着家里边儿日子安生，父母少争吵。

姥姥平生最过不去的坎，就是大舅在林场伐木失足跌落山涧，人没了，只捡到一只磨破了底的不倒绒棉鞋。她的后半辈子，泪流干了不算，还要把心也攥出血来。几十年里只穿一双趿偏了底的不倒绒棉鞋，补了又补，不要新衣物，也不吃大鱼大肉，一切带有富足意味的东西她都受不了，都会让她犯心绞痛。

“兴许是一生不好过，才能好过一点吧。”母亲说，“我也有这么一天，到时候坐这儿的就是你俩了。”

我说：“到时候，要是我不小心打瞌睡了，您得回来叫醒我。”

她说：“你睡你的，没不让你睡。哪个当妈的怪过孩子？”

“您还是怪我吧。要是真到了这一天，我准保后悔。想着自己不够懂事，也不会疼您，还总做错事，把您气得人仰马翻的，不替您想，也没做出过什么好事来让您不后悔生了我。”

她咯咯笑了，同时习惯似的掩饰起她的触动：“你还知道！你是大海水命，我是山下火命，咱俩天生不对付。你跟我不好，跟你爸好，更像他女儿，不像我的。”她绕过了父亲的话题，往常唯恐说不尽，这会儿没有说下去，“要是真到了这一天，你也别后悔。面对父母，谁做得都不够。想着：她活着时多陪陪她就好了。可自己还不是被各种杂事占着？甚至能多花点儿时间时，自己倒先不耐烦了。都是这样，什么办法也没有。我要是没了那天，你俩互相照应好了就行。”

我从柜子里翻出几本相册，从前往后慢慢看，这些照片看过许多遍了。姥姥姥爷的个人写真是黑白的，脸蛋和嘴唇上成粉橙色，十九世纪四十年代的年轻人，笑意淳朴真挚，跟我们不大一样。那会儿不知道接下来短短的十几年世界发展之迅疾将令全人类叹为观止。新生事物催生了新感受、新表情，时代面容应运而生。十几年后，作为过来人，回首上个世纪的光晕气味，恍若隔世。这里有父亲的照片，他们结婚时没留下影像，这几张结婚照是在我八岁那年一家四口合拍的，父亲留着小胡子，母亲是齐耳卷发，像两个土老帽。

昏黄的灯光将母亲的脸映出几分年轻时的光彩。她讲起小时候。小舅胆小，晚上不敢出去上厕所，她陪着去的交换条件是要零钱，拿零钱攒着买糖块。一天晚上真遇到蛇，她跑回家拿了把铁锨，把那蛇剁成了几截，小舅在厕所里哇哇哭，大舅远远站着看她剁，看那蛇被剁成一截截，在土里痉挛式地翻滚。她从人们的赞叹里获得鼓励，个人英雄主义的种子被催活，从此自告奋勇地杀鸡宰鹅。姥姥说她这狠劲也不知像谁。她说："这是勇敢，再说我不杀谁杀？"她杀生时给人的感觉是并不以被杀的活物为活物，就如同残忍的人不懂得什么是残忍。

聊着聊着，自然想聊聊生死。也只有在这种不寻常的情况下，她才肯从世俗里暂时抬起头来，看一眼谁都难逃一死的结局。我重视她的看法，比对所有人的看法都更重视。是她带我来到这个世界，手里握有我们与这个世界的契约，她的看法因而具有特殊的意义。

她没有不失时机地从生命的悲凉里悟出真意，而是与虚空的真相面对面地坐着，什么也不说，一点也不害怕，一点也不伤感，如同盯着一件干巴巴的东西。世俗的人一旦思考起死亡的哲学，似乎就具备了最接近大地的真实。她很生硬，把讨论死亡当成了青年人故作的悲调，懒得谈。一天前母亲死去，当所有人所有事都朝着这桩事聚拢而来，她却不想谈及它。

她说：“活着就不要谈论这个，死了也无从谈起。”

“你怕吗？”我问她。

“怕啥？”她说，“都得死。想到死，就想到活着时候都是假的。是假的，还非得活得这么累，非得等到死，才肯遂了自己的心。”

这时有人敲门，表弟熊浩来了。

此后我再没有机会想起来问问母亲，她是怨这世界虚假，还是怨人生短暂，为什么等到死才肯遂了心，怎样才能遂了她的心？

“你俩守吧，我去隔壁眯会儿。”母亲挺高兴有人打断，站起来跟我说，“等我没了那会儿，你也到了熬夜难受的年纪。谁要是在我面前嘴上不说，心里就盼着天亮好睡觉，我也知道。”

“姑。”熊浩嘻嘻一笑，“到时候我给您守，眼睛都不带眨一下儿的。”

两天后的葬礼，她裹在黑纱裙里的身躯干枯笨重，一张脸憔悴不堪，用叫了四十余年的语调一声声呢喃：“妈……”好像少女的时候一早醒来，正要告诉母亲她昨晚做了个怎样的梦。

54

我从没像现在这样好，还想变得更好。

母亲说我懂事了。周末偶尔帮她料理家务；请耿乃健为我列书单，跟着他阅读，扩展阅读面；静下心来，一边学习专业一边复习考研，对知识产生了发自内心的渴求；做青年志愿者，关爱孤儿，宣传红十字募捐活动，同时也结交了不少朋友；会去酒吧喝上几杯，也仅是喝上几杯，夜场的光晕使思念倍感苦楚，透过飞扬的荷尔蒙，反以我跟他坚厚的爱情为荣，思念一个人，成了了不起的事。我喜欢上摄影，总能从一汪水、一缕风、一片云中照见一个清透的自己，感叹人生如此美好。我把这些告诉给李思笃，告诉他我的快乐，是他让我生气勃勃。我的脚步一刻也不能停，一旦停下来，思念会像潮水一样将我淹没。

我怕黑夜，也期待夜晚的降临。有时陷入回忆，回想这几年的朝夕相处，一桩桩拾起往事，把关于他的残片一集再集。他是什么时候爱上我的呢？我一遍遍地猜，像翻一本爱不释手的书。有时候我只是在想他，想他的脸、他的身影、他的声音、他的味道……想着他，心如潮水。叹互相表明心意后时间太过仓促，尚未来得及多看几眼，他就远赴他乡了。这世间还有比触不到恋人更可怜的人吗？抚慰我的唯有思念与煎熬，在思念与煎熬的抚慰中，我得到幸福，这是何其幸福的煎熬，又是何其煎熬的幸福。

周末回家，夜里偶尔偷偷潜入那个房间，想象他跟我同在这个空间，抓得住又抓不住的感觉……书柜的书按个头儿码着，柜子上面摆着几个变形金刚，月光下，我转动书桌上的地球仪，比量这里到英国的距离。窗口的文竹长高了。墙上那幅风景画，山路崎岖，路两边是参天巨松，压抑而神奇，路上有个米粒大的人影，小得像林间一颗种子，这个人就是他，他很寂寞。谁也不知我来过。我嗅他衣服的味道，想象他就在身边。

我问他：为什么总是离别？

他问我：你是从什么时候开始在意离别的？

换句话说，他问他什么时候走进我心里。我不是不想答，而是不清楚。后来我问我从什么时候开始成了他特别的人，他也同样答不出来。

我问他：是不是因为我丢了梦想，你才烧了那几本手稿？

他说：没有梦想倒也挺好，没了梦想心就踏实了。其实我那些爱好算不得梦想，所以还是体会不到你的感受。

我说：你这人现实又幼稚。

他说：我想看你眼里的世界、你眼里的我。你说人长着一双眼睛，怎么偏偏看不到最想看到的东西呢？

我问：你知不知道，咱们俩，再有多少次这样的离别，就会迎来最后的离别？人生最后的离别，总是有的。

他似是很满意我的患得患失：还好在这之前，我们能在一起。

继父开始让李思笃介入自家生意，让他拟企划书，有时电话里问他一些专业问题，有时骂他不思上进、一堆狗屎。其实只要他沉吟不语，便可看作肯定，因他绝不表现满意。母亲说，最近李思笃二叔常上门找继父谈生意上的事，有天晚上两人还大吵了一架。随着年轻一代成长起来，李家成员之间的关系正悄然发生变化。

2005年春节，李思笃将有一个月的长假，会先飞往圣彼得堡与他二叔会合，两人再乘远东专列经叶卡捷琳堡、新西伯利亚、布拉戈维申斯克等几个城市考察当地市场，增长经验和阅历，而后回家。

这个寒假不知道将发生什么，而命运之手已悄然做了安排。

六

55 2018.8

2018年暑假，Vincent把小哈送来我公寓。

说来缘分奇妙。我跟Vincent不值一提的结尾后来要从属于他是我外甥的父亲的事实，因他和沙曦的关系比跟我的要有分量得多。他为她付出了全部，深深爱她，第一眼就认定了她。用他的话说，看见她那一眼，他就预见到了不可违逆的命运。他害怕，这不会是他向往的，可他什么都愿意。因而像我这类过眼云烟若要跟他就前尘往事叙叙旧，实属没趣。现在我跟他之间的话题只有小哈和沙曦，这是唯一的连结点——无情无义的人终会遇见例外。

小哈有承自他母亲的好样貌，身上也有离异家庭的寡欢。即便观看精彩的海象表演，他也扯着嘴角嘲笑，嘲笑他懂的、不懂的、喜爱他的、他喜爱的。这个跩样酷似他父亲，而他父亲的基调是洒脱风流的，起码在遇到他母亲之前是这样。

小哈这样的性情源于母爱的缺失，沙曦常年在外，总得我来提醒她还有个儿子。“当妈的你不管谁管？”即便在电话里，她也如此缜密。我是小哈表面上的母亲，而这位酒吧歌手才是真正诞下他的人，少女时期与Vincent相恋生下了他，后来她想当明星，像丢掉凶器一样将父子俩远远抛开去了北京。所以小哈自懂事起就学会了守秘。

一进门，小哈就跑进我工作间去了。

“加拿大那边找了最好的私立中学，下个月就带他走了。”Vincent站在门口，没有进屋的意思。

他曾想毁了沙曦，后来是小哈让他于心不忍。这两年他振作起来，作别不堪回首的过去。他说母亲的离世令他看透了一些东西，不愿再枉费光阴。

下个月就走了，也就是说这是小哈出国前最后一个月。

“最好别是私立学校吧。家长的脱管状态会让他更自暴自弃的。你儿子看似对什么都不在意，实际上心思很敏感。”

Vincent的脸孔不再精劲有力，透着中年人的倦惫，“说真的，我只能尽力而为，委实也顾不上那么多，单方面再弥补，也是不够的。这是他的命运，最起码，我不会抛弃他。”

“你的思想似乎已经先移民了。”

“Willa影响我很多。”他把手上的牛皮纸档案袋交给我，“没什么好留给你的。”

“这是什么？”拿在手沉甸甸的。

他欲言又止，继而淡淡道：“你留作纪念吧。没用的话就丢掉。”

看来是沙曦的照片之类的。

“不用总挂嘴上。”我好笑道，指的是他总提起那个女人，“我跟沙曦说过，她也只说没有比这更让人安心的了，毕竟她不知该怎么面对你。走吧。迟早有一天，对往事提都不想提。”

他走后，我赶紧往工作间跑，开门见案头那摞资料已被倒翻在地。

“现在起你不再是小学生了，你爸教没教过你到别人家不要乱翻东西？”

他没理会，接着去摸书柜，同时扬起手上的照片问我：“这是哪儿？”

“北非一个伊斯兰国家。”

“是女人都蒙脸的地方？北非在地球北面吧，蒙着脸就没那么冷了。可这上面没有蒙脸的女人啊，这些男的要去哪儿？”他一边心不在焉地提问，一边拉开书柜门，抽出了书又塞不回去，随手横放在上面，又抽出另一本，回头瞥了我一眼，用力塞回去，不顾折皱的封页。“大姨，有没有我能看的？”

等我上前按住他肩膀，认真考虑有没有适合他看的，他又去坐在沙发上，瞥见茶几旁的杂物箱，随手拉到面前、推倒，把里面的东西全都倒了出来……

魔鬼。我常有这念头。

一轮翻箱倒柜后，他终于对这个房间失去兴趣，倒在沙发上一副泄气样，“我讨厌她不是因为她要当我妈，她是个自以为是的婊子。”

“住口！知道你在说什么吗？！”

这孩子正以所有人都不期望的趋势成长起来。从小到大，有多少个可以施以影响的契机被他父母一次次打碎。每回暑假，往往当我看到我所施加的管束初有成效的时候，他就又被父亲接回到身边了。

“说脏话恰恰是最低级的表现。你妈她不会想听到这种话从你嘴里讲出来！”

我真的生气了，他嗤了一声，收起悻悻的笑意，黝黑的眸子令人捉摸不透。

56

小杰之前并没在这间理发店里出现过，对他这种温顺漂亮的男孩我向来印象较深。

从卡萨布兰卡回来，这是我第三次见到他。进门扫了一圈儿，不大记得确切的长相了——我的记忆力越来越糟，脑子里的事总是叠在一起，浑浑噩噩。而一看见他的脸，我又很确定。“是你吧？”

小杰有副与生俱来的认生神情，不论多欢迎，都没让人觉得有多热情。表面上什么都能聊得开心，氛围却一停就凉，他只专注于掌中的剪刀和头发。羞涩、不够成熟，却着实有门好手艺。

在他开口问我之前，我发誓从未对这个年龄的年轻人想入非非。只是怀着愉快的心情任漂亮的小伙子摆弄自己的头发，相比没什么意思的理发师多那么点儿愉悦。

他看看镜中，轻声问我：“你总是素颜吗？”声音柔软，语气却有点生硬。

凭我三十几年的处世经验，不可能陷入臆测的暧昧里去。这应该是两次以上的注意，注意到我化没化妆，并说了出来。当男人说出这种话来，就说明他特别留意到了你的脸，何况是羞涩的男人。不管我的素颜如何，心里是有些小雀跃的。

当然，仍遇到过令我怦然心动的类型，并且不在少数，然而多数只是擦肩而过。不想辜负生命，日子平淡久了，会想用爱欲点燃自己，一边燃烧，一边陨落，再恢复到日常的平淡。我想生活就是处在这个状态并希求另一个状态，永远不会持久地满足于一个状态。

与很多人顺利的生活相比，我算个漂泊的异类，爱无常人，居无定所。当发现越来越多的身边人过着不完整的生活，或是表里不一地度日，我就更踏实了。张曼丽说："你就不能好好过日子吗？年轻那会儿玩儿归玩儿，青春不蹉跎，再看我现在，老公、孩子、房子、车子、人民币，什么都有，多美满。"她嫁了个做连锁餐饮的生意人，现已是两个孩子的妈妈了。

"'美满'这个词，一般人都达不到。"

她以为我嘲讽她，其实我是说真的。美满需要一颗平实心，就好比有翅膀才能飞得起来，很多人没有翅膀，就不能飞。平实心这个东西，不具备也就罢了，在我看来，把自己僵化在"美满"生活里的忍耐力，不具备也就罢了。"美满"本身也不会持久，生活随时会有新的开始。

"你总是素颜吗？"他看看镜中，而不是盯着手上的活儿。

这句话就是开始。

我在脑中尽量整理他前两次为我剪发的具体情景，但记不确切了。"我只是没多少要化妆的心情和场合。"我淡淡答道。

他一时不知如何接话，眼里因怯沮反显出一丝冷傲，这使他很不一样，尤其在这种五光十色的造型机构。

存在肢体接触的服务行业，工作者与顾客之间有着微妙的心理感应。手里头操持着专职工作、口中天南海北，言谈只为了打发尴尬、消磨时间。

我从镜中打量他，面容白皙，线条俊朗，给人的感觉温和而有距离，然后收回视线，告诉他可以不必剪太短。

“我脸有点儿长，刘海遮住点额头，能显短一点。”他感觉到我在打量他，便找话聊。发型是时下流行的男生发式，两鬓剃得短，头皮隐隐可见，简单利落。

“脸长很好啊，长脸显得个子高。”

他的白衬衫清爽干净。

“高吗？”

“高，我进来时的第一观感，你个头儿有一米八几。”其实目测不超过一米七七，但不妨讨他个开心。

“说得我好开心啊，真的。可惜要矮一点。”

“嗯，站在一起或仔细瞧的话，兴许就没乍一看那么高。但你也并不矮嘛。”

“我是不满意的。”他可惜地说。

“非得完美喽？”

他听出我话中之意，略带丝腼腆，笑了，话渐渐多起来，我有一句没一句地搭话，其实注意力全在镜子里，在他身上。

“从前冬天穿得很少，现在也是不能忍了。”

他又把话题绕到穿衣服上面，不知是不是我的年龄感让他也想刻意地把自己往老了说。对于年龄，我当然并不自信。

“难道说是在忍吗？我看那些男孩儿女孩儿倍儿精神的，严冬腊月只穿小棉服，想着应该是不冷吧，年轻，火力旺。”

“那你小时候冷不冷？”

“我记得是冷的吧。”

“那不就对了！”他笑起来，厚嘴唇显得很憨实，“怎么能不冷啊，只是能忍罢了。小时是为了好看才少穿，现在我也穿得很厚，不管那些了。”

我想笑，明明是花一般的季节，说得好像上了年纪。人总爱叹老，年轻人叹老往往不知其味，像我三十几岁的人叹老，满心惶恐无奈，老人叹老，逝去不返，反倒坦然。

他又称赞起我脚上的靴子，说灰色很好搭配裤子，可惜他从没想到过，所以他没买过灰色的鞋子，白色的倒有两双。

所以这是个注重穿着打扮的男孩。我虽不喜欢这一点，倒也不耽误什么。有的人，你喜欢他大多方面，哪怕有一方面不好也不甘心，有的人，你只需要喜欢他一个方面就够了，我现在的生活里只有后者。

小杰是安静的，即便身处服务行业，聊天也很真诚。他会认真听我讲话。我对他说：“一则广告重复几遍就能被记住，重复几十遍就能诱发人的购买动机——为什么不呢？人就开始替自己找理由了。本身就是不理性和碍于情面的，落入圈套是迟早的事，所以广告本身就是合法的商业催眠。”也不知道怎么就说到这儿来了，在做头发的地方卖弄这些够没趣的，然而我只是想表现，对他产生了兴趣，想他更注意我。全不管头发像钢盔似的贴在脑袋上，湿乎乎的难看。这时但凡有个年轻貌美的姑娘进到店里，我都该清醒意识到自己这张憔悴的老脸。然而他弯起食指关节，轻轻抿掉我颊边滚落的水珠，动作亲和利落。我进一步确定了他对我的好感。

我接受了他的建议，烫纹理，这样我的短发造型不会由于太服帖而显得呆板。他判断过我，素颜、衣着随意、要求简单，于是在选择烫发水时，从低价位向上介绍，建议了一款价格居中的，我愉快地答应了，中间没有破坏氛围的讨价还价。

离开后，我开始想他，于是我觉得，一个月剪一次头发时间未免太难挨了。

57

两年没见，沙曦更瘦了，乍一看像个化着浓妆的少女，出卖她的，大概是她依旧精致的五官上附着的那层黯倦。或许在午夜，它是风情，而在白天，它是风尘。她的穿着一如既往地新潮，只是不管怎么穿，劣质面料都撑不起她的衣服急欲表达的造型，抑或说，这类服装只要缀有亮片，胸脯能在蕾丝里若隐若现就够了。她趾高气扬，好像是从很远的地方衣锦还乡的，举手投足间标榜着年轻与活力，以至于看到小哈的一刹那，一时没能找着自己的角色，将陌生与恐惧狼狈地洒了出来，尴尬地愣在门外。

“小哈，你这坏小子，不出来迎我！”她想装作一点也未曾疏远，就好像刚出门不远就迫不及待地回来看他了。可那孩子拔节般的个子、眉宇间疏朗的轮廓、日渐成型的怪戾神情，仍不免令她暗自吃了一惊。

欣喜的语声被抛到空气里摇摇欲坠没人接。

小哈好笑似的搔了搔脖子，斜着脸看她。

我跟沙曦暗自松了口气——每次见面都不知即将面对的是怎样一个孩子。

记得很小的时候，小哈就能装出冷漠，在她要离开的时候憋不住哭出来。后来小哈越来越冷漠，几天相处下来她倒总能使得他回心转意，在她要离开的时候他也再没哭过。他后来知道，自己的妈妈是不能被依恋的。对久别重逢时的敌怨她早有心理准备，只需一次比一次耐心些，让他觉得她慷慨、有趣、有魅力。小孩子既天真又固执，她清楚地知道有魅力的人总能轻易获得小孩子的憧憬。她告诉他他是她最喜欢的人，让他也一次次地喜欢上她。

上次见面，也就是两年前，小哈的叛逆惹恼了她，他多动、怪戾、讲脏话，把她买给他的那些穿的玩的尿上了尿，还打碎她价格不菲的美容霜，说什么他都好像听不明白，“像从大街上捡来的野崽子。把孩子教成这样的爹简直死不足惜！”她背地里恶言恶语。她只有四天假期，他却跑出去野了两天让她空等，“你知道我一天能赚多少吗？”她问小哈这样的话。他儿子顶嘴说：“你的钱是脏钱。”想必出自他奶奶之口。

两年后的小哈好笑似的搔了搔脖子，在她面前扮了个绅士少年，“嗨。”

她顷刻喜欢上了他。

“我在听音乐，没听到你来了。”他站了起来。

“给我也听听！”

他递给她一只耳塞，她过去接过来塞进耳朵又皱着眉拿下来——小哈喜欢大声听重摇滚。

“这音量损害听力。”

“我耳朵比狗还灵呢。”

她笑了起来。

“你想以后玩乐队，就得从现在开始真正接触音乐。”

“我跟他们几个每周末都排练，我是鼓手。”

“哦，鼓手，很好，我的小鼓手。知道鼓手为什么坐得高吗？因为他们在乐队里最不被注意。如果你真爱好摇滚，我想你还是当主唱或弹吉他的好。来，唱支歌我听听。”

她说话时，小哈趁机打量她的脸。

“我不会唱歌。”

“怎么会不会唱歌？没人不会唱歌。况且你遗传了我这把好嗓子，变声期我也听得出来。来吧，别害羞，随便什么类型的。”

“不，我从不唱歌。”

“我才不信呢。”

“真的。”

“好吧。”她暂时放过他，为他的害羞暗自发愁，“那你会弹吉他吗？”

“会一些。”

“太好了，我得送一你把好琴。”

这段属于她们母子的时光弥足珍贵。那几天她心情很好，跟他讲了不少酒吧里的趣事，她知道这个年龄的男孩子对这些感兴趣。

这天晚上小哈跟同学出去踢球，我炒了几个她爱吃的菜，一晃好几年没像这样喝上两杯了。

“你说他像我吗？”小哈一走，她懒散下来，睫毛一撕，整个人显得很疲惫。

“姐，这些年要不是替我照顾他，你可能早就再婚了。”

“别说这种话了，对小哈不公平。”

“我就事论事。”

“怎么样？”

“什么？”

“我看你俩感情越来越好了，还得是血浓于水。”

她眼睛亮了又黯，警戒地看过来，跟我撞了下杯子，一口酒进肚，正色开口道：“一方面，我还不能把他当成儿子，那会很危险，另一方面，这几天却是在跟他修复母子关系。这让我感到很虚假。”

“不把儿子当儿子，这就不虚假了？”

“你得理解我呀，从情感上说，的确，他有的地方算有点像我——正是这样，越这样越危险。”她像判断这道菜的咸淡一样轻松果断，“我不能改变，为谁都不行。”

“小哈是无辜的，他有什么错？”

“可我又有什么错？”

“你逃避现实，不承担后果。”

“如果接受现实我就完了。现在你尽可以站在道德的制高点指责我，谁让是你替我照顾他呢——”

“——我只想让你承认你跟他在一起彼此都很快乐，你就怕成这样？”

“不是怕，是理性。别用这种眼神看我，拜托你也替我想想好吧？我还有梦想呢！要是接受现实，我就得跟那些单亲妈妈那么惨，为个孩子熬到人老珠黄！怎么可能呢？我有我的事要做，而不是承认一种什么感觉，把自己搞混乱，把事情搞复杂，像蠢货似的为私生活败了前程！”

我冷嗤道：“你有什么正经事？唱几首歌儿？拿点儿小费？找几个男人？打着什么音乐、艺术的狗屁幌子胡搞？”

“哈哈哈——”她脸红一阵白一阵，气得发疯却无话可说，脸上那层黯倦越来越深，斜睨着我，眼神凛冽，“你凭什么这么说我？全天下就是没你讽刺我的份儿！”

我的话一出口便感到后悔，刺痛她的同时，连带也打破了我们面对生活的尊严。

我没有任气氛恶化下去，今天只是想替小哈说几句话。

“我是提醒你，现实就算再不如意，你也摆脱不了关系，逃避不了责任。既然活在这世上了，就别太战战兢兢，青春、荣华，什么都会过去。当有天你发现那些都不是最重要的东西，或者说时过境迁，它们对你失去了意义，而你正是为了它们才没敢面对你儿子，后悔怕都来不及。血缘没什么替代得了。”

“哈，我可没你这么洒脱。什么也没有的人，最会讲大道理。如果你也有梦想，我对天发誓，你可说不出这些风凉话来。”

“小哈不是你看起来这样。他不是没问题，在你考虑爱不爱他之前，还有一个重要问题，是他能不能健康成长。”

“喜欢音乐的孩子都坏不到哪儿去，我看得出来，他心地不坏，只不过正在青春期，哪个男孩儿长大不是磕磕绊绊呢？拜托换个话题吧。长大了就好了，以后的事就等以后再说。除了他，咱们不是就没别的可聊吧？”

各自叹了口气，沉默了一会儿，只听见筷子碰击着碗盘，太久没像这样跟她面对面吃饭了，我为她倒满酒，把自己的也满上，掉转话题："上次像这样在家吃饭还是三年前，时间太快了。"

"年后妈的忌辰，我可能就抽不开身了。下个月要去参加个选秀节目，现在不少歌星都这么出道的。年龄大点儿倒不是问题，酒吧歌手成功率挺高的。就算拿不到名次，也能混点儿小名气。我不单是为自己，也是为小哈。"

"你忙你的吧。"

"妈会怪我吧？"

"不会。心里有就好。"

她换了副轻松语调："你跟那位肖部长怎样了？"

"怎样也没怎么样。"

"说说。"

"这个年龄，过了趁热打铁的时机，就没意思了。"

"这个年龄怎么了？人家还不是该谈恋爱谈恋爱，该结婚结婚。你把自己经营得这么淡，妈会怪你的。"

"现在只是工作关系，年底渔山岛配套完成，我会过去一趟。"

她突然笑起来："记得你高中那会儿，因为早恋妈还骂过你，当着那么多人把你给骂哭了。现在你倒变了。姐，你这人，总不在对的时候做对的事。我呢，又不甘心委身于人。看来咱们都不好走进婚姻了。"

"太久了，我连他叫什么都得想会儿，叫什么来着？"

"叫什么？"

"邢展。你还记不记得，你第一次化妆，脸画得跟唱戏的似的。对了，这次去北非你猜我碰见谁了？"

"谁？"

"李敬怡。"

"李敬怡。"她敛起笑意，并没有想聊聊的意思，而是哼了一声，"我一看见别人的妈，就想咱妈。她如果在，应该还很健康，她身体一直很健康。看到我现在这样，她能理解。"

细雨沙沙作响,没人再说什么,空气沉重下来,记忆的闸门敞开。

58 2005.2

2005年2月21日，正月十三，我从自习室匆匆往家赶。

"到底怎么回事？"尽管我已跟母亲通了个电话，还是怕遗漏掉什么。

"说哥在伐木场的时候，被砸伤抬进了医院。"

"抬？很严重吗？"

"据说是后背和肩膀被砸伤，看山叔讲电话的样子应该也不是特别严重，只是人昏过去了。"

我心里七上八下，蹿起一股即刻飞去他身边的冲动。

"他们开走多久了？"

"有半个多小时了。"

"听没听说他被抬进哪里的医院？"

"在境外。"沙曦努力回想，"海参……不，海……"

"海兰泡？"

"呃……对！我记得是叫这个。"

"到边境起码得七个小时车程，开到那儿天早就黑了。"我担忧地望着天色，风雪未至，彤云密布，不过才中午时分，天就黑得像傍晚了。

我俩中午出去简单吃了一口，回来后她让我陪她看电影，说一直想跟我看这部动画，一个女孩的父母变成猪的故事。我感觉她自己已经看过了，总在紧要关头期待我的反应。见我没什么反应，她索性自己专心看下去。也许这是个好故事，可我没法在这种状况下贯注，我只是在等电话。

当屏幕上“李思笃”三个字一亮起来，我急急接通电话站了起来：“你怎么样？”

“沙染，是我。”是小睿的声音，“你先别担心。他背部受伤缝了十几针，但胸腔CT脑CT和心电都没什么问题，人只是还没醒，不过医生说这是外伤的正常反应，预计今晚或明天就能醒过来。他是推开我才被砸伤的，不然躺在这儿的一定是我……”

“……你没事吧？”

“我还好。”

“那等他——”

“哦，我现在不能跟你说了，他二叔手臂缝了针，刚刚也做了检查，我得去问一下护士，过后再打给你。放心吧。”

话筒里有人在讲俄语，之后电话挂断了。

我为李思笃没事而庆幸，也为小睿在他身边而失望。去年寒假那通电话后，我跟小睿就没再联系了。我几乎忘了她是会争取到最后的那种人，因为更相信我跟他的爱情无可取代。天各一方的日子，只知道他很想我，他说想我的时候我得到了这份思念，再把它抹开了，涂满平凡的日子，使每一天都充满希望。而小睿打来的电话，使我的猜疑像毒一样蔓延。

天空飘起了细雪，我打电话给母亲重复了李思笃那边的近况，叮嘱他们慢点开车，然后陪沙曦看电影，恍恍惚惚睡着了。

醒来已是五点多。饥肠辘辘，沙曦躺在我边儿上眯着，说心口闷，像有什么东西噎着。我替她抚胸口往下顺，说方才做了个梦，梦见从前过年，我跟爸去从前那间百货商场买新衣服，逛了一会儿看上一件蓝色外套，我就再也不走了，爸说给你买一件粉的。我说你穿不了我这么大的，他非说你能穿。然后我俩下到一楼，妈好像在那儿等很久了，拎着奶糖酥糖、蜂蜜花生和肉脯，她说那件粉衣服你穿着很好看，我就一下子想起来，你已经都快有我高了。

“姐，雪又下大了。”

“来给我打个下手吧。”

我做炒面，青椒肉丝炒面，她洗菜、我切菜、她煮面、我炒菜、她递调料。上桌刚吃几口，响起一通敲门声。

“妈？”

“不会，没那么快。”

我从她眼里同样看见了不安。敲门声大而缓，像叩在心口上，让人神经骤地一紧。

总有这种时候，那些刚刚发生或即将发生的事，会通过不为人知的隐秘途径到达这里，这世界存在着超乎寻常的联系。多年以后，两个女儿提起母亲车祸身亡那个晚上，终会像说一个故事一样平静，会提到她们心惊肉跳的预感。那神奇、不祥的预感如死神之手，攫住了她们。

“派出所的。”大门外有人声音洪亮——带着严重事件的特有语调。

我打开大门。迎面是两位穿警服民警。

“家里有大人吗？”

我俩一齐摇头。

两位民警对视一眼，其中那个矮个子放下特有的语调：“那我们进去说吧。”

“家里有几口人？”矮个子民警进屋后再次确认。

“父母、弟妹、我。”

他用一种异样的眼神看看我，似乎总不愿意对我说。

“弟弟呢？”

“没在家。”

“给我们倒杯水吧。”高个子民警支开沙曦。

不管这凝重的气氛让我感受到了什么，什么样的荒谬念头不自觉地炸开，我只是紧紧盯着那个矮个子民警，直到他抬起眼来问我：“李江山和熊敏芝是你父母吗？”

从他复杂的眼神里，我应该猜到了什么。

“是。”我听见自己声音发颤。

“今天下午三点四十五分，在G1211吉黑高速发生一起事故，汽车冲出护栏，车上有一男一女，男性姓名李江山，四十九岁，女性姓名熊敏芝，四十八岁——全部身亡。”

脑子轰地炸开，我无法相信自己听见了什么。身后“啊”的一声，那像是突然被绊倒的惊叫，沙曦瘫倒在地。

李家人安慰我说这是桩意外，意外通常是应该被谅解的。我不能说李思笃被砸伤直接导致了我母亲的死，不能说他父亲心急才导致了我母亲的死，也不能说我母亲陪着他父亲死得无辜……我什么都不能说，甚至也没人请求我谅解，因为这是桩意外，不存在必然联系。也不该称之为谅解，因为没人是故意的，他家同样死了人。

尽管事实就是这样，但我没法不怨。他为了保护小睿，致使我母亲死在高速路上，这个关联，正是这个关联使我一时之间无法客观地接受母亲的死因。当看到我朝思暮想的人和小睿在众人的注视下前后走进灵堂，我全身打战，血脉偾张，心头蹿起了熊熊烈火。李思笃并没察觉有道冰冷的视线抵向他，因为他陷入失去父亲的悲恸里了，跪在那抽搐着身子，嘶哑呜咽。后来他从父亲的死里抬起头来，看见旁边的灵位，就开始找我，那双惊慌失措的眼睛找到了我，打了个寒战。

“怎么会这样……”小睿上前要抱住我。

我伸出只手挡开她，问她：“你问我怎么会这样？！”

熊熊的烈火凝结成冰，血流凝固在血管里，我只想毁掉一切。

“你怨我……”李思笃在祈求。

我双眼血红，现出要杀人的气势，一字一顿地，从嘴里挤出刀子般的话：“要是你俩都死在那儿，我就不怨了。”

他眼里泛起黑色的绝望。

我怨恨，所以还没有足够的悲恸。好像若她没在他身旁，我就能正视这桩意外一样。想到这，我深深唾弃自己——无法拯救的卑贱的情种。什么时候才能正视母亲的死，她在等着我，我却仍想着风花雪月。

“你和小曦继续住着吧。”二婶一脸焦愁，把冰毛巾搁在小曦滚烫的额头上。

要不是她这么说，我还没意识到继续住在这已是仗着人家恩情。

与此同时，舅舅找了律师，要替我跟小曦留住这个家的一半，外加上百万的赔偿金。他的悲恸同样被嫉恨占据了，说两个孩子如果拿不到该得的赔偿，全世界当妈的都得流血泪。

后来，二婶再没说过让我们继续住着这类话。

我不想跟这家人有任何财产上的纠纷。房子是他父亲买的，里面一切几乎也都是他父亲的钱买的。像野狗似的撕咬夺食，我做不到，我宁愿一无所有。死亡，这件事不存在任何可供交换的筹码。

父亲来了，唯有他的到来给了我安慰。支撑了我这么久的怨恨轰然倒塌，我才真正意识到母亲的死对我跟小曦意味着什么。

母亲衣着工整，头发一丝不苟，面容生冷，嘴角僵硬下耷。纵使叫她一千遍"妈"，她也再不能生出一丝温暖。右腹部和胯骨不自然的塌陷表明生前遭受过何等样的撞击，这个塌陷也同时撞击着我的心脏，搅碎了我的肝肠。

我得再好好看看她，这个拿铁锹把蛇剁成一截截的大胆女人。蔑视死亡，被世俗蒙住了心。人要守护的太多，难免强悍。岁月侵蚀了她的年华，只是谁也不曾怜她分毫。

我得再看她一眼，嘴硬心软，泪稀少，一旦流过绝不再流，没有比她更坚硬的人。

我得记住她的样子，这样一个坚硬有力的生命，住在这么一副脆弱躯壳里——这人是我的母亲。

葬礼过后，我带走了她的骨灰。

父亲瞪着红眼圈，直直地盯着骨灰盒旁边的小相框。他怪她就这么离开。虽然他早已不留恋，早就把她忘了，我却依稀看见有一份横跨时间、超越生死、无关爱恨的关照在他们之间，被相爱过的人藏在一个连自己也找不到的地方。

他想起过往了，但没有讲。反而讲起了现在的生活，谈到他的妻子。说比他小一轮的妻子开始嫌弃他了，可自己从事这么多年的体育锻炼，明明比小十岁的男人还要年轻有活力。他们冷战了小半年时间，她喜欢跳舞，他不愿意她跳舞。做好了饭她也不叫他一声，当然，她是带出他那份的，冷战的小半年里，两个人就这么无声地吃饭。他服气地直摇头，说可从没见过这么有心劲的女人，我们娘仨没一个做得到的。

“这种气氛我一天都受不了。”我的语气透着轻蔑，而他什么也感受不到，正在自得其乐，甘愿沦陷到他所认可的幸福和磨难里去了。“听起来你跟她好不到哪儿去嘛。”我还洋洋得意地讽刺他。

“谁都好不到哪儿去。”他轻描淡写地说，“有钱的愁，没钱的愁，称心愁，不称心也愁，各有各的愁，谁也别骗谁。这是常理。只要过得比原来好就行，就这点而言，我跟你妈都成功了。”他似乎察觉不到我的讽刺，迟钝得就像装的。

“只可惜她听不到你这句话了。其实她很盼着你羡慕他，生前你却从不表露。”

“不，我不羡慕。谁都有自己的生活。”

我激动起来：“只是不管她过着怎样的生活，好还是不好，她都从没放弃过我们！”

“是啊，是啊。”他急忙附和我说，“嫁个有钱人，这几年对你俩也不错。话说回来，对你俩不好也不行啊，以她的性格是绝容忍不了谁亏待你俩的。”他接着又把话题转移开，说起她的坏脾气来。

我失去了对话的欲望。

他并不真诚，不是吗？怕被埋怨，顾左右而言他。他变了，我也变了，我跟他的关系变了，早已找不到跟他的那个世界了。

沙曦退烧后，父亲便走了，临走前真诚地告诉我说："你快有弟弟了。"

"我不会认的。"

"那是你亲弟弟——"他一反常态，跟我竖起眉毛强调。我忘了，对于这种切身重要的事他一向无比真诚，"是你爸我的儿子，你亲弟弟！"

"跟——我——没——关——系！"

沙曦先由舅舅照顾，开学后办完了转学手续，就去沈阳住进了父亲家。她走后，我陷入了前所未有的轻松。没人要我照顾，也没人照顾我，上学是唯一要做的事。再过半年，就能像蒲公英一样飘到风里去了。

母亲已经把我送到了人生路口。

其实，我应该再回那房子看看，虽然当时断得干净，可后来每每想起，都后悔当初没回那房子看一眼，以至于在回忆里总是记不确切。我感觉到，定是有什么重要的东西忘在那里了。如果当初去看上一眼，是能够带走一些丝丝缕缕的，这才是一次像模像样的完结。它能让记忆再清晰一些，回顾起来，令人唏嘘的总是当初的况味。只是我走时焦头烂额，尚来不及想，头也没回就摔上了大门。那些重要的东西被留在那里了，我不曾告别便分散逐风了。

一年后的一个下午，我的银行账户里多出一百六十万存款。

这笔转账就是李思笃与我的最后的联系，标志着我人生上个阶段的完结。

59 2018.8

上回剪完后一个月间，这款发型得到了很好的驾驭。中旬前几天，我便开始窃窃欢喜，小杰像一个待开的奖在等着我。当时没有他的联络方式，如果他就此调到其他分店，这段故事也就不值一提了。然而我这人有个毛病，总跟自己拧着来。我并没在中旬如期去理发，也不期待真有实质性的进展，只是单纯想看看他的样子，跟他聊聊天，毕竟我还有些良知，毕竟他太年轻。我让自己凉了下来。

这几天照顾沙曦母子，冲淡了我对小杰的兴味，而鬓角着实也已经长长了，确切说距离上回剪完已有一个半月。于是趁着沙曦今天带小哈去极地馆，我便来理发了。

推门的时候，心情是有点紧张的。我飞快地搜索到小杰的身影，他正回身跟我打招呼，我点点头，没说什么。洗完头被安排在最里边的椅子上等。我擦拭着头发，掖了掖裤脚，随便看看手机，察觉到他已来到身后。

"耳朵怎么了？"他问我。

"是配合中药的耳穴治疗。"

每只耳朵都贴有十几块几毫米见方的医用胶布，每块小胶布底下有一颗黑色小粒，用于平日里自己按摩穴位。

"不可以弄湿吧？"

"最好不要弄湿它。"

“嗯。那也不能洗澡喽。”

“戴上一次性耳套可以的。”我双手拢着耳朵示范着。

“贴了多久了？”

“二十天左右吧。”随后我便后悔这么说，二十天不洗耳朵蛮难为情的。

“看我怎么样。”他突然问我。

我一时为难，转过脸去看他，眼有寒星，鼻梁挺直，唇廓红满，不知自己是以何种目光在他的脸上搜找的，最后在他举起手来挠额角的时候盯住他的眼珠，“绿色美瞳吗？”

“不是……”他的剪刀包不小心滑落在地，哈着腰告诉我是头发。而我也是好一会儿才反应过来，他手上一慌剪刀包掉到地上了。

“深绿色？”我分辨出来。

“对。”

“还以为是柜子的反光哩。麻绿色？”我并不染发，但常听说“麻”这个颜色。

“算是——墨绿色。”

“哦，挺好看的。”

氛围总是轻松愉快的。

“我每周休一天，但不一定是哪天。有的顾客没有我微信或手机号，难免扑空。”他整理我鬓边的头发，“还掖到耳后吗？”

“嗯。好在我每次都没扑空。”我便加了他的微信。

他又聊起身高来。

“你对自己要求真蛮高的。”

“这方面是的，我认为男生的身高最好在一米八以上。”

“那你呢？”我装作不记得上次的讨论。

“我净高是一七五。你说怎么能长高呢？”

“引体向上？”

“引体向上能长高？”

“喝牛奶？”

他哈哈笑：“已经过了喝牛奶可以长高的年龄了。从前为了长高，让我妈连订了两年的牛奶。”

果真爱美呢，对外在很执着。年轻人的路刚刚开拔，谁都想有与生俱来的好筹码奔一个光明前途。“你的比例很好啊，接近九头身，你知道九头身吗？”

“没听过，是头很大吗？”

他的常识量令我暗吃了一惊。

“正相反，是头很小，”我告诉他：“九颗头加起来的高度等于身高，这种比例最接近完美，咱们东方人通常只有七八头身。”

他了然，又聊回到头发上去，告诉我剪一个男头用时二十分钟，一个女头大概用时三十五分钟，最不好剪的是对称式长发。

喷水时他用手掌轻轻遮着我的耳朵。“你有长胖一点吗？”他突然问道。

“被你看出来了。”我不禁尴尬。

每年冬季，风湿性心脏病都很难熬。心慌气短，失眠多梦，全身水肿。所以以我的精神面貌，当真是没有自信臆测谁看上我了的。

“你吸烟吗？”

“戒掉了。你呢？”

“从不。我爸妈都吸烟，我也试过，可从小就不觉着吸烟有什么意思。不过从前的女朋友都吸烟，说来也怪。”他自嘲似的笑笑。

“我吸了七年，好不容易才戒掉的，今后绝不再吸了。”

“都说不好戒的吧，彻底戒得掉吗？平时会不会想？”他倒不相信戒烟者的决心。

“不想，也想不起来。”

“什么原因戒烟？生病还是对皮肤不好？”

“对身体的确是不好。有的人吸一辈子都没事，但耐受力差的人时间久了各有各的不适，肺呀，头呀，血管呀。我是会头疼，疼到吐。再说感觉也不好，早上起来明明神清气爽的，吸上口烟，就像换了个世界。戒到第二个月，有几天骨头里痒得要命，真像有虫子爬，也都挺过去了，想想那么不容易，哪还会轻易捡起来？反正我发誓绝不再复吸。”我察觉自己的后脑正轻轻贴在他的腹部，他从镜中摆弄我的发型，整理发顶，将两边稍长的鬓角掖到耳后，“完美。”

三十几年的理发生涯里，我并不记得自己的后脑曾贴到过谁的腹部，我想原因似乎不是我不够挺直。后来我又问了几个朋友，你们的后脑曾贴到过理发师的腹部过吗？她们谁都没有印象。

到了家，我像拆一盒美味甜点一样翻开他的朋友圈，短短半年间的内容不过六条，都是些只言片语。其中三条自拍、两条发型、一条链接，比我预想的这么大的年轻人要低调些，封面是一辆豪车。

不过是个普普通通的男孩子，生活单一、内心躁动、年轻而自恋。

那几天我一直在想他，琢磨这几次的交谈。而每从镜中看见这张病恹恹的脸，禁不住问自己哪来的自信。让一个三十过半的中年女病人将自己想象成一朵惹人怜爱的娇花，除了理发师的服务太宜人，我想我是真的太寂寞了。

60

沙曦和儿子谈天说地，一律用孩子的视角，什么都好奇、什么都有趣，看得出他是越来越喜欢她的．他还在机场叫了一声“妈”，她叮嘱他别再用耳机听重金属：“音乐人得有一对好耳朵。”

她走那天夜里，我起床去了趟厕所，清朗的月色透过窗纱洒在墙上。不禁想起这对母子，母子间的相处充满乐趣。而小哈一半装模作样，一半在观察她。他本就不是个讨人喜欢的孩子，只是聪明到知道怎样会讨人喜欢，在他妈妈面前装模作样，他骗不了我。两个人只是相互卖力地取悦着对方，然而这不失为一次愉悦的短聚，我为她感到欣慰。

她曾是我最不愿触及的话题，母亲出事后，父亲把她接走，她整个高中时期跟着他们一起，性格变化很大，前后判若两人。小学到高中，先是继父，后是继母，家庭的巨变，母亲的离世，使这个天使般的女孩终究失去了纯真的光彩。

她怨过我，母亲的离世对她打击巨大，如果跟我在一起，她应该缓得过来，会更快乐些。可我那年大四尚未毕业，自顾不暇。从那以后她变了，那个爱美、爱幻想的女孩消失了。大学毕业后，我找了家上海的广告公司任职。让她也考上海的大学，毕业后留在上海，这样我俩就能在一个城市了。我鼓励她为高考再努把力，等上了大学，日子会慢慢好起来。她让我以后不必再来看她，不像个闹别扭的人在负气，她身上有一股寒意，就像不是在怨我，而是在恨我。

“你怎么这种态度？”我问她，“完全变了个人似的？你无论怎样妈都回不来了，知道吗？她要我照顾好你，你到底想把自己封闭到什么时候？啊？以为我就容易吗，我得工作、加班、治病，假装明天会更好。现在没人能帮我们，你要是不努力，你怎么办？

她眼里泛过一层水光，淡漠地望向窗外。

“到底你想干什么？为什么这么对我？”我完全摸不透她，后来去看她，我告诉她——“咱们是亲姐妹！”可等着我的只有冰封般的冷漠。

谁也不知道，那时她已经跟一个人谈起了异地恋。高二还没念完，沙曦便辍学回了哈尔滨。父亲去找她，才知道她跟人同居了，这件事给他的打击无异于晴天霹雳。他打了她，把她带回沈阳，不几天，她又走了，几次三番，他对她失望至极，他的女儿甘于在糜烂的泥潭里。一气之下他砸了那家店，打电话告诉我，说他没有那个不要脸的女儿。后来我听说，那家店的名字是“战后Bar”。

几年后，沙曦去了北京，对我的态度渐渐缓和，但还是有一层隔膜。她的心门一直紧闭，对所有人。有时我感到她想走近，伸手去拉她，她又转身走了。久而久之，我习惯了这样的她，也发现间隙久了会积下越来越厚的灰，情非所愿，却无能为力。

我去厨房热了杯牛奶，回来坐在客厅沙发上，拧开落地灯。看见牛皮纸档案袋被打开了，照片和文件纸倒了一地。小哈又开始乱翻东西了，只在她母亲面前装模作样扳了几天。我心想忘了把这些交给沙曦带走，哈腰收拾时，被一张照片牢牢吸住了视线。霎时间血流加速，蓦地回想起Vincent那天欲言又止的神情。

我在上海任职期间的几间公寓楼照片、我日常接触的人、我很多年以前的手机通话记录、银行往来款项明细……

——这些并不是沙曦的东西，而是有关于我与另一个人的调查资料……

心脏急遽地收缩，一股凉意直蹿上脊背。

61

2005年3月的一天晚上。战后Bar。

Vincent不由自主地走过去，坐在那个天使般的女孩子面前。

“你是谁？”他头回这么冒失。

女孩似乎笑了笑。

“嗯？”

女孩没回答。

他陷入这双眸子里。跟她说话，她只是若有所思地听。他一门心思想说点什么引她注意，又莫名感到苍白，她不是个合格的听众。他一直以来引以为重的、乐在其中的义气、牛逼人牛逼事与眼前格格不入。情急之下他讲起这间酒吧，还有他的叔叔，戴着一枚戒指一小瓶骨灰，去把世界各地的酒喝了个遍。

然后是持久的冷场。他沮丧极了。

“真好。”她突然说，眼睛晶晶亮，“《轻声呼唤我的名字》？”

“你也知道这首曲子？”

她眼底漫上阴霾，“不。我不知道。”

后来她再也不说话了，陷入自己的世界里去了。他觉得无趣，又舍不得离开，像被吸住了。他就坐着不说话，时而抬眼看看她的脸，暗自告诉自己，这样下去不行。等几位女熟客进来时，便道了声“失陪”，起身上前招待。

不一会儿，女孩不见了。

照Vincent的经验，三五天不来，十天半月也会来的，后来一个月过去了，女孩也没来。他对她的思念未有半分消减，尽管已经记不清她的样子，但他记得那种感觉，他从未如此心动。那双眼睛泛着圣洁的幽光，藏着沉重的心事，迷雾重重。她是出神的、专注的，没半分做作，像堕入凡尘的天使。

他问遍那天来的客人：谁知道跟我单独说话的那个女孩儿是谁。后来有人说这是他风流岁月的终结。他顺着线索找到了沈阳。来到女孩面前时，预见到不可违逆的命运，他害怕这不会是他所向往的，可他什么办法也没有。

女孩看穿了他的心。她说自己没有钱，如果可以，想请他帮忙调查一件事——她姐姐和哥哥的关系。

他什么都愿意。

便有了这份历时两年的跟踪调查材料。

“后来她满意了吗？”我问Vincent，“拿她自己做交换，得出什么结论？”

“你这么说，我好像是个混蛋。”

“你的确是个混蛋。”

Vincent预料到我的反应，深深一点头，点上支烟拿在手上，“她是我见过的目的性最强的人，狠心无情。本以为时间久了她是跟定我——”

“——她当然不属于你！”

“是啊，是啊。”他自嘲似的笑了，“不属于我，事情一结束，她就头也不回地想走，就算已经有了我的孩子。”旋即现出一贯的精厉神色，恨恨地问我："知道我怎么才留住我儿子的？她用各种方式想弄掉他，可小哈命大。我天天看着，安抚她，我求她，求她快乐起来，从前我们不是很快乐吗？什么都可以给她，真的，只要她跟着我。可她好像疯了似的，后来我干脆把她软禁起来，派人看着，这才有了小哈。——孩子是最后的筹码，只可惜她担不起'母亲'这两个字！"

我扬手狠狠抽了他一巴掌,想到沙曦的遭遇，我痛得肝肠寸断。

他似乎早就等着了，一巴掌打在脸上，换得的苦楚与痛快，让这些往事画上终点。

"你不必这样，她爱过我，我们是真心相爱过的。只是现在我想告别从前，轻松离开罢了。我总是想，要是从没回过国就好了，我就还是从前的Vincent。"

62 2018.12

伊春。

李敬怡很眷恋她的故乡，她说这是个没有希望的地方，没有希望的地方也不会令她失望。

"旅游产业兴起，绿水青山，每年夏天那么多人远道而来，避暑观光，怎么还说没希望？"

李敬怡陷入片刻沉思，告诉我："这个家的根已经断了，将来更没什么回来的理由了，其实每次回来都失落，可又总想着回来。除了看看李斐，也没人在等我了。我姐是不幸的，从跟那个人相爱那刻起，就注定不会顺利，近二十岁的年龄差……而如果这样一份爱都能走到一起，那背叛一定是不可原谅的。没人敢在她面前提那个名字。”末了她又补充一句：“还有二叔二婶。”

这里地处全球最大一片原始红松林，以空气质量著称，极适宜疗养。北纬53°，春夏来得晚，秋冬到得早，只有六至九月四个月的宜人气温，随后便进入漫漫长冬。城北远郊位处山中，距市中心较远，风景奇峻。这里有夜观银河的绝佳环境，每逢朗夜，必是一番绚烂奇景。不论寒冬酷暑，彻夜在此守候的摄影爱好者大有人在。

我随李敬怡来到一座山间疗养院，山溪围绕，风光如画。若不是院落里停着部宝蓝色沃尔沃越野车，几乎闲适得让人以为走错了时代。

我一眼认出秋千上的李斐。比小时候更单薄，两颊凹陷，长发垂肩，皮肤白得刺眼，笑起来嘴角咧出不自然的弧度，没了那份执傲。她上前把李敬怡紧紧抱住，极为开心。

李敬怡把我带到李斐面前，给她介绍：“她是沙染，记不记得？”

“又不是脑子不好，”李斐半带自嘲，久久地打量我，“我当然记得了，你是游泳的，妹妹像布娃娃。你有件白色毛衣，领口的蝴蝶结还被你剪了去。”

我暗自吃惊，那是很久以前的一件衣服，自己都已然记不真切了。

“她是过目不忘的。”李敬怡嘴角牵起一丝惋惜。

李斐一听这话更来劲了：“大一登山那次，凤凰山，好高的，登上山顶腿都打战。那天我累坏了，晚上你喝多了，咱俩住一间房。”一兴奋，笑意被遗忘在脸上，略显古怪。

“我都记得，你好吗？李斐。”

“我挺好的。”她随和一笑，“千万别这么看着我哦。我很好，比你们想象的要好。等到明年春天会出去找份工作，这里很无聊的，不过谢谢你能来。我休息够了，我还有鲜活的生命，休息够了就想找些事做，可不能白白浪费时间哪。”

“姐，我在南京的市图书馆给你联系好了一份工作，明年春天你就可以过去上班。”李敬怡说。

“你那里冬天冻手冻脚的没处待，我挺打怵的。”

“咱们俩就应该在一起，在一个地方，南京可比这儿好得多，你说对不对？”李敬怡示意我帮她劝。

李斐没理她，转而问我：“喝点酒好不好，我很久就想喝了，像今天人多才有意思呀，喝一点吧。”说罢带我们回房间，从柜子里拿出一瓶橙棕色的酒摆在桌上，“山梨酒。秋天咱亲自上山采的山梨。”

“好东西。”我的目光被她五斗柜上的小相框吸引住。

她还留着结婚照，照片里那位先生接近她父亲的年纪。

“不止啊，山葡萄、山核桃、松塔、松茸，听说翻过这山还有灵芝，可惜每次快到山顶我就累得不行。在山上打发了很多日子，日出到日落，天色走得很快的，比在屋子里待着更好打发。”

她说起话来很正常，只是我了解她本不是个话多的人。

在这个地方似乎看多了来访者异样的眼光，我想如果以这种猜想看待任何一个人，都有可能不够正常。看这状态，相信李斐已经恢复得差不多了。

我们聊起从前的事，提起千禧年春节那次滑雪。李敬怡说她想想总是很遗憾，堂兄妹几个从小一起长到大，本该更亲密才对，她其实一直都有这个愿望，可惜自己总是那个自讨没趣的角色。

“有了孩子以后，我会想些从前不会想的事，两代人之间不管怎么都免不了有遗憾。我也知道从现在起到他们离开这个世界，加起来时间恐怕并不长，更甭提在他们身边的时间了，可即使这样，也不情愿去陪伴。呵，不是不知道失去他们那一刻会有多悲恸，却不愿意现在就去弥补那个悔恨。想想，人还真是虚伪呢。哈哈。”

李斐一边看李敬怡说话，一边捋着桌布一角垂落的穗子突然扯下一根，嘴角咧出不自然的弧度。

“咱们敬这次重逢。”

三人碰杯，山梨酒入口芳香清雅。

“你和三叔还不常见面吗？”我问李敬怡。

“还是老样子。”李敬怡意识到不该讲太多，忙换了话题，“沙曦呢？她好吗？多年不见，长成大美人了吧。”她转移了话题。

“她挺好的。”现在的沙曦，跟她们印象里的那个女孩并不是一个人。“她第一次化妆还是你教的呢。”我笑道。

“结婚了没？”

“还没有。”

“追求者太多挑不过来吧，她也在哈尔滨？”

“她在北京。”

“哦，做什么工作？”

“唱歌。”

“那会儿我就问她长大了想做什么，她说想唱歌。”李敬怡见我问一句答一句，便不再问了，为我倒酒，“真想见她一面哪。你结婚了吗？”

“目前单身。”至于婚史，我并不想提。

三个人喝掉了一整瓶山梨酒。李斐坚持留我俩住一晚，李敬怡坚持要走，而我也并不愿住在这里。

临走前，我问李斐：“你父母——”我感觉到李敬怡的目光警觉地射过来，但我还是把话说完了，“什么时候过世的？”

“很多年的事了。不要提这些了。”李敬怡利落地接过话茬，用眼尾余光守着李斐。

李斐微张着嘴，眼中掀起一阵急遽的微波。

李敬怡像突然想起什么来，“姮——要不你这次就跟我回吧，还能一起过春节，不然你一个人过年我总惦记。反正现在也是休养，到了南京先适应一阵，等过了年——”

“交通事故吗？”我打断李敬怡，继续追问李斐。

李斐怔住，跟我的视线紧紧黏在一起，一并滑向深渊。我当然不是不知道这件事故，她也不是不知道我为何有此一问。从她的反应看得出来，她什么都知道，由此，我的问题就成了审判的鞭，成了让她再度陷入狂涛骇浪里的推手，因而我感到痛爽。

此刻李敬怡成了局外人，我的追问令她疑心大起。她要保护李斐，就必须得把我撵出去。“咱们现在就走吧！”李敬怡强硬地拽着我的胳膊。

“我得过了这个冬。”李斐断然回答她，“得过了这个冬。”目光已现出纷乱。

罢了。

“小胡——”李敬怡一阵风似的开门出去，提着嗓子去走廊上喊护工。

“是的，咱们可以谈一谈。”李斐一厢情愿地恍然点头，神情不定，似乎尽力在压制自己，“过完年，这边也有个小型的摄影节，你来吧？你来，咱们可以谈一谈。现在……我还没准备好。”她发现自己面部在抽动，神经质地用手捂住下半边脸。几近在恳求，求我不要在这时候对她发难。

“我得去趟北京，还得去上海出趟差，还不确定到时候能不能回来。”我知道自己一定会来。

李斐梗了下脖子，走出门外，现出精神障碍者深不见底的笑意，“沙染，谢谢你能来。”

63

“都跟你说别提他们了。有什么事你可以问我啊！”回途中，李敬怡一边埋怨一边观察我。她感到这中间必定有什么她蒙在鼓里的重要事件，这使她埋怨我对李斐的刺激有些心不在焉，然而充满了敌对与好奇。最终她再也耐不住，径直开口问我：“你怎么回事？”类似审讯的口吻。

“‘我’怎么回事？”

“——到底发生过什么？”

“两起车祸，你都知道的，其余的没什么。”我卖起关子。以为过了这么多年自己早能心境平和地面对，而当李斐的反应印证了我从别人嘴里所得知的，深入骨血的仇恨升腾起来，重新吞噬了我。如此以戏谑的口吻捉弄她，慢慢让自己回到现实，把车靠向路边停了下来。

“疯子也没有逃避罪孽的权利。”

“什么……”她神情凌厉，眼里现出人在下意识推断时特有的失焦状态，而真实情况她必然推想不到。

既然你非要知道，我想你也有义务承担罪孽挥向灵魂的杀戮。

大学毕业后我在上海一家广告公司任职。老板是个四川人，没多高学历，但设计功力了得。他笑嘻嘻的，野心勃勃，包装了不少小有耳闻的地方品牌案例。我也总是加班到很晚，出去聚的机会不多。

年轻人想的都一样，谋求发展机会。我铆足劲想干出一番成绩来，可又往往看不见门路。日复一日，所谓机会便是大案子，做完这个大案子，还有下一个大案子。职业技能不断精进，看得见的成绩便是升职加薪，三百、五百，就这样在办公大楼里种下自己，望着大厦围合的六角天空，相信有一天会有奇迹。

时间一晃而过，跟小睿重逢是工作两年后，2007年末的一个晚上。她光彩照人，走进房间第一眼便看到我了，没向我走来，而是跟其他同学寒暄一通后，不经意地坐到我边儿上来。她较之前两年又沉敛了不少，这里也许只有我了解，她越是沉敛，就越得志。

“你一点也没变。”她目光熠熠，打量着我的脸。

“你倒是变了点儿。”

“听说你一直在上海？”

“是，两年半了。”

“什么时候去我家？我妈讲起从前总要叨咕你，要是知道你也在上海，早就做一大桌子好吃的等你上门儿了。”

“你现在跟父母住在一起了？”

“只是偶尔回趟家，补习学校刚创办，整天忙得抽不开身。”

有人恭维她，她一副愧不敢当的样子，急急扯开话题。轻轻在我耳边道：“稍后我男朋友来。”

“哦，好啊。”我听见自己语声干涩。

“头一次肯把‘金海归’领出来呀，把心放肚里吧，在场的谁有你漂亮啊？人什么时候到？”有人揶揄她。

“快了，刚通过电话。”

“咱们给富二代来个简单的欢迎仪式吧。”

“没必要这么觍吧！”

“来者是客嘛。”

“子承父业嘛，换我我也行。”

“小睿，待会儿我想请你男朋友喝个咖啡，你作陪，酒桌上不聊业务，你们几个酒桌上也不许聊别的啊。”

门打开的那刻，我禁不住全身一紧。继而自顾自笑了出来，莫名的失落。

来人身型瘦小，眼神炯亮，言谈举止温和谦虚。

小睿朝我看过来，也许她以为这个陌生人的出现标志着一些事情的结束。

两人成了聚会的主角。我一边听他们七嘴八舌攀交情，一边把肚子填饱好回去加班。有人提到了我从前参加过奥运会，当看到小睿男友为之意外的时候，更心满意足地大肆渲染。小睿喝了不少，她说她那天偷着哭了一场，因为她知道我付出过许多。这曾是我最不愿提及的事，现在倒无所谓了，就像是别人的事了，甚至没什么好感触的。过去的就让它过去，最好彻底忘记。

她说我变得沉默了，跟高中时判若两人。

“或许吧。”我不知该跟她说点什么，已经吃好了，要不要先走一步呢？

“咱们之间无话可说。”小睿附到我耳旁苦笑，“也许是因为有太多话想说了。”她把头发撩到耳后，一脸坦诚：“我想事事做得好，不留遗憾。可如果回想从前，总有个地方让你绕着走，这就是失败吧，它等着我去解决。真的，我从没对不起别人，也没对不起自己，但有些话不说清楚，也不知道你是怎么想的，就总梗在心里。其实我常会梦见你，梦见从前。过去的事过去了，才更不应该逃避，我想坦坦荡荡的。”

“发生过的事不会改变，逃不逃避重要吗？”

她的眼睛像被什么东西蜇了一下，“可我想坦率聊聊。”

“那些事不是想解就解得开的。”

“没有问题是解决不了的。”

“看来你这几年顺风顺水。”

“那你错了，谁也不是一帆风顺的。”

“也许同样的事情发生在你身上，你有办法让自己释然。但我不是你。不管怎么说，你今天想谈这个，我该谢谢你。”我坦言道。

“你还是拒我于千里之外。”她伤感地笑笑。

“我得走了。”我起身跟众人道别，谢绝他们的挽留，匆匆出了饭店。身后响起高跟鞋激烈的扣扣声，小睿追到小道上来，瑟瑟发抖，一袭白毛裙，光着腿，显得弱不禁风。

“你就是不肯让我痛快！”她尖利地叫起来，“好像全世界都对不起你！”

“你这就恼了。”我回身走向她，“因为我没说‘过去的就让它过去吧’，就恼了？”

“不！是回不去了，知道回不去了。可我就是受不了你的态度，从没有人这么看我！”

“所以你就恼了？”我逗弄般讽刺她。

“我知道你是怎么看我的。”她越走越近，那张脸冷冽而陌生，“我求我所爱，没有错，你们俩不可能，不能怪我。”

“爱不爱的，就不用再提了吧。”

“你还是介意。”

“就算介意也是以前了。我不信你不知道我真放不下的是什么，是真的不明白？我妈的死跟你有间接关系，我从前怨你，后来知道不该怨你，可也绝不想见到你。”

她愣住了，卑陬失色。

“所以咱们没什么好谈的。”

“你完全不顾别人心里的煎熬。”她眼泪扑唰唰地流下来，“……可那是意外……”

“我现在看见你——你不会明白我看见你的心情。”

“我想着……你能谅解我，我心里就能好受些……”

“我不能怪你，不过说真的……以后别再见了。像今天这场合，让他们不用叫我了。”

“从前我们是怎样的朋友啊……染！”

我脱下外套为她披上。夜雾升起，霓虹氤氲迷蒙，走在繁华的街道上，那股陌生感席卷而来。曾经的人都走远了，我像被丢到另一个世界里来。时间不早了，今晚得赶出两版楼盘海报设计稿。

“你什么都不知道！”小睿在后面大声嘶喊。

我转过身去，见她仰头向天哭得无助。“什么都不知道——你们都怨我——”她哭了一阵，狠狠抹掉眼泪，往我这边走，愤愤不安地，高跟鞋一声声扣响地面。等再次站到我面前，表情凝重得可怕。

“他们的死——不是你想的那么简单……”

我瞬间呆住。

“你听着，我没把这件事告诉你，是没有直接的证据。单凭我这双耳朵定人的罪，未免太草率……”

“你到底知道什么……”

“李思笃把我推开，被砸伤住院。你还记得我打过个电话给你吧。”

“……”

“他二叔手臂受伤，包扎完又去做了检查。我下楼买水，上楼遇到急救病人，电梯被占满了，我就穿过一个长廊，走楼梯上楼。在楼梯转角看见他二叔正打电话，说李思笃抽搐、脑出血压迫神经，可他觉得他不会醒不过来，让对方千万别急。我赶紧往病房跑，看李思笃躺在床上一动不动，我就问护士，护士有点诧异，让我不要太紧张，说他还是之前抽搐那几下，之后没发现异样，不过一切有待观察，不出意外今晚不醒明天也能醒。”小睿目光炯炯地望着我，“你想到什么了吗？”

一股凉意渗入心底。

她于是继续说。

“我当时只是想，是不是翻译时情急之下有些词我用得不准，没说清楚。‘会不会醒不过来’的问题是他要我翻译给医生，医生说任何病人醒过来之前，都没有百分之百的可能性。他在电话里说‘我觉得他不会醒不过来’，这似乎并没错，只是在赶过来的人听起来一定急得要命。中间有很长一段时间，他都在走廊里来回走，他急什么？都稳定住了呀！我就又去跟他解释了一遍，他听懂了，可还是急，我想当叔叔的心情也许不一样，怕李思笃他父亲怪罪，或者他只是遇事慌乱。事后回想，他的手机是震动模式，那很容易听不到的不是吗？而且当着我的面他拒接过两次，讲电话还都是去没人的角落……结果那天晚上五点多，他接到警察的电话，说赶过来的人在高速公路上出事了。”

我全身颤抖，扭住她的肩膀，这是真的吗？！我想象他们在路上的焦灼、飞快的车速、大雪茫茫、天色漆黑，无疑具备发生意外最齐全的条件。

车水马龙，夹杂忽而尖刺的鸣笛，她静静地流泪，听着我的悲哭。

那天半夜我打给她：“你为什么当时不说？”

她说：“太可怕了，我不敢确信。”

“不确信的事为什么又说出来？”

“因为亲眼所见，亲耳所闻！同时，原谅我，我再也无法承受这份怨，太重了，我是无辜的，我也得走出来啊！所以在你之前，前不久，我也把这件事告诉给他了。跟你一样，我想他有权利知道真相。既然能讲出来，我就已经做好承担法律责任的准备了。”

“还是想问你个问题。”

“你问吧。”

“如果你跟他在一起了，你还会把这件事告诉他吗？”

她迟疑半晌，最终没有回答。

“不可能，不可能……”李敬怡脸色苍白得像见了鬼。

“别这样，我可没力气帮你捋。刚才李斐的反应你看见了，她什么都知道，她也应该知道。”

其实我心里仍有个疑团——李斐是怎么知道这件事的呢？她父亲可能告诉她吗？她的反应恰恰辅证了我长久以来的推想，也可以说，是直觉。只是我从没将她编织进来。

下车透了口气，高速路上车辆稀少，此刻还处在林区界，路两侧是低矮的山林，空气清冷。

车上的人被震惊了，陷入对当年场景的反复想象之中，也因此思路便停在了此处。而她忽略了一点，如果只是这样，我又怎么会在十几年后才去见罪人的女儿，而后能平心静气地离开呢？

64

“你有什么权利调查我？”我在沙发上坐下来，开门见山地问，“你有什么权利宁可把自己卖给别人也要调查我？”

她忘记手上正端着两杯牛奶，腕子抖了一下，洒到身上。放下牛奶，一边看我，一边拽过两张纸狠狠擦。

我没重复，甚至没在看她。她旋即镇静下来，走去这房子里离我最远的地方坐下，也是亲姐妹间所能拉开的最远距离。

“他还是跟你说了。”她换了副满不在乎的脸孔，“报复。”

“他要是想报复，你早就没命了。”

“是吗！哈！那我谢谢他吧？”

“他不是好人，对你却是一往情深。在你心里边无论他还是我，都不值得信任吧。”

她用生冷的眼色敌视着我。这也是我这些年企图面对的一刻——终于都撕开了面目。

“不是不信任，你知道，我们曾经那么——”她现出一副艰难回想的神情，摇动着脑袋，那么无奈，像个蹩脚的演员。

而我不会让这条蛇再缩回去，定定地盯着桌上那堆凌乱的丝袜，沉声说出了让她、甚至连我自己讲出来都震惊的话。

“你认为我和李思笃串通一气，谋杀了妈。”

死一般的沉寂。

“是。”她承认了。

“他们死了就没人反对。”

“是。”

“因为你那天晚上在书房门外，听见他父亲跟我的谈话，你猜我恨他。而李思笃跟他父亲感情并不好，我跟妈也总吵吵闹闹。既然这样，你觉得他恰恰又像做得出这种事情的人。”

“——还有你账户上的钱。”

“查得挺仔细的。不过他的钱我一个子儿都没动过！”我气得直哆嗦，努力保持着平静，“而你没想过他们的死恰恰使我跟他不能走到一起。你有这样的猜测到底是根据这些情况的客观推测，还是你觉得如果换成是你，就算谋杀亲妈也得跟个男人在一起是值得考虑的？！”

“你疯了吗？！”她“嚯”地站起。

我也站起来向她走去。

“你知不知道，我看到那沓东西有多震惊！本来我是想，因为我让你跟着爸走了你才疏远我，或者你在那受了欺负，或者，你觉得那不是你真正的家才郁郁寡欢，后来——后来我后悔过多少回那一年没把你带在身边！”

“现在说这些有什么用！”

“沙曦啊，你连问都不问就给我定罪，我是你亲姐！至于怨，我也怨过，到头来不知怨谁。你怀疑、调查，不惜把自己交给那种人，害的是谁呀？就算你证明了你的猜想又能怎样？谁可怜你！我以为你堕落，堕落就堕落了，路是自己走的，可没想过这竟是——”我揪着发酸的胸口，哭了出来，“——竟是场交易！你对自己好狠！妈要是知道，心会流血——”

“她早就为那个家把自己给葬送了！”她一脸怨恨，“姐，你只猜对了一半。我又不傻，怎么会迷信自己的猜测呢？即使迷信也不会信那么久，就连Vincent也确信这件事跟你们无关。你以为我真不了解你吗？我就是太了解你了，没记性、没志气，在你那儿，时间能冲淡一切，也包括怨恨。我判断以你们俩的感情迟早会忘记一切重归于好，而只要你们在一起——”她脸上隐有抹伪装在强执之下的杀机。

我不知自己是怎么一副错愕，然而她似乎很满意，那股强执也旋即被隐藏起来，我才明白她心里曾装着地狱，丧母之痛曾以怨恨的方式寻求出口，吞噬过她的灵魂。

“我知道我不该怨你，可我很清楚，你心里一定记挂过他。”她眼里有什么动了一下，视线从我脸上滑开，“后来我把这些全忘了，想想一生那么长，我还那么年轻，世界那么大，不能就这样啊，还有那么多未知等着我呢！姐，这两年回想起那时候，知道是怎么回事吗？我看明白了，我是自甘堕落，其他的种种都不算充分理由，我不过是终于找到了借口，以此放任自流罢了。你不用为我伤心。”她黯倦的脸上现出为时已晚的平静。

“我伤心的正是你自甘堕落！这是永远也抹不去的污点，不管你以后做什么，就算把它藏起来，它也在你心里，永远抹不掉！”

“姐，你小看我了。”她挺起瘦削的肩膀，轻蔑地看着我，“从小到大你一直都小看我。可我比你坚忍、比你无情、比你恨得长、比你更有欲望。你不用这副口气，现在你又比我强多少？我只是把一切都看透了。本来就一无所有啊，经历过这么多不幸，谁还会怕呢！”

“不管你怎么处理你的私事，我都得提醒你，小哈的情况越来越糟。他妈既没疯也没死，就是丢下他了，不愿意承认他！他不准吭声，必要时还得告诉别人他没妈、没妈！你可真让我恶心！”

“可我又有什么办法呀！”

“你只是不愿意把你放在可笑的幻想还有跟男人在你这狗窝里的时间分给你亲儿子一丁点儿！”

她眼里有一场暴风雨，从中我明白那委屈与怨愤的指向。她只是身为母亲没说出狠毒的话，可她确实是这么想的——他本不该来到这世上，这并不是她的意愿，而是她的苦难。一个不被期待的孩子，她并不心疼，这些委屈就该学会吞进肚子里。他是威胁、污点，不配占用她的时间和心力。

“什么时候才能面对现实呢你？”

“姐。”她让自己以一种高高在上的清醒对着我，“我太知道怎么面对现实了。反而是你。咱俩总是反的，难道你没发现吗？从前你是强势、无情、无所畏惧的狠角色。而我是懂事听话、天真无邪的小猫。可你看现在，没人还在原地了，全变了！别想用你那些道理让我妥协，我有权利追求我的人生！再过几十年咱们都老了死了，现在我为什么不顺意而为呢？反而是你把你自己给绑住了，现在你这样，还有什么立场教训我呢？你有本事活得比我更带劲儿吗？”她张了张胳膊，抬起来又像瘪了气似的放下，再抬起头已现出哭容，“这场遭遇带给咱们俩的苦难比看得见的更深远，它改变了咱们。就算你结了婚，按部就班过日子，把什么都给放下了，你也还是在流浪，我说错了吗？咱们都在流浪，都找不着家了！”

两个人有多少年没这样相对而泣了？归途已迷陷，我们在各自的荒原里流浪，这些年已习惯了独行。泪水浸透凄苦、抚慰心酸，如枯井里涌出清泉。我明白，此刻的相怜相通是被决溃的情绪连接在一起的。等泪流完，会各自退回去。可它还是冲散了砂砾、缝隙中的泥尘，露出深壑来，露出了深壑，才能任痛楚汩汩而流。对彼此来说，生命的来处还有另一个人，漫漫长路就总好像不是一个人的独自旅程。

我从兜里掏出一部飞利浦老式翻盖手机递给她——若她还认得。

她略带一丝犹豫，“哔”的一声，按住开机键。

里面有两通未拨通的电话，都是拨给江畔路那个家。草稿箱有一条没编完的短信：照顾小曦，找你爸。

收件人是我。日期是2005年2月21号。

她泣不成声，“为什么现在才给我——”

“你高烧很多天，怕刺激你。后来怕你总想着她，走不出来，我也没敢再拿出来。”

谁都没再说话，只是任旧手机里的温情静静流出。恍惚间好像回到了母亲身边，闭上眼睛，千万般眷恋，而再睁开眼，却逮不到一粒飞灰。

“你留着吧。”

她盯着屏幕，灭了再按亮，像个小女孩似的执拗着发呆。

“她的遗愿是你。”

“嗯。”

“可她的遗愿落空了。”

“都说了，我是咎由自取，不是在宽慰你。”

“后来不愿想起来，首先因为我没做到，接着因为我没处理好。不管当时什么原因，也不管你觉得自己现在的生活有多痛快，我都为你受的那些罪揪心。这几天我想，如果告诉你妈到死也放不下你，你是不是能更爱惜自己。我猜她死时一定很害怕，不知道咱俩会怎么生活下去。好了，不说这些了，你留着它吧。当母亲的到死也放不下她的孩子，如果你还能想起她来，如果你对你自己的骨肉还怀有一丝丝为母的天性，就别把小哈当累赘。希望说这些还不会太迟。”

65

渔山列岛，是中国领海线基点所在，位于象山最东南。三岛之中南渔山岛最南。海蚀地貌，碧海奇礁，安于世外。

“人工鱼礁增殖放流、生态养殖，除了那些常见的，还有真鲷、石斑这些名贵鱼种。水清澈、钓期长、岸线长，矶钓、拖钓、船钓。‘亚洲第一钓场’要有第一钓场的环境，非寻常钓场可比。此外，下个月还有一场国际海钓大赛……”营销部长讲起项目如数家珍，请我们以游客身份在此住上两晚，体验体验。

观光介绍后，签了正式合同。就拍摄细节做了大致沟通，约定两日后开工。老柴和小槐安置好拍摄设备后，我们去餐厅吃午饭，而后在海边消磨掉了一整个下午。

“看这少东家这架势，活儿可不好干哪。”老柴一脸厚道。

“要求多是多，对咱来讲，其实比思路不明确那类甲方更省点事儿。我已经琢磨好大致风格了。”

“什么少东家，是侄子。我听见他打电话了。”小槐说，“侄子都比儿子拼，起码看着得更拼，要不然迟早被儿子端掉。”

他们不知道我和肖部长还有另一层关系，不过这层关系也是可有可无的。大学室友把他介绍给我时神秘兮兮，说以前他见过我。我摸不着头脑，肖恒屹是江浙口音。肖恒屹提醒我说：“横滨。”说那场比赛他在现场，听见前两排有个小姑娘尖叫了一声“姐”，接着大哭不止，他对此印象很深。

所谓人生何处不相逢。我被介绍跟他认识是在今年五月末，六月我便去北非采风了。期间他曾打过几通电话来，一半闲聊一半公务，后来就干脆是公务。错过了趁热打铁的时机，中年人是没什么耐心烦儿的。距现在过去七个月，岛上设施均已齐备了。

“收收心吧你。”

“侄子让咱们先放松感受。”

“今晚夜钓。”老柴憋不住地开心，“还没在海边夜钓过。”

“行啊你老柴，能熬住不？带我一个。”

“干啥都熬不住，钓鱼不可能。”

丰盛的晚饭后，他们到服务中心租了钓具和户外装备，便开船往东南方向的岛礁去了。

领班Lisa是位精明能干的纤美女子，目测有三十出头，是两个孩子的母亲。她告诉我，今晚岛上酒店里只有十四个人。包括她在内共三名服务人员、两名厨师、两名保安、我们三个、外加四位普通游客，刚好十四人。

“试营业期间游客本就少，”她卸下白日的彬彬有礼，放松下来带有一丝慵懒的性感，“不会害怕吧？”

“你不说的话，我还真不怕。”我说笑。

“害怕就打给前台喽。”她见我拿着三脚架，“要去拍夜景？”

“嗯，出去转转。”

“可是岛上人不多，你自己……”她面露为难。

“这个不用担心，我可以的。”

“我该陪你去的，可部长规定不得擅自离岗。要不我请保安陪你去吧？”

“这岛上不安全吗？”

“安全倒是很安全。只是你一个人我还是不大放心。要不然能不能九点半以前回来呢？不要去太黑的地方。”她语气委婉，是个不容有差的人。

我一口答应。而有路灯的地段曝光时间过长定会有光污染，所以我既然出来了，就没打算真答应她。下午在海滩觅到了一处拍摄夜海的好位置。我想Lisa只是碍于工作责任表示不放心，她哪知道这样的星空下将拍出怎样一片海。

出了酒店，我迎着猎猎的海风往最高的礁岩去了。

四处是滔天的巨吼，震人心魄。云层像硝烟一样铺满星空，悠悠西去。涨潮了，海浪撞击在星罗棋布的岛礁上，散成飞沫。浩瀚的海面银光如练，雾霭朦胧下，反倒显得宁静。

曝光等待比任何等待时间都要短，我一直有这种感觉。曝光完四张照片，不觉一个小时过去了。跟钓鱼倒也相近，过程都是等，结果如何要等快门响起才知道，接着再抛竿看下一轮。

一束光亮由远及近，由于太黑，我警戒起来。

来人步伐稳健，身形高大，身穿白色裤子。

“在这干吗呢？”是肖部长，大声问我。

“随便拍点东西。”

“拍海？”

“夜里的海。”

“什么？”他的声音被隆隆的海浪声淹没。

“夜里的海。”我大声笑起来。

他靠过来一步，利落地问：“有什么特别？”

“手电最好还是关掉吧。”

“哦，抱歉。”他关掉手电，“会有影响吗？”

“影响曝光。已经调好的，进光量增多的话，结果就不是预期了。”我猜这张片子肯定是花了，但还是想看看不期而至的光会呈现什么样的效果。

“夜里的海有什么特别？”

"像礁岩这么多的海滩，尤其在晚上，看起来诡秘又危险，别有意境的。"

听他口气轻松，不是来谈工作，我就随便聊了。

他打了个哈哈："一位女士在这么黑的地方拍海，我也是头一回见。"

他没继续走，闲来无事地站在一边。

快门响了。果不出所料，波光粼粼的海面，照片左下角蒙了层火燎般的枯褐，他对自己带来的光污染感到十分新奇，看我调三脚架，便上前帮忙。这次是曝光一张十七分钟的照片。

"会不会觉得我不好相处？"他问我。

"那倒没有。"

"呵，琐事繁多，不容有差。我也很羡慕像你这样，有一份安身立命的工作啊。付出、回报，简简单单。只是如果想获得更多，就不单纯是劳动、收款了。"

"工作再简单，也得达到客户要求呀。"我不喜欢这么附和着说话，但对客户已经习惯了。

"希望我没让你在工作上感到为难。"

"当然不会。"渔山岛给的报酬较高，景色也美。发散式拍多了，也会想拍些限制命题，省心。

怎么说呢，他这人公是公私是私，工作里绝不会掺杂情面，这没什么不好，双方都简单。只是他给人一种紧张的分裂感，对工作过于小心翼翼。他眉目低沉，笑意拘谨，性情并不通透。老柴和小槐私下聊起来，也会把他归于"仰人鼻息"的压抑类型。我暗自想，除了把该干的干好，还得有些忍辱负重、溜须拍马的本事吧，像任子、外甥跟儿子的差别我是了解的。

眼下他想聊聊，介绍他的处境，似是又觉得言之过早，话锋一转，先聊起了我在北非期间的一幅作品。

那天我、老柴、小槐在一家露天餐馆落座，点了塔吉锅和柠檬汁。苍蝇飞来飞去，这种卫生条件若在国内恐怕鲜有食客光临，而几十家露天餐馆汇集此处，形成了一个重要的餐饮地段，游客络绎不绝。伙计是两个年轻小伙子，一个长着交连眉，汗毛浓重，一个有双生意人的灵活眼睛。两人低声交谈，一眼眼瞄着几个隔壁家落座的年轻姑娘，拿捏着店家的礼貌，压抑着欣喜，却也好几次兴奋地哧哧笑。

餐馆对面几十米远是数十米高的陡崖，崖上寸草不生，一条很宽的土路从南至北，沿崖底蔓延至远方，我们便是从这条土路上开过来的。

饭吃到一半，隐隐感觉不大对，食客们不约而同向南头张望。暴土扬天里，传来一大群人走在土路上的轰轰声。饭看来是没法吃了，卷起的灰尘远远蔓到凉棚里来，一鼻子灰味儿。

前面几个人抬着什么，一众足有七八十人，声势隆隆，步履匆匆。

与此同时，店家这个交连眉小伙子噌噌穿过凉棚中间过道，往大路上去了，融进人群里。三三两两的，参与到其中去的人如小溪汇进江流，浩浩荡荡地漫向远方。

我摸过相机，拍下了这张照片。

“这才是真正的送葬啊……”惶惶的食客们这才松了口气，怅望人群远去，所过之处扬起漫天尘埃。

“人生无根蒂，飘如陌上尘。落地为兄弟，何必骨肉亲。”老柴一声喟叹。

“真该为你筹办个摄影展。”肖恒屹在回味那张照片，“可惜这种东西离我太远了……”经过漫长的一段沉默，他像打定主意似的告诉我：“我总会被各种烦心事所累，很清楚那些都是欲望，可是跳不出那个圈子，我就是这样的人，你能想象吗？”

“我想我是懂的。”

“你能救救我吗？”他猛然转过脸来，重新发问，“能吗？”

来得很突然，所以我还来不及思量，只有下意识的反应，不敢因“救”一个人而接受他的热忱，所以我没有转过去看他的脸，同时手臂上起了一片鸡皮疙瘩。

“……”

“救我吧。”他语气一变，透着自言自语式的轻快，就像说“等等我”“天真蓝”那么轻松，听起来倒让人舒服许多。

此刻我对肖恒屹这个人有了大致的判断。确切说，是基于异性角度的判断。

五月末至六月下旬，他对我走过了由兴起到败兴整个过程，即便在兴起的几天里，从眼神和行动上，也并没有多少基于喜欢的炽热或专注（尽管这些对于中年人来讲有些奢侈）。所以我猜：

一、他有女人，但不想跟她结婚，也可能是结不了。

二、在有女人的情况下对别人一时兴起，感情生活随意。

三、若他没有女人，对并不是很喜欢的人套路式地追求了几天，说明他寂寞，期待有一段男女关系。

四、若不是寂寞，对于中年人来讲便是为了结婚。也许我具备让他产生结婚念头的条件。可作为一个三十过半的失婚中年妇女，自知之明我还是有的——身外的条件。按下这个暂且不论，我对“为结婚而结婚”的想法是怀有本能的反感的。

综上所述，从开始到现在，这个人没有“说服”我。而他接下来的话，无非使其中某项判断更加清晰起来。

“虽说三十几岁男人正当年，事业处于上升期，婚姻也不必急，可是跟二十几岁就找到人生伴侣的人相比，还是少了十年的幸福时光啊。”他叹息道，“衡量一个男人成熟与否的重要一点：成家立室。我看荒谬。独身主义就不成熟了？谁能否认独身主义有更强的生活能力呢？问题就出在‘责任’这件事上，不成家立室就通不过‘责任心’这一关的考核，其实根本就不是充要条件。”

“或许‘成家立室’并不能说明一个人的责任心强不强，而是会给人愿不愿意负那些责任的印象吧。”

“没错。只是把这些东西作为普遍标准未免武断哪。”他苦笑道，言语间对世俗的窥伺很不满，“不瞒你说，从第一眼见到你，我就想到了自己的生活。”

“你的生活？”

“嗯。你让我想到自己的生活，真的，单身汉的孤单。我们很有缘分是吧？十几年前异国他乡的赛场上，而今在烟波浩渺的海岛上，还不是缘分吗？那会儿我就看出你这人坚韧，当然，显而易见。不瞒你说，坚韧是成功人士欣赏的性格，虽然我还算不得成功。你可能觉得成功人士都爱另外一种女人，可坚韧的品质往往更能打动人心，毕竟成功人士就没有不坚韧的。”他停顿了一会儿，像在整理思路，也像留出个空当来等我发表看法。我虽隐隐意识到他接下来会朝什么方向说，但眼下委实还没什么好插嘴的。继而，他说出了他的目的。

“不管是你的性格，还是我们奇妙的缘分，总之，我期望能进一步了解你。”

我诚实地对他说：“恐怕我的性格特质里，并没有什么坚韧的成分在。如果曾经有的话，也只是‘想赢’。”

“哦？”他附和着我，“那现在是什么性格特质呢？”

“平平常常，随波逐流。”我并非想逼他说赞赏的话才这么说的，只是面对这样一个人，不想矫饰，也没有展开聊聊的欲望。

他感觉到什么，随后不自然地笑了，“归根结底谁不是这样？可谁又甘心？”

快门“嚓”地响了。他凑过来随我一同观察。

是张不错的照片，皎月下海面似镜，流云如龙。

“在夜晚，流云和海都藏着人的原始恐惧。原始恐惧跟美结合起来就不会错。”

“我也想拍一张。”

“来吧。”我让出位置。

“怎么弄？教教我。”

“跟白天没什么分别，只是曝光时间长了。”

“为什么要长？”

“想想大晴天，人都眯起眼睛怕光，或戴上太阳镜遮光。”业外人士一问起，我通常会举这个例子，“夜晚反倒要睁大眼睛看路，睁大眼睛看上好一会儿才看得清楚。相机就是人眼的原理。”

“所以呢？”他问题不少。

我又讲了些原理。他拍的第一张照片使他产生兴趣，之后不断调整，三张照片拍下来，近一个小时过去了，而之前的话题没有再继续。期间，他聊这个岛屿未开发时的荒凉，而我聊些采风遇到的见闻。

“打扰你这么久。”在拍第五张时，他终于发现我已抱起了胳膊，“冷了吧？咱走吧，还是你继续拍？这里太黑了，我其实不放心才出来找你。”

我们回去时Lisa松了口气，见他提三脚架进了大堂，她掩盖住一丝惊讶，利落地欣然一笑，跟我们分别道了晚安。

肖恒屹送我到房门口。

“今晚的相处十分愉快，晚安。”他礼貌一笑，眼神温厚友好。好吧，我不否认，为方才自己触及个人问题时的抵触感到有点儿后悔。他也许比我想的要好，我不该草草拒绝这个机会。这个男人身形威猛，被约束在斯文的高级衣装里，自是别有番稳健性感，方才Lisa看他的眼神也可以证实。

“晚安。”四目相接，我绽开了一个足够美的微笑。

还有几天就是春节长假，我回了东北。出来这么久，头发也有些长了。

如果让沙曦知道，她一定耻笑我。我就是难以走出自己的世界，一旦要被人拉出来，就赖着缩回壳里，只敢接触自己掌控得了的东西。用她的话说，我老了。

从现实意义上讲，这不失为一次合适的机会，这点我清楚。我不是恨自己把自己推到了人生边界吗？这或许是我走出自我世界的一次机会。不管结果怎样，一个男人向我影射婚姻，是件值得庆幸的事。只是结婚这种事很严重，不同于露水情缘。有的人，你喜欢他大多方面，哪怕有一方面不好也不甘心，有的人，你只需要看上他一个方面就够了。我知道，对于肖恒屹，我只能看上他某个方面，而若借此想走进婚姻，动因却是不够充分的，问题就在这儿。可惜，已经很难遇到能让我产生憧憬的对象了（前提是对方也有意）。所以，我仍然在现实跟自我之间拉锯。这次借故拉开段距离，打算好好想想。

66 2019.2

“他们一个个养尊处优的，隔三岔五聚会。之前总叫上我，后来我不参加了。你说我卖一天的货，虽说不用走不用跑，这岁数也累人哪。再跟他们傻呵儿坐着喝酒唠嗑，吃不消的。后来不参与倒也不是因为钱，不过咱也确实比不了，那帮人有钱有闲，不吃吃喝喝也没处花去，我天天看店，从早到晚，一个月无非赚个三千两千，也没个休息日，一顿饭就吃光了，想想算了，还不如回家躺着歇歇。”燕姨放下电话跟我抱怨。

“你天天还是我天天？哪天不都是我看着？”奎叔在旁揭短。

“哦，家里不用干活啊？洗衣服擦地做饭收拾房间，哪样是你干的？看着？看着也是坐着，坐着能累到哪儿去？”

“坐着又不累了？你刚才还说累呢。”

他们夫妻爱斗嘴，我爱看他们斗嘴。这种相处模式多少有点我原生家庭的影子，女强男弱。这样子，开心，反过来，则不开心，男人的胸怀总是更宽厚。

小琦做得一手好菜，萝卜雕花都会。这几年年夜饭我跟燕姨打下手，他一人能包办一桌饭菜。麻将也能上桌，长成大人了。记得我大学时找去他家，也就是他现在这么大，可我那会儿没半点儿商业头脑，而小琦能滔滔不绝地讲好多企业家的发迹史讲上三天三夜。他的理想很远大，每天关注各种财经消息。说时代发展太快，计算机专业的课程早就跟不上时代的演变了，所以他认为能否顺利毕业并不重要，前提是他挂了许多专业课。

“小琦小时候叛逆吗？”我问燕姨。

“不叛逆不成器。男孩儿哪有不叛逆的。”燕姨知道我是想说小哈。

“跟小琦可不一样，小哈是恶性的，心里边没有魔鬼的孩子可不会那样。”我找不出更确切的形容词了。

也许因为养过两个儿子，燕姨对男孩有她自己的深透认识。

“他们都是来改变世界的，不会顺从什么的。仔细想想，大概就是不认命，生在什么样的家庭、干什么事儿都得闹腾一番。不怕吃苦，也有力量，爱恨强烈。跟女孩儿不一样的。”她啧啧两声，对男孩子的喜爱溢于言表，“多好呢。”

虽说我领会她的意思，可她并不真的了解小哈。我说起去年暑假小哈出国前，跟他妈妈最近那次短聚后，有天我出去办事回来，在走廊就听到房子里轰鸣的摇滚乐。开门走进去，脏球鞋东一只西一只，其中有沙曦买给小哈的那双纪念版球鞋。踩扁的MM巧克力豆、烟蒂满地都是。

有人在喊，准确说是喊话，音乐声太大，一点也没有关小的意思，似是刚好借此畅快淋漓地咆哮。

“有安安好看吗？”有人嘻嘻笑。

“人家是歌手，肯定比安安好看啊。”

“拿安安比太不厚道吧，咱还能嫌弃咱的安安吗？”

“昨晚哥们儿在篮球场玩儿得她直告饶！”

“吹吧！她还怕你那绣花针？”

“跟我告过饶才是真的！”

这几个男孩的谈话让我大吃一惊。

“让你妈帮咱们出道就省得上学了。”

“玩儿摇滚就为了不上学的话，那摇滚成什么了？”

“反抗精神，不妥协的态度！打碎腐朽、敢于挑战！不想念了就告诉爹妈我不想念了！我今天告诉你们我喜欢安安，才他妈不管她跟谁搞过！这就是不妥协、打碎腐朽，就是摇滚！摇滚！”

“牛逼！”

“好吧，看来你脑子里还真挺有一套。”

“要她帮咱们出道轻而易举。上次她让我唱歌给她听听，还送了我这把琴。只可惜我没唱，现在倒有点儿后悔，哎，不过以后有机会。”

“靠，怎么没唱？你嗓子可以！”

“我打算练练，万一哪儿一下子没唱好那多冤，总之咱们得先有底气！”

“唱得好也没用，咱还没过变声期。”

“对啊，你妈诓你呢吧？”

“他妈的最不爱听你这么说话！我是什么人都能诓的？只要我说感兴趣她什么都得端到我面前。但是呢，本少爷还是留了一手儿，非关键时刻是不会亮的，你们几个杂种别做梦从我这占一分便宜啊，你说你们便宜占得还少吗？！”

“这话听起来，好像你妈平时都不跟你照相啊。”几人跟着打哈哈。

“滚你妈的！谁没事儿总照相？”

我的出现只令他们微感意外，一齐把目光集向小哈。这一点更说明这是群不服管的小混子，再一起朝我看过来时，我分明感觉到了豺狗似的野性。

其中一个孩子穿走了那双纪念版球鞋，同时还有个孩子背走了他那把价格不菲的吉他。

“你这么践踏她的心意就别指望她给你前途，一边指望一边算计，只能证明你是个卑鄙的废物！”这是我一气之下对他说的最重的话。

小哈的眼神再次令我想到豺狗，有那么一瞬间，几乎以为他的拳头要朝我挥来。可他随即恢复常态，脸上的狡亵让我脊背发寒：“谁让她欠我的。”终于把最真实的想法给暴露出来了。他有恃无恐。

“真不理解小孩子怎么会这么坏，都想着长大就懂事了，他倒很会装，装出副讨人喜欢的样子蒙人，可又有什么用呢？真的，我没想到他这么恶劣，倒宁愿他跟从前似的跟她闹别扭生气，把什么都摆在脸上。她是他妈，最终不还是为他？”

“没安全感的孩子才这样吧，毕竟没被母亲照料过。这么下去可不行啊。”燕姨叹息着，而现实很难改变。“这样的孩子很容易惹祸的。”

“是啊。”我悲从中来，“不幸的男孩子的确容易做出出人意料的事……”

"所以啊，命运怕是不会好了。"

我陷入良久的沉默。

燕姨以为她失言了，但并没想掩饰，经验之谈无不可对人言，何况我们之间早就无话不说了。其实我是怕她想起闻超来，忙伸了个懒腰，说过年过得比平时都累，就睡下了。

外头不时有爆竹声。

第二天初四，他们去串亲戚，我刚好赶回哈尔滨。

67

从牡丹江开车赶到哈尔滨中央大街时，已是中午十二点多。记不清有多少年没来过这里了，还是那条铁打的街道，百年老字号屹立不倒，各类潮店不管红火还是相对冷清，光顾的人总是最时髦的。街头充斥着流行音乐，路边工人在磨切雪雕，是年轻人约会的好地方。

这会儿晴空万里，人渐渐多起来。小杰穿了身灰白色羽绒服，青春朝气。他故作轻松，装作被雪耀得睁不开眼，其实有点不自在，暗自为这场贸然约会心怀顾虑。年轻人冲动，但伪装不了。而面对他，我遵从我的欲望。既然答应他出来，这些顾虑便已抛诸脑后，此刻心情比天空还要明朗。

人生在世不易，能令我开心的难能可贵。他给我的一点关爱，使得这个严冬并没那么难过。有时我像个永生不死之人，封闭自己，蹉跎岁月。有时我又像个将死之人，怕错过一点点光，不甘辜负一分韶华。

这不是个合适的地方，成双成对的都是青年男女，恰恰强调了我跟他之间的不协调感，牵强、尴尬，完全找不到在他店里相互吸引的魅力氛围。我暗想：这样可不行。对他说："这么逛游没什么意思，不如去伊春看雪吧。"突如其来的提议给了他说走就走的自由感。他说好啊。

吃完午饭便上路了，离开闹市，我们就都自在多了。

一路上，他说了很多话，是年轻人都在说的话。我一边听着，一边开着音乐。他有平凡的经历、平凡的头脑、平凡的情操，除了样貌，他是那么平凡。跟小我十四岁的人谈情说爱，这还是第一回。我忍耐他无聊的话语，预想着今晚的激情缠绵。所有的平凡都是人赋予的，唯有美好的肉体是神赋予的。我兴奋不已，他也兴奋不已。令我们兴奋不已的是同一件事，也不是同一件事，或者说，是同一件事的两种表达方式。

路过一片寸草不生的雪原，太阳西下，一望无尽的雪原披上金晖，美得不像话。我俩下了车，抻抻胳膊腿，下到雪地里玩。那雪很深，第一脚没踝，第二脚便没掉膝盖。太久没玩雪了，久得想不起来。他拉起我的手，我们一起疯跑出好远，然后倒在雪里，心中尽是欢喜，听彼此的喘息。

没人会正式告诉你：就是这个时候。你得自己来感知，只有自己知道，就是这个时候，情不能自已，是的了，就是现在。

我翻身在他身侧，俯头轻轻告诉他："我喜欢你。"便吻了下去。

他的唇温厚甜美，激烈地回应了我。

这个长吻一直吻到身底冰凉。

进入山区地带，气温更低了，飞驰在荫翳的原始森林间，小杰说这一切都很奇妙。我跟他身边的人不一样，他正在经历的事也不一样，就好像在做一个梦。我心里想着是入住在市区里的酒店，还是径直开往郊北的疗养院落脚。

他唇角不自觉地上扬，跟我四目相接时眼里绽开一圈圈涟漪，像在经历一场热恋，然而还是有些不自在，惴惴不安地隐藏着什么。我知道，他陷入了假设的困扰。困扰于假设相爱，不愿接受的条件。由于我们的关系更近一步，他多了遐想，就多了困扰。跟大他一旬有余的女人发生恋情，超出了他对恋爱关系的接受范围，而他没法让自己停下来。忐忑的情欲使他看起来是那么真诚，我爱极了他。他是个好孩子。

住酒店还是疗养院，两者间有质的差别。入住酒店，简单直接，除了爱以外无事可做。去疗养院落脚的话，算是他陪我来探访朋友，那么我们就可以慢一点，享受一段恋情。我跟从感觉，穿过城区往北郊去了。

68

李斐特地让厨房加了两道山珍、一道野味，拿出山梨酒款待我们。

“我有最好的餐厅，上次你跟敬怡来，它还没这么有诗意。”她房里有个晾衣服用的小套间，有扇正对雪山的大窗，皓月当空，星辉下隐现嶙峋的山脊，风景峻丽。

“松茸是秋天采的，山鸡是山里的猎户打的，卖到这儿来很实惠。

别看现在死气沉沉的，一夏天长出来的东西足够吃上一冬。”李斐两腮凹陷，颧角耸立，比两个月前更消瘦，眼神却更亮，频频劝我俩多喝几杯。

“你打算参展吗？我打听到一个挺漂亮的地方，每天两趟长途车往返。”

“不了，山里还是太冷，我是越来越不抗冻了。”

“身体还好吧？”

“冬天不好过。”我苦笑，“才三十几岁的年纪，见面就互相问起身体来了。”

“去暖和点儿的城市，冬天能舒服些。”

“没有雪的冬天总觉得陌生。你不也故土难离吗？”

“我明年就走了。南京的冬天是不会更好过的。”她装作打了个哆嗦，告诉小杰，“她从前可不像现在这么病恹恹的。”

“我相信。”小杰颇有兴致地问李斐，“她从前是什么样子？”

“小杰，你难不成是喝醉了？”我被他的脸色吓了一跳。这才没几杯，脸就红到脖子根儿了，逞强似的坐得直挺挺的。

“你喝不了酒？”

“平时不喝，喝点儿就多。”他已露醉态，不好意思地笑了，“不好意思。”

“不早说！”

“去隔壁房间歇着吧，没有人住。我跟他们说过了，床单被罩都换过了。”李斐说。

“我还可以陪你们聊会儿。”

“就不要勉强了。走吧，我扶你。”

“可惜还没吃多少东西呢。”小杰对李斐可惜地笑笑。

我搀他时才发现他确实撑不住了，走路身体直打晃。

房间整洁宽敞。

“其实我装醉的，就是想跟你单独待会儿。”关上门，他把我压在门上。

“你不知道你有多可爱……”我轻轻吹着他滚烫的脸，沙声说。

他热烈地封住我的嘴唇。

“人在等着……”我气喘吁吁，逮住一丝空隙说。

“不管。”他不依不饶地吻上来，连喘息声都是执拗的。

真是喝多了，过了好一会儿，他耷下头趴在我身上嗤声笑，“现在天旋地转，有心无力……”

我把他搀到床上躺下。

“要留我一个人吗？”他昏沉沉地问，翻身蜷向我，脖颈弯出温顺的弧度，发丝凌乱地遮在额前。

我蹲在床边，像安抚孩子一样轻抚他的头发和面庞，他往我这边凑了凑，安心地阖上眼睛。我望着他的睡颜，忽而陌生，忽而欢喜。

“二十冒头儿的人，其实也不小了。跟同龄女孩儿恋爱，那得一身男子气概吧，跟你却像个孩子，爱情啊……”李斐摇头赞叹。

我跟她对饮了一杯。

“你的小狼狗像一个人。”

“他只是他自己。”

“嗯。”她有意顺着我说，“我说错了，他只是他自己。”

她悻悻叹了口气，“咱俩谈不来，从前关系也不怎么样。经过这么多年，我不再是我，你也不再是你，在这个偏僻地方就着雪山喝酒吃菜，多有意思。”她宽慰似的慢慢眨了下眼睛，“我知道你不单是来看我的。不过，咱们先吃点儿喝点儿。”遂解下围巾，像了了一桩心事，胃口大开地吃起来，几乎不假咀嚼，大口大口塞进嘴里，汁水溅在脸上浑然不觉。整个房间只听见“吧唧吧唧”的声音。

我抿着酒，盯着她吃，还没想好该怎么开口。

在啃食一块鸡肘时，皮肉太紧，她撕咬不下，手里拽着节小骨头，龇着牙紧咬住另一边猛扯，似乎越难咬越不服气。

我瞥见她的牙缝里渗出一丝鲜红，“换这块吧。”夹给她一块好啃的。

她像没听见，继续撕那块鸡肘，那副吃相已不像人在进食。我暗自心惊，恍惚间有个错觉，好像看见一只饿鬼，喉咙里“呼呼”呜吼。不由下意识靠向了椅背。而紧接着，她起身冲进洗手间“哇哇”地吐了出来，几近要吐光全部胆汁。

“你这吃法——怎么能行呢？”我倒了杯凉白开递过去。

“绝大多数时候是没食欲的。”她漱掉污秽，眼泪不住地涌出来，倚墙蹲在地上，有气无力地喘息。

“一定会好的。”我此刻由衷可怜这个女人，“放轻松，什么都不要去想了。”

“我哪会不明白。”她笨拙地笑了，如果那可以称之为笑的话，“但人的天平歪了，再就不容易归正了。扶我一把吧，想躺一会儿。你也可以跟我一个房间，想睡哪你自己随便吧。”

那天晚上我睡在李斐房间，在沙发床上，看她在屋子那头的床上翻来覆去，尖削的肩胛隔着被子依稀可见。

她似乎活不久了，我想。

她像是在想什么，我轻声叫她，她没答应，过了一会儿，传来渐匀的呼吸声。

躺到夜深，仍睡不着，便披上衣服走进晾衣间，不开灯也被雪光映得通明。桌上残羹冷炙，杯子里还有没喝完的酒。我坐下来，点上支她的香烟。

69

“睡不着？”李斐不知什么时候醒了，走进来，也点了支烟。

“抽了你不少。”

“抽吧。”

“好像从没见过这条河流淌的样子。从前来这边也是在冬季。”

“千禧年那个春节，咱们还一起从冰上拉爬犁过河。”

“十八年了。”我跟她相视错愕一笑。

“很小的时候，我跟敬怡背靠背躺在轮胎里，顺着水漂，那会儿家家到河边洗衣服，水清得很。只是每年夏天都有人玩水淹死，它要吃几个人的。”

“谁？水猴子？”

“你见过那东西？”

我嗤笑道：“全是唬人的。”

“敬怡，其实我从来都小看她，认为她不如我。可现在瞧瞧，我被所有人都落在后面了。”

“我懂这滋味。”我与她撞杯，带着两个风尘仆仆的女人在终点相遇时的会意。

“谢谢你能来。”

“嗯，我在等你。”

“其实，”她黑陷的眼窝陡地射出一束光来，“我看见冥冥中有只手，把李家一点一点往深渊里拽，像水猴子那样。”

回想李家从前人丁兴旺、蒸蒸日上，我不禁感慨。

“水猴子，你不信也好，信了就看不见真相了。”她脸上现出昔日那股执傲，“愚蠢的人吧，总信手拈个看似合理的理由来结束一切。我不够蠢，才成了现在这样。还记得我从前讲过的那个打熊的故事吗？关于我们家上代人。”

“当然记得。”我说，“你说登过报的。”

“你说是不是报应啊？”

我意味深长地瞟向她：“有些报应是人为的。”

她有几分抵触：“上次你问我，我父母的死因。看来，不用问你也知道。”

我没接话，想听她说。

“高速公路上，双双身亡。”

“高速公路。”

“是。”她点点头。

我狠狠裹了口烟，望向山与夜空的边界，太暗了，你看得见它，却盯不住它。

“跟我老公分开也是在这样一个夜晚。其实世人都小看我们了，我们俩一直相爱，是打算相伴一生的。是我离开的他。”她话声轻飘飘，这是患病的人在刻意控制情绪，“那次见到那个人……相信我，要是你亲眼看到人跟魔鬼那么残酷，你就全毁了，怎么都不会好了。连爱情也令你作呕，只想在最阴暗脏冷的地方藏着。他对我的爱迟早有一天会枯竭，因为我无法还给他，并且开始厌恶一切，所以我提前结束了婚姻关系。”

经由这一席话，我窥见她满目疮痍的内心世界，其疯狂的确与其丈夫无关，其疯狂是因为她口中的“那个人”。

“明明知道是他，却忍不住动手伤害他，我被魔鬼附身了，控制不了自己，我不想那样，却无能为力……〇七年末，是个雪天，那个人说有事拜托，约我下班去公司库房，说想求证一件事。”她几度抻起脖子，遂狠狠裹了口烟，长长吹出去。“总把原因归到不了解的东西身上，妄断因果。其实只是需要个说法，好说服自己舒舒服服好好活。谁会相信熊的诅咒？你信吗？跟熊有什么关系呢？说得对，报应是人为的。不是熊的报复，是人在复仇。”她静静地喘息，控制着心跳。

“那个人对我说：‘如果结局都一样，就没有不公平，你跟我只要承受就可以了，毕竟条件是对等的。如果结局不一样，我就认了。现在，我把这个赌交给上天。’

“我当然没听明白，以为他是想跟我比，完成公司的什么任务。大伯死后我爸就让我进了公司，我做得好，他自然有心理落差。可他那天看上去很怪，不对劲。我心里不踏实，说我老公在一楼等我，让他快点说。他锁上了门，我吼他把门打开，他就上前死死扼住我脖子，要杀人似的。我被他绑在椅子上，粘住嘴巴。他说不会把我怎样，这个家已经有人相杀了，兵不血刃。然后他翻出我手机，打给我爸，说我怀孕了，人流手术造成子宫穿孔。我爸妈就上路了，开往他的铡刀下。

“他说，我爸如何拿他的安危诛了大伯的心，还害死了你母亲。我不能相信，想求他不要夸大其词！他那会儿昏迷，既然没醒过来就有继续昏迷的可能。我爸对大伯这些年一心一意，他们是亲兄弟呀。”

她颤抖着接上根烟。

“以彼之道，还施彼身，他在报复。我妈打来电话，他明着安慰，说也许没那么严重，言语间诛她的心。后来他不再接电话了，自己的电话也不接。跟我说起小时候的事情，只是在浪费时间，白白浪费时间，拖延着等死……”

我想象这对夫妻驶上高速路后，便落进了一个身不由己的陷阱，只能任人拨弄最柔软的心脏。

“他充演上帝的角色，说如果我爸妈没事，就当大伯和芝姨是场偶然意外，跟其他人都没关系，只是因他而起，他还是那个罪人。这样的话，他当什么也没听说，会安心，会鼓起勇气去求你。半个小时的样子，我手机打来一个陌生号码，他接完告诉我，三年前的事故重演了。而我眼睁睁地看着整个过程……”她颤抖着下巴摁灭了烟，终于让自己全部讲完。

原来是这样。

我心口像堵着大石，被压得喘不过气来。眼前浮现出一张孤绝的脸，终于听见他是怀着怎样的心情施下报复。他没有痛下杀手，他做了个实验，为人父母过不了这一关。他二叔是凶手，而他也同样是凶手。他想回来求我，如果我早点告诉他——我怪你！却更爱你！给我时间！他还会不会做出这样的事？推下别人的同时自己也堕入深渊。我的心碎过千万遍，唯有与他怀着同样的恨、同样的罪，才能跟他站在一起。而今罪人的女儿成了这副样子，我既怜悯又痛快。

“你没事吧？”李斐小心地望着我。

“你是因为这件事才——”

“我眼睁睁看着整个过程，直到听见他们的死讯。”

“到现在，释然了吗？”

好像我没听清她的话，她不耐烦地强调：“他杀死了我爸妈啊。”声音轻悄悄的，眼神里隐透出类似狂乱的意志。

我冷笑了一声：“只有你死了至亲吗？我们三个人都死了至亲，而你父亲是罪魁祸首。”

她更不耐烦，就好像我屡教不改：“就知道你信了他的鬼话！”愤愤难忍地盯了我几秒钟，像费了好大力气才静下心来对我道明真相：“对俄那一块是我爸打的天下，在几块产业里越来越重，前景最被看好。他只有排除我爸才能强占整个家族产业。借那起事故陷我爸于不义，假以杀手，顺便再逼疯我，一举两得呀！就算天下所有父母在那种情况下都面临危险，他也不该就此断定我爸就怀了那种意图，我爸那么疼他！”她戛然而止，旋即侮蔑地笑出声来，就像看到最该被耻笑的龌龊：“他是魔鬼，你还不知道呢？小时曾拿刀要杀死他爸，李家人都知道，要杀死生他养他的人。这种禽兽什么事做不出来？摆着受害者的嘴脸，可他凭什么用龌龊的阴谋去判别人的生死！”她戛然而止，现出难耐的凌乱神色，狠狠捻灭了烟蒂。

我起身打开一扇窗子，让烟雾往外散，白滚滚的凉气流向地面，她冷静下来，把腿蜷在椅子上。放了会儿空气把窗子关上，我点了支烟给她：“真的是这样吗？”

她接过烟，眯起眼睛。

“他跟你父亲被砸伤那天，随行翻译是我从前的好朋友，你父亲跟我母亲通话的时候，她全听见了。他的措辞是‘觉得他不会醒不过来’，而李思笃只是暂时性休克。电话一直响，他就是不接。这一幕你一定熟悉。”

她对此置若罔闻，不耐烦道：“我爸只是担心、着急呀——”

“——别再自欺欺人了。”我抢着说，“不管怎样，你都痛苦。”

她鼻翼翕动，脸上是顽执的戒惧。

“咱们平心静气聊聊吧，明天我就回去了。过了这个年，你也要走了，不知什么时候能再见面。”我不时留意着她的情绪。“我想你之所以变成这样，不单是对李思笃的恨。你还了解你父亲的动机，心里明白他造成那起车祸是不争的事实。不然你又何必对我感到愧欠？你憎恨李思笃，可这一切都因你父亲而起，这憎恨显得那么武断，你丧失了立场。这才最要命。恨尚可支撑，而无恨可恨，眼看着亲人一张张邪恶的脸，这才没法不让人分裂。”

她听到“分裂”这个词，黑陷的眼窝里泛起痛苦，起身打开窗子，让白滚滚的凉气一拥而入。“不是的。”

“可你眼睁睁看着父母从生到死，这如何也不能忘。只能选择相信亲眼所见的，不顾一切也得把罪过推到一个人身上。只要他是个贪名逐利、人性泯灭的魔鬼，一切就都顺理成章！”

她走过来攥住我肩膀，指尖抠进肉里，那双枯矍的眼睛死死逼视我：“为什么逼我？”

“我是不能由着你颠倒是非。你承受不了，难道别人就承受得了吗？看看吧，你变成现在这样，李思笃不知所踪。”我激动起来，

“谁又承受得了罪恶——”

“他是杀人犯！”她抻着脖子叫。

空气陷入长长的沉默，只剩下彼此的喘气声。渐渐地，我们都平静了下来。

“是。”我得承认，“我知道。”

“你偏袒一个杀人犯，因为你还爱他。”

“……不。”

“那你说这些，又能怎么样呢？能改变什么？”

“我得强调真相，就算对着不想接受真相的人，我也得强调。”

“不，你说得不对。”

“对是不对，你的反应证实了一切。”

“你说得不对。”她晃着脑袋自说自话，“真是自以为是。”

“我知道爱情是打不倒你的，来看你，也是想让你看开。我愿意释然，这一系列事，总得有人先表态。你也是受害者，所以，我也请你释然。咱们还是活得轻松点吧，过去的都过去了，没什么能比得上今后每一天的日升月落。明天我带小男友登山滑雪，你也不该总让自己苦哈哈地就着雪山吃蘑菇。用后半生为前半生的事痛苦，就太可惜了。”

“这些陈词滥调只能让人像猪狗似的穷欢乐。”她冷嗤一声，恨恨地问我，“你不怨他了？”

我没作声。

半晌，李斐长叹一声，像失去了最后一位盟友，哭了出来：“我爸，我想好好问问他，可惜没机会了。我被绑在椅子上，听那个人说了这些事，也猜到他想干什么，我求他放开我，必须给他们回话，事情不能一错再错了——如果他是人的话！可任我怎么求，他都那么无情，你没看见，你不知道，像个索命的无常……”她再度沉浸在哀怨里，仿佛又回到了那个雪夜，对着那位残忍的复仇者，把这一遍遍说给我听……抽泣一会儿，突然冲进厕所干呕起来，胃里什么也不剩了。我为她热了杯牛奶。她喝过牛奶，情绪平复了不少。

70

后来我手机响了，尖锐的铃声把我俩拉回到现实，李斐回房间去了，我把门掩上，“喂。”

“是我。”是肖恒屹。

“哦。”

此时此地，这个声音这个人，好像来自另一个世界。

“睡了吗？”语声轻柔，营造起恋人间独有的语境。

“还没睡。”我尽量放松声音，让情绪收回来。

“刚从舅舅家回来，喝了点酒。真想飞去看看你，可后天就得上班了，四月前得正式营业。看了看天气，哈尔滨冷得吓人哪。”

“冷——才称得上‘冰城’嘛。”话一出口，意识到深更半夜聊这种话题定会让里屋的人听出暧昧，而此刻我的小男友还睡在隔壁。“快十二点了，怎么还没睡？”

“你说呢？”他稍做停顿，要我明白他在想谁。

而我此刻的心情就像从辽远的时空之河骤然落入了一间逼仄的屋子里，半晌怅恍。

“你在干吗呢？”

隔着话筒，我感觉他在警觉地听着这边。我的私生活是什么样的，他大概意识到这个问题了。有点讽刺，还好我没在另一个房间，松了口气。

“来伊春疗养院看个老朋友，晚上就住这边了。久不见面，一直聊到刚才。”

“一定也是位美女。”他开着玩笑刺探起性别。

我笑笑：“那还用说？”其实李斐就在不这么瘦削的时候也称不上美。

“打扰你们了吧？”他语气轻松下来，“咝”了口气，并没有挂断的意思，“我这几天在想一个问题。”

“想什么问题？”

“其实上次在海边那晚应该跟你说的，只是我怕有点为之过早。虽说我们去年夏天就认识了，到现在大半年，交往不多，但其实对于你，就算后来在只联络工作的阶段，我也一直……”

这方面我听从直觉，所以他说什么不足为信。

“你信缘分吗？我以前不相信，但现在我是信的。如果我们能在一起，就结束了彼此的单身生活。虽说单身生活有利也有弊，但人总得往前走，总得什么都尝过，你说对吧？这几天我一直问自己是不是甘愿为你结束单身，答案是——肯定的。我想咱们两个的组合一定从各方面都是很理想的。”他静静地听我着的反应，又补充一句：“这么晚打电话是想请你也考虑考虑这个问题，可以吗？”

他的表白里有些经不起细品的东西，而像我这样三十大多的失婚女人，似乎也不宜要求太多。

“好突然……”我笑了起来，此刻脑子里是渔山岛那几万块拍摄费。

“你可以住在岛上，你那些同学也可以常来……”听我笑了，他一放松便说多了，继而又调转话锋，“这边环境好，对身心都有益处。你不知道，我好几天没睡好觉了，你要是答应我，我的睡眠会首先表示感谢的，不过也极有可能反而高兴得睡不着觉！”

如此，肖恒屹把我从时空之河里拉下来，抛出个藏匿着世俗臭味的华丽表白，并为自己的决策感动不已。让我“答应”什么呢？答应考虑这个问题，还是答应跟他结婚？

“先说——我离过婚。”我强调道。

“知道，但我不介意。”他的语气透着慷慨。

“我自己不能不考虑……”

“不。”他打断我，“千万别这么想。沙染，我是经过深思熟虑的，你千万别想也不想就把这些当障碍。就算你已经习惯这么想了，可我这人就偏要跟世俗观念对抗，我能容纳。”——他的慷慨，怎么我就是感激不起来呢？

放下电话，我望着远处黑黝黝的山包出神。

那片丛林里有没有一双兽目同时在观察我呢？山上有熊吗？总把看不见、看不清的东西模糊掉，认为那样就不存在。就说现在吧，我就好像这座楼宇、对面那座山包的主人，像完全占有了这个长夜，仅仅因为站在这个橱窗似的阳台里没有入睡，而是在思索。

我被一股悲哀包围，瘫回到椅子上，静静地听着自己一遍遍喘息，意识到：我就是这么生活着的呀。命运是从什么时候注定的呢？我那朵生机勃勃的花朵是何时枯萎的？现在，我得接受命运的惨淡了。眼前有这么一个人，他能帮我办摄影展、帮我抬身价，我的职业和人际关系能为他解决广告宣传上的一系列问题。只是这些都不必提。他说这是缘分，甘为我放弃单身，还不在乎我离过一次婚。

从前我跟男人之间的交往，无不带有精神层面的乐趣，现实为了提醒这个女人——你已经活到此种境地了，已经老了，走得太远了，感情的标准由现状决定，这就是你的人生……而我应该接受吗？为了人生美满？想想，我过得也不差呀，半自由职业，全世界走，有积蓄，不缺兴味，对于事业也有进一步的目标。想做什么做什么，想爱谁爱谁，一切都没什么问题。可今夜缠绕我的悲哀，似乎早就在角落里等候了，它那么真实、那么深重，牢牢将我捕获，恍惚间，不知自己想要什么……

——只是往事已矣。

今夜，我堕入了现实与假想之间的深壑里，被生生挤压，肉烂骨碎。我是谁呢？活到这个年龄还在问这个问题，不是谁的爱人、谁的女儿、谁的母亲，无法因身边的人被准确定义。我空寂、悲哀。与现实利益相比，更想要自在。这使我的人生不再可能有大的转折。很多中年人变化寥寥，大抵也是这个原因。这些被落下的人被各种各样的东西绊住了——人只会被绊得住的那样东西绊住，又在现实的挤压下心有不甘，做出砥砺而行的姿态，其实是心甘情愿地原地跋涉。

这时窗对面连绵起伏的山包发生了形变，两边上翘、上翘，往中间合拢，形成了一个圆盘，好比我躺在地上，用鱼眼镜头把它们尽收眼底。环形旋转、旋转，让人眼花缭乱。

我抽出支香烟叼住，见窗口有火柴盒，便放下了打火机。我喜欢划火柴。“嚓啦”一声，二氧化硫的气味许久未闻，火苗扑动着稳下来，安宁地往另一端烧去。点了烟，等火快烧手时甩熄，如此用尽一根火柴不算浪费。

都说，人太念旧人就废了。我这人并不念旧，从前的朋友很少联系，往事也不想提，这不算念旧。可以说，旧的我统统不念了，唯独只贪恋一个人。要我向生活妥协，出离他、出离心中那段岁月，是彻骨寒冷的。

这么多年，我自问有没有真正走出来，答案是肯定的。那段思恋和怀想已经长成我躯体的一部分，同我一并走出来了。它刚硬而柔软，血液贯通进来，唯有死亡才能斩断。除了我自己，没人能看见，正是它使我变成现在这个人，这个活人一样的死人。

经由李斐的话，我在想那个雪夜，他犯下恶行的晚上。他的残忍撕裂了我的心。他总是倾向于滑向阴暗，我很久以前就一直担心这个，到底还是滑下去了。如果我能在，那么那个雪夜，也许就不是他人生意义上的终止，也许他跟我的人生就都不一样了。我祈祷在某一个时空里，真如我所愿。那这个世界纵使再冷，也有希望。

这个夜晚万物停摆，出奇地宁谧。

我看见自己在大路上走着走着，就走入一片旷野，身后围来迷雾，什么也看不清。耳边有千万个声音叫嚷：往前，往前！那么终归没错，就算不走，大地也是在动的。我被裹挟在人潮里顺流而去，漂过一个个陌生地，人人都陌生，反倒熟悉起来，也乐得与他们聚散飘零。后来我一人流落到荒郊，风饕雪虐的，与世隔绝。好在有北方的寒凉，寒凉更能投我所好，我离不开北方的寒凉，因为生在了寒冬腊月。在高原、森林、荒漠、戈壁、沼泽……总要唱起苍旷的歌，无论多么多情的盛夏都要跟从。荒原总归是我一个人的寂寞荒原。这场绵绵大雪不住不休，势将伴我到尽头。而从这个夜晚到下个黎明，迷雾竟散尽，却来路杳杳，不知身在何方。

那段日月，一幕幕走马灯似的掠过脑海，仿若腾跃于时空之河。我满面风霜，冷得几近麻痹，十几年踽踽穿行、颠沛流离，终于跟你站在了一起……

71

次日，我带小杰先到就近水电站看雾凇，下午开到了梅花山雪场。他滑得还算可以，一直带着我。我告诉小杰，我很久没这么开心过了，他说他也一样，工作时间长，一周只有一个休息日，不是睡觉就是吃喝,或者上街买东西,都不知道这种日子什么时候是个头。

“你忍受不了的那天，就到头了。”我说。

“你总是意味深长。”他说。

我一指雪坡东面的白桦林：“千禧年跟我高中时的男朋友在那边接过吻的。十八年过去了，那林子好像一点儿也没变，山和雪坡也没怎么变，只是建起了酒店，设施更新了，场地扩大了。”

“那个男朋友跟我很像吗？”

“那倒不是，一点儿也不像。”

他似笑非笑。

“我都忘了他的样子了。”我补充道。

他做出不以为然的样子。

“那他现在做什么呢？”

“他——上天了。”

他大概以为他死了，就收拾起了醋意。简直可爱得要死。

小杰不是聊时尚就是聊生存发展，年轻人尽是聊这些。作为在职场上摸爬十几年的人，肚子里多少有些经验道理，可我一点也不想跟他聊这个。只顾着敬酒谈天，晾着桌上的美味佳肴，时间一久变了味道。不想谈别的，都是浪费。

我说："下雪了，恐怕今天得住这儿了。"

于是太阳便如愿地落山了。

那一晚我们起初各睡各的房间，并没在一起。

年轻时喜欢做梦，又瞻前怕后，常常搞砸，任时机白白溜走。而到了我这个阶段，有充分的经验和魄力展开行动，不愿再费什么周章。所以我跟他想的不一样。我只是想得到他。等激情消退，抵挡不了与之俱来的矛盾，便到了不欢而散的时候。我想这一刻不会太久。而即便是这样的结局，也无碍于心无旁骛地爱恋，这要归于过来人的达观。

我没有狡猾地隐瞒，或者说，我更狡猾地使了手腕——夜里把这个想法发短信告诉给了他。

他敲开我房门，脸上带着青春的冲动。

我说："没结果的开始，是我唯一能教给你的。"

意识到我们的关系可以略过很多过场，他的反应有些沉重，说我侮辱了他，侮辱了我们之间的美好感觉，为没结果的开始感到愤怒、耻辱。也许他开始时都不会先想到结束，可也仅仅是不会先想到。没想到与不去想，听起来一个无辜一个残忍，结果是一样的。我问他他想有一个怎样的结果呢，他又现出在中央大街上的不自在。他不是没去想，而是不愿想，还不愿我预先想。对他来说，没有结局就不是好的开始，对我来说，敢于开始是因为没有结局。

一番挣扎，我看到情欲的大手撕开了年轻的纯挚。那眼里亮晶晶的东西随之一黯，不再纯粹，骤地在我心里激起了不舍的奢望。我上前疯狂地碾咬住他的唇，他忍无可忍，将我抱上床压在身下，呼吸变得浊重。一只臂肘拄在我身侧，另一只手揪着后领口向上扯去T恤，生猛利落令我心花怒放，耳畔是激烈的呼吸，我贪图这匹小骏马几近渗出油珠的健美之躯……感谢你，在你遍及全身的爱抚之下，我感到自己像朵娇花一样柔软可惜，久违的缱绻令人动情，此刻我爱上你了。像世界末日一样，我释放了全部的自己，攀住他，无休无止地求索，他的身体藏着我的全部欲望，热烈如火，如草原的奔马一路挺进。世间最美妙的造物在惊涛骇浪里波卷翻腾，此刻便是所有。

那几天我跟小杰不是出去散步玩雪，便是在房里做爱，确切说，出去玩雪是为了更渴求做爱。晚饭后我们激缠到深夜，累到昏睡，醒来继续做，填饱肚子只为积蓄体能。每次濒临醒来的边界，我身上那根刺痒的弦便开始发颤，一想到睁开眼便能拥有他，美妙的满足感令人发狂。我们对彼此怀有源源不绝的渴求，纵情碾压对方的每一寸肌肤，抛下时间、颠倒日夜、欢纵无度、无尽无休……同时有一种体液以外的东西正一点点地枯干。

“我要走了。”一个霁雪初晴的早晨他先我醒来，等我一睁开眼，他突然这么说。

我赤着身子下床，倒了杯水喝光，拉开窗纱，银蛇般的雪岭向天际蜿蜒。

枯干了，突然无话可说。回头看看床上的人，发现很陌生。

“好。”我说。

后来，我总能想起在酒店飘窗上激缠时晕乎乎的刺激感，银蛇般的雪岭向天际蜿蜒，我们就像飞在雪岭之上。我问他掉下去怎么办，他说那就顺着雪道滑到终点，我说这可是野雪道啊。

72

今天是2019年2月17日，农历正月十三，我从母亲所在的陵园赶到这个陵园，已是中午时分。想到整整一上午会有多少人进进出出，心里便不踏实，他可能已经来过又走了。就从眼前这个大门走进去，经由蜿蜒的林间路，走入那片安息地，祭拜完他的父亲再沿去路返回，出了大门。路两侧一边是河堤护栏，一边有雪松送延至远方，他去往东边或西边，直至隐没在路与雪松的尽头。

我把车子停在大门前四五十米的斜前方，位于停车区域外侧，这儿有垂柳枯枝遮挡，是视野开阔的隐蔽视角。隔不远是休息区，里面有公厕和热水。

来时顺路买了份汉堡咖啡，此时饥肠辘辘，正好充饥。

从前有个头发花白的守门人，说停车场不收费。我说我在等人，停在这方便即来即走。结果他全天下来也没见我走，也没见我等来什么人。第四年，他把我给记住了。也许在他看来，我无聊难耐又总是落寞而归，比他要难挨，遂消解了对我乱停车的不满，后来还告诉我休息区里头新装了开水炉。接下来几年间换了两个人。眼前这位大腹便便的管理员正朝这边走来。

“停这儿不行。停车场里免费。”粗声粗气。

“您好，我等人。”

“多长时间？”

问着了。

“我也说不好。”

“那更得进停车场了。”

“可停车场里看不到这边。”

“电话联络呀。”

“没有联络方式。”

他以为我是托词，现出不耐烦。

“要不然我付你停车费吧。”

“不是停车费的事儿，咱这儿也不收停车费。咱们这门前广场规定就是不让停。”他打量了我两眼，“你以前是不来过？”

见他认出来，我眨眨眼：“来这儿的人，应该都会年年来。”

门卫扁嘴一点头：“休息区有热水。”大摇大摆走开了。

最近这几年，我已不认为等得到他了。等他的意义，化为一扇通往过去的门。夏日午后阳光慵懒，土路上的小水坑映出白云朵朵，沙曦还是个软软的婴孩，在门廊的摇篮里摇晃，这成了儿时记忆里的所有午后。冰面上长河落日，萧萧细雪落入冬水刹那无踪，取暖棚里灯光如豆，他背着我远远走过去，成了记忆里的每一个冬。

沙曦电话打来，问问上午的情况。其实也没什么好问的，只是这几年忌日她都没回来，有些过意不去。

我质问她：“你什么都知道，为什么从没告诉过我呢？”

“告不告诉你，都不会改变什么吧。何必让你更痛苦。”

“你竟是顾虑我的痛苦？”我讽刺地笑出声来。

短暂的沉默过后，她叹了一声：“我不能接受你们在一起。”

“就算你一直绝口不提，后面发生的，我也早就猜到是怎么一回事。”

“你倒很了解他嘛。”

“小睿把真相告诉我不久，我就听说他二叔二婶出事了，也是在吉黑高速上，赶路、雪天，接着他失踪了，我就猜到是怎么回事了，就再也不能装作什么也不知道。我开始找他，疯狂地找，也在等他，一直等……这些年总是想，如果当初能换个角度：认识到母亲的死是桩意外，小睿为了追求他才随同翻译——”

“咱妈的死不是意外！”

“——如果我不那么愤怒、嫉妒，不那么骄傲，多几分信任，客观些，不顾忌任何人的眼光，只为他……”

“姐。”她冷冷打断我，“你不要忘了，就算他不是仇人，他们家也是仇家。你今天讲这些话，对得起咱妈吗？！”

“——她会懂的，她什么都会懂的，如果她知道她的女儿这些年一直走不出来，如果她明白我终于弄懂我生是为了什么……”

“姐……”她的声音微微颤抖，“……你真给妈丢脸……”

“别再以妈的名义挟持我了。”

“如果他会来，这些年你早等到了。他不会回来了……你真蠢。”她挂断电话。

是的，我恐怕等不到了。已不是满心期待，不再柔肠百结，只是带着几分怯意、几分欢喜，来等一位故人。想象他来，想象他不来，等不等得来也没有关系了，怎样我都释怀。他给过我的爱仍有余温，我携此走过命运的漫漫长冬，会在路的那头点一盏灯。

苦苦一笑，从后视镜打量这张脸。

肤色暗淡，眼神疲惫，唇角和眼尾不动已有细纹，最令人心惊的是两颊的下坠趋势，俨然称不上貌美了。常年对着取景器，习惯了弓腰驼颈，人又瘦，身姿亦不再挺拔。总之芳华正缓缓退出这副躯体，留给日后的岁月一刀刀刻花这张脸。换来的、抚慰人的，也唯有一点点心境和人生感悟，而这些是远远不够的，远远不够。风华正茂，永远无以清偿。

我也会想象他的样子。被岁月削尖了棱角，那双眼睛因而愈发凝邃，甚至精光凛凛地透着危险，令人移转不开视线。那双手青筋隆结，身形应该跟我一样瘦削，气质许是越来越接近他的父亲了。

整个下午我去过两次公厕，接了一次热水。来人进进出出，越来越少。晚霞漫天，飞机在天空划出一道细线，车外冷意漫进来，我把暖风开大了一档。这杯热水喝下去，陵园便要关门了。

“天都黑了，等鬼哪？”门卫走过来说笑。

“一会儿就走了。明年再来。”

路灯亮了。树上和路边的积雪泛起微光。风越来越大，很快下起疾雪，落到车窗上，大而蓬软，似棉絮裹着雪粒，不是一片一片，而是一团一团从天上往下抛。奇异极了。

打开车窗，让雪飘进来，寒风也跟着灌进来。

夜幕渐浓，墓园深处有个人影往外走，两旁松林荫翳，确切说，看起来已有些阴森了。第六感似的，我的心突突地跳起来，神经跟着绷紧。来人身影萧寥，比我想象的更像他！快到大门时，路灯照亮了他的脸。

我心登时漏了一拍。

十四年了，他真的来了。

我一眼认出，他变了，也没变。

他似乎感觉到什么，在大门前站住，朝这边看。

我反射似的伏下身，天哪，他发现了？他正走过来，顷刻要目睹我的仓皇狼狈。我心如擂鼓，两颊滚烫，半晌才缓缓坐起身来，哑然失笑——他人已经向西去了。

我忘了，车灯没开，他自是注意不到我的。

多年不见，我怯了，不知为什么不敢走出去。

我发动引擎，隔着段距离跟在后面。他身着一袭黑色过膝大衣，竖起衣领。两束车灯从对面射过来，照见萧寥的身形和千万点雪。我一眨不眨地看他，又加快点速度赶到他斜后方。他听见有车，余光瞥了一眼，边走边靠向路边。

“傻子。”我眼眶滚热，泪水模糊了视线，赶忙抹掉眼泪，慢下来跟着他。

此时前面那辆车偏离了对向车道，直往这边逆行。我急晃远光。是辆蓝色越野车。不仅没回去，反而疯也似的朝这边疾驰。

电光石火间，我被一个可怕的念头攫住！

李思笃在我斜前方大约十米，而那车眨眼间距他不足四十米，其势汹汹，引擎声震人心魄！

我猛拍喇叭、狠踩油门。

李思笃两步跨开，往围栏那边躲，那车对着他直冲过去……

人一瞬间会涌过许多念头。

在撞上那辆越野车之前，我知道我的冲力连那辆车的五分之一也达不到，且重量小。

下一刻我的躯体将遭创击。

我的撞击会使那辆车撞向护栏，或使它的车头扭至相反方向。改变方向、阻断速度，李思笃都有机会趁机逃开。

生死一瞬，千钧一发。

我踩死了油门往前疾冲！

世界碎裂了，我也碎裂了。巨响里有无数碎裂的声音，碎片迸飞，风挡破裂，车头被撞进车身，整辆车像被拎了起来，尾部翻向空中，飞离地面，急剧地向右甩出几圈，越过护栏的瞬间，我看见李思笃翻过了护栏，越野车被雪松拦飞出去，撞向山岩……

车滚下堤坝时，我失去过片刻意识，砸穿冰面时，又有了意识。天旋地转，后脑的锐痛几近要刺穿颅骨，胸疼得无法喘息。右额凉飕飕的，我想它是裂开了，血流过右眼，热汩汩的，视野模糊了。身体的沉重正在瓦解我的意志，要死了吗？不！车已入水，我摸到安全带锁扣用力去按，方知浑身已不剩一丝力气。

害怕死亡，更怕沉入这黑寂的河底，这不是能容人安然死去的地方。

做了半辈子的梦，身处水底无力脱身，未想到噩梦成谶。

河水压碎风挡，猛灌进来，冲力几近捣碎我的身体，我承受不住，昏过去，旋即又呛醒。想闭住气，而车一直往下沉，我害怕，开始猛烈地呛水，又呛又吐，吸进来、呛进来的全是水，没有一丝空气，没有一丝救命的空气，唯一感觉得到的只有濒死的惊恐。

最可怕的，溺毙。

它永远沉默，对任何痛苦挣扎均漠不关心，无论怎样鲜活的生命，它都不会施以援手。冷水涌入肺部，恐惧与绝望一点点将我掏空。在冰冷彻骨的河底，得以一窥这世界的真容，它的奇异与残酷均与人无关。

我终是溺死，不管水性多好，这是宿命。

就这样吧，太痛、太累了，不必再坚持。

上面的世界安宁得像天国，透过冰层射入些微光亮。在永沉于无尽的寂灭之际，我隐约看到破冰之处溅起波光，有个影子冲下了冰层，千万点银闪闪的气泡像大雾一样升向水面……

我无力地阖上了眼睛……

我知道，等再浮上水面，我会变回那个年轻女孩，嘶喊着一个名字，急得哽咽流泪，在那个严冬，一次次扎入江中。

图书在版编目（CIP）数据

爱像划了一根火柴 / 陈飞白著 .—武汉：武汉大学出版社，2020.8
ISBN 978-7-307-21585-6

Ⅰ . ①爱… Ⅱ . ①陈… Ⅲ . 长篇小说—中国—当代 Ⅳ . ① I247.5

中国版本图书馆 CIP 数据核字（2020）第 105902 号

责任编辑：周 昀 黄建树
装帧设计：鹿书工作室

出版发行：武汉大学出版社（430072 武昌 珞珈山）
（电子邮箱：cbs22@whu.edu.cn 网址：www.wdp.com.cn）
印刷：武汉精一佳印刷有限公司
开本：889×1194 1/32 印张：16 字数：355 千字 插页：2
版次：2020 年 8 月第 1 版 2020 年 8 月第 1 次印刷
ISBN 978-7-307-21585-6 定价：58.00 元